有爱的青春陪伴者

陌上云暮迟迟归

安以陌 著

北方联合出版传媒（集团）股份有限公司
春风文艺出版社
·沈阳·

图书在版编目（CIP）数据

陌上云暮迟迟归 / 安以陌著. — 沈阳：春风文艺出版社，2022.4
ISBN 978-7-5313-6135-0

Ⅰ. ①陌… Ⅱ. ①安… Ⅲ. ①言情小说－中国－当代 Ⅳ. ①I247.5

中国版本图书馆CIP数据核字（2021）第257689号

陌上云暮迟迟归

责任编辑：王晓娣
助理编辑：孟祥鹭　高　洋
特约编辑：周丽萍
责任校对：陈　杰
封面绘画：卜若梨
封面设计：颜小曼
版式设计：西　楼
幅面尺寸：210mm×145mm
字　　数：380千字
印　　张：11
版　　次：2022年4月第1版
印　　次：2022年4月第1次

出版发行：北方联合出版传媒（集团）股份有限公司
　　　　　春风文艺出版社
地　　址：沈阳市和平区十一纬路25号
邮　　编：110003
网　　址：http://www.chunfengwenyi.com
购书热线：024-23284402
印　　刷：长沙鸿发印务实业有限公司

ISBN 978-7-5313-6135-0　　　　　　　　　　　定价：42.80元

版权专有　侵权必究　举报电话：024-23284391
如有质量问题，请与印刷厂联系调换。联系电话：0731-82755298

目录

楔子   002
陆韶迟，你原来也会这样患得患失，
会这样嫉妒，嫉妒那个男人和雨陌，
嫉妒她生命中那段你不曾出现的岁月……

第一章   有生之年   009
用三年来爱一个人，却花了六年去遗忘。
九年，从无知孩童到如今的亭亭少女，
她的爱情，就好像《无间道》里的梁朝伟
一样，永远看不到光明，只是她的人生，
还能有多少个三年……

第二章   狭路相逢   014
有生之年，狭路相逢，终不能幸免……

第三章   擦身而过   018
六年前的那个夜晚，当"分手"两个字在
空气中裂开，她的心也跟着裂了。
而如今，记忆的伤口被生生撕开，
她仿佛又回到那个绝望的夜，
心开始溃烂发炎，疼得惊心动魄。

第四章   初爱流年   023
初爱，不仅仅轻于流年，
甚至轻于万物，那么脆弱……

第五章   一吻定情   031
韩雨陌！
你欠我的，还没有还。

第六章   棋逢对手   037
韩雨陌，他给你的，我也给得了……

第七章   曾经最美   042
那些我所拥有过的曾经，
她给的，最美……

第八章   此间少年   048
温柔的誓言美梦和缠绵的诗，
所谓山盟海誓，只是年少无知……

第九章   情非得已   061
傻丫头，就算有一天我们分开，
你要相信，我们只是暂时弄丢了彼此，
地球是圆的，兜兜转转，我们总会遇见。
只要你还在原地，我一定会找到你……

第十章   节外生枝   067
只要他回头，就能看到自己，
可是他没有回头，没有看她。

第十一章   命悬一线   076
雨陌，你常常问我，为什么会爱你。
每次我都不回答你，
因为我真的不知道该如何回答。
爱你，就好像呼吸一样理所当然。
可是——我可以屏住呼吸，却不能停止爱你。

目录

第十七章　山雨欲来　118
她的病过了潜伏期，一旦诱发，
就会频繁发病……直到死亡。
真是俗套的情节，唯一遗憾的是，
自始至终，她都不是女主角。

第十八章　浴火重生　131
那是她永生不敢触碰的伤口，
却被人无情地揭开，
那种痛，比绝望更加深刻……

第十二章　新欢旧爱　081
陆韶迟也会露出赌徒一般的绝望，
绝望中又带着孤注一掷的悍勇。

第十三章　机关算尽　084
她就这么一直坐在地上，
满脑子都是刚才云暮寒那厌恶的眼神，
他叫她滚。

第十九章　一城晚风　138
他一直都在。只要她回头，她就能发现，
自己从未走开，她从来就没有失去过他，
因为他从不曾离开……

第二十章　爱情早餐　149
如果可以，他真的想拴住雨陌一辈子，
他已经没有时间等待和浪费了。

第十四章　笑饮砒霜　095
书上说的，有生之年，谁是你的砒霜，
谁又是你的蜜糖。
或许，云暮寒就是那杯毒药，
可她宁愿含笑饮砒霜，甘之如饴……

第二十一章　可乐戒指　154
我不需要你的誓言，只希望，
你能记得此刻，你眼里我的样子。
如果有一天，我不在了，
你还能想起今晚，你为我戴上可乐戒指。

第十五章　但为君故　104
如果这个世界没有了韩雨陌，
也不会有云暮寒……

第十六章　破茧成蝶　109
等你做了我老婆……
这恐怕是他说过的，最动听的谎言。
那时候的她，真的从没有怀疑过
他有一天会结婚，只是她也从没有想过，
他娶的那个……不是自己……

第二十二章　不堪回首　160
恐惧，在他心底蔓延。
他只觉得全身彻骨寒冷，他从来没有这样
害怕过，也没有见过这样的雨陌。
他不知道这些人到底对她做了些什么，这
个即便面对死亡也没有软弱过的女孩，此
刻却脆弱得不堪一击。
到底是什么人，这么残忍地，要将她逼疯？

目录

第二十三章　　一往情深　170
情之不知所起，一往而深。
雨陌，你可知道你是一个天使？
是这个世界变化得太快，早已经容不下你
的澄澈美好。
陆韶迟俯下身子，浅吻她的额头。
其实，我也配不上你。韩雨陌，这三个字
弥足珍贵，我又如何能够不珍惜？

第二十四章　　剑拔弩张　177
雨陌喜欢甜食，喜欢碳酸饮料，喜欢鸽子，
喜欢 RPG 游戏，她的这些喜欢曾经是他
专属的珍藏。
可现在不是了，身边的这个男人和他一样
了解她，成了她新的喜欢……

第二十五章　　微光森林　187
心里，有点点微光，如同天尽处的晚霞般
不肯妥协，苦苦支撑着，也要破云而出。
他的爱情，就好像这点微弱的光芒，
即便是即将离场，也绝不放弃……

第二十六章　　寂寞伤城　193
他们以为这样的羞辱，是一把匕首，
可以让她伤让她痛，却不知道，
这把匕首同样可以成为披荆斩棘的武器，
让她坚强，让她坚持。

第二十七章　　薄暮晨光　204
原来，这就是牵挂的滋味，
似有慢火在炖雪梨，那么煎熬，
却又甜蜜清凉。

第二十八章　　豪门夜宴　221
每个人都会遇到一个人，
值得她无条件信任。
对不起，暮寒。可惜不是你……

第二十九章　　爱得痛了　235
习惯了虚伪的人连自我都无法救赎，
又如何赐予他重生？

第三十章　　往事如烟　241
他的笑容很温暖，仿佛一看就是一生一世。
只不过，那些人，那些事，都比烟花还短暂。
人生不会永远如初见，再美好，都不属于她……

第三十一章　　秋日童话　255
爱与惊恐，如影随形。

第三十二章　　冬季恋歌　266
他把他们曾经的梦想变成现实，他为了她，
创造"陌上云"。可最终，她却辜负了他。
原来世界上最无奈的三个字，
就是"对不起"。

第三十三章　　相濡以沫　279
"我们一定可以天长地久。"
那是他的韩雨陌，是交付，也是承担。

目录

第三十四章　　相忘江湖　284
都结束了，全忘了吧。
山盟海誓，不过是年少无知。
所谓的风花雪月，不过是镜中花，水中月。
相濡以沫，果真不若……相忘于江湖。

第三十五章　　至此剧终　292
那是梦里希冀过的景色：
陌上花开，云暮低垂，倦鸟迟归。

番外一　　陌上花开　300
只要寻找，只要相信。我一直相信，
兜兜转转，相爱的人一定还会在一起。

番外二　　娃娃亲　305
在爱情面前，百炼钢也化绕指柔。
命运早已经为你量身定做一个劫数，
你永远逃不出它的手掌心。

番外三　　因为爱，所以爱　308
陆韶迟，因为爱你，所以我会爱你所爱。
我会爱你的家人，因为那也是我的家人。

番外四　　值得　311
既然在你身边的男人已不是我，
便让我用自己的一生拼搏换你恣意一场，
哪怕只留孤独自己品尝，
我也想说这一切值得。

番外五　　云归　316
你要知道，有些人会老的，
只能陪她一段路，
而你才是可以陪她走完全程的人。

番外六　　爱你不迟　319
以前，我被你保护得太好，
所以一直不肯长大。但从现在开始，
换我来爱你吧，
我要把你缺失的童年都补给你。

番外七　　晓看天色暮看云　326
晓看天色暮看云的下一句是：
行也思君，坐也思君。
君晓晓，我很想你。

后记　　总有一朵花会如期绽放　342
一朵花谢，也会有一朵花开。
河山万里，岁月悠悠，人生的路上，
每个人迟早会遇到属于自己的那一朵花。

题记：

谨以此文，

献给我们轻于流年的初爱。

楔 子

> 陆韶迟，你原来也会这样患得患失，
> 会这样嫉妒，嫉妒那个男人和雨陌，
> 嫉妒她生命中那段你不曾出现的岁月

晚上十一点，云泽市仁心医院住院部有些冷清。空旷的走廊里，甚至能听见风穿过的声音。尽管雪白的日光灯将医院映得如同白昼，但窗外如墨般的漆黑却提醒着所有人，现在已经是深夜。

年轻的值班护士一边打着哈欠，一边拿着手机，刷着娱乐新闻公众号。这是她一直关注的娱乐公众号，该公众号出了名地善于编故事，即便是明星去治个痔疮，都能写出跌宕起伏的八卦故事，简直是忙碌生活中的快乐源泉。

"金恩彩的演唱会居然一条推送也没有？不对啊，云泽娱乐也太不专业了吧，我要取关！"小护士不满地嘟囔着。

"小编都进医院了，还怎么给推送啊。"旁边的另一位值班护士接话道，"电视剧都不敢这么编。这云泽娱乐的记者企图混入后台偷拍金恩彩，结果被工作人员发现，一路追到舞台上。你猜结果怎么着？她突发心脏病，倒地休克，金恩彩直接暂停演唱会给她做急救！"

"真的假的？"

"当然是真的，这病患送的还是咱们医院呢！"护士打开手机，迅速点开微博，正要递给身旁的同事，另一只手却抢先一步，接过了手机。

两名护士看到来人，神色一变，将所有八卦议论都吞回了肚子里。

那是一名三十多岁的青年男子，清俊的眉目透着几分威严。透过他身上的白大褂，可以隐约看见里面质地轻薄的衬衫上考究的花纹。在白大褂的一侧，挂着一张名牌，上面写着：云泽市仁心医院心外科主任陆韶迟。

"陆主任……我们不是故意在值班的时候看手机的……"护士有些紧张，不知所措地看着面前的男子。

陆韶迟没有答话，手指飞快地在屏幕上滑动着，脸色变得越来越难看。两个护士面面相觑，彼此在对方眼中看到了忐忑的神色。

"几号病房？"陆韶迟的目光没有离开手机屏幕，他的声音低沉，在深夜空旷的住院部大厅中荡起些回音，更显得清冷严肃。

"什……什么？"值班护士一时没反应过来。

"晕倒的那位娱乐记者在几床？"陆韶迟眉头微蹙，边问边掏手机。之前进手术室，他将手机设为了静音，上面一串的来电提醒。

"我查一下，那记者叫什么……"护士手指敲打着键盘，正要查询。陆韶迟已经走到她身后，提前一步在键盘上敲出了"韩雨陌"三个字。

看着那名字后面标注的"1314病房"，陆韶迟什么都没说，转身朝电梯口走去。

年轻的护士看着他离开的背影，有些回不过神来。

"陆主任怎么知道那记者叫什么名字？"护士看向身旁的同事。

"可能他也悄悄关注云泽娱乐的公众号？"另一名护士接嘴道。她话音一落，两人不知道脑补了什么，都忍不住浑身一抖，只觉得光想象都觉得难以接受。

身为云泽医院最年轻的科室主任，陆韶迟可是有"云泽第一刀"的美誉。你说他关注《柳叶刀》大家还能理解，关注娱乐公众号，那一定是太阳打西边出来了。

在外人眼中，"陆韶迟"三个字，就好像精准的医学仪器一样，永远不会出现"冷静"之外的任何情绪。哪怕是再危重的病人躺在手术室，他也可以做到从容不迫。焦急？担忧？生气？这些词汇跟他的名字素来没有交集……当然，凡事都有意外。而韩雨陌，就是那个意外。

想到那个女人，陆韶迟的表情终于出现了一丝变化。他快步走出电梯，朝着1314病房快步走去。

"亲上了，亲上了……"

刚走到1314号病房门口，陆韶迟就听见房内传来了一个女人激动到不行的声音。

陆韶迟松了一口气，她还生龙活虎，看来情况没有他想象中严重。

他推开门，径直走进病房，毫不犹豫地拿过对方的手机，关掉视频。

"你干什么啊！你知道你们医院这个破网有多慢吗？我加载整整四十分钟才等到他们这个吻！你居然关了我的视频！"韩雨陌盘腿坐在病床上，怒气冲冲地瞪着陆韶迟。那身粉蓝色的条纹病号服穿在她身上，略显宽松。她小小的脑袋从宽大的衣服领子里探出来，让她看上去更加瘦弱。只是那清秀苍白的脸上，一双澄澈清明的眼睛狡黠地转着，半点看不出病态。

"看多了无脑电视剧容易残疾。"陆韶迟瞥了韩雨陌一眼，语气不咸不淡。

"残疾？怎么可能？我虽然不学医，但也有常识的，从来没听说过追剧还能残疾。"韩雨陌狐疑地看着陆韶迟，看着他那一身白大褂，有些将信将疑。

"我说的是脖子以上会残疾。"陆韶迟脱掉身上的白大褂，将它挂到一边。

"陆韶迟，你笑我无脑！"

他看了一眼脸皱成一团的女人，继续说道："以后你再看这些，我不介意把你转到监护室。那里连只苍蝇都飞不进去！"

"你这是浪费医疗资源！"

"仁心是私立医院，我是股东，我说了算。你可以试一试我敢不敢这么做。"陆韶迟不顾韩雨陌的愤怒，目光扫视病房四周，他走到床边，无视韩雨陌警惕的目光，直接掀开了被子，将藏在被子里零食拿走。

韩雨陌伸手抓住了零食袋子，在陆韶迟警告的目光下，默默地将手收了回去。

韩雨陌小心翼翼地看着陆韶迟，见对方依旧板着脸，没有松口的意思，立刻收敛起趾高气扬的气焰，眼睛一眯，露出了谄媚的笑容："韶迟，这间病房好吉利啊，1314，一生一世。住在这里，那是咱俩的缘分啊，多好的兆头啊！要不咱还是不搬了……"

"是吗？"陆韶迟看着露出楚楚可怜表情的女人，心中又好气又好笑。这个女人，跟变色龙一般，刚才还气势汹汹，现在却如同哈巴狗般讨好他。"不好意思"几个字怎么写的，恐怕她都不知道。住院也能说成好兆头，也只有她这样没心没肺的人可以做到。

见对方一副无辜的表情，陆韶迟叹了一口气："不让你看这些情节大起大落的剧是为了你好，你心脏不好……"

"知道了，你个陆林嫂真唠叨。"韩雨陌塞住了耳朵，"我这么温柔可爱天下无双的好女孩，一定能逢凶化吉的。你想想上一次，多凶险啊，那个该死的急诊室的陈楚洋说我一定抢救不过来。但是你

·004·

看看我现在，活蹦乱跳的。本姑娘人品好，长命百岁是一定的。再说了，我有一位英俊潇洒、温柔多金的男朋友，绝对不舍得死。如果我死了……"

"行了，如果你觉得闷的话，就看新闻节目好了。"陆韶迟打开电视，打断了韩雨陌的发言。他听不得她说"死"字，本以为当医生，见惯了生老病死，可偏偏那个字从她口里说出来，他还是无限地恐惧。

"你让一个做记者的看新闻，我会觉得我还在工作，你是不是太残忍了？"韩雨陌沮丧地嘀咕一声。她噘起嘴巴，闷闷不乐地陪着陆韶迟看着电视机里的新闻播报。

"作为医生，我劝你改行……"陆韶迟有意无意地说道。韩雨陌听见这话，立刻不出声了。她专注地看着电视，也不知道是太投入了还是在发呆。

"下面是一则娱乐新闻：昨天晚上韩国著名歌唱家金恩彩小姐，在云泽体育馆举行了'倾城色彩'亚洲巡回演唱会的最后一场演出，此次演出……"

女主播的声音甜美异常，陆韶迟听了却皱起眉头。韩雨陌也跟着皱起眉头，时政新闻里播娱乐消息真是怪异，女明星就女明星，还"著名歌唱家"呢！

"你就是采访她的时候晕倒的？"陆韶迟将电视机音量关小了一点。

"今天现场人太多了，我怕拍不到好画面，谁知道那些工作人员追着我跑……我一时紧张……喂，你干什么？你在给谁打电话？"陆韶迟没听完她叽里呱啦的叙述，直接掏出手机。

他脸色不善，一看就知道生了很大的气。韩雨陌暗叫不妙，连忙冲上去抢他的手机。

"我打电话去你们传媒集团，告诉你们领导，你不干了。"

"喂，是云泽都市报新媒体部吗？"

"别打啊！"韩雨陌扑过去。

"韩雨陌，你到底知不知道自己的状况？你是不是想等到自己真的没得治了才肯乖乖地听话？这份工作收入低强度大，根本不适合一个心脏病人。而且你也不是正式记者，你在新媒体部做这个娱乐公众号，连个编制都没有，为什么还要留在那里……"陆韶迟后面的话卡在喉咙里。

他看到韩雨陌的眼圈发红,似乎很委屈地在隐忍着什么。一行清泪顺着她的脸落下,如同划开了一道伤口。她的哭泣,寂静无声,可他心里却有一个声音石破天惊:她……居然哭了。

认识韩雨陌这么久,他很少看到她哭,无论是发病的时候,还是治疗的时候,再疼她也不会哭。大部分时候她都是在笑。印象中的韩雨陌,永远是那么大大咧咧,似乎天生对痛苦的事情比较迟钝,每天都精力充沛,再沮丧的事情,她也能找到理由安慰自己。她……怎么会哭呢?

唯独有一次。

那是一年前的圣诞节,他打电话给她,她没有接听。他去了她家,发现她蹲在门口哭得很伤心。那时候的她,把头埋进手臂里,脆弱得如同一只受伤的蝴蝶。当时,她喃喃自语,反复说自己丢了东西,再也找不回来了。他从来没见过她这个样子,只能将她抱在怀里。她哭了一个晚上,他那时候才知道她居然这么能哭。那一天,他对她说了"爱"字,他在心里承诺,要永远让她快乐,不再让她哭。

"雨陌……"

"我没事,我就是眼睛疼。"她说着蹩脚的谎话。

他不知道该如何安慰她。她和上次一样,抱着双腿,把头深深地埋在手臂里,肩膀耸动,低声抽泣。

据说,选择这种坐姿的人很缺乏安全感。

陆韶迟紧紧地抱住她。她很娇小,他有些心疼,原来,她这么瘦。

过了许久,她逐渐平静下来。

她转着黑白分明的大眼睛,有些不好意思地看着陆韶迟。

"我就是想着月底考核完成不了,所以才哭的。不过韶迟,你哭什么?"

"什么?"陆韶迟脸一红,一时语结。若不是她提醒,他竟然不知道自己的眼眶居然也湿了。

"你在哭啊!"韩雨陌脸上还挂着鼻涕眼泪,大惊小怪地看着陆韶迟,直看得他脸上发烫。

"我没哭,早点睡。"陆韶迟摸了摸她的头发,宠溺地说道。

"遵命!"韩雨陌敬了个礼。

陆韶迟这才放心地离开病房,关门的瞬间,他看到韩雨陌冲他不停地做着鬼脸,他心头一漾,感觉到细微的甜在胸口化开,幸福感顿时将他的心撑满。

夜已经很深了，陆韶迟看着空荡荡的走廊，心中涌出一股别样的情绪。认识韩雨陌两年，相恋一年。第一次见她就是在医院，那也是他第一次在重病房看到那样灿烂的笑容。

那个穿着重病号服装的女孩，仿佛永远不知道什么叫恐惧，什么叫悲痛，她总是大声谈笑，把护士和医生逗得乐乐的。那样的笑容，让他总会不由自主地停住步伐，贪恋地站在病房门口，默默地注意着她。那样的笑容，让死神都望而却步，最终，她笑着走出病房，活过了医生判下的死期。而他，从此不可自拔，他被她的笑判了"无期徒刑"。

"金恩彩的美真是三百六十度无死角啊！"值班护士忽然拔高的声音打断了陆韶迟的回忆。他不由得皱了皱眉，朝声音的方向看去，两个值夜班的小护士看见他，害怕地低了低头。

"金恩彩？"陆韶迟重复了下这个名字，目光落在值班护士的手机上。

护士以为要被责骂，头都不敢抬起来。

"是歌星？"怎么走到哪儿都是关于金恩彩的娱乐新闻？"

"是啊，韩国最红组合的主唱，去年"单飞"了。她难得来国内开演唱会呢。据说她男朋友是中国人，她是为了爱情决定放弃韩国蒸蒸日上的事业，重新签约国内的公司。牺牲一切，从头再来。真的很有勇气，不知道是什么样的男人值得她这样付出。"其中一个护士有些激动地说。

"能被恩彩喜欢的男人，怎么可能是普通人。你看，"狗仔队"的记者拍到了他的侧面！看上去好帅啊，可惜照片不是很清楚。不过你看这个侧影，简直和明星有得一拼！"另一个护士谈到偶像的时候也热情高涨。

陆韶迟收回目光。对于这些，他并不感兴趣。突然，他眸色一紧，死死地盯住对方手机上的照片，手轻轻发抖。

两个护士有些紧张地看着他，她们从未见过陆医生露出这样震惊的神情。

陆韶迟看着那个被偷拍的男人——金恩彩的"中国男朋友"。那桀骜的气质，那完美的轮廓，只要见过一眼的人，恐怕就不会忘记。即便看不清面目，他也能感到这可怕的熟悉。

他的手渐渐握紧，直到指甲陷入掌心中。

他记得这个男人，最早看见他，是在一年前。那天，雨陌哭得很厉害，说她丢了重要的东西。他心里一动，他曾经在她家捡到过一条项链。那是一条普通的项链，并不值钱。鸡心形的项链上有一个活扣，他偷偷打开过它，里面有一个男人的照片……原来，这就是她最重要的东西。后来他鬼使神差地藏起项链，没有还给她。连他自己也不知道为什么那样做，他是那样害怕，害怕她看到那照片上的男人，害怕失去她……

他的心猛地一惊，那么她晕倒，或许根本不是与工作人员起了冲突。她一定是看到那个男人了，否则她今天怎么会那么失态，哭得那么伤心。

那个男人是谁？和雨陌是什么关系？他从来不曾问过她的过去，任何往事都是她刻意回避的伤。不过，此刻他却疯狂地想知道，想知道那个男人和她的过去。雨陌一定很爱他，否则怎么会失魂落魄地寻找那条项链，可是……既然如此，他们为什么要分开？究竟是怎样的男人，才舍得和她分开？如果是自己的话，即便失去生命，也不会停止爱她……

他自嘲地笑了笑，陆韶迟，你原来也会这样患得患失，会这样嫉妒，嫉妒那个男人和雨陌，嫉妒她生命中那段你不曾出现的岁月……

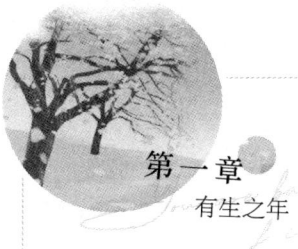

第一章
有生之年

用三年来爱一个人,却花了六年去遗忘。
九年,从无知孩童到如今的亭亭少女,
她的爱情,就好像《无间道》里的梁朝伟一样,
永远看不到光明,只是她的人生,还能有多少个三年……

这是一个很普通的早晨,天空很蓝,云彩稀薄。路边的绿化带蓬蓬勃勃,梧桐树枝叶茂盛。云泽传媒集团门口热闹非常:前来求助的困难群众、进出的采访车、没带出入证和警卫斗嘴的工作人员,当然,还有穿着卡通T恤、背着双肩包东张西望的韩雨陌。

"早上好,今天去哪儿采访啊?"韩雨陌笑眯眯地问跑出去的同事,对方行色匆匆,根本没空搭理她。

韩雨陌满不在乎地耸了耸肩。新媒体部是出了名地忙碌,大家都铆足了劲抢头条冲流量,根本没时间浪费在办公室寒暄上。办公室里只有此起彼伏的电话声,以及被人抢了新闻的同事在办公室冷嘲热讽,指桑骂槐。

韩雨陌是在云泽传媒集团旗下的云泽都市报社工作,不过她不是新闻记者,而是报社新成立的新媒体部的采编,负责云泽娱乐这个娱乐新闻公众号。微信公众号与传统的新闻稿件不同,稿件质量评判的唯一标准就是转发量,谁要是写出十万加的爆款,谁就是领导的宠儿。韩雨陌便是那个全新媒体部年龄最小、资历最低、稿子转发量最少的"三最极品"。

"我干媒体这么久,第一次见到有小编能上热搜!韩雨陌,你可以啊!"新媒体部主编涂水秋摸了摸胸口,告诉自己不生气,当年聘用她,也就是看她满腔热情,没底薪、没编制、没前途也肯干。本以为这个发誓要当记者的女孩,一定热爱新闻事业,充满理想,绝对会兢兢业业。可工作这么久,她彻底死了心,韩雨陌这丫头就是一根筋,没有确切证据的一点不肯写。

"韩雨陌,立刻到我办公室来!"想到愤恨处,主编猛地将手中厚厚一沓采访提纲拍在她桌上,然后踩着高跟鞋,趾高气扬地走进主编室。

"金恩彩的新闻是要做头条推送的,你却给我开了天窗。你知道我们掉了多少关注量吗?我拜托你机灵点!"

"主任,你看'热搜'了,我差点犯心脏病死掉!"

"有你在,我们全部门都会犯心脏病死掉!我说你能不能上进点啊?算我求你了,隔壁要闻部和社会新闻部的人个个等着看我们笑话呢!"主编推了推眼镜,一脸气愤地看着韩雨陌。办公室生存本来就是这样,兵来将挡水来土掩,一群人活脱脱就一现代版的大观园。陷害你你都要认命,谁有义务来提醒你?真不知道说这丫头稚嫩还是蠢,什么都不知道!

"我一定会上心的,我现在就出去采访。领导再见……"老巫婆生气了,看来还是先溜为妙。

"给我站住!跑这么快,赶去投胎啊?"

"啊……是去投胎!不过不是我去投胎,是王莹的宝宝赶去投胎。'王天后'生产这么重要的事情,我自然要日夜关注啦。"

"'王天后'生孩子这件事一直有同事在跟,你凑什么热闹?分内的事情都做不好还想着别的!况且,她离预产期还有两个月,你急什么!"

"不是啊,领导。我们做新媒体编辑的一定要有前瞻意识,要有远见。要知道,这个生宝宝的事情说不准的,也许宝宝一着急,就提前一两个月钻出来了。为了我们'狗仔队'的精神,我觉得我一定要提前守在医院,随时准备迎接宝宝的降生。"韩雨陌睁着无辜的大眼睛,"一本正经"地解释道。

"你说够了没有,说相声吗?现在是不是要你来教我怎么做事?你……"主编气愤地抓起桌上的一沓文件就要往韩雨陌头上敲。韩雨陌吓得连忙闭上眼睛——打吧打吧,打轻点。

"主编。"突然,一个声音制止了她。

韩雨陌松了口气,睁开眼睛。

门口一位女同事笑眯眯地站着,她扫了一眼雨陌,目光很是不屑。

"什么事情？"一看到是自己的得意干将，主编立刻换了笑脸。

"王莹今天上午下楼的时候不小心摔了一跤，送到医院，很可能提前生产。"

"那……"

"主编您放心，我已经派了两位实习生轮流守候在那儿了。我现在立刻赶过去，这条新闻跑不掉了。"

"你办事我当然放心，难得你这么有前瞻意识。医院很远的，这样吧，让车队派辆车送你，派车单让司机给我签就行了。"

"谢谢主编。"

"应该的，应该的。"

应该的？韩雨陌瞪大了眼睛，自己连去新区都是只靠两条腿，在无比重视节约采访经费的新媒体部，派个人去只有十分钟路程的妇幼保健院，还要派车？

韩雨陌立马上前："领导啊，我上次去云泽体育馆到演唱会现场采访打车共花了……"

"不要说了，你那稿件的价值不够换取打车费。瞪着我干什么？你在心里骂我什么？你别以为我不知道，你们这些人背后就知道叫我老巫婆！有时间背后说人是非，不如学学如何多跑两条头条出来！"

娱乐小编背后不说是非那说什么？难道说风花雪月，说时政要闻？韩雨陌心里腹诽了一句。如果不是为了爸爸的期望，她才不留在这该死的新媒体部当小编呢！

唉，本来有希望成为著名游戏策划师的她，现在却成了无名娱乐记者，世界上最悲惨的事，莫过于此。

"干什么一副英勇就义的表情？金恩彩那篇稿子的账我还没跟你算呢！现在她要留在云泽拍新唱片的 MV，估计会待一段时间。现在盛传她为了神秘男朋友放弃韩国如日中天的演艺事业，全网吃瓜群众都想知道那男人是什么来头。别说我不给你机会，现在这篇稿就你跟进，无论如何，把那男人挖出来。"

"主编，为了采访金恩彩的神秘男朋友，我都住在演唱会后台厕所里了，结果连稿子都发不出来。这么大的担子，应该让有经验的前辈去嘛！"听到"金恩彩男朋友"几个字，韩雨陌脸色一变，急忙推托。

"还敢跟我提上次！演唱会那天，所有媒体都发了稿，只有我们没发，这娄子是你捅的，现在你给我补回来！"

"可是领导，金恩彩不会卖我们这种小报面子……"

"两个月，我见不到这条独家头条，你也不用来上班了。"

"是，我一定不辜负领导厚望！"主编的话如同魔咒一般，立刻让韩雨陌噤声。只要说到离开报社，她一定会妥协。

韩雨陌做了个深呼吸，低头退出了办公室。

她回到座位前，静静地坐了一会儿，对着电脑竟然湿了眼眶。过了片刻，她仿佛决定了什么，立刻新建了个 Word 文档，随即迅速地敲下"辞职信"三个字。可才打三个字，她的手指就僵在那儿，再也按不下一个按键。

她出神地看着电脑桌面的那张全家福，爸爸妈妈还有她，笑得极其灿烂。她沉默地看着画面上的三个人，恍如隔世。

绝对不可以失去这份工作。这个念头在脑海中猛地闪过，韩雨陌手指轻点鼠标，将那个辞职信的文档丢进回收站。

"主编让你去写金恩彩神秘男友的稿子？天哪，她一定是找借口让你滚蛋！金恩彩不知道多重视这段感情，是绝对不会让这段恋情见光死的。"

"是啊，雨陌，与其做不好被开除，不如主动辞职！这样走也光彩点！"

"就是嘛，要是我，一定辞职，走得潇洒点！"

啪的一声，韩雨陌猛地拍案而起。所有喋喋不休的同事，吓得全部闭嘴。

韩雨陌看着那些被她吓愣的同事，突然眯起眼，露出一个狡黠的笑容。

"谢谢大家关心，我一定不会辞职。而且，我会让主编给我头条推送。"她笑眯眯地说道。只是在那灿烂的笑容下，却是深邃如夜海一般的黑暗与绝望。

六年了。

本以为这辈子，他们都不会遇见了，可偏偏在她决心遗忘的时候，他又回来了。他不是一个人回来的，他身边还站着那样一位女子——美丽、优雅、名扬天下。

原来，忘记一个人那么难。全部的努力，在见到他的瞬间，功亏一篑。那天，当她在后台看到金恩彩依偎在他怀里的时候，就知道自己完了。心，疼得仿佛要裂开，悲痛如潮水一样涌过来，让她几乎窒息。忘不了，原来根本忘不了。只一眼，就让她的伪装全线崩溃。

她用了三年来爱一个人，却花了六年去遗忘。那些属于他们的过去，是从来就不曾离开的记忆。他为什么要回来，曾经的伤害还不够吗？

她明明已经躲开，不再出现在他的生命里。可是他却不肯放过。

她早就不是当初的懵懂少女，她的爱情，就好像《无间道》里梁朝伟饰演的陈永仁一样，永远看不到光明。只是……她的人生，还能有多少个三年？

第二章
狭路相逢

有生之年,狭路相逢,
终不能幸免……

盛着水的水晶盆,荡漾着几盏红烛,金恩彩的脸在忽明忽暗的烛光中,显出几分妩媚。复古的音乐,暧昧的光环,还有大厅假山下水面漂着的荷叶,无一不显出这家餐厅的格调与品位。这里是云泽市最有名的西餐厅,在这里用餐的人,非富即贵。

"云少,您要的酒。"服务生小心地端来一瓶红酒。

那位被称为"云少"的男子让服务生倒了少量的酒,轻轻地举起杯,喝了一小口,之后他满意地点了点头。整个过程,他都没有说话,举手投足间,流淌着一种特殊的气质。那是让人不能质疑的尊贵,那种如同王子般的天生贵族气质,让人相信,即便是隐藏于人群中,他也能脱颖而出,卓然不凡。

"暮寒哥,你想吃什么菜?"服务生殷勤地献上菜谱,金恩彩将它递给对面的云暮寒。

"你选吧。"云暮寒漫不经心地应了一声。

金恩彩一愣,目光尴尬地在菜单上徘徊。

"对不起,我忘了你不熟悉法文。"云暮寒这才回过神,看到金恩彩局促的眼神,他心里突然一阵烦闷。如果是她,大概不会这样小心翼翼,她一定会跳起来指责这餐厅不够人性化,居然不设中文菜单。他还记得,大二那年,他拿着微薄的奖学金请她来这里吃饭,她就是拿着完全看不懂的菜单点个不停。

菜端上来后,她不敢置信:"喂,怎么每道菜都是牛肉啊?你确定你们没有上错菜吗?"

"小姐,这些都是您点的菜。"

"是啊,这上面明明画得不像牛肉,怎么还是牛肉啊?"

"扑哧!"一旁的他差点把红酒给喷出来。敢情她看不懂菜谱上的字,索性就看图说话?

"乖,看不懂菜单的话,我来点吧。"他终于忍不住开口。

"谁说我不懂的!不就是一份英文菜单嘛,我才没有那么没文化!"

"小姐,我们是法国餐厅,我们的菜单是法文的。"服务生实在是看不下去了,小声提醒。

"明明是你们餐厅太没服务意识,我可以投诉你们吗?为什么没有中文菜单!"

…………

能把法文看成英文,还拼命炫耀的女人恐怕全世界只有她一个了吧。被揭穿后,她窘迫得脸色涨红,如同一只煮熟的螃蟹。然后用她那招牌式的可怜巴巴的眼神望着他,脚不停地蹭着地,一副小媳妇的样子。他还记得当年,那些服务生拼命忍住笑的表情……

他怎么又想起了她。那个女人,当年能够那样绝情地践踏他的爱,能伤害得那样彻底,他为什么还要记得她的好?他没忘记自己这六年是怎么过来的,每一次回忆都会让他痛不欲生。从来没有这样爱过一个人,也没有这样恨过一个人。他将一颗心完整地献给她,却被她冷笑着丢弃在地上,那个女人,还有心吗?韩雨陌!他咬牙切齿地在心里喊这个名字,他恨她,六年的日日夜夜,他没有一天不在想,想如果见到她,该怎样报复,怎样跟她算这笔账。

金恩彩看着云暮寒阴晴不定的神色,有些担忧。她不知道他为什么会突然笑,不知道他为什么又露出那样可怕的表情。她从来不了解他,她和他在一起六年,这六年,仿佛只有她一个人在爱。

"小姐,我们这里有提供中文菜单,您要不要看一下。"服务员在一旁客客气气地站着,能随意地点价值上千的红酒的客人,是不允许出差错的。

"中文菜单?"云暮寒若有所思地看着服务生新递过来的一份菜单,上面不仅有中文菜名,还有每道菜的主料以及营养分析介绍。

"是的,云少。我们上个月统一印制了一批菜单,有中文、日文、韩文、阿拉伯文,我们新老板说了,要让每一个国家的顾客都能够用母语点餐。"

"那给我韩文菜单吧。"云暮寒点了点头。

一旁的金恩彩见他这么体贴自己,娇羞地低下了头。

"暮寒哥,你对我真好。这次是我第一次来中国拍戏,暮寒哥,你会来探班的吧?"金恩彩期待地看着他。

"探班?你不希望那些苍蝇一样无孔不入的'狗仔队'拍到你我的绯闻吧。"云暮寒眼底闪过不耐烦。

"一直都是你讨厌,不是我。"金恩彩低了头,自言自语道。她从来没有公开自己恋爱的事情,并不是因为她不愿意,而是云暮寒不愿意。她刚刚抱怨了一句,心里就紧张起来,她看向云暮寒,发现他并没有注意到她在说什么,眼睛一直看着对面。她心里嘲笑自己的紧张,一些莫名的情绪,蔓延开来。

"暮寒哥,你是不是不喜欢我接这部戏?这部戏是江叔叔投资的,我知道你对他一直有些误会,但是他始终是你的……"

"你能不能不要提这个人?"云暮寒猛地打断了金恩彩的话。

金恩彩瑟缩了一下。

云暮寒有些气急败坏地将那瓶红酒倒满酒杯,一杯接着一杯地喝掉。服务生悄悄在一旁吞了口口水,有钱人真会糟蹋,居然把几千块的红酒当啤酒灌。

"暮寒哥,你别这样。如果你不喜欢我接这部戏,我可以推掉。"金恩彩正说着话,却发现云暮寒忽然死盯着迎面走过来的两个人,眼神中似有滔天的愤怒。她正要开口说什么,云暮寒却忽然起身,拿出钱包甩了一沓钞票在桌上。

"公司还有事,我先走了。"说罢,他甚至不给金恩彩回答的时间,便抓起西装离开。

一扯开玻璃门,热气扑面而来,即便是晚上,还是那样的闷热。

云暮寒钻进车里,将冷气开到最大。他双手紧紧地抓住方向盘,心中的燥热才慢慢退去。车载音响里,王菲用沧桑的声音反复唱着:

有生之年,狭路相逢,终不能幸免……

她居然这么幸福!

刚才,他看到那个女人挽着一名男子的手,小鸟依人般笑呵呵地走进这家餐厅,他几乎忍不住要冲上去抓到那女人问个清楚!

韩雨陌,你够狠,够绝!在我生不如死、苦苦思念的六年里,你却和另一个男人逍遥自在。云暮寒,你真是个不折不扣的傻瓜!居然会天真地以为一个抛弃自己的女人会内疚会痛苦，甚至……奢望她在等候！

女人满大街都是，可为什么偏偏他忘不了这个韩雨陌。那些往昔的岁月，刀子一样刻在他心里，每一次回忆，都疼得他撕心裂肺。

有生之年 狭路相逢 终不能幸免

手心长出纠缠的曲线

懂事之前 情动以后 长不过一天

留不住 算不出流年

哪一年 让一生改变……

王菲还在唱，曲调带着迟钝的忧伤。哪一年，让一生改变？

不要让我再遇见你，韩雨陌！云暮寒在心里，狠狠地念出这个名字。

第三章
擦身而过

六年前的那个夜晚,
当"分手"两个字在空气中裂开,她的心也跟着裂了。
而如今,记忆的伤口被生生撕开,
她仿佛又回到那个绝望的夜,
心开始溃烂发炎,疼得惊心动魄。

"西餐厅啊?"韩雨陌站在餐厅门口,看着上面的招牌,"要不要换一家?我要吃南城炒粉!"

"你上礼拜明明说要吃西餐的。"

"你也说了是上礼拜了!"

韩雨陌正要转身离开,服务员却拉开了餐厅的门:"陆先生,您来了,里面请。"

"他认识你?老板是你朋友吗?"韩雨陌跟着陆韶迟走进了餐厅。

"老板是你。"陆韶迟替韩雨陌拉开了桌椅,然后帮她挂起了外套。

"陆韶迟,你到底做了什么?"韩雨陌看着对方递过来的股权转让书,一脸震惊。

"每次路过这条街,你都会看一眼这家餐厅。有时候,还会在门口发呆很久。我想或许你很喜欢这个地方,所以我用积蓄买下了这家餐厅,想给你一个惊喜。"

"你简直是疯了,有钱也不能这么乱花啊!我当什么老板啊,我根本不会做生意。万一我赔光了,那你怎么办?"

看到韩雨陌急得如同热锅上的蚂蚁一样团团转,陆韶迟忍不住扬起了嘴角。这个女孩永远不知道她自己有多可爱,别的女孩收到礼物都很开心,只有她会去担心是不是买贵了。

"万一赔钱,你就以身相许吧。韩小姐,现在你男朋友身无分文,

而你是一家法国餐厅的老板了,你要负责养我一辈子,不准耍赖。"陆韶迟看着面前的女孩,目光中是满满的宠溺。

韩雨陌呆呆地看着陆韶迟,虽然明知道他说的是玩笑话,可是内心依然震撼。他甚至不知道她每次会对着这家法国餐厅发呆的原因,他也从未过问她为什么喜欢这里。可他却愿意倾尽所有,去成全她心底的一些念想。

"别用这种感动的目光看着我,我会得寸进尺。"陆韶迟一边示意服务员替他们满上酒,一边漫不经心地侧过身子。

陆韶迟敏感地察觉到有冰冷锐利的目光射来,凝神扫视一周,发现窗外的一辆车里一个男人正肆无忌惮地打量着他俩。

一看到那男子,陆韶迟心中一震,是他!

即便心中波涛汹涌,这位以稳重自居的外科医生表面看起来依旧风平浪静。他随意地将手搭在韩雨陌的肩膀上,挡住了窗外的男人的目光。

"韩小姐,这是波尔多八大名庄之首的酒中之王,您试试。"服务员替韩雨陌倒了小半杯酒。

韩雨陌喝了一口,咂了下嘴,开口用法语道:"味道不错。"

陆韶迟意外地看了一眼韩雨陌。

"干吗看着我,觉得我这个普通高职学校毕业的女生会说法语很诧异?"韩雨陌又喝了一大口红酒,脸上飘起两朵红云。

"红酒是要品的,你喝那么快当啤酒啊?小心点,别呛着了。"他微笑着擦去她唇边的一点酒渍,眼中的温柔让人沉溺。

韩雨陌心里一震,曾几何时,也有人这样帮她擦拭。

…………

"你干什么叽里呱啦地说土著话?"

"云暮寒,你敢说我学了一上午的法语是土著话!"

"法语?嗯,咱们英语不及格的韩小姐原来会说法语啊,对了,法语里我忘记带钱了怎么说?"

"什么?"一激动,她将杯里的酒一下子灌了进去。

"怎么这么不小心,哪里有红酒这么灌着喝的?瞧你喝得满脸通红,嘴角都是……又要我帮你擦!"

…………

"在想什么?"陆韶迟见她发呆,温和地问了一句。

"想起有一次在法国餐厅的经历。那时候我还是学生,去那家餐厅的都是有钱人,我忘记带钱,还点了几百块的酒,结果被老板追了两条街。原来高级餐厅的老板发起火来，也很野蛮的。"

跑单？

陆韶迟勾了勾嘴角，还真像她会干的事情。记得有一次，他陪着她逛超市，她迷迷糊糊地把没付钱的东西往外带，被抓了个正着。那是他长这么大，第一次进警察局。

餐厅的冷气开得很大，韩雨陌一口口地喝着红酒，试图让自己暖和一点。酒杯倒映出她略显苍白的面容，她闭上眼，努力让自己从回忆中摆脱。韩雨陌，你简直没得救了，怎么又想起那个家伙？这里连装修都变了，你们也早就没了关联，还有什么值得你留恋？

她看着四周华丽的装饰，突然有些不习惯这样高档的场所，她握紧了酒杯，有些拘谨地左顾右盼。突然，她死死地看着窗外。一辆银蓝色宝马飞驰而过，只是一个瞬间，她手轻轻一颤，杯子倾斜，红酒洒了一桌。

"怎么了？"陆韶迟皱了下眉头，这丫头总是这样冒失。

"没事，没事。对不起，我没拿稳杯子。"韩雨陌有些抱歉地擦着桌上的红酒。

"没伤着吧，怎么这么不小心？"看见她慌乱的表情，陆韶迟有些担心地站了起来。

"没关系，我只不过是有点喝醉了而已。"

眼中浮起水汽，面前的一些都变得模糊起来，韩雨陌的声音带着轻微的鼻音，看来她是真的醉了。

"我送你回家。"陆韶迟一把推开椅子，急急地上前一步。

"我先去洗手间清理一下，身上都脏了。"韩雨陌避开他的搀扶，有些迫不及待地往洗手间冲去。

陆韶迟脸色微变，他顺着她的目光看向窗外，若有所思。

水，哗啦地流着。韩雨陌出神地用双手撑着洗脸盆，看着镜子中自己湿漉苍白的脸。她的心猛地跳着，频率快得让她几乎要窒息。痛，心好痛。

…………

"我们分手吧。"

"韩雨陌，即便离开我，你也不会好过。"

…………

暮寒，我真的很不好过。她猛地捂住心口，那里如有一把锤子在敲打着，敲得她的心支离破碎。记忆泉水般涌起，化作无边的心痛。此刻的她，就好像一个溺水的孩子，连挣扎都失去了力气。心脏剧烈

地跳动着,每一下,都仿佛要将她震碎。

她手忙脚乱地从包里拿出药,一紧张,药撒了一地。也顾不得算到底有几颗,那手中的一把药就被她全部倒进了口里。她大口大口地喘着气,慢慢地,药物起了作用,她的心情渐渐平复起来,好险!

镜子中的人,满脸是水,看不出到底是水还是眼泪。韩雨陌做了个深呼吸,努力扯出一个笑容。

刚才一定是自己喝醉了,才会出现幻觉。那车里的男人,一定不会是他。

六年了,记忆都开始模糊,为何心里的他却越来越清晰?韩雨陌,你真没出息,说好了不再难过的,却还是这样脆弱。她低下头,大颗泪滴如珍珠一样落下,无声,却泛滥。

六年前,当"分手"两个字在空气中裂开,她的心也跟着裂了。而如今,记忆的伤口被生生撕开,她仿佛又回到了那个绝望的夜,心开始溃烂发炎,疼得惊心动魄。

"雨陌,你没事吧,你在里面很久了。"洗手间外传来了陆韶迟的声音,带着安定的力量。

"我没事。"韩雨陌擦干眼泪,看了看镜中的自己。

她的命是陆韶迟救的,她的每一天都是多出来的,早已没有了悲伤的资格——韩雨陌,你要永远那样阳光快乐!

至于她辛苦不辛苦,孤独不孤独,是不是真的开心,那些都是奢侈的问题,没有人会问,她也永远不会答。

调整好情绪,韩雨陌补好妆要离开洗手间。突然,身后传来了啜泣声,若有似无。她猛然地停住了脚步,目光落在了那门没关紧的厕所隔间上。

"不会这么邪门吧,难道是恐怖片看多了?南无阿弥陀佛!阿门!真主保佑!"韩雨陌自言自语,一会儿双手合十,一会儿在胸前画十字。

隔间里的哭声更大了,韩雨陌壮着胆子朝声源走去。

隔间门虚掩着,压抑隐忍的哭泣声从里面传来,听过去,很像管风琴的呜咽。韩雨陌咽了口唾沫,觉得洗手间的空调温度特别低,背后嗖嗖发凉。她颤抖地摸向隔间门,然后闭着眼睛,猛地推开。

一推开门,她就看见一个女子坐在马桶上,一边哭泣着,一边拿西餐刀就要往腕上划去。

"喂,你干什么?"韩雨陌想也没想就冲上去死死地抱住那女人。

"你放开我,你让我死,你让我死!"那女人歇斯底里地叫着,西餐刀刺破韩雨陌的手,韩雨陌疼得倒抽了口气,手却丝毫不放松,心里却感叹,搞什么,连台词都这么老套!

"死什么死,你知道多少要死的人多辛苦还活着吗?"生命,是那样奢侈而宝贵的东西。是她愿意花一切去交换的东西!可这个女人,却轻易地想结束!

"你就算要伤害自己,也拜托你找个人少的地方好吧。"她才刚刚当上这里的老板,这女人还真会挑地方。

"完了,什么都完了。真的全完了。"那女人手一松,整个人滑坐在地上。

韩雨陌一低头,看到女人另一只手里握着的是一根验孕棒。

"你都当妈妈了还做这样的事。"韩雨陌有些恼怒,正准备斥责对方几句,却无意中看到了那女人的脸。

金恩彩!这个说着一口流利汉语,哭得梨花带雨,一心求死的人是韩国超人气偶像金恩彩!全亚洲炙手可热的小天后,居然在一家法国餐厅的洗手间里做这样的事。韩雨陌第一次觉得自己是天生当记者的命,这么小概率的事情都能被她碰到。

更重要的是,这验孕棒是怎么回事?

"我为了他去学汉语,我为了他来云泽市,我为了他什么都愿意做,我是真的,真的很爱他,我不可以失去他……"金恩彩自言自语着。她身上有浓烈的酒精味道,呛得韩雨陌咳嗽了几声。

他?哪个他?难道是——他?

想到那个人的名字,韩雨陌脸色变了变。

"我不知道你遇到了什么难事,但是你现在有孩子了,你好歹为孩子想想吧。"

"你根本不会懂!"金恩彩咆哮着。

韩雨陌皱了皱眉,什么不会懂,没人比她更懂,爱一个人是什么样的感觉。她也曾有那样刻骨铭心的三年。有一段时间,她也以为没有他活不下去,但是如今,她清楚地明白,谁没有了谁都能活下去。

"我跟他认识六年,六年啊,人生有多少个六年?"金恩彩突然抓住了韩雨陌的肩膀,哽咽着说道。

六年……韩雨陌在心里重复着这个数字,不由得冷笑,金恩彩,你以为,只有你的六年才宝贵吗?

第四章
初爱流年

初爱,不仅仅轻于流年,甚至轻于万物,那么脆弱……

"我们一直支撑着彼此走过了最艰难的六年,谁也替代不了!你让我去死!"金恩彩喃喃着。

韩雨陌心中一痛。是的,那是她和他的六年,谁也代替不了。

"都当妈妈的人了,怎么能说死。"

"什么当妈妈?!"金恩彩甩开韩雨陌的手,冷笑了一声。

"我好不容易才有了今天,我好不容易摆脱了在夜总会上班的日子,我有了暮寒哥,我成了亚洲巨星,我不会让这个孽种毁了这一切的!"

韩雨陌震惊地看着金恩彩,捂住了唇——金恩彩不仅未婚先孕,以前还在夜总会上班。

忽然,她想起了主编说的话。只要她把这条新闻写出去,她就能留在新媒体部。如果她找不到爆料,就得离开报社。

想到这里,韩雨陌鬼使神差地拿出了手机,按下了语音备忘录。

这一瞬间,她觉得自己很卑鄙。但只要她揭穿了金恩彩曾经在夜总会上班的事实,那她必定能靠着这条爆炸性新闻转正。甚至,在看到这个女人遭难后,她心底居然有隐隐的快意。她想,其实自己内心是在意的吧,在意云暮寒和这个女人在一起的事实。

金恩彩还在絮絮叨叨地说着自己的往事,完全不知道这些话都被韩雨陌的手机录了下来。

六年前,家境困难的金恩彩在首尔的一家夜总会上班,因为长得漂亮,唱歌又好听,一直很受欢迎。当时在首尔大学攻读计算机课程的云暮寒经常去那家夜总会,每次都喝得醉醺醺的。一次,金恩彩被客人为难,喝醉了的云暮寒居然冲出去替她教训了那个客人。那一晚,他喝了很多,受了很重的伤,金恩彩一整晚都在照顾他。

自那以后,金恩彩再也没有去过那家夜总会。云暮寒半工半读,一年的时间就通过了论文答辩获得了硕士学位,并且获得了去商学院念 MBA 的机会,而金恩彩也去了科蒂斯音乐学院深造。毕业后,云暮寒和她在美国工作了一段时间,再之后两人一起回韩国。之后,只花三年的时间,这个天才少年已经成了韩国数一数二的游戏开发公司的负责人,而她也是炙手可热的超级巨星。

韩雨陌的心猛地抽痛了一下,如同被一把锈钝的刀划过一般,带着麻木的伤。如今裂口不见痕迹,但那些年华岁月,却早已经溃烂,绝望得如同死亡。

这就是云暮寒的六年吗?光彩炫目得如同传奇,只不过,这是没有她参与的六年。

那她的六年呢?考上一所普通大学,靠着助学贷款拿到学位,然后在小报社打工。她普通得如同路人甲乙丙丁,那些和他的记忆,虚幻得如同一场梦境。云暮寒,他一直都那么出色,她知道的,离开了她,他只会活得更好。

韩雨陌在心里苦笑,这算什么,为当年找借口吗?这世上本就没有后悔药可以吃。从当年她踏入酒店,瞒着暮寒见那个人开始,她就注定了会有这样的结局。

"我什么都做过了,你告诉我,我还能为他做什么?我什么都没有了,我只剩他了。"金恩彩哭着,因为醉酒,而有些神志不清。

"你喝多了,我扶你出去吧。"韩雨陌叹了口气。她收起手机,这种乘人之危的事情,她的确不擅长。她上前搀扶金恩彩。

"滚开!啊——好疼……"突然,金恩彩捂着肚子抽搐起来,面色痛苦。

"你怎么了?喂,发生什么事了?你别吓我!"韩雨陌迟疑地看着金恩彩,不会是孩子有事吧?

"韶迟!韶迟!快来人啊!有人昏倒了!"韩雨陌猛地站了起来。

在门外焦急等候的陆韶迟听见韩雨陌的声音,再也顾不上其他,一把推开了女洗手间的门。

"现在怎么办？"韩雨陌在一旁拉着陆韶迟的手臂焦急地问。

"打电话通知她的家人，然后送医院。"

"她是明星啊，如果被人看到就麻烦了。叫救护车会不会太张扬了……"韩雨陌看到陆韶迟黑下来的脸色，把后面半句话给咽了回去。

"知道自己是公众人物就别喝这么多酒。"陆韶迟没好气地说道。他将一个首饰盒悄悄塞回了口袋中，好不容易准备好的一切，居然被这样给破坏了，怎么能不让他气急败坏？

"万能的陆韶迟先生，快想想办法吧。"韩雨陌皱眉看着陆韶迟，她可不想和金恩彩的"家人"碰面。

"你当你男朋友是超人吗？这里没设备怎么救她，赶紧打电话叫救护车。"陆韶迟拿出手机，按下了紧急呼叫号码。

"我男朋友比超人厉害多了，文能帮我写论文，武能拿手术刀救人，缺钱的时候负责出钱，出门的时候能当司机，危难时刻还能负责当超人。"

"没事拍什么马屁，你的手藏身后干什么？伸出来。"陆韶迟语气突然冷了几分。他一把抓住韩雨陌的手，上面一道深深的口子，翻卷的血肉触目惊心。

"刚才抢刀子的时候被扎伤了。"

"怎么这么不小心？拜托，你下次帮人的时候先想想自己。你身体不好，伤口感染会很麻烦的。"陆韶迟拉着她，用清水冲洗她的伤口。

听到他疼惜的责备，韩雨陌吐了吐舌头，瞧吧，这就是现世报，刚刚还劝别人要爱惜自己，结果现在轮到自己被数落。

"好疼啊！"流水冲过伤口，韩雨陌疼得龇牙咧嘴。

"你别不拿医生的话当回事，上个月咱们医院就收治了一个烫伤未处理的感染者，本来是指甲盖一样大小的伤，现在因为感染截肢了。"陆韶迟小心翼翼地替韩雨陌处理伤口，英挺的眉头都皱到了一起。韩雨陌看了看自己的男朋友，又看了看地上的金恩彩。话说医者父母心，陆韶迟同学怎么只顾着被划伤了的自己，对地上昏倒的大肚婆半点不关心啊？

陆韶迟看着韩雨陌手上的伤口，不由得心疼。如果这一刀扎了别的地方，那就危险了。

想到这里，他有些不满地看了蜷缩在地上的金恩彩，都怪这个女人。其实看到她的样子，他就知道是怎么回事。

外面救护车的声音传来，陆韶迟牵着韩雨陌就往外走。

"哎呀，不是我！救她啊！"韩雨陌嘟囔着，干什么搞得要送去抢救的是她一样。

陆韶迟这才意识到自己把真正危险的"病人"给选择性忽视了。他叹了口气，脱下外套将金恩彩裹起，抱着她出了门。

韩雨陌看着他不经意的动作，微微扬起了嘴角，这个男人虽然平时看起来一本正经、不苟言笑，但她知道他比任何人都细心且耐心。哪怕他再不喜欢金恩彩，他也会照顾到金恩彩的身份，不让金恩彩被人认出来。

救护车呜呜行驶着，透过车窗，云泽的夜色更加朦胧。金恩彩皱着眉，因为醉酒，她已经是半昏迷状态。她痛苦地握紧手，长长的指甲掐入肉里。

韩雨陌第一次看到别人被抢救，她面色苍白地坐在一边，心里扑通扑通的。金恩彩对她来说不过是一个陌生人，她都能这么紧张，那有几次自己被送进医院的时候，陆韶迟又有多担心？

正在她胡思乱想的时候，包里的手机响了。

"韩雨陌，你死哪儿去了？刚才打你电话你也不接！你现在给我听着，刚才有人说看到金恩彩在一家法国餐厅晕倒，还叫了救护车，她应该会被送往附近的医院。我不管你用什么方法，你立刻到附近的医院打听她是什么病！"主编的声音在电话里咆哮，韩雨陌不由得将手机离自己远了点。

"领导啊，我现在和朋友在一起。"

"男朋友吗？你工作都快保不住了还有闲心谈恋爱！你没空是吧，那我让其他同事去查，也不指望你能干成什么事！"

"喂，主编，我——"电话里传来了嘟嘟的声音，韩雨陌怏怏地将手机放回包里。

"她是不是会被送到最近的医院？"韩雨陌定了定神，问身边的陆韶迟。

"不，我叫的是仁心医院的救护车。"

看见韩雨陌松了口气的样子，陆韶迟将她搂在怀里。她的性格，是不适合做这行的。可她偏偏坚持着，从来不说理由，只是倔强得让人心疼。

突然，他看见金恩彩正睁着眼睛看着他们。看来，她已经清醒了许多。

"小姐，你喝了很多酒，刚才在餐厅的洗手间晕倒了。我姓陆，是一名医生，现在正在送你去医院的路上。你不用太紧张，我们可以帮你联络你的家人。"

陆韶迟职业化的口吻，让韩雨陌忍不住笑出声来。她还记得自己刚刚认识陆韶迟的时候，他也是这样。

陆韶迟当然知道她在笑什么，当年她半喘着气拽着他领带一边翻白眼一边喘气问"医生，你送我去的医院能不能赊账"的模样，他现在想起来还想笑。那时候的她已经穷困潦倒了吧，刚刚毕业没找到工作，身上没有钱，无助得就好像流浪狗。

"我不要去医院，我没事。陆医生，你有没有咀嚼咖啡片？"金恩彩努力想撑起自己的身子，却还是重重地跌坐了下去。

"我没有随身带糖果的习惯。"陆韶迟没想到她会这么问。他知道一些明星拍戏会很辛苦，习惯随身携带咀嚼类的咖啡片提神。不过，他从来不觉得那种东西好吃。

身旁韩雨陌的脸色瞬间变得苍白如纸。她默默地从包里拿出一个精巧的盒子，巴掌大小，很像盒装口香糖。

她递给金恩彩。

"原来你也吃这个牌子的咖啡片。"

金恩彩话音刚落，韩雨陌的脸色更难看了。

陆韶迟安抚似的拍了拍韩雨陌的手，却发现她的手在不自禁地颤抖。她额头有汗珠渗出，嘴唇也透着青紫色。她呼吸越来越急促，手指也因为痉挛死死地拽住衣服。

陆韶迟再熟悉不过这样的情景，这是韩雨陌发病的前兆。

原来你也吃这个牌子的咖啡片。金恩彩的话，轻描淡写，却字字割在韩雨陌心上。有本书写过，初爱轻于流年。在没有自己的六年里，谁也没有权利要求谁守身如玉，那个人早已经把温柔都给了他人。韩雨陌这个名字，在云暮寒的世界里，已经成了历史。偏偏她不肯忘，不能忘……

…………

"整天吃那么多糖果，也不怕会蛀牙。"

"这种是国外进口的咀嚼类的咖啡片，可以提神的，非常好吃，不过我不打算给你吃。"

"我才没你那么贪吃。不过，你怎么吃了以后表情和便秘一样痛苦？"

"云暮寒，你才便秘呢！跟你说了你也不明白的，这种进口咖啡片包治百病。"

"你这丫头是科幻小说看多了吧。那以后我买一箱子给你，你可以一天吃一斤，估计能拿世界冠军！"

…………

后来,等到国内出了这类咀嚼类的咖啡片,他便真的买了一箱子这种咖啡片给她,可是她一颗也没吃。她一直没告诉他,因为遗传了母亲的心脏病,她一直很小心。对于容易引起心肌缺血、增加交感神经活性的这类食品,她根本是碰都不能碰。从小,她就不知道咖啡的味道。小时候,爸爸把那些苦苦的药丸装在咀嚼类咖啡片的盒子里骗她吃,告诉她,这就是咖啡的味道。或许,是从那个时候开始,她就学会了自欺欺人。

分手之后,她不再把药丸放在咖啡片盒子里,却总会在包里放一盒子真正的咖啡片。很多事情不需要理由,因为已经习惯。

陆韶迟看着韩雨陌,他还记得有一次在医院旁边的超市看见她,他一眼就认出了她就是那个在重病房讲笑话的女孩,没来由地,对她有了些好感。那天母亲本来给他安排了相亲宴,命令他一定要买一盒最近女生喜欢的咀嚼咖啡片做见面礼。可当他把咖啡片丢进购物车的时候,就看见她顶着一头乱蓬蓬的头发,转着圆溜溜的眼珠子,可怜巴巴地看着他。他那时候才注意到货架上这个牌子的咖啡片没有了,他正犹豫着要不要把咖啡片让给她的时候,她却说了一句让他吐血不已的话:"你能不能吃了这盒咖啡片以后,告诉我,咖啡的味道是甜还是苦啊?"

后来他调到心外科才知道这个女孩子因为自小就患有严重的心疾,所以从来不碰咖啡。从小到大,她都不知道咖啡是什么味道。之后韩雨陌告诉他,他那天在超市挑选咖啡片时专注的样子,很像她以前的一个朋友,所以她才会忍不住开口和他说话。

究竟是什么样的朋友?让她明明不能吃咖啡片,却坚持购买呢?他不是想不明白,却始终不愿意去想。韩雨陌可以对什么都不在乎,大大咧咧,却会轻易地为一个名字崩溃。只是,那个让她失控的人不是他,他终究是认识迟了她。

和韩雨陌恋爱的那段时间,云暮寒都会买这种咖啡片给她吃。她把里面的咖啡片都换成了药丸,很多时候,连云暮寒也以为,她不舒服的时候,吃了咖啡片就会好。怕是这样的习惯,也带给了金恩彩吧。

云暮寒,你到底还告诉过她多少只属于你我之间的秘密?

韩雨陌想着这些,有些嫉妒起来。

她怔怔地望着金恩彩手中的盒子,赌气般一把抢过来,将咖啡片倒得遍地都是。然后她准备将药装进去,但一不留神,药也撒得到处都是。胸中的闷痛更加厉害,一口气提不上来,眼睛酸得想哭。她只

是想像以前一样，为什么连这都做不到？

一双有力的手将她圈住，他用手替她擦干泪，摸索着将药送入她的口中。韩雨陌蜷缩起身子，像只鸵鸟一样缩在他怀中。

听着他结实的心跳声，渐渐地，她平复了情绪。这个男人给人一种踏实的安全感，任何时候，有他在，她都觉得安全。

没多久，救护车驶到了云泽仁心医院门口。

陆韶迟拉开车门，门外立着的是急诊室医生陈楚洋，接到陆韶迟的电话，他早早就守候在这里。

陆韶迟做了个手势，示意他们先将担架上的金恩彩抬进去。紧接着，他打横抱起面色苍白的韩雨陌，也朝医院里走去。

"我不去医院！我不能去医院！"担架上的金恩彩挣扎着说了一句。

陆韶迟担心雨陌，也不愿意和金恩彩纠缠送不送医院的事情，他抱着韩雨陌就往急诊室走。

在急诊室忙完了的陈楚洋走过来拿出注射器，狠狠地给韩雨陌扎上。

韩雨陌哇地喊了声疼，幽怨地看着陆韶迟。

韩雨陌怕疼，看来以前被送来急救的时候，又是电击又是注射的，这丫头怀恨在心呢。

"我说韶迟啊，这丫头眼珠子骨碌骨碌转，一时半会儿死不了的，根本不需要送急诊室。这年头的急诊医生是很忙的呢！特别是像我这样的青年才俊，平时约会排得很满的。"

"就你这德行，也有人约？"韩雨陌不可置信地望着陈楚洋。他是陆韶迟的学长，目前在急诊部工作，每次看到韩雨陌就要和她顶嘴，两人见面简直是冤家路窄。

"你这种没眼光的女人，你不知道医院的左护士长今年都给我递三封情书了？我说韩雨陌，不要仗着自己的男朋友是心外科主任，就成天跑医院，浪费宝贵的医疗资源。就跟那个矫情的女明星一样，你说她男朋友是不是有病啊，居然说要包下整个医院，以为医院是他们家开的啊！有钱有什么了不起的！"

金恩彩的男朋友，陆韶迟的心顿了一下，他小心翼翼地去看韩雨陌的反应。韩雨陌依旧苍白的脸上看不出什么异常，他的心才慢慢地放了下去。

"有钱自然了不起。"韩雨陌的声音很小很轻，不知道是对自己说，还是对他们说。有钱有什么了不起的，她还记得当年，那个人也是这样愤怒地说出这句话。

　　当初她听到那句话的时候,也视金钱如粪土,却没有想到后来,就是这个轻易地摧垮了她的爱情。初爱,不仅仅轻于流年,甚至轻于万物,消失得那般干脆,短暂且脆弱。

第五章
一吻定情

韩雨陌!
你欠我的,还没有还。

刚才韩雨陌在急诊室内说的那句话,虽然声音很小,可陆韶迟还是听清楚了。

"有钱当然了不起。"她说的时候习惯性低头,眼中是那样哀伤无助。

这让他想起了自己第三次"遇见"她,那时候她已经几天没吃过饭,蹲在医院门口,傻傻地在面前立了个牌子,垂着小脑袋,那彷徨的样子就好像立交桥下面的等待工作的农民工。他走过去,牌子上写着的两个歪歪扭扭的大字几乎让他站不稳——要饭。

用韩雨陌的话说,她是饿极了,找不到工作赚不到钱,才会跑到医院门口蹲着的。

之所以挑医院,是因为自己饿晕了好歹医生不会见死不救。那天,她就是这么拽着他的衣角,望着他,苍白的嘴唇颤抖着问他:"医院看病能赊账吗?"

那次之后,他真的相信,这个世界上有一种东西,叫"命中注定"。

从一开始认识韩雨陌,陆韶迟就知道,她是一个整天把钱挂在嘴边的女人。

在和她谈恋爱之前,韩雨陌总会说:"本姑娘生平最大梦想,就是有一个爱我的精英男朋友!"说完这句话,她贼溜溜地笑,然后用猎人发现猎物的目光,盯着陆韶迟,看得他全身发毛。

她说早就认准了他这个钻石级别的王老五,也不嫌弃他奔三的年龄了,最主要是有钱,好生养。弄得陆韶迟哭笑不得,明明是他这只大灰狼先看上她追求她,她却偏偏要摆出一副守财奴的样子来。他迷上了她偶尔流露出来的小得意,会为她眼中一闪而过的迷茫而心疼,不自觉地想保护她一辈子。他轻笑,原来,这就是爱。只是,他从来不知道,为什么她在谈到钱的时候,会露出那样哀伤与嘲讽的表情。

　　病床上的女孩已经睡着了,她向右侧卧,蜷缩着裹着被单。她的睡姿很不好,总会把头埋进被子里。

　　陆韶迟叹了口气,不厌其烦地帮她整理好被子。

　　"轰隆隆!"

　　窗外闪电划过,天空顿时亮如白昼。盛夏的雷雨总是很多,睡梦中的韩雨陌听到雷声忍不住颤抖了下,将被子裹得更紧。医院的冷气开得很小,韩雨陌的额头、脖子都沁出了汗。陆韶迟轻轻地扯开她的被子,她突然地抓着了他的手,死死的。

　　"打……打雷。"她呢喃着,似乎陷入了梦魇中。

　　"我在这里,我一直在这里。"韩雨陌一直都害怕打雷闪电,这种天气总把自己锁在房间里哪儿也不去。陆韶迟任她抓着自己的手,安慰似的拍着她。

　　"你说过……不走的。"韩雨陌手上的力气更大了,尖锐的指甲扎得他有些疼。他不知道她梦到了什么,只能坐在病床前陪着她。从一开始他就无法走进她心里,但是至少他能为她挡风挡雨,至少任何时候,他都不会主动放开她的手。

　　"云暮寒,你浑蛋。"她含糊地嘟囔了一句,眼角有些湿意。梦里是他转身的背影消失在风雨里,还记得他许诺过,以后每个打雷的夜晚他都会陪在她身边。

　　可是,那样一个雷雨之夜,她眼睁睁地看着身边的亲人一个个地离她而去,恐惧是那样深刻。她蜷缩在房间里,瑟瑟发抖,那个发誓陪她过每个雨夜的人却远在渤海另一岸。云暮寒,你浑蛋!你是个不折不扣的大坏蛋!

　　…………

　　"阿嚏!"云暮寒打了个喷嚏,谁在说他坏话吗?

　　不知道怎么回事,刚才那个急诊室医生指着他鼻子骂"有钱有什么了不起"的时候,他居然会想起那个女人的脸。他心里冷笑,那个口口声声说有钱没什么了不起的女人,其实是很贪钱的。

记得有一次，在网吧门口，他的自行车被偷了，他们一路走回去。看着穿梭来去的汽车，她恨恨地说："有钱有什么了不起的，以后姐发达了，就买两栋房子，一栋用来住人，一栋用来养猪。咱吃饭每顿摆两桌，一桌用来吃，一桌用来看。我还要买齐所有颜色的宝马车，星期一开白的，星期二开蓝的，星期三就开红的，咱一个礼拜不重样！"她握着小拳头，瞪着大眼睛，愤愤仇富的样子，很是可爱。

当时，他还开玩笑般问她靠什么发达。那女人一脸小市民的奸诈笑容："你不是会编程吗，而我以后一定会是出色的游戏策划，以后我们一起做最想做的游戏，双剑合璧，谁人可敌？等咱们的游戏软件发行了，就一起到学校门口卖，一天卖它个几百份！"

那时候的他，被她傻乎乎的得意模样轻易迷惑，所以才会爱到失去了理智，所以才会输得一败涂地。谁又会想到，韩雨陌真的会把钱看得那么重，为了五十万，轻易出卖了他们的爱情。

分手之后，他甚至还期待着能接到她的电话，哪怕是一句后悔，一句挽留都可以。可是电话来了，却只是那样淡漠的一句："云暮寒，那五十万支票能不能还我。"瞬间，让他所有的期待崩塌。她怎么可以那样绝情，在分手之后只问他要钱。

雨下得滂沱，噼里啪啦地打在落地玻璃窗上。窗户留不住雨珠，一缕缕地往下坠。他望着在雨中的城市，突然觉得胸闷。嶙峋的水光，仿佛海面上细微的波浪，悄无声息地将他覆盖、淹没。

金恩彩已经睡了，他却定定地站在窗前。他是六年前在夜总会认识金恩彩的。那时候的她带着稚气的愁勇，站在人群中低头的样子，很容易让他想起韩雨陌。金恩彩的睡姿不好，会踢被子，喜欢蒙着头、侧着身。或许就是那糊涂的一夜醒来，看到身边女人蜷缩的睡姿，他才会和她继续交往的吧。

他有些愤愤，为什么伤害别人的那个可以潇洒地转身走开，而被伤害的一方，却依然念念不忘。让他最气愤的是，每一次他告诉自己要去恨她，想起来的却偏偏都是她的好——她的小聪明，她阴谋得逞时候的笑，她沮丧时候噘起的嘴，她害怕时眼中如同惊鹿一般的惶恐……

"轰隆隆！"

惊雷响起。

云暮寒习惯性地转身，却发现身后的人已经入睡。他自嘲地笑了下，多少年了，每一次雨夜他都会不自觉地担心，想那个笨蛋女人是不是又缩在角落里用被子把自己捂得严实。只是，她一定不会再想起他吧。或许对她来说，把自己埋在钞票里就无所畏惧了！

云暮寒紧紧地握住了拳。

"韩雨陌!你欠我的,还没有还。"灯火璀璨的云泽市在雨雾中朦胧了轮廓,云暮寒一拳打在了玻璃窗上。

"糟糕!"一大清早,韩雨陌就在病房内上演高分贝狮子吼。

坐在床边的陆韶迟照顾了她一夜清晨才睡,睡得本来就轻,又被她这么一喊,自然就醒了。

"怎么了?"陆韶迟理了理外套,他还是第一次这么没形象。

韩雨陌一下子坐了起来,歪着脑袋,睁着小狗一般无辜的圆眼睛。怎么了,她得想想,今天要干什么来着。

陆韶迟饶有兴味地看着她拍脑袋思索。韩雨陌在迷茫的时候,就会露出这样的神情,特别乖,一点也不像平日里那样古灵精怪。

"现在几点了。"韩雨陌虽然嘴上这么问,却没打算让陆韶迟回答她,她抓起陆韶迟的胳膊,扯起他的袖子就看。

"糟了,九点多了!来不及打卡了,我的全勤奖啊!"韩雨陌咬牙切齿。

"就你那每个月110块的全勤奖真不是小数目。"陆韶迟抱胸在旁边取笑道。

韩雨陌哀怨地看了他一眼,不安慰她就算了,还幸灾乐祸。别人都说仁心医院的医生都是关心病人的模范,可在她看来,这里所有的医生都和陆韶迟一样,都是外表斯文、内心阴险的腹黑男。

"反正你每个月都拿不到,你干脆当没有这项奖金吧。"

"陆、韶、迟!我要向仁心医院投诉你!"韩雨陌小拳头攥得紧紧的,这个大灰狼,一直都希望自己被主编开除,从来不支持她伟大的工作!

"那你向院长直接投诉我吧。"陆韶迟笑得更加无害。

"你以为我不敢啊,我现在就投诉。可是……院长好像是你妈妈。"韩雨陌抓了抓脑袋。从陆大医生迷人的微笑里,她感觉到自己好像又被耍了。

"亏你记得,我不建议你和未来婆婆多交流一些。"

"陆、韶、迟!"韩雨陌心里悲愤,知道自己嘴巴上占不到他半分便宜。她眉毛一挑,心里有了对策。

"咿——"韩雨陌张大嘴吸一口气,突然她用手捂住胸口,表情痛苦。

"雨陌!"陆韶迟脸色一变,"对不起,明知道你不能生气我还故意气你。"

面前的女人眼中划过一丝狡猾的神色，看见陆韶迟上当，她有些得意。陆韶迟立刻明白，自己被古灵精怪的丫头给耍了。

"下次不要拿这件事情开玩笑。"陆韶迟的语气有些冰冷，似乎还未从刚才的惊惧中缓过神来。

见他生气，韩雨陌吐了吐舌头，时不时地用眼角余光瞟他。

陆韶迟不再看她，起身拿起床边的病情记录翻开。韩雨陌心道不妙，陆韶迟这个闷葫芦，生气了都是冷战的。她连忙爬起来，屁颠屁颠地跑到他身边。

"我觉得我身体好了很多。"韩雨陌不及韶迟高，在他面前蹦蹦跳跳的。陆韶迟看了她一眼，转过身去。韩雨陌不甘心地探出小脑袋，在他面前张望着。

陆韶迟不理会她，继续低头看手中的病情记录。韩雨陌的身体情况本来已经稳定，可自从上次金恩彩演唱会采访回来后，她就频繁发病。这让他不得不担心，他不敢想，如果哪天她发病的时候自己不在她身边，会有什么样的后果。

活到三十岁，第一次爱上一个女孩，在他以为这一辈子都不会懂得爱情是什么滋味的时候，韩雨陌给了他最初的心动。和她在一起的温暖，一旦开始，就无法结束。

完蛋了，陆先生这回来真的了！韩雨陌耷拉着脑袋，像只做错事情可怜巴巴的小狗般蹭到他身边，然后——

"嘿嘿！"她抬头露出一个笑脸。

陆韶迟愣了一下，这女人脸皮真不是一般的厚。

"嘿嘿嘿！"韩雨陌笑得小脸有些僵硬。

陆韶迟摇了摇头，每次讨好他的方式都这么没创意，笑得这么假。

不理她？韩雨陌索性一把拽过陆韶迟，踮起脚，整张脸凑到他面前——她咧嘴，微笑：“嘿嘿嘿嘿！"

陆韶迟一时间有些恍惚，他看着面前突然凑过来的小脸，心扑通地跳着。

韩雨陌并没有自己以前认识的女孩子漂亮，也没有那些名媛贵族的大家闺秀气质，可她那双大眼睛，却清澈得不带半点杂质。

每次他注视到她眼睛的时候，都会被她目光中的纯净所感染。那是未被尘世污浊过的女孩，对她来说，没什么比活下去更重要，她是那样珍爱自己的生命，就是那样不带一丝阴霾的生命力让他沉沦。

如今，雨陌就站在他面前，用无辜的目光注视着他。

不会吧，还在气？韩雨陌知道陆韶迟脾气其实很好，唯一不能忍受的就是她拿自己的病开玩笑。

这次她真是踩到警戒线了。

她咬了咬唇，心里正想着如何跟他道歉的时候，腰上突然一紧，一股强大的力道将她拉着更靠近他。

在她脑子还没转过来的时候，唇上一热，人已经在他怀里。

韩雨陌有些眩晕，她刚想开口说些什么，陆韶迟的舌就灵巧地乘虚而入。

和他平日里的温文尔雅不同，陆韶迟的吻带着霸道。他轻轻含着她的舌，纠缠，她微微有些吃痛，慢慢地适应着他的气息。不知什么时候，她已经被他抱到了病床上，强大的压迫感让她有些不知所措，不知道过了多久，他才放过她。

陆韶迟看着面前的女孩，长吻过后，她呼吸短促激烈，脸上飞着潮红，眼神有些好奇，又有些怯生生。他不想承认，却不得不承认，这是他的初吻。虽然和雨陌拍拖，但是他从来没有吻过她，拥抱和牵手就能让他满足，可这一刻，他却发现，她的味道，真好。

第六章
棋逢对手

韩雨陌,他给你的,我也给得了……

"1326号病房的病人是昨天晚上送过来的……"门外响起了凌乱的脚步声,查房的医生已经到了这层楼。陆韶迟猛然醒悟,这才离开她,他的气息有些不稳,眼中有一闪而过的狼狈。

蓦然失却的温度,让韩雨陌有些不适应,她红着脸,整理好病服。就在这时,门被推开了。

"陆主任,你怎么会在这里?"查房的医生看到陆韶迟愣了一下。

"天啊!他就是陆韶迟!好年轻!好帅啊!"跟在后面的实习生们窃窃私语起来。

"听说他十六岁就考上医学院,本硕连读才用了四年时间,二十六岁就拿到了哈佛大学的双博士学位。而且,美国首例利用体外循环将大部分静脉血绕道心脏直接引流到肺动脉的高难度先天性三尖瓣狭窄心脏病手术,就是他主刀的,三小时不到就完成手术,那病人现在和正常人没两样。据说当时的他才刚刚拿到医生执照。我就是因为崇拜他才来仁心医院的。"几个年轻的实习医生见到仁心医院传说中的天才医生,不由自主地发出一声声惊叹。

查房的医生大姐回头瞪了眼这些年轻人,然后冲陆韶迟露出抱歉的表情。

陆韶迟不以为意地笑了笑,背后的几个实习生被他的笑容电到,又是一阵抽气声。

韩雨陌叹息着摇头，这些年轻人就是太单纯了，没看出来这位陆大医生其实是个大灰狼吗，怎么能轻易地就被他的外表给迷惑了呢？

"韩雨陌是我的病人，我知道她昨天又入院，所以来看看。"陆韶迟看了眼韩雨陌，不急不缓地说道。

真的是胡扯也不用打草稿的啊，也不想想刚才他是怎么对自己的"病人"的。韩雨陌不禁在心里翻了个白眼。

"陆医生好敬业哦！"

"做他病人真的很幸福！"

"我要是也生病就好了！"

几个女实习生小声议论。

陆韶迟微笑了一下，显然是听到了她们说什么。

韩雨陌嘴角抽搐，果然不论什么年头，美色都是公害。

"今天是周末，主任您还赶过来，看来做您的病人真的很幸福。"查房的医生大姐看着韩雨陌说道。

韩雨陌不以为然地哼了一声，你个医生大姐也学小女生凑什么热闹啊。等等，周末！周末不是不用打卡了？不用打卡也就不会被扣全勤奖了！陆韶迟，你居然不提醒我！

看到查房的一帮人都出了病房，韩雨陌才像只斗鸡一样站到了陆韶迟面前。

"今天是礼拜六！"

"我没说不是礼拜六啊。"

"那你看我担心焦急也不提醒我，还趁机……"韩雨陌脸上一红，有些结巴，说不下去了。

陆韶迟看着她，瞳中的颜色越发深邃。回忆起刚才的一幕，他意味深长地勾出了一抹笑。

突然，他一把拉过韩雨陌，托起她的头，深深地印下一吻。

还来？韩雨陌一下子收了刚才的嚣张气焰。陆韶迟侵略性的吻，强迫她接收他的气息。过了许久，他才松开她。

"如果下次还敢拿自己的病开玩笑，我就这么惩罚你。"他嘴角轻扬，走出病房的时候摸了摸自己的唇，那里残留着她的气味，突然发现，这样的惩罚方式其实不错。

他转身进了拐角处的电梯，看着电梯数字一路上升，他的心情也跟着飘了起来。

回到办公室，拉开窗帘，阳光照射进来，陆韶迟也不觉得刺眼，

只呆呆地看着窗外：雨后的清晨，经过一夜的洗礼，窗外灼灼的花朵一夜落尽，院外的小路上落花重重，暗香浮动，这样的天气真是好。

他拉开办公室衣橱，将之前弄皱了的西装挂了进去，上面还萦绕着韩雨陌身上的香味，他知道自己会有很长一段时间不舍得把这件衣服送进干洗店。他目光扫过衣橱里面形形色色的衬衫西服，然后随手拿了一套灰色的换上。

等到收到韩雨陌短信的时候，他已经恢复成平时那个自信满满，一丝不苟的陆韶迟。

韩雨陌发来短信说她在停车场等他，看着手机屏幕上闪烁的寥寥几个字，一种幸福的感觉爬满了全身，仿佛自己已经结婚多年，楼下等待他的是温柔的妻子。

怕韩雨陌等得急，他合上办公室门就加快了步子往电梯口赶。

门开了，电梯里的人看到陆韶迟的时候眼中闪过一丝惊讶，随即又恢复平静。陆韶迟显然也认出了对方，目光对峙的那一眼，已经是电光石火。

几个准备乘电梯的年轻护士在身后吸气，两个的男人"深情"对视的场面让她们浮想联翩，更何况，这两个男人都是如此出色。恐怕不用多久，她们就能将这一幕衍生为各种活色生香的版本。

陆韶迟听见身后的动静，才恍然回神。这男人不简单，连自己都会震慑于他散发出的压迫力，看来他日后将会是难缠的对手。

"云少，您怎么在这里？"迎面走来的医生一眼就认出了从电梯里出来的云暮寒。

云暮寒这才意识到自己走错了楼层，刚刚在电梯门口看到陆韶迟的时候，他想也没想就走出了电梯。这些年在异国他乡打拼，什么样的对手没见过，可电梯口的那个男人却让他感到了威胁。直觉告诉他，那个优雅微笑，举止涵养都堪称上乘的男人城府颇深。

韩雨陌，看来你挑了只夹着尾巴的狼啊！

"云少，您脸色很不好，是不是昨天没休息好？"

认识他的医生依旧不依不饶，云暮寒突然有些烦躁。他拧了拧眉心，头也不回地重新走入电梯，把那个目瞪口呆的医生尴尬地晾在了身后。

刚才云暮寒在停车场看到了韩雨陌。几乎一到停车场，他就发现了慌乱的她。她拿着汽车的遥控锁，估计是按错了键，她身边那辆黑色卡宴警报响个不停。他嘴角扬了扬，觉得有些好笑，这个丫头还是那么冒冒失失的。

他站在墙边，看着她一遍遍地试探电子遥控锁上的按钮。这辆车他一眼就认出是国外刚上的新款,应该是直接从国外空运过来的,所以对于遥控锁,她肯定不熟悉,以至于乱按一通。看样子她这些年没有半点长进,连遥控锁上的常识键都识别不了。

不,她长进了。云暮寒的目光落在了她白皙的脖颈上,上面鲜红的吻痕烫得他心都抽动了。满腔的愤怒在他胸口蔓延,如果不是他这些年练就的隐忍,依着自己六年前的脾气,早就冲上去抓着她胳膊质问她为什么要这么对自己。

他看着她有些狼狈地从包里掏出手机,小心翼翼地发着短信,心里莫名地堵得慌。她一定是给那个男人发短信吧,那个挽着她出现的男人。

他心里冷笑,云暮寒,六年你还看不清楚这个女人吗?为了钱,她可以毫不留恋地从你身边转身离开,这样的女人有什么是不能出卖的?现在的她应该是如鱼得水,早已经忘记了你。

那天看见服务员对那男人殷勤的态度,他就知道她傍上的绝对不是等闲人物。哼,她可是从小就念叨着要嫁个有钱人!韩雨陌,你手段果然可以,什么男人都会落在你的手里。你连自己都可以出卖,还能露出这样单纯到有些傻傻的迷茫眼神,实在是演技过人。

云暮寒看着她将手机放入包里,心里愤怒更深。他认出了她手中的那款包是去年米兰春夏系列发布会上的款,他也曾眼都不眨地为当时的女伴定下这个系列的包。

那天陪着他的是哪个女人他早就不记得了,只记得对方似乎在他耳边颇为暧昧地说,这个限量版手袋系列每款都是世界唯一,代表了唯一的爱。他当初是颇为不屑的,随手签了一张支票就送出了"唯一的爱"。

这辈子有送出过多少个"唯一的爱",连他自己也数不清,都不过是逢场作戏,唯一不曾更换的女伴也只有金恩彩了。

他有过这么多女人,何必在乎一个韩雨陌?可是当他负气地想对她不屑一顾的时候,他发现自己看到她的时候还是不能波澜不惊。她轻易地就左右了他的喜怒,让他这么多年练就的内敛瞬间就化作狼狈。

他几乎是略带赌气地离开了停车场,之后就看见了陆韶迟。那个男人有些焦急地握着手机的样子,让他想起了韩雨陌在停车场发短信的动作。

韩雨陌你也算脱胎换骨了吧,以前自己省吃俭用买的几百块的裕泰福的铂金耳环就能让你两眼冒光臭美半天,现在你提着价值不菲的名包却甩来甩去的好像提了一个买菜的购物袋。呵呵,所以,所谓的

.040.

良人,不过是有钱人罢了,你可一点都没有变。云暮寒有些刻薄地想着。

"喂,之前云泽电视台不是有个记者说要做专访吗?你不用推掉了,告诉她,下礼拜一,我要全云泽的人都看到这个专访!"云暮寒拨通助理的电话。

挂了电话的那一刻,他表情阴霾得如同雷雨天气。韩雨陌,他给你的,我也给得了!

第七章
曾经最美

那些我所拥有过的曾经，
她给的，最美……

星期一下午，韩雨陌早早就溜出了传媒集团。站在了云泽广电门口。她抻长了脖子张望，这个韩晓，一点时间概念都没有，她都等得快下班了，也没见人出来。

其实韩雨陌根本不想来广电，但经韩晓百般劝说，她才答应报个编辑记者考试。

韩晓是韩雨陌在大学时候上新东方认识的，当初为了补习方便，她决定在国定路附近租房子。韩晓是云泽交大的，陪即将出国的男朋友一起上新东方，她不是本地人，家境也一般，能省就省点。韩雨陌是云泽一所名不见经传的学校的学生，英语差得可以，为了确保通过四级顺利拿到毕业证，才不得不上新东方。毕业后，韩晓在电视台做了一年的实习生，最后还是没能混个正式编制，只得退而求其次地去了电台。而韩雨陌则在新媒体部混日子。这两个丫头，顿时有了难兄难弟的感觉。

韩晓为了帮韩雨陌，便怂恿她在广电和出版合并前赶紧报考广电系统的编辑记者资格证，一来总局的资格证比新闻出版总署的好考，二来日后申请记者证，她也能帮上忙。

谁知道韩雨陌在广电等了大半天，韩晓才出现。

"小姐，现在都过了半小时了，打你电话也不接。"韩雨陌不满地抬了抬手，示意对方看自己的手表。

"别说了,我这不是被制片喊到办公室去训话了嘛。提起这事我就一肚子的火,你看看外面……"韩晓朝大门外努了努嘴。

只见一排排豪华汽车从门口驶过,那排场大得令韩雨陌啧啧称奇。

"是邹婷那女人请来的节目嘉宾,我还真小看了她的手段。为了抢嘉宾不择手段,连底线在哪儿都不知道。"韩晓冷哼了一声,语气中颇为不服气。

邹婷是韩晓大学同学,据说是一起喜欢上了一学长,两人争了半天,最后是韩晓胜出,赢得美男心。谁知道自此以后,邹婷处处和韩晓作对。当初考电视台,两人一起进了复试,可只有一个局聘名额,最后电视台挑了长得漂亮的邹婷,然后部聘韩晓做编导。韩晓哪里受得了这个,一气之下宁可去收入少一个零的电台做记者,也不愿意留电视台做一个"部聘"员工。也不知道是不是韩晓天生和邹婷犯冲,两个人都被分到了人物访谈类节目,都要采访名人。两人平时争得水深火热,这一次,肯定又是哪位重要人物答应了邹婷的采访,而拒绝了韩晓的采访。

"别以为我不知道,邹婷想勾搭人家云总,人家根本不给她面子。她就转而去勾搭酷游公关部的那个肥头大耳的啤酒肚,那猪一样的身材,她吃下去也不嫌腻。"韩晓哼了一声,却发现韩雨陌还一动不动地盯着那一排豪车。

"喂,有点骨气好不好,看到好车眼都发直了。我警告你啊韩雨陌,待会儿在邹婷那女人面前可不能这么给我丢人啊。"韩晓见韩雨陌依然还在出神,忍不住推了她一把。

韩雨陌这才回过神,刚刚……是她眼花了吧。

就在此时,广电大厅内的液晶电视全都切换到了一个画面。画面上的女主播一身职业套装,正对屏幕的脸上露出一个标准的灿烂笑容。此人正是韩晓的死对头、云泽市最炙手可热的女主播——邹婷。

"各位观众,感谢收看今天的《邹婷访谈》。今天来到节目中的嘉宾是'酷游'的CEO——云暮寒。云先生,您好,欢迎来到我们节目当中。"

云暮寒!

韩雨陌不自禁地颤抖了一下,她盯着大屏幕,屏幕上的英俊男人让她有一种陌生的感觉,这真是当初自己认识的云暮寒吗?职业寒暄,礼貌微笑,在镜头面前侃侃而谈,这个云暮寒,是她所不熟悉的,这样的"不熟悉",让她的心情有些许的低落,仿佛丢失了某样很珍贵的东西。

"我第一次看到有人可以把'原谅色'的衬衫穿得这么好看。邹婷这次请的嘉宾不错。啧啧，快看，这么快就上热搜了，果然现在长得漂亮的有优势。"韩晓将手机递给韩雨陌，雨陌看着微博上各种舔屏的评论，立刻关掉了屏幕。那一句句的赞叹宛如一盆凉水将韩雨陌从头浇到脚，瞬间，她清醒了几分。云暮寒，早已经不是当年那个会哄着她宠着她，为了她省吃俭用的寒酸小子了。如今的他功成名就，过去的一切，不过是一场笑话。从那天金恩彩演唱会在后台的不期而遇，到之前在餐厅的擦肩而过，她都自欺欺人地希望自己认错了人。可这一刻，他谈笑风生地出现在电视节目里，她才不得不承认，他真的回来了，回到了云泽。他说过他一定会回来，他说过一定不会让她好过。

她不好过，真的很不好过——云暮寒，你知道吗？这六年，我都是怎么过的？沦落街头，生死一线，这些你都不会知道，那个发誓要照顾我一辈子的男人，抛下我一个人去了首尔，连句告别都没有。你又怎么会知道，这些年，我过的是什么样的日子？

是谁说"原来你也在这里"是世界上最动听的句子？她却只想问，为什么你也在这里？为什么……你还要在这里！

中央空调咝咝地吹着冷气，韩雨陌盯着液晶屏幕，瑟瑟发抖。

"雨陌，你要不要穿我的外套。我们台冷气温度低，别感冒了。"见韩雨陌脸色不好，韩晓连忙把外套递过去。她知道韩雨陌一直身体都不怎么好，平时小小的感冒，别人一个礼拜就痊愈，她也要拖上个一两个月。

"谢谢。"外套裹在身上，暖意传来，可心里还是冰凉一片。

"云总，能给我们介绍一下这次酷游最新开发的这款游戏吗？"

"这款'陌上云'是我们专门为中国玩家打造的游戏，倡导的是回归传统。"

"如今市面上推塔类的竞技游戏更为受欢迎，为何您会想要回归传统呢？您不怕被说老套吗？"

"因为，我想每个人心中都有一段想留住的记忆吧。我的一位故人说过，吸引她的从来不是游戏本身，而是留在游戏中的人。我希望依然有一款大型游戏，可以让玩家和从前一样，结识伙伴，留下回忆。"

韩雨陌看着屏幕上的人，嘴角勾起讥诮的弧度。他居然能面不改色地说起他们的从前，看来，耿耿于怀的只有她一个人吧！

"是吗？这位故人一定是云总非常重要的朋友。"

"我们不是朋友。"

云暮寒不假思索的回答让主播邹婷有些尴尬，好在她临场应变能力强，立刻转换了话题。

"你没事吧，魂不守舍的，要不让开欣送你回家？"韩晓担心地看着韩雨陌。韩雨陌茫然地看了眼韩晓，似乎没听清她说的话。她满脑子都是云暮寒那句"我们不是朋友"。虽然以前就不敢奢望自己和他还能做朋友，可真当这句话从他口里说出来，她还是感到了虚脱般的无力。

之后访问的话题都集中在这款游戏上，云暮寒也一一耐心解答。当邹婷无意问起他有没有女朋友的时候，韩雨陌才抬了抬头。云暮寒的回答模棱两可，无懈可击地打着太极。韩雨陌心里只剩下怅然。

"节目最后，除了希望游戏成功外，云总有什么愿望呢？"

出人意料的是，云暮寒并没有立刻回答，一抹痛楚划过他的眼眸，随即又消失在深邃的目光里。

云暮寒沉默了片刻，说道："希望她能玩这款游戏。"云暮寒的声音不大，语速很快，很多人都没听清楚他到底说了什么。

"什么？"邹婷脱口而出。

为什么？韩雨陌也在心底问。

"听过熊天平的《雪候鸟》吗？"云暮寒说完这句谁也听不明白的话，起身朝摄影棚外走去。

"各位观众，感谢您收看今天的节目，我们明天再会。"邹婷急匆匆地说完结束语，也追着云暮寒出了直播间。

"哈哈，想不到邹婷也有这么狼狈的时候！不愧是云少，太有性格了，真的是半点也不给她面子，结束语还没说，人就跑了！"韩晓有些幸灾乐祸，"雨陌你说是不是？雨陌？"

韩晓回头，韩雨陌早就不见了。

"那些我所拥有过的曾经，她给的最美。"

车窗外是闪烁的霓虹，将这个城市的夜晚，照得闪烁又模糊。

韩雨陌坐在出租车里，看着车外的路灯，那温暖的黄晕得她眼发酸。脑海中是抱着吉他的云暮寒，在公园外的花坛上，轻轻地唱那首《雪候鸟》："我有过的一切，你给的最美。"

她也曾以为曾经的最美，到头来，却不过是镜中花，水中月，自欺欺人的一场妄想。

她趴在车窗上，任凭眼泪被风吹远。这是六年来，她第一次彻底地痛哭。她以为自己足够坚强，却发现在云暮寒面前，自己会轻易地溃不成军。

"小姐啊，你是不是失恋啊？失恋没什么大不了的，你可别想不开啊。你是不是要去江滩？那些失恋的人没事就往江滩跑……"司机见韩雨陌哭得厉害，出声安慰。

"谁说我要去江滩，我要回家！如果你敢绕路，信不信我投诉你！"韩雨陌一边擦着鼻涕，一边凶神恶煞地冲司机喊道。

司机碰了个钉子，怏怏地闭了嘴。这年头的姑娘，一点传统美德都没有，个个泼辣得很。

"小姑娘，要不我唱首歌给你听吧。"司机笑了一声，扭开了车载音响。久违的旋律忽然蹿出音箱，如记忆般悠长。

要不是痛彻心扉

谁又记得谁

只是云和月

相互以为是彼此的盈缺

不能哭喊已破碎

曾经的最美

独自一个人熟悉的街

别问你在想谁

不去追悔已粉碎

爱过的机会

真实已粉碎

人事已非

还有什么最可贵

…………

"你唱得好难听。"雨陌擦干眼泪，哭也不是，笑也不是。

"我说小姑娘，大叔我比你多活二十多年，什么事情没见过？你听大叔高歌一曲后，是不是什么烦恼都没有了？你别笑，大叔我可是麦克风……那个叫什么来着，麦霸！你大婶就是被我这歌喉给迷住的，只要我一唱歌她就笑，对了，就像你这样，笑笑才好看嘛！"

韩雨陌憋不住，扑哧一声笑了出来。

有多久没有像今晚一样又哭又笑了？记得小时候，妈妈总怕她会发病，不准她情绪激动。真正的张扬地笑，放肆地哭，就是从认识云暮寒开始的吧。

　　如果，那样一个午后，她没有在网吧遇见云暮寒，是不是一切就不是这个样子？六年来，韩雨陌一直在想这个问题，却从来没有答案。

第八章
此间少年

温柔的誓言美梦和缠绵的诗,
所谓山盟海誓,只是年少无知……

    中学时代的韩雨陌,是老师口中的问题女生,不爱读书,不合群,成绩倒数。她的爸爸是新闻记者,忙起来没日没夜。她的妈妈身体不好,经常住院,家里都没时间管她的学习生活。平时,她就像野孩子一样,下了课就往网咖里冲。

    那是互联网最为鼎盛的时光,《王者荣耀》和《绝地求生》之类的手游还没有兴起,一些被家长看管得严的同学就会去网吧玩《剑三》或者《英雄联盟》。

    韩雨陌同学的数理化成不了才,但打游戏无师自通。逐渐,她就迷上了这种在虚拟世界称王称霸的日子了。刚开始的时候,老师还会请请家长,教育教育。被人网吧里拽出来,成了家常便饭。她从小身体就不怎么样,家里对她的学业要求并不高,管得也比较松,看老爸并不责罚,就变得更加有恃无恐起来。

    中考失败后,韩雨陌只得去了云泽的一所被称为末等生集中营的高职院校。那所学校在高校区,F大这些名牌高校就在附近,所以网吧也相对比较多,为她创造了得天独厚的"堕落"环境,那一年的暑假,她是泡在网吧里度过的。

    那年夏天,天气热得可以烤熟鸡蛋。网吧里除了像韩雨陌这样无所事事的人以外,还有很多从F大跑来享受空调的留校学生。韩雨陌像往常一样,随便挑了个角落里的位置,戴上耳机,临时申请了个

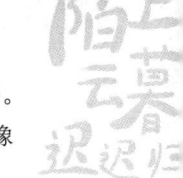

ID，加入游戏。这个网吧有她最喜欢玩的联机游戏，游戏的设计非常好。

不知道是不是因为这些F大高才生加入的缘故，今天的对手好像比以前要难对付。韩雨陌咬着棒棒糖，扭头扫视了下周围的大学生们。

"搞什么啊！"网吧里有人气愤地捶桌子。

"有没搞错！"又有人一把推开了椅子。

"这不可能！"有人重重地搁了下鼠标。

"我们说你们几个，输就输了，别拿程浩家的电脑出气！阿浩，真想不到，在你的网吧还藏了这样的高手，他们几个当年玩这个可是创了咱F大不败纪录的！"站在电脑前的胖子激动地说道，那兴奋程度简直和找到了对手的独孤求败有得一拼。

被唤作"浩"的男生，斜靠在一旁观战，他饶有兴致地盯着电脑屏幕。这样的"战术"他还是第一次看到，看来今天的对手很有意思。

"你到那边电脑上去，这里我来。"程浩不等对方答应，人已经拉开椅子坐了下去。

"天啊！浩，你多久没亲自出马了？看来对方还真不赖！"胖子扶了扶眼镜，在一旁摩拳擦掌。

"我指挥，你配合掩护，其他人协助我操作。"程浩利索地输入密码，吩咐道。

…………

在一楼杀得正欢的韩雨陌皱起眉头，刚才和她"作战"的那一队人突然变换了战术，让她一时难以招架。

"换策略了啊，你会变我难道不会变？"韩雨陌低声诅咒了一句，将棒棒糖塞进嘴里，手更迅速地移动鼠标，调兵遣将。不一会儿，她露出了得意的笑容，看目前的形势，她已经占尽了上风。

"Yes！"韩雨陌打了个响指，又让她赢了一个回合！她有些得意地哼着歌曲，手指轻松地敲着桌子。她有些得意地扫视周围的人，企图在他们脸上发现气急败坏的神情，以满足自己小小的虚荣。F大的高才生又怎么样，论走位，论策略，论手速，谁比得过她这个渣生？

二楼的众人已经变了脸色，程浩似乎还没有从刚才的失败中回过神来。能够这样熟练地操控键盘鼠标，又如此熟悉这款游戏的，究竟是怎样的高手？他双手插进口袋，居高临下地看着楼下网吧进进出出的人。难道，真要找那个人来帮忙？

"阿浩，怎么做？"一直一言不发的汪涛看了眼程浩。

"打电话给云学长。"

程浩话音刚落，旁边的椅子"哗啦"一声，之前的胖子一屁股坐到了地上。看到他滑稽的样子，众人也忍不住笑出声。

"你是说云暮寒学长？"

"F大计算机系难道还有第二个云学长吗？"程浩的目光落在了电脑屏幕上。他很好奇，接下来，这款游戏的设计者和这神秘高手之间的较量会有多么精彩。

…………

楼下的韩雨陌并不知道她的对手请来了什么样的帮手，只知道从这局开始，她的形势急剧下降。对方包抄反攻运用得心应手，她就像一只斗红了眼的小公鸡，挤着眼睛盯着屏幕。看着自己操控的兵卒全都被咔嚓，她恨得牙齿痒痒的。棒棒糖早被她咬碎，她咬牙切齿地嚼着塑料棍子。突然，楼上传来了一阵喝彩声，她的电脑屏幕上也出现了失败的标志。她一股子无名火蹿起，摘下耳机，拍案而起，朝楼上望去。刚才杀得她片甲不留的高手，一定在楼上。

"她在一楼。"短短一个回合的时间，云暮寒已经锁定了对方IP。看见云暮寒站起来，所有人的目光都齐刷刷地落到了一楼。

楼下的女孩子这时候也刚好站起来，她取下耳机，甩了甩被耳机线挂住的长发，然后回首。

四目相对。

韩雨陌一眼就看到了站在众人中间的云暮寒，这个男生身上有种卓然的特殊气质，即便在人群中，他也不会被湮没。他身边站着一位黑衣少年，正若有所思，似笑非笑地看着她。她轻哼了一声，元帅、军师可都到齐了啊！

云暮寒看了看面前的女孩，她个子不高，面容清秀，看上去好像是个中学生。她嘴里还叼着根棒棒糖棍子，一双眼睛骨碌碌转个不停。那可爱又带着些懵懂娇憨的样子，很难与刚才与他们团队对战的神秘高手联系在一起。

看到云暮寒盯着自己看，韩雨陌也毫不客气地抬头回视回去。她向来是不吃亏的，你看我，我就看你，看谁占谁便宜。

接触到韩雨陌勇敢热辣的目光，云暮寒倒有些不自在。这个女孩子的眼睛……好漂亮，就好像夜幕下的星光。她抬头和自己对视的时候毫不畏惧，并不掩饰自己的好奇，一直盯着他看，狡黠的目光中带着少女特有的俏皮与傲慢。

"好一个特别的女孩。"身边的程浩若有所思地说道。

云暮寒心下一惊，自己方才……居然也会有片刻的失神。

"你好，我叫程浩。有没有兴趣再联一局？"云暮寒没想到最先

过去打招呼的会是程浩,那个平日里对什么都漫不经心的男生,居然会主动去和她握手。不知道为什么,他心里有淡淡的不爽。

"手下败将,没意思。"韩雨陌不理会程浩,让他碰了一鼻子灰。

一旁的云暮寒见自己这个一向自认为英俊潇洒秒杀一切女生的学弟吃瘪,终于忍不住扬了扬嘴角。

韩雨陌瞟了瞟站在程浩身边的云暮寒,这个男生一定就是那个暗算她的神秘高手,想不到这个小网吧居然还卧虎藏龙。

"你好,我叫韩雨陌。"韩雨陌冲云暮寒伸出了手。这个男生给她一种棋逢对手的感觉。

"我叫云暮寒。"云暮寒站在背光处,身后橘黄色的阳光,慢慢地铺开,仿佛调好的背景色一般,而他,就是从油画中走出的美少年。

"咯噔!"韩雨陌心猛地一跳,似被什么击中了一般。那时奇异的感觉,很久以后,她才明白那是盛大的幸福所带来的颤抖,那种幸福叫作"一见钟情"。

"今天你赢了一局,网费全免。"一旁的程浩缓缓开口。

"你打算帮我买单?"

"不止,是以后都免费,我是这网吧的老板。"

"这位大哥,我一早就想和你做朋友了,爽快。"听说可以玩游戏不要钱,韩雨陌立刻精神了。她重新伸出手,主动握住了程浩。

见她露出谀媚的眼神,一旁的胖子又扶了扶眼镜,这个世界上真的有变色龙的。

云暮寒看了看她,又看了眼程浩,几次上网费就把她拐跑,真是好骗的姑娘。

"天气这么热,我请喝饮料。"云暮寒淡淡地说道。

"太好了,我要红豆沙。"韩雨陌不客气地说道。此刻的她并没有料到,自己以后的十年,会在这一天转折。

多年以后,当韩雨陌问自己,究竟是哪一年让一生改变的时候。总会想起这个下午,一群玩联机游戏的少年不打不相识。一个叫云暮寒的男生,从此走进了她的生命。

不出几个月,韩雨陌就和这帮人混熟了。他们都是F大计算机系的学生,程浩、汪涛还有胖子边伟,是准备升大一的预科生,云暮寒比他们高一届,马上升大二。

F大是全国知名的高校,个个是高才生,在这里读书的人都很自负。特别是程浩这种家境优越、长相出众的男生,更是骄傲。

程浩是这群学生中的"领袖"人物,由于家里是开网吧的,耳濡目染之下,他玩游戏的本事更是全校一流。这辈子,他只输过两次,一次是输给云暮寒,另一次就是输给韩雨陌。

云暮寒是F大颇具传奇色彩的天才少年,中学时代就展现了他编程方面的惊人天赋,大一就被F大计算机系确定为保研对象,而且还被挑选去协助教授,参与学校的一些权威科研项目的研发。输给他,程浩没话可说。倒是输给韩雨陌,他颇不服气,这个成绩倒数、脑子缺根筋的女生居然会赢了他。两人又一来二往地比试了几回,关系就变得和认识多年的朋友一样亲密了。

除了程浩之外,韩雨陌最喜欢缠着的人就是云暮寒。以前,对于优等生,韩雨陌的态度都是敬而远之。不过,云暮寒是例外。虽然在F大,他是个极品高才生,不过在韩雨陌眼里,他和自己一样,是个玩物丧志的问题少年。韩雨陌坚信云暮寒和她一样不热爱学习,因为他每天有一半的时间是泡在程浩家的网咖摆弄电脑。这个大隐隐于市的游戏高手的出现,让韩雨陌有了找到了同伴的兴奋感。

这一天,韩雨陌正捧着她入校以来第一次"月考"的试卷唉声叹气。她沮丧地耷拉着小脑袋,一遍又一遍地用铅笔模仿家长"签名"。

"你再擦下去,卷子就要破了。"程浩一把抢过雨陌手中的橡皮擦。盯着她的卷子看了半天,突然,他扑哧一声,喷了一口茶水。

"你想死啊!居然弄脏我的卷子,我还要交回给老师的!"韩雨陌瞪了一眼程浩,拼命地擦着卷子上的茶渍。

"这样才真实啊,相信你家长看到这张卷子一定也是这样的反应。17分!居然会有人考出17分的成绩!你们看看。"

卷子递到了其他人手里,韩雨陌郁闷得脸色都白了。

"全部都是基础题,这张卷子,放到我高中的班级,平均分应该是在90分以上,胖子你觉得呢?"拿到卷子的人摇头叹息了一声,将卷子递给一边打瞌睡的胖子,然后继续埋头背英语单词。

"啊!17分!太恐怖了!这张卷子有40分是选择题,可是你居然会考17分!韩雨陌,你这个笨蛋,就算你闭着眼睛胡乱钩,也应该在20分以上!云学长,你来看看这丫头是不是笨得没救了?"胖子被这张布满了红叉叉的卷子惊得睡意全无,赶紧把卷子传给一边玩着电脑的云暮寒。

"我懒得跟你们这些优等生说话!17分很低吗?才倒数第四而已,班上还有两个15分和一个12分的!"韩雨陌噘着嘴嘀咕道。没有考倒数第一,对她来说,已经是很大的进步了。为了这次月考,她很

.052.

长时间不进网咖。卷子的每道题目,她都认真思考过再填写答案,本以为最少能混个及格,谁知还是考这么低的分。

"这个17分拿得很有技巧,每一道题目都写了,只不过,全写错了。"云暮寒拿起卷子皱眉道。请原谅他愚笨,他实在不知道怎么样才能做出这样一张17分的试卷来。

"我懒得理你们!"韩雨陌的声音带着哭腔,她一把夺过云暮寒手中的卷子,由于用力过猛,"哗啦"一声,卷子被撕成了两半。

所有人都安静下来了,大家尴尬地立在一边,云暮寒看着手中剩下的一半卷子,眼中闪过一丝心疼。

"反正我也就是一个高职生,即便参加同等学力考试,估计也只能去一个普通大学。这卷子做不做有什么区别。"韩雨陌随手将卷子揉成一团丢进了垃圾桶。

云暮寒见她许久都不出声,朝她望去,才发现这个小丫头在啪嗒啪嗒地掉眼泪。

看见她哭,大家更加不知所措。这些还未踏入社会的毛头小子,并不知道怎么去安慰一个哭泣的女孩。更何况,这个女孩是韩雨陌,是平日里嘻嘻哈哈,对什么都满不在乎,永远乐呵呵的韩雨陌。谁会想到,向来不在乎学业的她,会为了一张17分的试卷,哭得这样伤心。

"我帮你粘起来。"

"不用,你们爱笑话就笑个够好了!"韩雨陌狠狠地剜了云暮寒一眼,她愤愤地抓起书包,头也不回地冲出了网吧。

"她不会想不开吧,这附近好像有条河……"程浩的话音未落,他身边的云暮寒早跟着雨陌的脚步追了出去。

连云暮寒自己也不明白,自己为什么会追出去。多年之后,他常常想,或许,早在那个暑假,她从人群中站起摘下耳机、轻甩长发的时候,他就已经喜欢上了她。

云暮寒是在河边的一棵树下找到韩雨陌的,她正抱着腿蜷缩着,一只鞋子歪歪地甩在河边。远远看去,让他真的差一点就以为她跳河自杀了。

"你考试不及格的时候,你爸爸妈妈会怪你吗?"韩雨陌将头歪歪地靠在膝盖上,小声地问他。

"我?没有爸爸妈妈。"云暮寒觉得喉头有些发涩。他本来想说,我没有不及格过,可不知道为何,说出的是一句"我没有爸爸妈妈"。

听到云暮寒的话,韩雨陌诧异地抬头望着他。她清澈如琉璃的双眸中还氤氲着水汽，那似婴儿般澄澈的双瞳让云暮寒心猛地跳了一下。

"我爸爸是一个记者，经常出差。妈妈的身体不怎么好，家里的事情也不太上心。我从小就没人管，我一直以为，在爸爸心里，新闻事业比我重要。我常常觉得自己是被忽视的一个人。以前，拿着白卷给爸爸签字，本以为会被打一顿，可是他只说了一句'下次考好点'，说完就拿着采访本去上班。他忙得很，连去参加家长会的时间都没有。"韩雨陌并没有在云暮寒刚才的话上纠缠下去，她自顾自地说起自己的事情。

"以前，我不好好读书，只是想惹爸爸生气，好让他注意到我。可是我没想到自己会闯大祸。上个月，妈妈发现了我放在桌上的摸底考卷子，突然捂着胸口昏了过去。我很害怕，我不知道她是怎么了，以前就算她身体不好，也不会那样疼得抽搐。爸爸从医院回到家，见到我就打了我一个巴掌，他说妈妈差一点……就被我给活活气死了。他说他后悔生了我这个女儿。在医院看到妈妈瘦了好多，我觉得自己真没出息，我决定以后都不惹妈妈生气了，我每天认真读书做题。可是……我真的成了末等生，怎么努力，都上不去了。"

"你爸爸只是担心你妈妈，他不会真怪你的。"云暮寒想了很久，只想到这一句安慰她的话。

"不是的，你不知道他那时候的眼神。我觉得，他真的要放弃我了，放弃我这个没出息的女儿。我是不是真的很笨，那么简单的卷子，居然只考了17分。我该怎么做，才能把学习搞上去？"韩雨陌吸了吸鼻子，可怜巴巴地看着云暮寒，像一只受伤的小兽。

"我教你。"云暮寒不假思索地说道。

"算了吧，你也就只会打电动而已。学习上的事情，我请教程浩好了。"看起来，这个云暮寒也不会比她好到哪里去，天天沉迷游戏，估计会越教越烂。

"程浩？"云暮寒没好气地看了韩雨陌一眼，这女孩有没有脑子啊？多少人想被他云暮寒辅导，他都懒得教。现在这个劣等生，居然怀疑他的能力。

"三个月时间，我让你这个学期末进入前十名。"云暮寒一把扯起韩雨陌，望着她的眼睛，坚定地承诺。

韩雨陌将信将疑地看着他，最后抱着死马当活马医的心态，重重地对他点了点头。云暮寒又是一阵懊恼，这笨蛋，用得着摆出这种"视死如归"的表情吗？三个月，恐怕根本不需要三个月。这么简单的课程，他三天就看完了！

真正开始辅导韩雨陌，云暮寒才懊恼地发现，让这个笨蛋成才，比自己拿第一难多了。他不得不感叹，人脑和电脑构造毕竟是不同的，特别是韩雨陌的小脑袋里，根本不知道装了些什么东西。

讲课的时候，她不是聊漫画书，就是谈电视剧，要不就是说新出的游戏，反正无法专心地学习。有几次，连云暮寒自己都被她带跑了题，和她争论起了《盗墓笔记》的剧情。等到他醒悟过来的时候，早就忘记自己要讲哪一题了。

没办法，为了三个月的约定，云暮寒只好天天守着她。

朝夕相处下来，他发现韩雨陌并不笨，只是一点也不喜欢枯燥的东西。对于新鲜有趣的事情，她可以接受得很快。你有时候觉得她傻乎乎的，她偏偏又狡黠得很。你要是觉得她聪明，她又那么懵懂单纯。

如果不是那一天，云暮寒大概会一直把她当成是一个长不大的小妹妹。

那是一个下午，云暮寒陪着雨陌做习题，大概是晚上着了凉，他每讲解一句，都会轻微地咳嗽。

"云暮寒，你帮我看看，这条辅助线应该添到哪里？"韩雨陌抓着习题册，往云暮寒身边蹭。云暮寒退后了两步，掏住纸巾递给她。

"干什么啊？感冒到流鼻涕的是你又不是我。"韩雨陌眨巴眨巴眼睛，不解地望着他。

"让你捂着嘴巴听我讲，免得被我传染啊！"这笨蛋每次开口都是不气死他不罢休，谁流鼻涕了？云暮寒没好气地擦了擦鼻子。

窗外有温暖的阳光投进来，带着冬日里的暖意。云暮寒的轮廓在光线的照耀下，忽明忽暗。韩雨陌呆呆地看着他，他有着长且翘的睫毛，笔挺的鼻梁，深不见底的双眸……她是第一次这样近距离地打量云暮寒，这才发现，他长得居然比女生还好看。他刚刚递纸巾给自己，是怕自己被传染吗？第一次，有人这样细心地关心她，第一次，有了被重视的存在感。

"暮寒，你有女朋友吗？"鬼使神差地，她问出了这一句。

"没有。"对着韩雨陌凑近的脸，云暮寒没来由地紧张，呼吸也变得急促起来。韩雨陌的眼睛很漂亮，不带半点杂质。她睁着水汪汪的眼睛，毫无防备地看着他的时候，他居然会感觉到眩晕。

云暮寒，你在干什么，她只是一个十几岁的学生而已！

"那我做你女朋友，好不好？"说完这句话，韩雨陌恨不得砸自己的脑袋。说话怎么不经大脑，人家堂堂F大的高才生，怎么可能找你一个末等生做女朋友?

云暮寒彻底愣在了那里,回答好,还是回答不好?接受,理智告诉他不可以,可拒绝,心里有个声音在说舍不得。

韩雨陌见他不回答,骨碌碌地转着眼珠子,小脑袋开始想对策。

"我想起来我约了程浩补习英语,我先走了!"算了,这么丢人,还是走为上策吧。韩雨陌低着头拿起书包,落荒而逃。

她跑出云暮寒的家,靠在楼下的墙边呼呼地喘着气。刚才的"表白"让她紧张得心都快跳出来了。幸亏云暮寒给她面子,没当面拒绝她。

就这样算了吧,韩雨陌在心里对自己说。自己情窦初开,第一次求爱,就出师未捷身先死。只是以后该怎么面对云暮寒,尴尬死了。

云暮寒捡起地上的钢笔,她刚才就这样跑出去,不给他回答的机会。"约了程浩补习英语",想起她刚才说的这句话,他心里有些发堵。程浩那家伙不知道什么时候开始那么认真了,平时也没见他对哪个女生长情,可他偏偏宠惯着韩雨陌,坚持每天给她补习英语,这让他很不是滋味。就这么算了吧,小女生哪里懂得爱情?自己居然会为了一个小姑娘失魂落魄的,要是导师见了,估计要失望了。

云暮寒深深吸了口气,将钢笔丢进了垃圾筒。

"八国联军是,英国、美国、日本、西班牙……"

"错了!是意大利!不是西班牙!"

云暮寒看着不远处的两个人,心里有些烦躁。一不留神,电脑里输入的代码又错了。他有些气急败坏地按着"Backspace"键,将刚刚编写的语言全部删空。这些天,韩雨陌都没有找他补课。刚开始的时候,他还觉得如此最好,免得两人尴尬。谁知道,这丫头开始天天缠着程浩给她讲解,半点也不注意影响。有一次,胖子屁颠地跑来问他,韩雨陌是不是和程浩拍拖了,他居然气得想揍这死胖子一顿。

"想不想我告诉你,最简单方便的记忆法。"程浩用书本敲了敲韩雨陌的脑袋。

"有吗?"韩雨陌讨好似的看着他,小脑袋不由自主地凑了过去。

"我跟你讲个故事吧。有个学生,每次考试都是第一,所以大家给他取了个外号,叫'每日一号'。他说,那是因为他得到了好的学习方法。'因我得法,每日一号'!明白了吗?"

"不明白。"韩雨陌眉头纠结到一起,她又没有好的学习方法,哪里来的"一号"?

"你脑袋是糨糊做的吗?因我得法,每日一号。这个故事讲的就

·056·

是八国联军！英俄德法，美日意奥！"

"程浩，你的脑袋是电脑变的吗？一定是装了人工智能芯片，这么厉害的记忆法你都能想到！"韩雨陌一脸崇拜地看着程浩。

"嗯，我是机器人。我们接着下一题！甲午战争是哪一年？"

你是机器猫！云暮寒在心里冷冷地回了一句。今天，程浩和韩雨陌都穿着米白色的开司米毛衫，乍一眼望去，还挺像情侣衫的。云暮寒为这个发现懊恼不已，他重重地敲了一下键盘。

程浩回头看了眼云暮寒，露出了意味深长的笑。

"这么难，谁记得住！"韩雨陌做了个晕倒的姿势，本来还打算选文科的呢，看来她不但理科烂，文科也无出头之日。

"提示一下你，'一把揪死'。"程浩微微笑着。

"我知道了，是1894年！"韩雨陌兴奋地站了起来。这时候程浩正低着头注视着她，两人不留神，脑袋就撞到了一起。

听到声音，云暮寒又朝他们往看去，刚好看到程浩帮韩雨陌揉着额头，他轻哼了一声，脸色比之前还难看。

"不疼了吧，咱们继续答题，答对了有奖。"程浩目光中带着呵护和宠溺，这个粗神经的姑娘每次露出迷茫的眼神的时候，真的非常可爱。

"什么奖啊？"听说有奖励，韩雨陌立刻精神抖擞。

"保密。先回答问题，马克思是哪一年生的？又是哪一年死的？"

这算什么狗屁问题，云暮寒戴上了耳机，听不见，心不烦。这两个家伙，想闹就随便闹吧。

"又是年份，我怎么可能记得那么牢，要能背下来，我历史就不会不及格了！"

"我提示你吧，一爬一爬，一爬爬上了山！"

"马克思的生卒年是1818年、1883年！奖励，快给奖励！"韩雨陌打了个响指，一爬一爬，一爬爬上了山，真是太好记了！

"闭上眼睛。"程浩微笑着，心里开始为接下来要做的事情紧张。

韩雨陌期待地闭上眼睛。

云暮寒余光看着两人，突然，他猛地站了起来，捏紧了拳头。

程浩看着韩雨陌，她皮肤很白，看上去有些贫血。长而翘的睫毛轻轻地颤动着，小小的鼻翼也随着呼吸轻轻地动着，嘴唇轻抿成线。他低了头，缓缓地朝韩雨陌吻去。还未碰到雨陌的唇，一股巨大的力道就将他拖开。

"韩雨陌，你还有半个小时去学校！"云暮寒严厉的声音吓了韩雨陌一大跳。她睁开了眼睛，看着他，完全不知道他的愤怒从何而来。

程浩若无其事地看着两人，目光更加深邃。

韩雨陌看了看手表，好像真快要迟到了，她也顾不得细想云暮寒失态的原因，匆忙地将课本塞到书包里，慌乱地朝网吧外走去。

"我送你！"程浩追了出去，从云暮寒身边走过的时候，他轻扬嘴角，露出一抹挑衅的冷笑。

…………

"雨陌，上车，我载你！"程浩从车棚骑车出来，冲着马路边飞奔的女孩喊道。

韩雨陌看见程浩，连忙跑过去。就在此时，另一辆自行车猛地冲了过来，横插在他们中间。

"程浩，怎么才一会儿工夫，你就把衣服给换了？"韩雨陌跳上了车，疑惑地问。她扯了扯程浩的衣服，这衣服怎么这么眼熟，看上去好像刚才云暮寒穿的那件。

"啊！怎么会是你。"等看清楚了车上的人的时候，韩雨陌吓出了一身冷汗，刚才她明明是跳上了程浩的车，怎么骑车的人是云暮寒？难道自己学习用脑过度，已经思维混乱了？

等到她回头，发现程浩正远远地看着他们的时候，她突然又明白了些什么。难道……云暮寒是故意拦下她的？这个想法，让她有些窃喜。

"坐稳点，屁股不要扭来扭去的。还有，不要露出这样诡异的笑容！"云暮寒侧过头看了看正傻笑着的韩雨陌。

"我的笑容哪里诡异了？"韩雨陌嘴硬道。

看着她偷笑的模样，云暮寒也勾了勾嘴角。

"上次在我家，你说的事情……"

"什么？"听见他提上一次，韩雨陌的脸就发烫。

"我说，以后表白的事情要交给男生来做！"云暮寒微笑着，不用想，身后的笨蛋一定乐开了花吧。

"风太大了，我听不见！"韩雨陌喊道。她心跳有些加速，刚才，云暮寒好像说了些什么。

"韩雨陌同学，请问，你愿意做我女朋友吗？"

"什么？"

"我说，你以后不准再跟程浩补习了，所有课程都由我来教。"

"哦。那游戏呢？"韩雨陌嘟起了嘴巴。

"我陪你打。不准和其他男生走得太近，我会按时接你放学。"

"云暮寒，我可不可以不答应？"怎么感觉不像是在找男朋友，而是给自己找了个"家长"？

"不可以。"云暮寒咬牙切齿地回答。

"可是我后悔了怎么办？"

"忍着。"

后悔也能忍着吗？韩雨陌懊恼地扯了扯云暮寒的衣服，她这算不算上了贼船呢？

此后的日子，韩雨陌都是以云暮寒女朋友的身份出现。云暮寒打篮球，韩雨陌就会在场上加油，比较倒霉的是，不知道躲避的她，偶尔会被篮球打。

云暮寒晚上上课，韩雨陌就在一旁听，她连上自己的课程都没这么积极。有时候被教授点起来回答问题，她便在全班的哄堂大笑中狠狠踹身旁的云暮寒。

当然，云暮寒也不是好惹的。他会每天会准时守候在韩雨陌学校门口等她放学。他常常穿着破了洞的牛仔裤，靠在他的破自行车边，浑身只透露着一个信息：我是痞子！

韩雨陌通常都是用书包挡着脸，在同学的议论中跳上云暮寒的车。

都说爱情是伟大的，在云暮寒的"教诲"下，韩雨陌的成绩上升了不少，直接从末等生变成了优等生。用程浩那帮子人发明的"谐音记忆法"，韩雨陌这个末等生混得如鱼得水。

随着韩雨陌成绩的提高，老师对她的关注度也越来越高。出了名的差学校难得来了个天才尖子生，好歹要重点培养一下。

重点培养的结果，就是韩雨陌被请进了老师办公室。班主任老师语重心长地跟她谈起了情感问题。用老师的话说，你的未来不是梦，来日方长，可不能一失足成千古恨。

韩雨陌一脸无辜地看着班主任，说，恋情没有早和晚的区别，只有爱与不爱的区别。说完了，她还睁着亮闪闪的大眼睛问："老师，你是不是嫉妒我男朋友有我这么好的女朋友？"班主任最近相亲总失败，听了这话大受刺激，决定再也不和韩雨陌谈关于爱情的问题。

"云暮寒，老师问我是不是早恋了。"下了课，韩雨陌颇为得意地跟云暮寒炫耀老师对她的重视。

"你怎么回答？"云暮寒忍住笑，看着韩雨陌，这丫头什么时候会在乎老师的话了？

"我说啊——我觉得咱们俩，恋得实在太晚了。"

韩雨陌一本正经的模样，逗得云暮寒想笑。相见恨晚，恐怕就是这个意思吧。

"那是不是该庆祝一下咱们相见恨晚呢?"

"去吃火锅吧。"

"火锅店很远。"云暮寒想都不想就拒绝了。

"不用担心,听说程浩老爸给他买了辆大众,我们可以让他负责解决交通问题。"

"瞧你那见钱眼开的样。怎么,后悔了?当初没选他这个有车的?"听到程浩的名字,他不能说不介怀。当时那小子那个还未落下去的吻,让他完全失态,至今想起这件事,依然觉得浑身不舒服。

"喊,本姑娘投资的可是潜力股。大众姐可看不上。等本姑娘日后发了财,我就买齐七个颜色的宝马车,一天开一个颜色,一星期都不重样。"韩雨陌得意扬扬,对于未来充满了幻想。

"宝马?"云暮寒看着韩韩雨陌,"你的追求也太土了吧?是不是你只知道奔驰和宝马?"

"你懂什么啊?你不上网的吗? BMW, Be my wife!这个世界上最浪漫的人,就是开着宝马车求婚,再开着宝马车结婚。"

"你被婚庆公司租车的那帮人洗脑了吧,BMW 明明是跟你老公说,别摸我。"云暮寒话音刚落,韩雨陌就用警告的眼神看着他。

"行,你说宝马就宝马吧。虽然土了点,但日后你就开着宝马跟我求婚,我勉为其难地答应你。"

"云暮寒,求婚是你的事好不好!"

"好吧,我骑一匹马来求婚。"

"云暮寒!"

…………

宝马,BMW,Be my wife。

宝蓝色的宝马在云泽的街道飞驰,穿梭过无数霓虹。

童话终究是童话。多年之后,他的车库里停着不同型号的宝马车,可最终"Be my wife"这句话,不是说给那个女孩听。云泽交通台放着老歌,周治平用怅然的声音一遍又一遍地唱着:"温柔的誓言美梦和缠绵的诗,所谓山盟海誓,只是年少无知……"

韩雨陌,这才刚刚开始。

云暮寒烦躁地关掉了音响,加大了油门,朝夜色中冲去。

第九章
情非得已

傻丫头，就算有一天我们分开，你要相信，我们只是暂时弄丢了彼此。地球是圆的，兜兜转转，我们总会遇见。只要你还在原地，我一定会找到你……

拜云暮寒那期访谈所赐，韩雨陌昨晚睡得极其不踏实。她做了一个很遥远的梦，梦里的自己和云暮寒的妈妈见了面。

云暮寒说他没有爸爸妈妈，其实并不是真的没有，只是，云暮寒的妈妈忍受不了贫穷，嫁给了云泽有名的地产商江贵仁。而他父亲从此一病不起，最后因病去世。云暮寒讨厌一切贪钱的女人，对他妈妈更是敌视。知道她见过他妈妈以后，他发了很大的火。然后，他们提到了分手，她难过得想哭。哭到最后，梦就醒了，半夜睁开眼的时候，她发现脸上冰凉，伸手一摸，枕头也湿了一块。

卧室前的窗帘拉得不严实，对面施工工地的灯光照了进来，亮堂堂的。

忽然，一个惊雷在窗外响起，韩雨陌连忙起身关上窗帘，钻进被窝，用被子捂住头。

被子隔绝了所有光线，窗外的雷雨声则变得更加清晰。韩雨陌瑟缩着，将自己团了起来，仿佛又回到了那个电闪雷鸣的下午……

那是一个沉闷的下午，窗外的云，低沉得仿佛随时会亲吻地面。韩雨陌把一堆复习资料全部踢到一边，自己趴在床上看《盗墓笔记》。

这个季节的天气说变就变，刚才窗外还云幕低垂，安静得没有一丝风，现在却是狂风扫叶，吹得窗棂直颤。她急忙去关窗户。

"轰隆！"

在关到最后一扇窗户的时候，一声巨响，惊得韩雨陌手抖了一下。滚雷在阴沉的天空中撕了一道口子，闪电游蛇一般地在乌云中穿行。雨说下就下，就仿佛忘记关闸的水坝，一瓢瓢地浇了下来，铺天盖地，砸在玻璃上，噼啪作响。韩雨陌咬着唇关好窗户，一道雷又一次炸了过来，压抑黑暗的云层被闪电照得明亮，她看见玻璃窗上映出的自己，苍白的脸色忽明忽暗，如同鬼魅。她吓得啪地关上了窗，拉上窗帘的时候，她看到楼下奔过的人影很眼熟。

"砰！砰！砰！"

短促的敲门声比这雨来得还急。

韩雨陌猛地拉开了门。云暮寒立在门口，浑身上下湿漉漉的。雨水顺着他的头发流下，他喘着气，不说话，只是盯着她看。被雨水浸透的白色T恤紧紧地贴着他身上，随着他急促的呼吸起伏。他一只手扶在门框上，即便是这样狼狈的时刻，也透着模特般的性感与优雅。

不知道怎么回事，此刻看到云暮寒，韩雨陌就会忍不住想到他的优秀，不自觉地就会想起他为自己放弃留学的事情，若不是认识了她，优秀如他，会有怎样的未来？

"我打你电话，你没有接，外面下着很大的雨，我知道打雷的时候，你一个人……会害怕。"他伸手拉她进怀里，动作自然得如同牵手一般。她的侧脸贴着他的胸膛，听到他结实的心跳，他的衣服是湿的，可她的心却是暖的。

"我手机没电了。"韩雨陌喃喃说道。

"暮寒，你会像吴邪一样吗？找不到闷油瓶的时候，一直找下去？"她的问题有些孩子气，带着点不确定。

他拍了拍她的脑袋，用更有力的拥抱给她答案。

"无论你在哪里，我都会一直找下去。傻丫头，就算有一天我们分开，你要相信，我们只是暂时弄丢了彼此，地球是圆的，兜兜转转，我们总会遇见。只要你还在原地，我一定会找到你。"

…………

只要你还在原地，我一定会找到你。是啊，地球是圆的，兜兜转转，他们在茫茫人海中相遇。

韩雨陌的目光落在了床头那本已经卷了边的《盗墓笔记》上，将手机开到了收音机模式。

有些记忆被时间酿成了习惯，就变得难以忘却。比如习惯了重复地看同一本书，比如习惯了同一个品牌的手机，比如习惯了半夜睡不着听夜话节目。有网友说过，夜话节目就像是把内衣晾到大马路上，没什么不妥，但是极其不雅。可她偏偏喜欢这些没营养的东西，一群无病呻吟的都市夜归人，打进电话去和主持人聊一些很私人的感情话题。

节目中有个女大学生打电话，说她和男朋友分了手，絮絮叨叨地跟主持人扯了一大堆两人以前的幸福时光——一起去食堂吃饭，他帮她买早点送到教室里，她去旁听他的课，一起晚自习，一起拍大头贴。

听着听着，韩雨陌骤然觉得心痛。原来……但凡是少年时的爱情，情景都一样，结局也差不多。她突然有股子冲动，抓起床头的电话就想给交通台拨过去，狠狠地把云暮寒给臭骂一顿。可对着按键，才发现自己根本不知道这节目的电话号码。她有些懊恼，自己怎么就神经兮兮的？

主持人挂了那女大学生的电话，放了首周治平的《那一场风花雪月的事》。

"所谓山盟海誓，只是年少无知"，这歌词真应景。韩雨陌听着歌，模模糊糊地醒了又睡，睡了又醒。

第二天一早，韩雨陌是被手机铃声吵醒的。

她睡眼蒙眬地从床上爬了起来，抖枕头、翻衣服、扯被子，千辛万苦，终于在那扭成一团的被子底下找到了咆哮个不停的手机。

她拿起手机，眯着眼睛说领导早上好。电话那头，主编的河东狮吼震得她耳朵发麻，一刹那，她睡意全无。

也不知道大清早主编发什么火，她还没听明白个大概，手机嘀嘀响了几声，提示电量低后自动关机。她拿着黑屏了的手机感慨万千，唉，早知道就不用手机听广播了！

两个小时之后，韩雨陌顶着乱蓬蓬的头发，睡眼蒙眬地站在主编面前。

"迟到！早退！没有组织纪律！而且还敢挂我电话！如果你是在时政组，早就被开除了几百次！"主编狠狠地拍了拍桌子，唾沫星子从她血红的嘴唇中喷出来。

韩雨陌连忙退后两步。

"我手机没电了。"怕主编不相信，韩雨陌掏出手机展示给她看。

"手机没电了不是理由！你忘了单位规定吗？二十四小时保持联络畅通，没接到电话五分钟不回者扣罚两千八。"

"主编，我一篇稿子的稿费不到二十八块！我一个月底薪加绩效也才刚刚三千五而已啊。"

"那是因为你稿子写得差，质量低，而且任务没完成！你现在算什么？报怨薪酬制度吗？质疑领导，再扣两千八！"

"主编，我没有耽误工作啊，您这样不合理。"

"屡教不改！顶撞领导，再扣两千八！"主编扬了扬眉。

韩雨陌顿时偃旗息鼓，像一朵被打蔫了的咸菜一样歪着脑袋站在一边。有没有搞错，这个嫁不出去的老巫婆，就知道心理扭曲地克扣员工。

"嘴巴里嘀咕什么，是不是不服气，在心里诅咒我？"主编看了韩雨陌一眼。

"绝对没有！我是在忏悔！"韩雨陌瞟了瞟主编，心道，怎么我诅咒你你都知道，难道你是我肚子里的蛔虫？

"别一扣钱就怏怏的样子，扣你钱是为了激励你，是为你好。不扣你钱，那是害了你！年轻人，不要在乎眼前的得失，要有新闻理想，要有事业抱负，要视金钱如粪土，把精力放在做好工作写好稿上来。等你把满腔的热情都投入到了写稿当中，就会发现工作的满足感远远地大于金钱给你满足感，懂了吗？"主编冷冷说道。

"哦，懂了。我会把写好每条娱乐新闻当作我的人生信仰的。"

"昨天那稿子是你写的？"主编淡淡地问。

韩雨陌努力地想从她语气中捕捉一些喜怒，可惜对方是老江湖，隐藏得太好了。

"是。"

"为什么稿子到晚上才传过来？"

"因为——因为我觉得多修改几遍比较保险！"韩雨陌微笑了一下。她当时满脑子都是云暮寒的那个访谈，哪有心情去写什么别的稿子。

"你自己看看，你都写了什么乱七八糟！"主编将一份报纸推到韩雨陌面前，"张艺兴，张予曦，张馨予，张涵予……知道他们有什么区别吗？"

"知道，姓氏一样，名字顺序不一样。"韩雨陌低头回答。

"是完全不一样！韩雨陌，你写稿的时候是不是被朱丹附身了？"

"对不……起。"

"我真快被你气死了，你什么都不用说了！这个月，工资全扣！"主编发狠道。气死她了，皱纹都被气出来了。

"不是错一个字扣五十块吗？"韩雨陌掰着手指头算了算，好像不对啊！

"这不是错一个字的问题！"

"可是我明明只错了一个字啊！"韩雨陌撑着桌子，委屈地看着主编。

"是，你是只错了一个字，可是——"涂水秋深吸了一口气，自己好歹一个新媒体部主编，干什么和韩雨陌争论这种没技术含量的问题？她抽出纸巾擦了擦汗，这女人真是快把她气得冒烟了。

"领导，那——工资全扣，那之前关手机和顶撞领导的两个两千八，都是包含在这个月绩效里的吧。"韩雨陌小心翼翼地试探道。

"你的绩效什么时候有过两千八？你信不信我把你下个月再下个月的工资一直扣到年终？"

"主编，我先回去工作了。"看面前极度注意保养的女人青筋暴露的样子，韩雨陌知道自己得赶快溜。

"站住！金恩彩神秘男朋友的事情，你调查得如何了？"

"我……有点眉目了。"听见主编突然问起这个，韩雨陌有些紧张。她的手放在了包包上，那里有她录的关于金恩彩的资料。如果把金恩彩曾经做过坐台小姐的新闻交差，她是不是就不用牵涉云暮寒了？这个念头仅仅在她脑袋里一闪，就被她否决掉。做媒体做得这么没道德，会被人唾弃的！

"你抓紧点时间。对了，我们有同事打听到了，金恩彩现在在云泽仁心医院。你现在就去仁心医院，就算挖地三尺都要把她的神秘男朋友抓出来。我的直觉告诉我，金恩彩的神秘男朋友一定会在仁心医院出现。据外界传，她去看的，是产科。"

"要不领导您亲自去吧。"不是吧，陆韶迟本来就不喜欢她做这个。要是知道她主意都打到他家开的医院头上，他岂不是要气得吐血三尺？

"你有听说过堂堂报社的主任编辑，亲自冒充孕妇，混进医院，做这种娱乐记者做的事情吗？"

"没有听过。"

"那就对了。"

"不对啊，领导。您一直教导我，做一个合格的媒体人要有敬业精神，敬业精神就体现在牺牲精神上。"

"韩、雨、陌！"

"领导，我知道了，您是在给我们新人机会，您真是太照顾我了。"眼见面前的女人又要发火，韩雨陌立刻挤出天使般的笑容。

"可是——您刚才说，扮孕妇是什么意思？"

"你要想办法拿到第一手资料，最好就是进到医生的办公室，然后拿到金恩彩的诊断记录。我觉得你冒充去检查的病人是最好的，经过我们研究决定，你比较适合完成这个任务，这样就算你遮遮掩掩，神不守舍，别人也只会认为你是害羞愧疚。"主编丢给韩雨陌一本伪造好的病历。

韩雨陌瞪大了眼睛,原来做娱乐记者"武器"真的很先进,看来她以前还真是小儿科!

"还有什么问题?"

"没……没问题,不过,不未婚先孕,行不行?"这个,太牺牲形象了。而且还要冒着被陆韶迟抓个现行的危险。

"不行。"主编面目狰狞。

韩雨陌颤抖了一下。

"你每天恍惚皱眉的样子,很像得了产前忧郁症的孕妇。我们想的方法,一定是最适合你的。快去吧。"主编微微一笑,又恢复了她的好涵养。这个韩雨陌也不知道是不是故意的,经常气得她提前衰老。不过等两个月她采访不出金恩彩,这个女人就能离开了。

韩雨陌一脸悲愤地看了眼桌上那份病历,垂头丧气地走出办公室。早知道还不如把那份录音交出来呢,她为什么要为了金恩彩的名节牺牲掉自己的名誉?

刚走出办公室,同事就同情地凑了上来。

"雨陌,几个月了?"

"没确定。"

"三个月以内不用塞枕头,超过三个月以上要塞枕头。"同事拍了拍她的肩膀。

"你们怎么知道得这么清楚?"

"扮孕妇这个采访手段比较常用。"

"买枕头的钱,单位给报销不?"韩雨陌含泪看了眼大家。

"呃——"众人无语,这丫头真的有说出一句话就把别人给噎死的本事!

"我知道了,我还是三个月以内吧!"韩雨陌握紧了拳头,再一次体会到了做一个媒体人的不容易,不过幸亏马上就是内部晋升考试了。她抬头看着报社二楼,那里是日报社的新闻部,也是爸爸生前工作的地方。爸爸,我一定会努力,在一年后的晋升考试中争取有出色的表现。

她绝对不可以这个时候离开报社,绝对不能错过一年后的内部晋升机会!

第十章
节外生枝

只要他回头,就能看到自己,可是他没有回头,没有看她。

云泽仁心医院,产科在三楼。

韩雨陌贼溜溜地看了看四周,仁心为什么生意这么好,人都被挤到电梯口了!她紧张地把衣服领子拉高,但愿不要被陆韶迟给抓到。

"喂,小姑娘,你一个人来检查吗?你老公呢?"旁边一位陪女儿来检查的大妈无聊地问韩雨陌。

"我是圣母玛利亚,我的宝宝是'耶稣',我不需要老公。"韩雨陌机械地扭了扭脖子,看了那多事的大妈一眼。主编就是上帝,上帝是万能的!上帝一句话,所有媒体人都可以当孕妇!

"小姑娘你别想不开啊!哎呀,你来检查是不是瞒着家里和学校啊?你是准备做人流的吧,我说现在的小男生真是造孽啊!"大妈见韩雨陌面目狰狞,表情悲愤,心里猜想她肯定是云泽哪所大学意外怀孕的女学生。

造孽啊!韩雨陌在心里应了一句。新媒体部就是一摧残祖国花朵的地方!让她韩雨陌来这破地方排队,主编,你简直罪孽深重!

"小兔子乖乖,把门开开!"突然,一阵尖锐的手机铃声传来,韩雨陌猛地震了一下。她看着屏幕上显示的"陆韶迟"几个字,心里一慌,想也不想就挂断了电话。

"是你小男朋友打来的吧。"旁边的大妈不死心地继续问韩雨陌。

"大婶,我觉得你很适合干我这一行。"韩雨陌狠狠地瞪了对方一眼,别说她不尊老爱幼,当娱乐记者遇到了更八卦的大妈,也照样会发火的。

"叮!"

三楼的电梯门开了,韩雨陌在人群中发现了一个熟悉的身影。她深吸一口气,连忙蹲了下去。电梯啊电梯,求你赶快上行吧,把陆韶迟带到楼上去!

"133号,韩雨陌!韩雨陌来了吗?133号,韩雨陌!"护士的嗓门可真够大的。

"韩雨陌!韩雨陌来了没?"护士有些不耐烦。

"嘘——"好不容易挤到诊室门口的韩雨陌,把食指放在唇边,做了个嘘声的动作。

"韩雨陌来了没——"护士压低了声音,一字一顿地凑到韩雨陌耳边问道。

"我就是韩雨陌——"韩雨陌也用最小的声音回答。她回头看了看身后,陆韶迟乘坐的电梯已经上去了,她这才松了口气。瞧这记者做的,真是辛苦!

"别磨磨蹭蹭的,后面多少人排队知道吗?"护士语气中带着责怪。

进到诊室,韩雨陌有些慌张,其实,她是很不喜欢单独面对医生的,记得几年前,那位心外科医生就是在诊室内,面无表情地告诉她,如果不做手术,她只剩两个月的命。

这间产科诊室内的墙壁是淡绿色的,医生的办公桌上摆着盆栽,冷气的温度开得不低,韩雨陌的心跳渐渐地平缓下来。

"你好,请坐,我姓吴,仁心产科主任。"对方是个中年女子,看过去很和蔼。

"我看过你的病历了,之前你在一附院做过检查,为什么又换医院?"

"因为我主编……因为我主要是不放心,多看一家医院比较保险,而且仁心医院在云泽名气很大。"因为那是主编伪造的病历,韩雨陌在心里回答。

"这段时间,有没有什么不舒服的感觉?"医生问道。

"我失眠,睡不着觉,总觉得自己会被解雇。"韩雨陌耷拉着小脑袋,她每天都不舒服。

"嗯,还有呢?"医生用笔记录着,继续问道。

这时候,诊室内的电话响了。

"不好意思,我先接个电话。喂,对,我是。陆主任啊,对对,我们有个即将生产的孕妇有心脏病史,我们计划对她实施剖宫产,这需要你们部门的合作。病人的资料待会儿我给您送去吧,哦,您现在过来拿,好的。"

"还有什么不适的地方?"医生放下电话,继续问。

"非常不适,我现在心跳很快,很紧张,很害怕,很不舒服。我想休息一下,请问这诊室,还有没有其他房间?"陆韶迟要来了吗?这不是被逮个正着?

"嗯,刚好,有个医生来,我们要谈一点事情。你先到我里面的办公室坐一下吧。"

"吴医生,您真是好人,我觉得自己现在舒服多了。"韩雨陌乖巧地回答,转身进了隔壁的办公室,然后小心地把门关好。

坐进办公室,韩雨陌这才想起自己的采访任务。

韩雨陌无聊地坐在办公室里东翻翻,西翻翻。那些印着英文的资料,看得她头疼。

陆韶迟温和的声音,隔着一扇门传来,他的声音有种安慰的力量,韩雨陌微笑了一下,她这个男朋友还真是颗定心丸,听到他的声音,她突然觉得自己工作上受的那些委屈,都不怎么重要了!

"啪!"

就在韩雨陌走神的时候,一沓化验单落在了地上。她有些慌张地将化验单捡起来,放回原处。

金恩彩。

其中一张化验单上姓名栏里的三个字,让韩雨陌的心跳到了嗓子眼。

这算不算踏破铁鞋无觅处,得来全不费功夫?韩雨陌掏出包里的手机,迅速地抽出那份化验单,按下了拍照键。

"咔嚓!"

化验单里的内容全部存到了手机里,只要她将这张照片添加到彩信栏发给主编,自己就完成任务了。

可是……她想起了金恩彩在餐厅洗手间里的验孕棒。金恩彩有了孩子,孩子的父亲是不是云暮寒?

如果这张化验单传给了主编,那金恩彩的娱乐圈生涯很可能会走到尽头,而那个男人也会被波及。

韩雨陌犹豫了片刻,最终按下了撤销键,将手机放回了包里。

等了大概十五分钟,陆韶迟才离开办公室。韩雨陌打开门,探出一个脑袋,看到吴医生对她微笑招手,她跑回了原来的座位,继续回答医生的问题。

"紧张、焦虑,这都是第一次怀孕的女性的正常表现。你可以买一些保健类的杂志,休闲的时候就翻一翻,有助于缓解压力。还有,要经常和孩子的父亲交流。下次来复诊,我希望他能陪你一起来。"

"这个要求有难度,我看下次我也不用复诊了。"到哪里再找一个托,陪着她一起演戏?这年头,请个孩子他爹配合她,经费很高!金恩彩的化验单已经到手了,她也用不着再装孕妇。

"这——难道你不想要这个孩子?"吴医生同情地看了韩雨陌一眼。作为女性,她很能够理解一个不被祝福的孩子来到这个世界,他的母亲将有多大的压力。看样子,这应该又是一位意外怀孕的少女。

"这由不得我啊!"韩雨陌嘀咕道,这个要看主编的要求。

"人流术对女性的伤害很大,以后也很难恢复。对方真的不打算负责?"原谅她吧,她不是八卦,她只是关心自己的病人。

"要她负责,比登天还难。"韩雨陌眉头都拧一块去了,买枕头的费用都不给报销,不知道这次的挂号费会不会给报销!负责,主编,你必须对我负责!韩雨陌在心里呐喊。

"这——"吴医生望着韩雨陌,眼神更加怜惜,突然,她的目光定格在韩雨陌身后,"云先生,您什么时候进来的?金小姐的化验报告我正打算让人给您送过去。"

"我敲过门了,你们聊得太投入了。"

一个冰冷的声音传入韩雨陌耳朵里,韩雨陌差点从椅子上摔下来。

那个男人,就站在她身边,离她仅仅几步之遥。他咄咄逼人地望着她,目光中是如严冬般的寒意。

韩雨陌感觉自己就快在他的注视下冻僵了。面前的男子,熟悉中带着陌生。她舔了舔嘴唇,张口想要说什么。

此时,此地,此景。他和她,居然重逢在医院的产科诊室,明明是这样的可笑剧情,可为什么,她却难过得想哭?

韩雨陌低着头,目光垂下来,落在了云暮寒的皮鞋上。

这不是她当年认识的云暮寒,当年的云暮寒喜欢穿球鞋,一身的休闲装。如今的他,职业打扮,皮鞋亮得连半点灰都不见。有钱人就是不一样,鞋子都比别人的亮堂,不知道踩上一脚又会怎样?

韩雨陌有些不平地想着,老天总是会特别厚爱一些人,哪怕当年他曾经做错过事。

云暮寒看着韩雨陌,她神不守舍,嘴唇轻动,不知道又在嘀咕什么。

她的眼垂得很低,长而翘的睫毛有规律地轻颤着,他看不到她的眼神。这女人就这么不待见他,连个正眼都不给他?

韩雨陌等着云暮寒开口,当年他就这样丢下她去了韩国,不闻不问,就是六年。他是不是会内疚?他身边已经有了别的女孩,他可曾会对那个女孩讲他们以前的事情?

这六年里,韩雨陌常常会想,自己和云暮寒重逢该是怎样的情景。设想得最多的情形是,云暮寒苦苦寻找,终于在云泽市找到了她,然后对她说:"雨陌,对不起。当年,真的对不起。"然后她很平静,淡然地对他说:"云暮寒,以前的事,不要再提了。"

如今他们真的重逢了,可是云暮寒并没有开口道歉。他们俩一个愤怒地望着对方,一个恍惚地看着地板,气氛尴尬到了极点。

"暮寒——"韩雨陌张了张嘴。

最终还是她先开口,本来想喊他云暮寒,可不知道怎么回事,多年的习惯改不掉,说出口的,依然是那样亲昵的"暮寒"。

"暮寒——好久不见,你还是和以前一样……"这都说的是什么乱七八糟的,韩雨陌,你应该上去踩他一脚,然后说,云暮寒,你给我走开,咱们俩六年前就拜拜了!

"韩雨陌!"云暮寒粗暴地将她的话打断,"以前的事情,不要提了。"

什么?韩雨陌猛地抬头,情形怎么反过来了?

凭什么是他说以前的事不要提了,他当年狠心离开,她受的那些伤害,他一句别提了就想一笔勾销?

看他满脸愤怒的样子,也不知道到底在气些什么!

凶什么凶?自己为什么要低着头好像做错了事?韩雨陌越想越觉得自己亏,想着想着,一股子怒气就往脑袋里蹿。

她狠狠地剜了云暮寒一眼,转身就往诊室外走。云暮寒一把拉住了她,他目光凛冽,她看出来了,他正压抑着怒气。

"见到我,一秒也不想多待?韩雨陌,这么多年不见,你不请我喝杯咖啡吗?"这女人在别人面前唯唯诺诺的,可在他面前却敢耀武扬威,想不到这么多年过去了,她依旧这样。

"没钱。"

"那我请你。"

"没空。"

"韩雨陌,你给我过来。"云暮寒拉着她就往诊室外走,这女人真快把他给气疯了。

"云先生,韩小姐有两个月身孕了,您千万小心,别伤着孩子。"吴医生好心提醒。

"闭嘴。"韩雨陌和云暮寒同时对医生吼道。

吴医生拿出纸巾擦了擦汗,她被这突然的变故吓到了。酷游的总裁怎么会和这个意外怀孕的少女认识呢?而且看样子两人还有旧怨。看云暮寒的表情,好像恨不得掐死这个女孩。

吴医生拿起电话,犹豫着要不要报警,万一出什么事情,可如何是好啊!

吴医生将电话拿起来又放下,等她抬头的时候,那两个剑拔弩张的人已经离开了诊室。

她顿时松了一口气,叫护士通知下一位病人。

韩雨陌被云暮寒拖到了走廊上,一路上她挣扎着,而他却不肯放手。周围的人都用惊讶的目光看着他们两个,之前的八卦大妈也若有所思地望着韩雨陌,眼神暧昧。

对韩雨陌来说,这的确是最糟糕的一天,云暮寒这个人,相见不如不见,何况是在这样尴尬的地方相遇。

"云暮寒,你放开我!你发什么神经,这里是医院!"韩雨陌奋力地挣扎着。该死,现在她成了全产科的焦点了!

"为什么?"云暮寒看着她,目光锐利得让人不敢正视。

"什么为什么啊?"韩雨陌被云暮寒推到墙边。

他撑着墙,将她禁锢在自己面前。

韩雨陌看着云暮寒,他眼圈微微发红,目光中带着伤痛。

"我问你,为什么你会出现在这里?"

"你为什么又会在这里?"她还想问他,为什么要回云泽?回了云泽,为什么又要让她遇见?每一次见到他,回忆都好像一场凌迟,一刀刀地割得她体无完肤。

"是不是他的孩子?那个……男人。"云暮寒觉得自己喉咙有些紧,问这话的时候,他很无力。

"你见过韶迟?"难道,云暮寒见过陆韶迟和她在一起?韩雨陌心里有些不自在,虽然她和云暮寒分手六年,可是不知道为什么,她并不想让他知道陆韶迟的存在。她和韶迟现在很好,不想被打扰。从知道云暮寒回云泽的那天开始,她就很恐惧,恐惧自己会不够忠诚,会对他还有妄想。

"原来那个男人叫韶迟?打扮得倒是像精英人士。恭喜你啊,得

偿所愿,终于嫁了一个有钱人。"

"我没结婚。"

"你未婚先孕?"听到这里,云暮寒脸色一沉,语气中夹杂着几分怒气,"浑蛋!"

"你怎么骂人啊?"

"你产检他都不陪你来,这么不负责任的男人难道不是浑蛋?还是说,他不能来,韩雨陌,你不会在给人做小三吧!"云暮寒恶毒地说着。说出这些话的时候,他觉得很解恨——这个女人终于遭到报应了!

可是不知为何,看到韩雨陌眼中受伤的表情,他的心会隐忍地抽痛。

"我跟谁生孩子,都和你无关。云暮寒,我们六年前就毫无关系了。"韩雨陌怒道。该死的云暮寒,以前抛弃她就算了,现在还污蔑她。韩雨陌赌气地说出那些话,却发现,周围的人都看着她,窃窃私语。

"那个一定是她男朋友,真可怜。"

周围的议论传入两人耳朵里,云暮寒的脸色更加难看了。

"不想被人围观就跟我过来!"云暮寒拉过韩雨陌,从人群中走过,他带着她进了电梯。

韩雨陌看着电梯上行,停在了六楼。六楼是产科的病房,全部是独立间,为贵宾准备的。她不知道云暮寒为什么要带她来这里,她只是本能地任凭他拉着自己走。

"这间房是你的,以后你的治疗费,住院费都记在我账上。"云暮寒将她推进了一间病房。

韩雨陌不可思议地望着他,这男人是不是撞脑袋了?她又没病,住什么医院?

"我不要你付住院费,我也不需要住院!"真是气死她了!

"韩雨陌!你非要跟我作对吗?你怎么那么不知道爱惜自己?你大着肚子到处跑什么?你没有必要为了一个不爱你的男人折磨自己!"云暮寒几乎是咆哮着说出这几句话的。

弃妇?好啊,云暮寒,她第一次发现一个理工男居然把语文学得这么顺溜。她刚想反驳几句,可看到云暮寒那关切的目光的时候,她的话又憋了回去。既然那么恨她,为什么还要来管她的闲事?让她当断不断,心比麻乱。

"暮寒哥,你回来了啊?这位是——"就在那两人大眼瞪小眼的时候,从走廊另一头的病房里走出一个女子。她穿着蓝色的病号服,看起来气色却很好。

金恩彩!

韩雨陌和云暮寒脸上都闪过一丝尴尬,刚才,她都听到了什么。

"我记得你,你就是上次送我来医院的女孩子。我还来不及谢谢你呢。你好,我叫金恩彩。暮寒哥,你这么快就查到了我的那位恩人了啊,不介绍给我认识下吗?"金恩彩自然地挽过云暮寒的胳膊。

"你好,我叫韩雨陌。你真人比电视上漂亮多了,普通话也说得好,和你男朋友……真的很配。"韩雨陌客气地回答。

这里的空气压抑得她想立刻离开。金恩彩的出现提醒了她,云暮寒和她已经是过去了。

"不是让你在病房等我的吗?为什么到处乱走?"和金恩彩说话的时候,云暮寒很温柔,根本不像刚才对她那样蛮横。

"我想你了嘛。"金恩彩甜甜一笑,此时的她半点没有天后巨星的架子,娇憨得如同小女孩。

不生气,不难过,要冷静。韩雨陌在心里默念着。她做了个深呼吸,不去看他们俩卿卿我我。她一把推开云暮寒,转身朝电梯口走去。

云暮寒伸手想拉住韩雨陌,可手刚刚伸出去,金恩彩就抓住了他。

"暮寒哥,我订了冰激凌蛋糕,快化了。你陪我一起吃好不好?"金恩彩望着他,目光带着恳求。

云暮寒看了眼韩雨陌的背影,又看了看依偎在自己身边的金恩彩,他皱了皱眉,似乎在做什么决定。

"你现在的身体不能吃冰激凌,我陪你吃点水果好不好?"云暮寒摸了摸金恩彩的头发,扶着她进了病房。

"好,那你吃蛋糕,我吃水果。"金恩彩笑着拉着云暮寒朝病房走去,她若有所思地侧过头,眼中的笑容逐渐敛去。

韩雨陌……金恩彩在心里默念这个名字。她绝对不会忘记这个名字,每一次云暮寒酒醉,口中呢喃的都是这个名字。六年了,这个名字就像是扎在她心里的刺,不除不快。

韩雨陌走进电梯,云暮寒和金恩彩亲昵的画面一遍遍地在她脑海盘旋。明明已经过去那么多年,为什么此刻还是如此心痛。她靠着电梯的墙壁蹲下,蜷缩的姿态让胸口的剧痛减缓了一些。

她觉得有些眩晕,眼前一阵阵地发黑。她在心里对自己说没关系,要冷静,别难过。可金恩彩看着她笑的模样,怎么都无法从脑海里驱散。那个女人,那么漂亮、温柔、优雅,站在她的面前,都让她自惭形秽。这一对璧人,清晰地提醒着她的落魄。

韩雨陌捂着胸口,不知道让自己痛的是心脏,还是回不去的过往。

·074·

糖衣药片，包裹着苦涩的心，就像她一样，有着伪装的快乐与坚强。

哗，药瓶落地，那些药丸也滚得到处都是。韩雨陌伸手想去捡药，但胸口的疼痛让她使不出半点力气。

也不知道那边病房里云暮寒和金恩彩说了什么，两个人笑得很大声，连她这个在电梯里的人都听得清清楚楚。多好，不像她，不能大哭，不能大笑，好像白活了一辈子。

…………

"那些我所拥有过的曾经，她给的最美。"

"傻丫头，就算有一天我们分开，你也要相信，我们只是暂时弄丢了彼此，地球是圆的，兜兜转转，我们总会遇见。只要你还在原地，我一定会找到你。"

云暮寒，你把我画地为牢。你说我迷路了，你会找到我。我一直在这里等你回来找我，可你在哪里？

韩雨陌伸出手，想按下电梯的关门键。可手还没有够到按钮，眼前一黑，她倒了下去。

即将合上的电梯门遇到了阻力，又重新打开。

这是为六楼贵宾提供的专用电梯，只在三楼诊室、四楼产房和六楼停靠，平时很少有人乘坐。因为韩雨陌一半的身体在电梯外，门感应到有人便不停地开开合合。

恍惚中，韩雨陌看到云暮寒和金恩彩走进走廊尽头的一间病房。

只要他回头，就能看到她，可是他没有回头，没有看她。

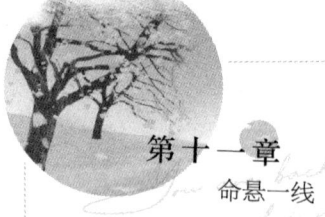

第十一章
命悬一线

雨陌，你常常问我，为什么会爱你。
每次我都不回答你，因为我真的不知道该如何回答。
爱你，就好像呼吸一样理所当然。
可是——我可以屏住呼吸，却不能停止爱你。

中午十二点，陆韶迟看了看手表，他关掉了电脑屏幕，拧了拧眉心，将思绪从那堆心电图中抽出。今天他莫名地有些烦躁，总是无法投入到工作中去。不知道是不是因为雨陌一直没回他信息的缘故。他发了一上午的短信，她一条也没回。这丫头平时总是大大咧咧的，把手机当传呼机来用。常常当天给她发的短信，她隔个三五天才回。每次他收到她那些莫名其妙的回信的时候都哭笑不得，有一次他终于忍不住问她为什么要几天后才回他短信，她的回答让他哭笑不得：你的短信真的是三天前发的吗？可是我刚刚才收到！

她迷糊得完全不知道保护自己。真不知道认识自己前，她的日子是怎么过的！吃过多少苦，受过多少伤，碰过多少壁？每次想到这些，陆韶迟都忍不住心疼。他轻轻摇了摇头，都这么晚了，那丫头不知道吃了东西没。他拿了车钥匙，准备去传媒集团去找她。刚拉开门，就看见陈楚洋提着两个便当站在门口。

"陆主任，这么早收工，不像你的作风啊！又打算陪女朋友吃饭啊？真是好男朋友！我说你什么时候陪我吃顿饭！好歹我也是你学长，你入学时候主动帮你提过行李箱的。要是医学院那些女生知道，当年从来不谈恋爱的陆韶迟，居然会准时陪女朋友吃饭，是不是要心碎。"

陆韶迟微笑着看了陈楚洋一眼。

陈楚洋心道不妙，别看这个学弟主任平时温文尔雅的，但是，当他眼底透露出危险的信号的时候，你可千万当心了。这家伙整起人来，手段可真是不赖。

"如果很闲的话，我打电话通知急诊室主任，让他安排你加班。"陆韶迟依旧微笑着，陈楚洋却变了脸色。

"喂，小子，我可是好心来请你吃饭的！你安排我加班，会有更多女人因为无法和我约会而心碎的。"

"无事献殷勤，非奸即盗。"

"好歹师兄弟一场，你别不近人情啊！我听说，肖院长已经回国了。而且，欣颜也快回来了。"陈楚洋赔笑着将便当递给陆韶迟。当年肖仁心去美国进行两年的交流考察，大家都以为她会带陆韶迟去，最后却带走了医院的另一位医生——莫欣颜，害他饱尝了相思之苦。

"你说我妈和欣颜要回国了？"陆韶迟吃了一惊。他倒是忙得糊涂了，院长回国的消息都传到了急诊室，可他还不知道。

"是啊！你说欣颜回来，我该给她买什么礼物好呢？你和她关系最好，这个便当孝敬你的，透露点机密资料给我吧。"

"她的喜好，我并不清楚。"陆韶迟淡淡地说道。莫欣颜是他导师的女儿，陈楚洋喜欢她很久了。以前他们三个人常常在一起玩，他母亲误以为儿子喜欢的是欣颜，为了不让儿子找一个没有云泽户口的女生，她带欣颜去国外学习，好让这段感情冷却。他母亲连高学历的莫欣颜都看不上，怎么可能接受韩雨陌？这次她回来，未必是好事。况且，莫欣颜……陆韶迟在心里重复这个名字，看来，麻烦才刚刚开始。

"大学的时候你就帮我追欣颜，她喜欢什么你没理由不知道的啊！而且她那么在乎你，你说什么都听，你千万要在她面前多说我的好话。喂，你怎么这副表情，你有了韩雨陌，就不要以前的朋友了？"陈楚洋气愤地说道。那个打不死的小强一样的韩雨陌，果然把他这个师弟给迷得不正常了。

"我不跟你说这些了，雨陌到现在都没接电话，我打算去报社找她，这丫头一定又忘记吃午饭了。"

"如果有百分男友选举，我一定投你一票。"陈楚洋拍了拍陆韶迟的肩膀。这个学弟不是那种玩弄感情的人，一旦认准了什么事情，就是一辈子。这是这么多年来，陆韶迟第一对女生用心。陆韶迟就是那样的人，对感情一丝不苟，总是礼貌地和异性保持距离，不玩暧昧，不给对方予任何幻想。除了和妹妹一样的莫欣颜外，陆韶迟几乎不和任何异性接近，他曾一度以为，这个学弟一辈子都不会找女朋友了。想不到会出现一个韩雨陌，打破了所有人对陆韶迟的猜想。

"丁零零——丁零零——"

就在陆韶迟踏出办公室的时候,办公室的电话催命一般响了起来。同一时候,陈楚洋的手机也响了起来。

"简直是'on call 36 小时',还让不让我约会啊?"陈楚洋看着手机叹息着接起来了,"好,我马上到。"

"我现在赶过来。"那边,陆韶迟也挂断了电话,"急诊室通知有病人晕倒在六楼的电梯口,被发现的时候已经重度昏迷,病人有心脏病史,情况非常糟糕,怕是有生命危险。"

陆韶迟和陈楚洋交换了一下眼神,立刻快步朝急诊室走去。医生就是这样一个随时待命的职业,看来暂时不能去找韩雨陌那丫头了。

"准备过床。"

等到陆韶迟赶到急诊室的时候,医生们都准备就绪。

"病人情况怎么样?"陆韶迟让助手准备手术刀,这种突发心脏病的病人,随时有可能要动手术。

"情况很不乐观,没有 BP,ECG 停止。"急诊室医生看到陆韶迟赶了过来,略微地松了口气。

"准备 Defi! 200 Joule!"陆韶迟吩咐。

"陆主任,怎么办?ECG 还是直线。陆主任!"年轻的医生注意到陆韶迟的脸色很难看,呼吸有些紧促。

陆韶迟在仁心是出了名的临危不乱,即便手术时候病人情况凶险,他也能冷静解决,可今天,为什么他的手在颤抖?

"韶迟,我来吧。"看到病床上的韩雨陌的时候,陈楚洋也吃了一惊。他有些担心地看着陆韶迟,面前的人的脸色似乎比病床上的韩雨陌还要苍白。

"滚开。"陆韶迟一把推开陈楚洋,自己亲自上前,"300 Joule,Clear!"

"陆主任,病人还是没反应。"

"没有任何反应。怎么办,陆主任,已经过了三分钟了!"

"继续。"陆韶迟的声音却不自觉地颤抖,他不能放弃,不能……

"韶迟,这里交给我!"

陆韶迟眼中是深深的绝望,仿佛在黑暗中挣扎的困兽,再这么下去,他一定会崩溃。

"你滚开!"

"主任,她已经没有心跳了!要不要通知家属……"

"谁让你停的!继续!"

韩雨陌,我命令你,醒过来!你答应过我一定会长命百岁的!你说过自己是打不死的小强,你怎么可以,不声不响,连告别都没有,就这么……走了?你怎么可以丢下我……

谁也没有注意到,平时冷静自持的陆韶迟已经泪流满面。他在病床前蹲了下来,靠在韩雨陌的床边,手抚过她苍白无血色的脸庞:"雨陌,你不是想去游乐场吗?以前我担心你,不让你去。如果你醒过来,我就陪你坐摩天轮。我会一直陪着你,小懒猪,别睡了好不好!你说如果有一天不在了,就让我把你忘掉。我告诉你,不可能!我会一辈子记着你,念叨你,让你到哪儿都不安宁!你最好乖乖给我醒过来。陌陌,听话好不好?"

陆韶迟的声音有些哽咽,雨陌来医院是来找他的吧,他如果早点下班,早点去接她,她就不会昏迷不醒。第一次,他这么憎恨自己。

"雨陌,你以前常常问我,为什么会爱你。每次我都不回答你,因为我真的不知道该如何回答。爱你,就好像呼吸一样理所当然。可是……我可以屏住呼吸,却不能停止爱你。雨陌,你睁眼,好不好。"

急诊室安静了下来,年轻的医生不知所措地看着陆韶迟,几个助理护士不由自主地泪流满面。

"ECG有反应了,主任你看!"年轻的医生兴奋地指着心电图说道。

"BP、Pulse?"陈楚洋松了一口气,他看着神情依旧恍惚的陆韶迟,目光担忧。

"BP 60,Over 30。"

"有Pulse,Sao2正常,升到96。"陈楚洋擦着汗,当了这么久医生,头一次这么紧张。韩雨陌啊韩雨陌,你差点害得大家都心脏病发!

"陆主任,陆主任,你到底是怎样做到的?你冲着这位女病人叽里呱啦地讲了一大堆大家都听不太明白的话以后,她就有心跳了。请问,这是什么医学原理?"年轻的医生哪里肯放陆韶迟走,他拉着陆韶迟请教。看他两眼冒光的样子,显然是把陆韶迟当作偶像了。

"做急诊最主要的是冷静,迅速,还有——不到最后一刻,永不放弃。"陈楚洋把那年轻医生拉开,没看人家两口子待一起吗,这人真没眼色。

"我明白了,就好像刚才陆主任一连给她做了三次Defi!这就叫永不放弃!"

"小伙子,别怪前辈没有提点你。知道刚才陆主任英勇救病人的医学原理是什么吗?"陈楚洋钩着对方的脖子,笑眯眯说道。得把这个笨蛋医生从陆韶迟身边弄走,不然心情糟糕到极点的陆韶迟可能会揍人的。

"哎呀,这个医学原理,就叫——奇迹!好了,前辈我肚子饿了,现在要去吃饭。"看见陆韶迟走了,陈楚洋伸了个懒腰,也走出了急诊室。

"前辈,前辈!我请你吃饭,你告诉我奇迹的医学原理吧!"

新来的小医生真有打破砂锅问到底的精神,陈楚洋拍了拍额头,他怎么就招惹了这种人呢!

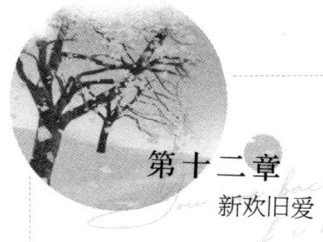

第十二章
新欢旧爱

陆韶迟也会露出赌徒一般的绝望，绝望中又带着孤注一掷的悍勇。

在重症加护病房待了一个礼拜的韩雨陌，终于能够活蹦乱跳地下床了。

转入普通病房的那天，韩雨陌胃口大好，一口气喝了一碗豆浆，吃了三个面包。终于能够离开ICU那鬼地方了，她心里有些小小的得意。她韩雨陌一定是有老天关照，永远都能逢凶化吉。这是第几次住ICU，她还真的记不清楚了。如果有对抗病魔英勇不屈奖，她一定能够获终身成就奖。

事实证明，大难不死，必有后福。自从她"死"过一次以后，陆韶迟对她多了些纵容，少了些管束。现在，他不但不逼她去见家长，还答应中秋节陪她去坐亚洲最高的摩天轮。以前，大家都怕她畏高，心脏负荷不了，不准她坐摩天轮，现在她终于可以尝试一次飞上天的感觉了。

陆韶迟给韩雨陌安排的病房是独立间，房间里只有些不痛不痒的保健类书籍。更气人的是，这里居然屏蔽了网络信号，韩雨陌已经无聊到拿着手机玩单机游戏了。住了一个礼拜，她的清修生活越来越枯燥。不行，这么下去非长草不可。

发呆一上午，韩雨陌闲不住了。她穿着宽大的病号服，游游荡荡地逛到陆韶迟的办公室找他。她手里抓着一个米老鼠的手机链，这是她利用住院时间绣的，丑是丑了点，不过陆韶迟一定不敢嫌弃。

见陆韶迟的办公室的门虚掩着,韩雨陌玩心大起,悄悄地闪到门后眯起眼睛偷窥起来。

"你不会真打算去美国做上门女婿吧?"办公室内传来了陈楚洋的声音。

韩雨陌的手一抖,什么上门女婿?

"跟你说过很多次了,凯瑟林她只是我大学同学,我这次找她有正经事。"陆韶迟的声音透着一些不耐。

韩雨陌把身子往后缩了缩,什么凯瑟林?都没听韶迟提起过。

"能够和加州小姐做大学同学,你小子艳福不浅啊。听说,你们俩在哈佛的时候,曾是一个课题组的。"陈楚洋语气中带着调侃,"美国女生热情奔放是没错,可是你能镇得住吗?"

"我没空跟你啰唆。我不在的时候,你一定要帮我照顾好雨陌。她要是少一根头发,你当心你的年终考评。"陆韶迟语气依旧平静,旁边的陈楚洋却按捺不住了。

"陆韶迟,你卑鄙、阴险!从大学就压迫我到现在,我一定要揭穿你!"居然用年终考核来威胁他。

"别摆出一副被我抛弃后的怨妇样,如果你真的很闲的话,VIP病房有几位病人很需要照顾。"陆韶迟打印出韩雨陌的病历,放入身边的公文袋内。

"你太狠毒了吧,让我去伺候那个什么鬼领导的八十多岁的丈母娘?上次陈护士不过是找不到血管,被上级约谈到差点崩溃。陆韶迟,你太恶毒了!"陈楚洋抚着胸口,很是生气的样子——自己这么正直善良却一直找不到女朋友,而陆韶迟这么阴险腹黑却一直深受欢迎。他的内心太险恶了,太会隐藏了。可恨的是,一直以来,陆韶迟都是以完美形象出现在大家心目中。在教授心目中,他是勤奋刻苦的好学生;在领导心目中,他是积极上进的好同事;在病人心目中,他是和蔼可亲的好医生;最过分的是,在女人心目中,他是优雅高贵的好男人!难道只自己这个学长才知道这小子的阴险吗!

"我去美国见凯瑟林的事情,你最好保密。如果你敢在雨陌面前透露半个字,你知道后果的!你就跟她说我需要出差一段时间。"

"你这小子太过分了吧,你自己不会跟她说啊?真是个薄情寡信的男人。"陈楚洋难以置信地看着陆韶迟,凭什么要他去照顾韩雨陌那个小丫头,他也要约会好不好。

"啪——"

办公室的门突然关上,发出沉闷的声响。陆韶迟和陈楚洋诧异地回头望了下门口，是被风刮的吗？那这风也太诡异了。

"我中午的飞机，还要回家收拾一下行李，我不跟你扯了。雨陌就交给你了。"

"当代陆世美！"陈楚洋感叹一声。

"发泄够了？以后我不在的时候，好好照顾雨陌！如果我暂时回不来，想办法稳住她。"知道陈楚洋和他一样心疼雨陌，把雨陌交给陈楚洋，他也就放心了。

"陆韶迟，你想干什么？什么叫回不来？你不说清楚不准走！"陈楚洋一把拽住了陆韶迟。为什么他会在陆韶迟眼中看出托付的意味？难道这小子打算一去不回？当年凯瑟林曾动用她州长老爹的权力强留陆韶迟在美国的事情，他也有所耳闻。

"我中午的飞机，你不要耽误时间好不好？我不去跟雨陌告别，是因为我不想对她撒谎。"陆韶迟叹了一口气，从公文袋中取出韩雨陌的化验报告递给陈楚洋。

陈楚洋盯着报告看了几分钟，脸色唰地暗了下来。

"怎么会这样？"陈楚洋不可置信地望着陆韶迟，"之前，病情明明很稳定的。"

"我以为，她至少可以活到三十岁。但是我没想到她的病情会突然恶化。你知道这些年，雨陌活得多辛苦吗？她不敢笑，不敢哭，甚至连咖啡的味道都不知道。她发病越来越频繁，我救得了她这次，那下一次呢？她可能……撑不过三个月。"

"所以你去找凯瑟林？你确信她会帮你？"

"雨陌的病情很特殊，国内很少涉及这一领域。凯瑟林是医学院的天才学生，二十三岁那年就拿到了医学博士学位。她父亲一直以来都为她提供最好的实验室，我看过她近期的论文，我可以肯定，她和她的研究团队可以帮到我。她的新药和我的手术方法是唯一能够救雨陌的。我没有选择，无论什么代价，我都愿意接受。"

第十三章
机关算尽

她就这么一直坐在地上,满脑子都是刚才云暮寒那厌恶的眼神,他叫她滚。

韩雨陌拿着米老鼠手机链,漫不经心地走在走廊里。她刚才听见陈楚洋说,陆韶迟要去美国,见一个很漂亮的美国女人。陆韶迟说,不要告诉她。陆韶迟从来不会瞒着她什么,为什么要对她隐瞒,为了那个美国女人吗?

她心不在焉地扭着手机链,心里觉得空荡荡的。连韶迟也要离开她了吗?别看她平时乐呵呵的,摆出一副不怕死的样子,其实她比谁都怕死。发病时候,那种痛彻心扉的感觉,她永远不想尝试下一次。黑暗中,无人应,无人理,孤独得好像一缕游魂,她真的很怕有一天自己会陷入那孤寂中,不再醒来。

韩雨陌,其实你就是胆子小得可怜的女人。你徘徊不定,心里还惦记着别人,你怎么配得上韶迟呢?

现在韶迟要去美国,而且还是瞒着她,她觉得心里有些酸涩,感觉很奇怪。突然,她猛地抬头,她这样……是在吃醋?

她一直以为,自己忘不了云暮寒,和陆韶迟在一起,只是依赖。可是这一刻,她才发现,自己在不能忘记云暮寒的同时,竟然也开始很在乎陆韶迟。

这样的认知让她有些讨厌和慌乱,她魂不守舍地走进电梯,也不知道自己按了第几层,走到了哪里。她靠着走廊墙壁,若有所思。

"韩雨陌,真的是你。我们又见面了,看来我们真的很有缘分呢!"

谁的声音这么刺耳？韩雨陌烦躁地抬了抬头，看清楚眼前的人是金恩彩。她觉得有些狼狈，该死，对方容光焕发，自己却凄凄惨惨的。

"嘿，真的挺巧的。"韩雨陌的态度透着冷漠，不知道是不是因为云暮寒的缘故，对于这个女人，她带着本能的反感。真讨厌，奇怪，自己以前居然会听她的唱片，真是品位出错。

"暮寒哥知道我喜欢吃火龙果，一口气买了很多给我，我之前还担心吃不完，想不到会在这里碰到你。你到我病房坐坐，陪我一起吃嘛。"金恩彩没有半点明星的架子，她拉着韩雨陌热情得像个孩子一样，韩雨陌心里有些排斥，但出于礼貌，不好发作。

"我不喜欢吃火龙果。"其实她很喜欢吃火龙果，以前火龙果很贵，云暮寒总是省下吃饭的钱买给她吃。这些，她不愿意想起，偏偏却被金恩彩提起。这个女人，是来示威的吗，哪壶不开提哪壶？

"是吗？你不喜欢吃，他为什么经常买？"金恩彩冷笑一声，她本来就不喜欢这种淡而无味的食物，可云暮寒总以为她喜欢。到底是以为她喜欢，还是记着另一个人喜欢，谁也不知道。

"什么？"见金恩彩语气冷淡，韩雨陌愣了一下。

"我是说，你不喜欢吃还有别的吃的嘛。你来陪我聊天好不好？暮寒哥总是担心会有歌迷骚扰我，把整个六楼都给包了下来。听说为了包病房的事情，还和医院吵了一架。我知道暮寒是心疼我，可是这样我连个说话的人都没有。"金恩彩的语气略带责怪，但在韩雨陌听来，却是相当刺耳。云暮寒什么破眼光啊，这样的女人他也喜欢？

"你还是早点休息吧，万一累坏了身子，你男朋友可要心疼了。"韩雨陌嘲讽地说道。她承认自己是小肚鸡肠，装不了大方。

"怎么会累坏身子呢，医生说聊天也是胎教的一部分。暮寒哥每天都来陪我聊天，但他实在太忙了，我也不想他为了我耽误工作。"

不要再烦我了好不好？韩雨陌翻了个白眼。这年头谁也不用为谁守身如玉，云暮寒迟早会和别人生孩子，她不介意，不介意！

"我还没有决定要不要这个孩子，你知道我的身份。如果有了孩子，我可能要退出娱乐圈了。不过也没什么，女人能找到一个真心爱自己的男人，比什么都重要，你说是吗？"金恩彩的表情幸福得像个小女人，韩雨陌郁闷得想揍人。

"你既然为了事业不想要这个孩子，那就不要把怀孕的事情告诉别人。"韩雨陌戒备地看了金恩彩一眼。这女人是不是故意在她面前炫耀幸福？

"你又不是娱乐记者，告诉你有什么关系。从我第一眼看到你，我就觉得我们俩投缘,你不觉得吗?"

一点都不觉得,韩雨陌在心里反驳。

"雨陌,我现在身子不便,你扶我进病房好吗?"金恩彩恳求地看了眼韩雨陌。

韩雨陌皱了皱眉,明星不是有助理吗?干吗要她来扶啊,就不怕她一把推到她流产?

韩雨陌想是这么想,但还是老老实实地将金恩彩扶到了病房。

"你知道吗?我本来不想要这个孩子的,可是暮寒哥他舍不得。唉,大家都以为我要嫁入豪门,但其实你不知道,暮寒哥当年创业其实很不容易。他到处寻找投资公司,总忙得忘记吃饭。我那时坚持给他送饭,他特别喜欢我做的寿司。你们中国人不是有一句话,叫抓住一个男人的心前先抓住一个男人的胃吗?雨陌,你做饭一定很棒哦。"

云暮寒难道没告诉过你,以前都是他给我做饭的吗!韩雨陌心里恨恨地想着,自己不会做饭,笨手笨脚的,哪里比得上眼前的大明星,纡尊降贵地伺候他!不过天天吃寿司泡菜,云暮寒还真不挑食。

金恩彩仿佛没有察觉韩雨陌的冷淡,她讲着自己和云暮寒的点滴细节,很是陶醉。

韩雨陌有些不耐烦了,对于他们的故事,她没有任何兴趣知道。

"暮寒哥他……"

"呃,金恩彩小姐,你怀孕了应该多休息,别说太多的话了,我先走了。"韩雨陌挤出一个笑容,打断了金恩彩的话。

暮寒哥?需要叫得这么亲热吗?自己是不是也应该这么亲热地喊陆韶迟呢?韶迟哥……韩雨陌想到这个称呼,不由得打了个冷战,全身汗毛都竖了起来。陈楚洋说得没错,离这个女人远点,千万别被她给影响了。

"你就再陪我一会儿吧,等暮寒哥回来再走好不好?我这一住院,把很多戏都给耽误了。糟了,我想起来有个重要的电话要打给公司,可是我手机没电了。"金恩彩看了眼韩雨陌,目光中带着恳求。

"你病房里的电话呢?"

"之前嫌吵,让护士给拆了。"

嫌吵?医院病房的电话有谁会打啊?韩雨陌狐疑地看了金恩彩一眼,名人就是娇气些。

"走廊里面有公用电话。"韩雨陌瞟了金恩彩一眼,她并不乐意借自己的手机给这个女人用。

"走廊回声太大,这个电话不方便在外面讲。"

"啧,算了算了,用我的。"韩雨陌不情愿地掏出手机。

"谢谢,这个电话不方便有人——"

"那我出去等,你打完电话叫我。我手机也快没电了,你别聊太久。"电话费很贵的呢,公司又不给报销。

韩雨陌站在病房外,无聊地用脚尖蹭着地板。她本来也不愿意在病房里听金恩彩讲她和云暮寒以前的事情,现在被赶出了病房,倒还耳根清净。

"你在这里鬼鬼祟祟地干什么?"

韩雨陌闻声回头,看见云暮寒站在一边看着她,幽深的眼底,猜不出情绪。

他怎么会出现在这里?韩雨陌心猛地跳了一下,"啪嗒"一声,她手里的米老鼠手机链掉到地上。她俯身去捡,云暮寒却抢先了一步。

"绣给那个男人的?韩雨陌,你巴结人的方式不错嘛!这个老鼠不像老鼠兔子不像兔子的东西,你花了几个晚上绣?扎了几根手指头?你以为,靠这些孩子的玩意,就能抓住男人的心?"

"你还给我!"韩雨陌咬了咬唇。以前十字绣流行的时候,她也会学其他女生绣这些玩意。当初她还绣了一个心形的枕头套想送给云暮寒,可是根本没来得及送出去,他就去了韩国。现在他却漫不经心地取笑她,取笑她的笨拙,取笑她的不自量力。是的,这能抓住谁的心?当年,他不也是头都不回地走了吗?

"你怎么会在这里?他终于肯让你住院了?你在哪间病房?预产期什么时候?"看着韩雨陌还穿着病号服,云暮寒皱了皱眉。

"我没孩子!我下午就出院了,以后也不用见到你。"韩雨陌昂首挺胸,千万不能让云暮寒看出她的失落。

"你真打掉了那个孩子!韩雨陌,你一定要这么作践自己吗?"云暮寒一把抓住韩雨陌的胳膊,他毫不掩饰眼中的愤怒。

"你神经病!不知所谓!"韩雨陌一把推开他。她走进金恩彩的病房,看到自己的手机在桌子上,想也不想拿了就走。

"你去哪里?"云暮寒拦住她。

"你管不着!"他有什么资格问她去哪里?她一个人难过哭泣的时候,他在哪里?她身无分文蹲在医院门口的时候,他又在哪里?当年没有任何理由地离开,如今又在她面前炫耀恩爱,他居然还好意思问她要去哪里!

"暮寒哥——"病房里传来金恩彩的声音,韩雨陌看了眼里面的人,又看了看云暮寒。她什么也没说,冷冷地转身。

云暮寒狠狠地踹了下病房的门。他何必为这种女人担心,为这样的人心痛!

"她为什么会在这里?"

"我不知道,她说她想来看看我,还问我什么病,我就把诊断结果告诉她了。"

"你告诉她你怀孕了?"云暮寒吼道。

金恩彩眼中依稀有泪花。

"她答应了我不会告诉其他人的。"金恩彩低了头,声音有些哽咽。

"你居然会相信她这种女人!算了,你早点休息。"不知道为什么,他并不愿意韩雨陌知道金恩彩怀孕的事情,更不想让韩雨陌误会他是个随便轻佻的人。

"暮寒哥,对不起。我知道你为什么生气。我不会让你为难。"

"不可以。医生说了,你身体很虚弱。对不起,我刚才语气重了些,我没有生你的气。"看到金恩彩悲伤绝望的样子,云暮寒只好软下口气来哄她。

"你根本不需要安慰我,从我知道自己怀孕的时候,我就知道我这辈子完了。"她哭泣着拥住他。

云暮寒烦躁地推开她,迈步离开。她急忙冲上去,死死地抱住他:"暮寒哥,你去哪里?"

"我去报警。"他眼中闪过狠辣,看得金恩彩胆战心惊。

"不要啊,暮寒哥!是我的错,全都是我一个人的错。你不要为了我跟他起争执了,都是我活该!我不该自作主张去找他,但……这件事情不能传出去的,当我求你,不要报警……"

"我真该杀了他!"云暮寒一拳打在了墙壁上,雪白的墙壁,顿时出现了鲜红的血印。

"不要,暮寒哥,是我不好,都是我活该。你要气就生我的气,求你,你不要跟他起冲突好不好?"

"如果不是你拦着我,我那天就报警抓他了!"

"对,是我拦着你。我真的很傻,你资金周转不灵,我居然为了你去求他。你报警好了,让全世界都知道金恩彩被人强暴,而且还有了孩子。你知道吗?我每天晚上都做噩梦,梦见他喝多了扑过来的样子。我知道你恨他,你恨你妈妈贪钱改嫁给他,气死了你父亲。你恨他好色,恨他龌龊。你以为我不恨他吗?那些医生为什么要救我!"

"对不起。我答应你,不报警,不去找他。你好好休息,别胡思

乱想了。"云暮寒抱住了情绪激动的金恩彩，金恩彩哭倒在他怀里。他安慰着她，将她抱上床，哄她睡觉。

等金恩彩终于睡去后，他松了松领带，疲惫地关上病房门。在走廊中，他点燃一根烟，他欠恩彩的实在太多了。一个女人，为了他，付出到这种地步，可他却什么也不能做。

江贵仁！云暮寒在心里狠狠地吐出这个名字。因为这个男人，他的母亲抛夫弃子，让他变成了孤儿。而韩雨陌，也因为这个男人给的五十万，和自己分手。一想到这些，他就感觉有条钢锯在心里碾过般作痛。他最爱的女人，因为他最恨的男人离开他，他明明该恨得入骨的，为什么，想到雨陌，他却无法绝情？刚才雨陌的样子很憔悴，不知道是不是身体扛不住了。一想到她为了别的男人牺牲如此之多，他心里就堵得慌。

在医院待了一段时间，韩雨陌终于出院。

陈楚洋把她送到家门口，欲言又止。韩雨陌也不问他关于陆韶迟的事情，把他给憋得半死。最后，他还是打电话来，唠叨着说韶迟只是去外地培训，因为是封闭式培训，可能不能跟她联络，让她有什么事情记得找他。

韩雨陌轻轻"哦"了一声就挂了电话，陈楚洋心里忐忑不安，觉得有负韶迟所托。

韩雨陌打电话到报社多请了几天假，在家里吃了就睡，睡了就吃，日子过得浑浑噩噩的。金恩彩怀了云暮寒的孩子的事情，像只苍蝇一般在她脑海里挥之不去。

自从云暮寒回来，她的情绪就变得低落。大家眼里的开心果韩雨陌，每天就好像被晒蔫的茄子，垂头丧气的。每次想到金恩彩仿佛无骨的水蛇一般倒在暮寒怀里的时候，她就有按捺不住的冲动，想立刻汇报主编，把金恩彩曾经的不光彩事情抖出来。但每当回忆起云暮寒担忧的表情，她又会怏怏地放弃。如果发了稿，对云暮寒一定会有影响吧。她不想伤害他，无论以什么样的名义。

犹豫再三，韩雨陌终于按下了手机里的消除键，把之前偷录的东西全部删除。做完这件事情后，她突然觉得全身都轻松起来。等再过几天她就跟主编汇报，说这条新闻采不到。

她推开窗户呼吸新鲜空气，心里有些愤愤地想，云暮寒，我能为你们做的，就这么多，仁至义尽。

陈楚洋隐约觉得韩雨陌的情绪有些不对,只得没事就往她家里跑。万一这女人生了陆韶迟的气,等那小子回来,不得扒了他一层皮?

韩雨陌也不客气,看陈楚洋那殷勤样,干脆就把家务都丢给他做,自己抱着电脑看《命中注定我爱你》。在厨房做菜的陈楚洋,总能听到客厅里韩雨陌爆发出的笑声。只是他端菜出来的时候,却发现她窝在沙发上,不知道看到了什么情节,居然笑得泪流满面。

"这个编剧真的搞笑,分开那么多年的两人怎么可能再在一起?就算曾经的伤害可以一笔勾销,可是欣怡早就不是当年的欣怡,存希也不再是以前的存希。"韩雨陌喃喃自语,偶像剧果然都是骗人的。

陈楚洋从来不看偶像剧,也不知道该发表什么评论。

吃过了饭,他洗好碗就匆匆告辞。

这样的日子过了许多天,他提前感受了下班后立刻赶去一个女人身边为她烧菜做饭的妇男生活。每次晚上韩雨陌送他下楼,他都有种如释重负的感觉。只是,当他去取车的时候,他总能感觉到身后有道冷冷的目光,默默地注视着他。

韩雨陌住的地方老旧,房子密密挤挤的,陈楚洋每次来都要抱怨停车位不够。韩雨陌不以为然,说以前陆韶迟都是把车停在离这里两公里处的停车场,然后步行来的。陈楚洋心里愤愤,那个是你的男朋友,而我不过是你的代理男佣。

在这样类似"贫民窟"的小区里,陈楚洋的大奔格外惹眼。每次韩雨陌送他下楼,看门的大妈表情都很暧昧。以前陆韶迟从来都不会给她招惹这种麻烦的。

最近这些日子,韩雨陌总能在这个小区看到那辆宝蓝色的车,刺得她眼睛疼。这一天,送走了陈楚洋,她又在楼下看到了云暮寒的车。她淡淡地扫了眼,便头也不回地就往楼上走。

"韩雨陌!"云暮寒终于忍不住了。

"云先生,有何贵干?"如果她是陈欣怡多好,直接拿着家伙就把面前的男人狠狠地揍一顿,然后报警抓走他,眼不见为净!

"这就是金屋藏娇的地方吗,也太寒酸了吧?"

云暮寒的话语很刻薄,韩雨陌只当自己听不见。

"我不知道你在说什么,这里很乱,招待不起你。"她嘴巴一翘,摆出一副送客的神态。

"贵公子一出差,你就勾搭上了开大奔的大叔。韩雨陌,你还真是饥不择食啊。"云暮寒似笑非笑地说。

然后，他满意地看到了韩雨陌脸上的愤怒。他受够了韩雨陌那淡淡的表情，好像对一切都满不在乎，好像自己的出现可有可无。

"云暮寒，你够了。"韩雨陌侧过脸，嘴唇轻动，艰难地吐出这句话。她肩膀轻轻颤抖着，在他眼里，自己就如此不堪？

"韩雨陌，我说过，离开我，你也不会好过。"云暮寒死死地盯着她，玩味地看着她眼中闪过的痛楚。

"云暮寒你到底想要干什么？"韩雨陌的声音带着疲惫。她看着云暮寒，他到底要怎样才肯放过她？

云暮寒愣了一愣，是啊，他到底要干什么？每天守在她楼下，看着她送那个男人下楼。看着她穿着拖鞋去报刊亭买报纸，看着她蹲在巷子口喂流浪猫，看着她乐呵呵地跟邻居们聊天打招呼，他心里却是说不出的寂寞。那还是他的雨陌，永远热情高涨的雨陌，那又早已经不是他的雨陌，而是对别人投怀送抱的雨陌。

"你开个价吧，做我的女人。"云暮寒有些吃惊，自己居然会说出这样的话。他看着韩雨陌，心里开始不安。第一次，他期待韩雨陌给他一巴掌，狠狠地拒绝他，可内心，又希望她答应。

"好啊，你打算给多少？如果价格满意，我可以考虑。"韩雨陌微微一笑，看着云暮寒。他的话，比刀子还要锋利，刺得她心在滴血。他居然开口要她给一个价钱，云暮寒，你真的够残忍。

云暮寒看着韩雨陌，她答应了！她眼中的轻佻轻易地刺痛了他。她就是那种为了钱什么都能出卖的女人，他早在六年前就看清了她，为什么自己还不甘心，还放不下？

六年了，六年前的他，误会她是个贪财的女人。他不给她机会解释，转身就走。今天，他又要如此，毫不留情地说出伤害的话。只是，已经过去了六年，为什么他的质疑，还是能将她的心刺痛？

云暮寒捏紧了拳头，突然，他一拳打了过去。

韩雨陌吓得后退一步，那拳头不是打向她，而是打向了她身后的墙壁。鲜血，顺着墙壁流了下来，一滴滴地落在了地上。

"你疯了吗？到楼上我给你处理下伤口，你这样不能开车。"看见他流血，韩雨陌又气又心疼。

"滚。"云暮寒一把将她推在了地上。

韩雨陌呆呆地坐在地上，她看着云暮寒把车门甩得啪地一响，然后驾车离开。那个决绝转身的背影，像极了六年前的那一天，他冷漠离去的身影。天色渐暗，冷风吹过，她穿着单薄的睡衣，在风里颤抖。她就这么一直坐着，满脑子都是刚才云暮寒那厌恶的眼神，他叫她滚。

六年前，他也是这样，叫她走开。

她咬紧了唇，直到苍白的嘴唇渗出了血丝，才把眼眶里的热气逼了回去。她在夕阳里轻轻抬头，眼中的水光倒映着点点金辉。

韩雨陌，你还真把自己当回事了，你以为你是谁，还当自己是云暮寒掌心里的宝吗？不自量力。她挤出一个潦草的笑容，带着几分轻慢与自嘲，那满不在乎的笑容在落日下，苦涩凄惶。

天渐渐地暗了，小区里的灯一盏盏地亮了起来。韩雨陌不理会路过的人的诧异目光，一直坐在原地。入夜的晚风带着寒气，她打了个喷嚏，觉得有些冷，也不知道是身上冷，还是心冷，寒意一直升到脑门，她眼前一阵阵发黑，眩晕的感觉袭来，人就有些支持不住。

她在心里骂了一声自己笨蛋，心想自己八成是被气傻了，居然折腾自己来赌气。她连忙从地上爬了起来，但或许是坐久了，腿脚已经发麻，站起来的时候使不了力气，身子一软，又跌了下去。这次是直跪下去，摔得可不轻。膝盖摩擦过凹凸不平的水泥地，到小腿处蹭掉了一层皮，鲜血淋淋的，甚是骇人。她疼得龇牙咧嘴，心里狠狠地骂了云暮寒几句。她咬牙爬起来，按着伤口，一瘸一拐地上了楼。

韩雨陌的房间很少收拾，她翻箱倒柜地找了半天，也没找到包扎伤口的纱布。要是陆韶迟在这里，一定能变魔术一样把这些医疗药品给找出来。她这才想起，自己这两年，每次有什么磕磕碰碰，陆韶迟都会赶过来。他简直比她自己还熟悉她家，那些柴米油盐瓶瓶罐罐的位置，他了如指掌。现在离了他，她的生活就好像没头的苍蝇一样变得一团糟。

找不到药和纱布，韩雨陌只得自暴自弃地用自来水冲洗伤口，冷水刀子一样地淋过破了的皮，她疼得直哆嗦。她咬牙切齿地自言自语："陆韶迟，你到底死到哪里去了？"

因为腿疼得厉害，韩雨陌干脆连晚饭都不吃了，倒在床上就睡觉。

夜里，她睡得极不安稳。一会儿梦到少年时，妈妈心脏病发去世，爸爸从楼上跳了下去，她害怕得不得了，唯一想到的就是给云暮寒打电话。电话那头，云暮寒的嘲讽让她几乎崩溃。他挂断了她的电话，她就那么缩在墙角。风从窗口吹了进来，翻卷的窗帘毫不留情地抽打着她。她一直哭，一直哭。那一天，她失去了所有的亲人，然后，又失去了云暮寒。转而，她又梦到了陆韶迟，他笑眯眯地挽着一个洋妞的手，对她说，他要留在美国，他找到真爱，不会再傻傻地等她了。

韩雨陌惊得从梦里醒来，云暮寒的冷嘲热讽和陆韶迟的隐瞒搅得她心乱如麻。她猛地扯过毯子，把自己裹在毯子里，缩成一团。

气象台说今天会变天，风吹得窗格子啪嗒啪嗒地响。她开着灯，用毯子蒙住头，开始数绵羊。陆韶迟常常说她蒙着头睡觉的习惯很不好，她却习惯了这样的睡姿，似乎只要把自己埋起来，就会觉得安全。

　　半夜，她觉得特别冷，仿佛寒气都要渗进骨头里了。现在是夏天，怎么会这么冷，她摸了摸自己的前额，触手滚烫，原来真的是发烧了。本想起床泡一包板蓝根，但她没有力气，也不想动，只好就这么撑着继续睡觉，也不知道数了多少只绵羊，才昏昏沉沉地又一次睡着。

　　寂静的夜里，只有沉重的咳嗽声，间断着打破宁静。韩雨陌缩在被子里睡了一夜，第二天一早，她连咳都咳不出来，嗓子疼得连喝水都费力。昨天晚上也不知道烧到多少度，才会冷得那样厉害。由于发烧烧得全身筋疲力尽，她便懒得起床吃早点，索性将窗帘一拉，隔绝阳光，继续迷迷糊糊地睡她的觉。

　　就这样神志不清地睡到了下午，直到韩晓的电话把她吵醒。韩雨陌抓了抓乱蓬蓬的头发，懒洋洋地爬起来接电话。她干咳了几声，晃晃悠悠觉得自己人是飘着的，连走路都像踩在棉花上。

　　"韩雨陌，你看手机了没？"韩晓的声音在电话那头跟鞭炮一样响着。

　　"大清早你吵什么啊！"韩雨陌费力地打起精神，揉着眼睛。

　　"清早你个头啦，都下午了！你日子过傻了啊？我说你这家伙不得了啊，不鸣则已，一鸣惊人啊！"

　　"韩晓，你撞猪上了吧，说话前言不搭后语的。"韩雨陌吸了吸鼻子，掏出纸巾来擦鼻涕。

　　"呸呸呸，你才撞猪上了呢！我说韩雨陌，搞了半天你失踪半个月，电话也不接，是因为去做卧底了啊。你这稿子真劲爆，我看你们主编要把你当菩萨供起来了！"

　　"你说什么啊？"韩雨陌有些不耐烦，她现在什么都不想做，只想睡觉。

　　"你点开微博去看看热门话题排行榜！"韩晓的声音透着兴奋。

　　韩雨陌揉了揉眼睛，打开新浪微博。突然，她整个人愣住了一般看着微博头条。

　　"金恩彩怀孕""天后当妈""孩子他爸，观众喊你现身"一条条相关话题，刷新着微博的排行榜。韩雨陌的手有些颤抖，让她震惊的并非金恩彩怀孕的消息泄漏，而是最热门的一条微博：

　　"带你揭开'天后'背后的真实面目。"

　　韩雨陌迅速地扫过那些文字，句句针对金恩彩。这条微博的转发已经超过了 120 万条。微博的配图竟然是她上次用手机拍摄的化验报告。

但最令韩雨陌百思不得其解的是，这条微博，是用她的账号发出的。

第十四章
笑饮砒霜

书上说的,有生之年,
谁是你的砒霜,谁又是你的蜜糖。
或许,云暮寒就是那杯毒药,
可她宁愿含笑饮砒霜,甘之如饴……

一时间,所有的门户网站娱乐头条和视频网站的首页推荐都是金恩彩怀孕的消息。韩雨陌不知道是该哭还是该笑,什么时候她的影响力这么高了?

手机一个劲地响个不停,韩雨陌把它丢在床上不管它。

还没到五点,窗外就阴得厉害,看样子是要下雨了。韩雨陌坐在电脑前刷新着网页,还好,各大网站都没有提到云暮寒。大家都在猜测着金恩彩到底怀了谁的孩子,而云泽娱乐公众号那篇署名韩雨陌的推文更是犀利。字里行间都暗示金恩彩曾被人包养,或者是金恩彩曾经参与一些权色交易。韩雨陌看了忍不住想笑,啥时候自己也懂得运笔如刀了?这枪手可比她更适合混这个圈子!

"韩雨陌小姐在吗?"

急促的敲门声将韩雨陌的思维打断。谁?她这里平时可没访客。

"韩雨陌小姐是吗?我是送外卖的,有位陈楚洋先生替你订了餐。他说今天医院很忙,他抽不开身,不能给你做饭了。他打了一下午电话你也没接,让你务必回一个电话给他。"

韩雨陌接过外卖关上门,看来陆韶迟给她找来的代理男佣还是挺称职的。她抓起电话,果然发现有一堆未接来电全部是陈楚洋的。

韩雨陌吃着盒饭,开始查收短信。

同事说:好样的,雨陌,终于有点像娱乐记者了!

主编说：雨陌，这段时间你辛苦了。让你在医院潜伏这么长时间还是很有成效的。今天我们公众号关注涨了一倍，全靠你啊。你好好休息，继续查出孩子的爹是谁！

她什么时候发了微博，真是可笑。算了，娱乐记者不报道明星绯闻难道还报道民生新闻？她这么做，也没什么错。

韩雨陌做了个深呼吸，继续看短信。

陈楚洋发来短信说：雨陌，今天医院出了些事，我赶不过去了，我帮你叫了外卖，你慢慢吃吧。

最后一条短信是个陌生的手机号，里面只有短短几个字：韩雨陌，你太让我失望了。

短信没有署名，韩雨陌对着手机发了好一阵呆。这样熟悉的语气，不用猜，她也知道是谁。任何人都有资格对她失望，他有什么资格？

韩雨陌刚想赌气把手机给关了，手机就响了起来。她一看，是陈楚洋。

"我不是让你给我打电话吗？怎么之前打电话也不接？外卖吃了没有？"陈楚洋的声音显得有些不耐烦。

"正在吃呢，下次排骨记得多点肉，我是无肉不欢的荤食动物。对了，你那里怎么那么吵？"韩雨陌甩了甩脑袋，怎么这么晕？

"别提了，都是那韩国女人惹出来的事！现在那些记者把医院都给围起来了！韶迟和肖院长又不在这里，医院正讨论怎么处理呢！你等我一下，别挂电话啊——"

"喂，我跟你说过很多次了！有钱有什么了不起！有钱就能随便派救护车吗！那是救人用的，不是给你们明星当保姆车的！"电话那头传来了陈楚洋的咆哮声。

韩雨陌依稀听到有人在和陈楚洋争吵，声音很熟悉，是云暮寒。

听云暮寒的语气，好像遇到了什么麻烦。韩雨陌觉得头更晕了，电话里的争吵声喋喋不休，却仿佛突然给了她力气般。她咬了咬牙，披了外套拦了辆车就往仁心医院去。为什么要去，连她自己也不知道。

医院的门口早就被闻讯赶来的记者堵得水泄不通，韩雨陌挤了半天，也挤不进医院。

"啊——金恩彩！"韩雨陌想了想，突然指着身后刚开过去的一辆车喊道。

"什么，金恩彩！金恩彩在那边！"

"追上前面那辆商务车！快——"

一下子，人潮就转变了围攻的方向。大家朝那辆商务车追去，韩雨陌被几个心急的记者撞得摔了一跤，还好只是扭了胳膊，手掌蹭掉了一块皮。

"不用这么敬业吧！"韩雨陌看着大家你追我赶的样子，不由得感叹，自己之前真的是太没娱乐记者的专业态度了。

"您好，请问您哪家报社的？"刚刚走进医院，门口的保安就将她拦住。

"你觉得我像记者吗？"韩雨陌做了个深呼吸，看着那保安大叔。

"像。"

"我当记者这么久，第一次有人觉得我像一个记者！我有预约的，你可以打电话去问问陈楚洋医生，就说韩雨陌小姐来了。"韩雨陌冲保安笑了笑。其实她已经连说话的力气都没了，腿上的伤还没好，还发着烧，如果不是云暮寒出了事，她估计会在房间里睡到死。

"看来我真的是小看你了。你之前做的一切都是为了拿到恩彩的化验报告？不知道大记者还通过这样的方式发过什么爆款稿？"

刻薄的话语在身后响起，即便不回头，韩雨陌也知道是谁在说话。按照她一贯的脾气，她应该是会气得立刻翻脸。但现在听到他的声音，她却松了口气，幸好，他没事。

韩雨陌看着站在不远处的云暮寒，他看起来有些憔悴，头发凌乱，衬衫上满是褶皱，看起来有些狼狈，想必是为了金恩彩的事情担心才会弄成这样。

"那些记者发现追错了车，肯定会再回来的，你还是带金恩彩快走吧。"她不去理会云暮寒那些伤人的话，只希望他尽快离开，因为……她头已经胀得支持不下去了。

"你不用再假惺惺的了！装孕妇，套内幕，故意接近恩彩，你什么手段不用？韩雨陌，你还有没有良心，恩彩把你当成救命恩人，她信任你，你居然出卖她。"

"我没有！"韩雨陌话刚说出口又后悔了。笨蛋，真是发烧烧坏了脑袋，连话都不会说了，你到底是在说没有做过，还是承认自己没有良心啊！罢了，既然他早给自己落实了罪名，自己又何必浪费唇舌？六年前的事情，谁都不会轻易忘记，如今想起，又怎能不介怀？

"不好了，六楼有病人割脉。"

正在两人沉默着想各自心事的时候，值班室内突然传来呼叫声。韩雨陌和云暮寒同时愣了一下，随即一起往电梯口奔去。韩雨陌焦急地按着电梯，该死，那个女人能不能消停一会儿？

电梯缓慢上行，云暮寒不耐烦地按着门口的按钮，最后生气地踹了下电梯门，转身朝安全通道奔去。韩雨陌也只好拖着受伤的腿一瘸一拐地爬上六楼。

一口气跑到六楼，就看见金恩彩坐在门口哭。医生已经帮她做好了包扎，云暮寒在她面前蹲了下来，她立刻扑入了他怀里。

"为什么这么傻？"

"公司说，如果我不能解释清楚这件事情，就要和我解约，我的广告代言也会被取消。那些记者都说我是被包养的，说连我自己都搞不清楚谁是孩子的爸爸。"

"没事的，都过去了。"云暮寒安慰着她。

韩雨陌站在一旁，想走，可腿却像注了铅一般，迈不开半步。

"暮寒哥，如果不能再继续唱歌，我宁可死了算了！活着还有什么意思，我没脸见人了！"金恩彩低声啜泣起来，那声音压抑着，仿佛从缝隙里漏出的悲伤，隐忍却疼痛。

韩雨陌突然想到了自己，当年的她，一个人抱膝哭泣的时候，又有谁在她身边？那种寒彻心底的恐惧和悲痛，至今她都不敢回忆。

"死能解决什么问题。"韩雨陌觉得不耐烦，小声嘀咕了一句。

云暮寒显然听清楚了韩雨陌说什么，他狠狠地瞪了她一眼，目光中的警告，让她的心骤然一痛。

"是她，都是她干的！你让她滚，我不要见到她，滚啊！"金恩彩看到韩雨陌，突然疯了一样扑了上去。她尖锐的指甲抓破了韩雨陌的手臂。

"你还站在这里干什么，你吓到她了。"

"恩彩，我带你进去休息，伤口还痛不痛？"云暮寒轻轻地吹着金恩彩手腕上的伤口。

看到云暮寒的动作，韩雨陌只感觉胸口最柔软的地方仿佛被一团乱乱的荆棘扎过。她一瘸一拐地往回走，每走一步，腿伤就疼得钻心，不过再痛也没有心痛。

…………

"暮寒，三分球！我男朋友真是太厉害了，嗷！"那时候的韩雨陌总是会在球场为云暮寒加油，别人打球，她总是倒霉地被球打。

"雨陌，没事吧？"

"你被球砸脑袋瓜试试看。你看，躲球的时候还被擦伤了。"韩雨陌噘起嘴巴，伸出手臂。

"吹吹。"韩雨陌泪眼汪汪地看着云暮寒，装可怜她最在行了。

"吹什么啊,很多人看着呢。"云暮寒看了看身后看热闹的兄弟们。

"我妈妈说了,受伤吹吹就不疼了,你给我吹吹。"

"自己吹!"

"不要!"韩雨陌死命地拽住云暮寒。

身后已经有人起哄。

"喂,云暮寒,你不会被这个高中的小女生给吃定了吧。还吹吹,那是小孩子过家家才干的事情。"

"你们这些光棍是羡慕我有这么好的女朋友吧,下次敢拿球砸我女朋友,我就用球砸扁他脑袋!"

韩雨陌看着云暮寒为了她出头,心里甜蜜蜜的。他说"这么好的女朋友",长这么大,还是头一次有人夸她好呢。

云暮寒小心地帮她挽起袖子,细细地吹着她手臂的伤口。他温热的气息,喷得她手臂发痒。身后的人口哨声更大了,他却不在乎,只是心疼地问她疼不疼。那时候的暮寒,满眼都只有她,只要她愿意,他会将全世界都送给她。

手早就不疼了,她却贪恋这种温暖,总是说这儿疼那儿疼的,最后他定定地望着她,知道是她狡猾,指挥着他吹来吹去的。

"我知道你还有哪儿疼。"

不经意,暮寒的吻就落在了她的唇上。他的唇是温暖的,他的吻有些生涩。午后的阳光洒在两人身上,那个肇事的篮球,早就不知道滚到了何处。

再黑的夜晚,都会过去,只要有信念,必定会等到天明。韩雨陌实在没力气对自己笑,只能用阿Q精神自我安慰,自己比金恩彩年轻,没了云暮寒,还有陆韶迟,以前的事情有什么大不了的,不去想就好了。

他们是毫无关系的两个人了。他,不再爱她了。他的温柔和呵护,可以给任何人,唯独,不会再给她。

窗外的雨,噼里啪啦地打在玻璃上,就好像散在地上的豆子。今天出门太急,忘了带伞。韩雨陌就这样傻傻地站在六楼的走廊里,看着窗外的雨,走也不是,留也不是。雨水顺着玻璃窗蜿蜒出古怪的符号,如同一声细长的叹息。她看着倾盆暴雨,就仿佛看着两个世界对峙而立。头实在是昏得厉害,她只好靠在墙上休息,把身体的重量,都转给墙壁。

"你怎么还在这里?"从病房里出来的云暮寒看见低着头靠着墙的韩雨陌,冷冷地问一句。该死,今天变天,她怎么就穿着件单衣靠在墙边打盹?这女人到底有没有脑子,会不会自己照顾自己?

"她没事了吧?"韩雨陌没睁眼,听着旁边的声音是云暮寒,她懒洋洋地问了一句。

"你最好祈祷她没事,如果她有事,我不会放过你们报社。"提到金恩彩,云暮寒的语气又差了起来。若是其他小报记者,他倒不至于这样气愤。可她是韩雨陌,他曾深爱过的韩雨陌。她怎么可以轻易地就利用了他,怎么可以为了她所谓的新闻,就将他出卖?

"你还站在这里干什么,你别告诉我,你良心不安,打算在外面陪着恩彩吧。"看着她虚弱单薄的样子,他有些心疼,但嘴上说出的话,却是责怪。

"我就爱站这里,你不爱看就走远点。去病房陪你老婆去,别在旁边跟唐僧一样唠叨。"韩雨陌没好气地说道。不是她不想走,只是她现在浑身酸软无力,实在是挪不开步子。

"你!"迟早会被这女人给气死,云暮寒做了个深呼吸,"我管不着你,你爱站这里吹冷风,随便你。"

云暮寒不再看她,转身朝金恩彩的病房走去。

砰的一声,身后沉闷的声响迫使他立刻回头。

"雨陌!"

韩雨陌身上跟烧红的烙铁一样,滚烫的温度灼得云暮寒缩了下手。该死,这女人发烧烧成这样,居然也不吭声。

云暮寒的触碰让韩雨陌疼得拧眉,他焦急担心,却根本不知道她哪里疼。他握紧她的手,让她躺在他怀里。她的手很小,仿佛这几年她就没有长大过。只是,掌心的茧是新长出来的。一个女孩子的手,怎么会这样?这些年,她都是怎么过的?那个男人,不会什么家务都要她来做吧?

"云暮寒,你好吵。"不过是一时眼前发黑没站稳而已,为什么他紧张成这样?韩雨陌想推开他站起来,却使不出力气。

"我去洗把脸,回去睡一觉就好了,困死了!"韩雨陌扶着额头说道。

"你平时就是这么照顾自己的吗?跟我去急诊室!"云暮寒抱起她就往电梯走去。

"喂,感冒而已,不用送去急诊室,你放我下来!"韩雨陌看着云暮寒,觉得他小题大做。

"如果不想我扛着你过去,你就老实点。"云暮寒语气中带着一丝懊恼。她居然这样马虎,如果不是他发现,她是不是打算就这么死

撑着不看医生?

急诊室里,陈楚洋看到云暮寒,怒气又冲了上来。

"都说没有救护车了护送你那女人离开医院了!你不要再吵了……雨陌。你怎么了,你怎么会跟他在一起?他干什么抱着你,你怎么了?是不是这小子欺负你了?"

"她发烧了,叫医生来!"

"我看病需要你教吗?要是雨陌有什么事,我第一个不放过你。雨陌,你等着,我让护士打吊针……"

"你们好吵啊,我不要打针,我要回去睡觉。"韩雨陌呢喃着抗议。这两个大男人吵得她的头更疼了。打针?怎么又要打针!明知道她最讨厌打针了,还要她打针!感冒而已,又不是病入膏肓。

"这不像是感冒引起的发烧。雨陌,你哪里受伤了吗?"看到韩雨陌的神志越来越模糊,陈楚洋有些焦急地拍了拍她。

"你们不要再说话了,我要睡觉。"

陈楚洋的目光落在韩雨陌的腿上,他卷起她的裤角,她的腿已经肿得老高。从膝盖到小腿,伤口翻卷,看起来有些吓人。

"怎么会这样?"云暮寒吓了一跳,自己昨天才和她见过面,她看上去还好好的,怎么一天时间会伤得这么严重。难道是……他突然想起自己昨天上车的时候气愤地推开了她,莫非是他害她受了伤?

"伤口应该有一天了,消毒没做好,幸亏发现得早,不然伤口感染,截肢丧命都有可能!你帮我按着她,我要帮她先清理。"

"喂,你不注射麻药吗?"云暮寒有异议。韩雨陌那么怕疼,怎么受得了。

"她血小板少,用了麻药伤口不容易愈合,忍一忍就好了,按牢她。"

"乖,一会儿就好了,等处理好伤口我们去吃夜宵好不好?"云暮寒感觉韩雨陌轻轻挣扎了下,他更用力地抱紧了她,另一只手捂住了她的眼睛。韩雨陌在他怀里轻颤了一下,没有抗拒。以前,她在医院怕疼,他都是这样蒙住她的眼睛。

陈楚洋有些震惊地看着这两个人,这样熟稔的动作,这样亲昵的话语,连傻子也看得出他们关系不一般。云暮寒是韩雨陌的什么人?他们什么时候认识的?陆韶迟知道不知道?他心里闪过无数的疑问,却始终问不出口。

整个过程,韩雨陌都十分安静。她没有吭一声,但云暮寒感觉到她在发抖。看到她疼，他的心也跟着揪起来，恨不得那个鲜血淋漓的伤口是在自己身上。他不知道自己为什么这样担心，为什么会像从前一样哄着她。只是现在，她在他怀里，就好像从前一样。他不想揭穿，不想清醒。就让他把这一刻的情不自禁延续，不要提醒他，她早已成了过去。

韩雨陌疼得浑身冒冷汗，全身不自禁地发抖。她甚至能够感觉到锐器触碰到皮肤的冰冷，但她不敢动，不敢喊。她怕自己一动，就会惊醒云暮寒，这是她思念了六年的怀抱。尽管她知道，这个怀抱有多短暂，但她依旧贪恋着此刻的温暖。他的手，挡在她的眼前，她所能看到的地方，就是他掌心的距离。这时候，她没有陆韶迟，他也不曾记得金恩彩。就让这一瞬间，他们唯一感觉彼此的一瞬间。

六年，在她都以为自己可以遗忘的时候，却发现，记忆不但没有被时光擦去，反而打磨得更加深刻。如今她才明白，云暮寒早已经在她心里画了一个圈，那是他给她的紧箍咒，让她再也走不出从前。

有时候，她自己也会问。云暮寒到底有什么好？他霸道，他骄傲，他会让她受伤，让她疼痛，让她崩溃。但即便云暮寒并不是她的理想，却是她的爱。书上说的，有生之年，谁是你的砒霜，谁又是你的蜜糖。

或许，云暮寒就是那杯毒药，可她宁愿含笑饮砒霜，甘之如饴。

时间一分一秒地过去，韩雨陌能感觉到药水流进血管的凉意。她从来没有哪一刻这样希望，希望时间过得慢一些。因为药物的关系，她比之前清醒了些，身上的烧也退了，她埋着头，有些怅然若失。

"等吊完这瓶药，就可以走了。记住，伤口不能碰水，定期回来换药。听见没有？"陈楚洋"恶狠狠"地吩咐道。

"知道了，你个陈大妈，真啰唆。"韩雨陌转悠着眼睛，低声嘀咕。

"千万别得罪我，不要在心里说我坏话，不然下次换药的时候有你受的。我去药房看看，你老实在这里打针。"

"快走快走，没见过你这么凶的医生。"韩雨陌冲着陈楚洋的背影做了个鬼脸，突然想起云暮寒还在身边，她红着脸，尴尬地吐了下舌头。

"外面在下雨，你带了伞吗？"云暮寒并不在意她古怪的表情，而是轻轻地拍了拍她的头发。

"谁记得那么多啊，老天爷真是的，早不下雨晚不下雨，本姑娘一出门就下雨。"韩雨陌不满地噘起了嘴。

这丫头自己忘记带伞就怪罪老天爷，这么多年还跟个孩子一样。

"真搞不懂你们这些记者，围在医院门口很有意思吗？有什么采

访比身体更重要？如果淋病了怎么办？"云暮寒低声责怪着，"等下坐我的车，我送你回去！"

"不用，我自己叫车。"韩雨陌拿出了手机，打开了滴滴。还没等她按下叫车软件，手机就被云暮寒抢走了。

"这种天气，这种时候，你万一遇到雨夜屠夫怎么办？"

"你电视剧看多了吧……"

最后不管韩雨陌嘀咕什么，针打完后，她就被云暮寒抱起塞进了车里。

其间，云暮寒将韩雨陌变幻来去的表情收入眼底，这个丫头还是像以前一样半点不懂得隐藏自己，开心不开心都浮在表面。自己当年，就是被这样的她给欺骗了吧。

看起来像白纸一样，却偏偏黑了心肠，她怎么能够一边表现得毫无城府，又一边一次次将他践踏？她到底是伪装得太好了，还是自己哪里错了？

第十五章

但为君故

如果这个世界没有了韩雨陌,
也不会有云暮寒……

看到韩雨陌被包扎得和馒头一样的腿,云暮寒觉得心疼又好笑。

韩雨陌看见他眼底的笑意,顿时满脸通红。她羞窘地别过头,又想起刚才他不顾她的反对,打横将她抱到车上,便赌气不理他。慢慢地,倦意袭来,她歪着脖子就睡着了。

云暮寒帮她扣好安全带,她似乎极疲倦,轻轻地哼了一声,蜷缩着继续睡。他把车开得极慢,将冷气调小,生怕会惊动了睡梦中的她。

车里很安静,只能听见雨刷规律性滑动的声音。韩雨陌睡得很安稳,她睫毛很长,闭上眼睛的时候,安详得像一个天使。她抿了抿唇,习惯性地寻找着依靠,安全带勒得她有些不舒服,但她依然没有醒。她靠着车门,缩了缩身子。

云暮寒尽可能地放慢车速,路过江滩的时候,他把车停了下来。收费的工作人员敲了敲车窗,他伸出食指,做了个噤声的动作。他付了停车费,示意对方不用找了。

大概那位收费的大姊还是第一次遇到这样阔气的车主,她笑眯眯地将钱收入挂在脖子上的口袋里,然后乐呵呵地走了。

云暮寒冷笑一声,钱果然是好东西,可以轻易地买来快乐。可为什么,如今的他,却更加不快乐?

雨已经停了,云泽的夜空出奇地明亮。云暮寒打开了车顶棚,将两人的椅子调平。韩雨陌蜷了蜷身子,似乎很享受突然宽敞起来的空间。

他脱下外套，小心地为她盖上。看着她轻轻地吧嗒了下嘴巴，他笑了笑，不知道这小家伙是不是又梦到了什么好吃的。

江滩的风，一阵阵地吹了过来。云泽的夜晚总是热闹的，特别是江滩。这里也算是云泽出名的景点了，滚滚的江水，高耸的酒店，立于塔顶的旋转餐厅，七彩霓虹。外地人来云泽，总喜欢在这里拍照。就好像去北京一定要去长城，来云泽必定要来江滩，多好玩并不见得，只不过回去多一些谈资罢了。

隔着形形色色的人，伴着闪烁不定的灯光，云暮寒几乎快忘记，江滩的星空真实的色彩了。

他躺在敞篷宝马车上，注视着夜空。

被雨水洗涤过的星空，更加澄澈。墨蓝色的夜，如同镶着钻石的丝绸，深邃而优雅。他的目光，扫过那一颗颗的星辰。牛郎星，织女星，北斗七星，曾经他也和她并肩躺着，数着星星。那时候，她的眼睛，比这漫天的星辰还要美丽。

"四颗在一起的是猎户座，暮寒，你看我画得对不对？"

"笨蛋，你这样，下次地理考试，还是不及格！"

"谁说的啊，我就是自然地理差一些，我区域地理学得很好的。暮寒，你是什么星座的？"那时候她和他偷跑来江滩看星星，这已经是她能想到的最浪漫的事情。当然，他会以"学习为重"拒绝她的约会，可是她总是可怜巴巴地说就当为她补习天文地理，他只好答应她。她当然不会老实地补习，对于他给她讲解的月亮周期，上弦月，下弦月，她根本一点兴趣都没有。

"你考试要考我是什么星座吗？"他敲了敲她的脑袋，碰到这个满脑子不装正经东西的笨蛋，连他这个优等生都没了法子。

"问一下嘛。哦，我知道了，你是光棍节出生的，那就是天蝎座了。"

他白了她一眼，什么叫光棍节出生的？

"你是水象星座，我是火象星座，怎么办，我们俩不配耶！"

"嗯，那是不是该分开一下呢？"

他忍住笑，看着她苦恼地皱起眉毛。真是小女生，居然相信星座这种东西。

"我们一辈子都不会分开的。你休想离开我！"她懊恼地说道。

"我也永远不会让你离开我，绝对不允许。"他刮了刮她鼻子。

"暮寒，我们真的可以一直在一起吗？如果有一天，我消失了呢？"她躺着看着星空。都说天上的星星是死去的亲人，如果有一天，她不在了呢？

"这个世界如果没有了韩雨陌,也就不会有云暮寒。雨陌,如果有一天,我不在了呢?"

"我会等你。谁也不能把我们分开,老师也不可以!"听见雨陌信誓旦旦地保证,他忍不住笑出声来。在她心目中,他们之间最大阻碍,就是老师吧。

"那你记住,在原地等我。你这个小路痴,最容易迷路了。找不到我的时候,就待在原地,我一定可以找到你。"

无论你在哪里,我都能找到你。

雨陌,记得,在原地等我。

如果这个世界没有了韩雨陌,也不会有云暮寒。

可是,雨陌,你依然还在,只是不属于我。兜兜转转,你早已经不在原地,而我,连当年的自己都找不回了。

云暮寒无力地靠在车椅上,韩雨陌就在他身边安静地睡着,就好像当年一样。可是,他们谁也回不去了。

江风吹在身上,云暮寒感觉有些冷。江滩卖花的姑娘,可怜巴巴地蹲在路边,夜已经很深了,不会有人再去买她的花。他的眼眶渐渐地湿了,面前娇小的身影慢慢地模糊,心底的身影却逐渐清晰。

…………

"卖花,卖花!玫瑰花,百合花,新鲜的花!"

江滩上的女孩搓了搓冻红的鼻子,圣诞节,别人和情侣在散步,他的雨陌躲到这里来卖花。卖花就卖吧,这笨蛋偏偏把本该浪漫的推销,变成了街头卖菜。

"先生,价钱好商量,你就买一朵吧。"她沮丧地耷拉着脑袋。

"你这花放了多久啊?"

"很新鲜的,才存了一个礼拜而已,我每天都用水养着。你看,都没怎么烂掉。"

准备买花的女孩皱了皱眉,拉着男朋友走开了。她懊恼地蹲了下来,手里的花都耷拉成了咸菜,任谁都不会买了。

"卖花也挑一些好看的花,你居然拿着蔫了的花出来卖。"他在她面前蹲了下来,摸了摸她的头发。

"暮寒,你在这里?"她吃了一惊。她并没有告诉他,她来江滩卖花。

"圣诞节女朋友失踪,我打算到这里看能不能捡到个女孩陪我过节。"

"你敢!"

"为什么到这里卖花？"他帮她搓着手。她的手冻得发紫，小脸也通红，看得他一阵心疼。

"我想送你一台电脑做圣诞礼物，这样你就不用和他们在机房抢机位了。我知道，你一直想有台自己的电脑。"

"所以，你来卖花？傻瓜，你就算卖光了这些花，也买不起电脑。"他声音很轻，面前的女孩子犯了错一样低着头，真是傻得可以。

"够的，我已经在肯德基打了一个月的工了。每个晚上做到十一点有五十块！后来我听说卖花赚钱，我提前一个礼拜就进货了，本来以为可以多赚一些。结果花都烂掉了，现在卖不掉了。"

"这花多少钱，卖给我好不好？"他捏了捏她的鼻子。

"啊？"她不解地望着他。

"你花这么多心思为我准备圣诞礼物，我是不是该送你礼物？"他变魔术一样拿出一条铂金项链，她眼睛都被点亮了。她小心地打开项链上的小扣，里面是她和他的合影。

"每天都要戴着，不准摘下来。"他将她拥入怀里。他拿到世川良一等奖学金，第一件事情，就买下这条项链。

"我永远都不会摘下来的，云暮寒就在韩雨陌的心里。"她孩子气地举手发誓，"这些花，就当我送你的礼物好了，圣诞快乐。"

…………

云暮寒看着韩雨陌白皙的颈脖，她没有戴那条项链。他心里闪过一丝别样的情绪，说不清楚是失望，还是失落。

他推开车门，径直朝那卖花的女孩走去。他买下了所有的花，放在车后厢，连他自己也不知道，为什么要这么做。

深夜的玫瑰，带着暧昧的颜色，那浓郁的红，像极了她轻抿的唇。

云暮寒轻轻俯下身，吻住了那一点瑰色。

双唇柔软的触感，提醒着他内心的渴望。他为自己内心的奢望而不齿，云暮寒，她早就不是你的，你何苦，不肯放手？

韩雨陌轻颤了一下，她从梦中醒来，清楚地感受到他落在自己唇上的温度，就好像岩浆流淌，那么灼热，灼到心伤。

他吻了她，像从前一样。

为什么要吻她？

他还爱吗？

如果是，为什么当年要那样绝情？

如果不是，为什么，刚才的触碰会那样的疼痛？

放开她，云暮寒发现，她已经醒了。

怀里的女孩，睁着黑白分明的眼睛望着他，满天的星辰都倒映在她的眸里，如同黑耀石一般闪亮。

他怔怔地望着她，意乱情迷。他慢慢低头，再次吻了下去。

韩雨陌战栗了一下，下意识要推开他。他看到她抗拒的动作，微微一僵，随即避开。

他的唇并没有再覆上来，突兀的手机铃声打断了两人的动作。

云暮寒接起了电话。

"恩彩。"

他的声音如同一盆冷水，让沉浸在刚才的旖旎中，忘记今夕何夕的韩雨陌瞬间清醒。

再美的梦，都是要醒的。

云暮寒讲着电话，他听见车门打开的声音，转身回头，发现韩雨陌已经下车。她身上还披着他的外套，单腿跳着在路边拦车。她受伤的腿光着脚，那夜色里的孤单背影坚强得让人心疼。

他挂断电话，重重地按了下喇叭。

韩雨陌心头一震，却没有回头看他，她坐进了一辆出租车，司机迫不及待地将车子驶离。

云暮寒发动汽车，返回医院。在他身侧的座椅上，安静地躺着，她落下的一根发丝。

第十六章
破茧成蝶

等你做了我老婆
这恐怕是他说过的，最动听的谎言。
那时候的她，真的从没有怀疑过他有一天会结婚，
只是她也从没有想过，他娶的那个……不是自己……

窗外艳阳高照，天空蓝得如同上好的青花瓷。夏季到了谢幕的时候，更加热了起来，仿佛连气温也在做垂死挣扎。看这烈日当空，谁还想得起那一天的夜雨？江滩的一切，就好像一场梦，醒来之后，再找不到存在过的证明。

自那一晚之后，云暮寒再也没有找过韩雨陌。韩雨陌还是和往常一样，向报社请了假，每天窝在家里上网，等着陈楚洋送一日三餐。

在陈楚洋的治疗下，她的腿伤好得差不多了。伤口结了痂，不复当日的疼痛，只有那略带灰亮色的疤痕像挖掘后又被遗弃的沟壑，提醒着她曾经的伤害。

这一天，韩雨陌起得很早，是疼醒的。天未亮，她就觉得腹部绞痛难当，一看床上的血渍，才知道是生理期到了。她拍了拍脑袋，怎么每次都这样狼狈？于是起来，洗衣服，洗被子。

等折腾完，已经是上午十点了。韩雨陌看了看日历，想起来，请的假差不多用完了，今天该去报社销假。

赶到报社的时候，都差不多是上午下班时间。主编提了包准备去吃午饭，刚好碰到了傻站在门口的韩雨陌。韩雨陌吐了吐舌头，硬着头皮等着主编一顿臭骂。出乎意料的是，主编并没有发脾气。

"雨陌啊，你来得正好。下午的新闻发布会，我想还是你去比较合适。"

"什么新闻发布会啊？"怎么一回来就有活干？

"金恩彩召开新闻发布会，公布孩子父亲的身份。而且，据说，她还要宣布婚讯。地址我发你微信了。"

"我突然想起来下午约了别的采访，还是叫别人去吧。"

婚讯？暮寒和金恩彩，要结婚了吗？想到暮寒并不是那种不负责任的男人，韩雨陌低头笑了一声，早该料到有今天啊。

"不行？这个月你才发多少篇文，转发量多少你心里没数吗？我这是在救你，你上次的报道不是很轰动吗，都上热搜了。这一次啊，除了公众号，微博我也会让人给你推一推，记得带话题。"

"要不让他们的艺人宣传给我发一份通稿吧。主编，你也知道，这种发布会没什么好报道的。"韩雨陌不想和金恩彩他们再攀扯关系，想着大不了到时候跟值班同事说说，稿件不发作者的名字。

"不行，这件事你怎么能按通稿发呢，你得多找点角度，发独家啊！"

"主编，我们云泽传媒集团是正规的报业集团，做的是娱乐新闻不是八卦新闻。咱们不能和那些娱乐记者一样借题发挥啊……"

"停，打住！韩雨陌，我还以为你上次发了个爆款能开窍，如今咱们传统媒体生存多难啊？上面的广告任务年年都和你们绩效挂钩的，广告客户可不管咱们报社是不是正规媒体，人家只管你公号文的反响啊！咱们再端着架子，那迟早要去喝西北风啊！你就给我写，然后我给你找人重新编个标题。"主编还在滔滔不绝，韩雨陌被这些陈词滥调给轰炸得一个头两个大。

"主编，我去准备采访资料了。"韩雨陌说了一声，立刻溜去了办公室。

算了，恋爱可以不谈，饭总要吃。云暮寒去结婚，陆韶迟去私奔，这些都跟她无关，她是记者，报道新闻有什么错？

回到座位上，打开电脑。热搜都是金恩彩即将公开孩子父亲的身份。韩雨陌觉得憋闷，关掉了微博，干脆打开视频网站看喜剧片，从周星驰看到徐峥、黄渤，她愣是笑不出来。

现代人的笑点真的是太高了，韩雨陌在心里感慨道。

午餐时间已经过了，韩雨陌觉得肚子疼得厉害，也没心情吃东西。她无聊地点开一个又一个视频，看着面前的菜单弹出一箩筐，她觉得有些解恨。最后电脑终于不堪重负地死了机，她长长地舒了一口，仿佛解脱了一般，长按启动键，强行关了机。

离下午四点发布会还有一个多小时，韩雨陌实在找不出什么事情

打发时间了。她抓起包包,走出了办公室。包包在空中画了个弧线,利落地落在了她的肩上。主编总是叮嘱她,不要再背像书包一样的双肩包,看上去像个没长大的学生,影响报社的形象。陆韶迟送了她很多好看的包包,她却极少用。她总是改不掉那些习惯,习惯性地将双肩包背在右边肩膀上,习惯性地将一只手插在口袋里,习惯性地走路低头不看前方,习惯性地边走边用手机听音乐。

将耳机塞进耳朵,手机里的音乐声响起。

她低头走着,有几次差点撞到了迎面而来的行人。路过一家网吧的时候,她停了下来。网吧门口贴着巨幅的宣传海报。上面是金恩彩代言陌上云的海报,她看了看时间,走进了网吧。

云泽一年一个样,就连网吧的装潢也更新换代了。现在的网吧,除了能上网外,咖啡、点心一应俱全。只是,走进去,那些敲打键盘的声音涌入耳中,还是瞬间将她拉回了从前,她有种时空错乱的错觉。

她上了机,打开了"陌上云",注册账号。

熟悉的画风扑面而来,游戏里的一草一木,仿佛将她带回了年少时光。她不禁热泪盈眶,他真的将那些梦都实现了。

"喂,你智力值不要设这么高。你是不是想玩魔法师啊?你把灵活度设高一点,可以玩弓箭手!你会不会玩啊?"

韩雨陌才升了几级,身边就有几个学生围了过来。

韩雨陌有些不服气,自己玩网游的时候,你们这些小屁孩还在娘胎里呢,现在居然来指点她玩游戏。

"让姐姐我露一手给你们瞧瞧。"韩雨陌看了旁边的小朋友一眼,轻轻地扯下了发绳,长发披了下来。她拿起耳机,隔绝了周围的一切声响。

格斗,组队,PK,打怪。韩雨陌操控着键盘,一气呵成。

等她摘下耳机的时候,突然发现周围的人全都围着她。

她习惯性地抬头,却没有看到云暮寒的身影。

众里寻他千百度,可惜那人不在灯火阑珊处。

"小姐,你是我们网吧这么多天公测中表现得最出色的。酷游网将给您点卡优惠,还将送您VIP账号。"网吧工作人员殷勤地递过名片。

"云暮寒设计的游戏,我韩雨陌需要自己掏钱玩吗?"韩雨陌扬眉看了对方一眼,不理会对方诧异的表情,她微笑一下,抓起包包走出去。

网吧外空气很好,好像刚才一场游戏将这六年来的郁闷全部发泄了一遍。她已经六年没有进过网吧,没有玩过网游。总是害怕那熟悉的场景，总是会想起那熟悉的人。

今天，她终于发现，原来，做回以前那个韩雨陌，并不是很难。

云暮寒，无论今天你是否要娶金恩彩，你都欠我一个回答。

…………

"雨陌，想不想再比一场，赢了，我娶你。"

"那输了呢？"

"输了，你嫁给我。"

…………

韩雨陌，和自己比一场吧。赢了，放自己一条生路；输了，就和他从此陌路。

韩雨陌扶了扶背包，对着阳光，给自己一个笑脸。

金恩彩的发布会真会挑地方，君恒是云泽市数一数二的五星级酒店。韩雨陌看了看电梯里的那一长串数字，漫不经心地按下了金恩彩发布会的楼层。

和云暮寒在一起的时候，他们经常一起来这里。因为在君恒可以俯瞰整个江滩。外地来云泽的人习惯性地乘电梯到顶楼，以为这样就可以将云泽掌握眼中。那时候顶层是要收费的，她和暮寒为了省五十块钱的观光费，总是不去顶层。她最喜欢的就是跑到酒店的八十七楼，把身子探出栏杆，俯瞰着向下盘旋着的楼梯，大声地喊云暮寒的名字。他每次都紧张地把她拉回来，不准她做这么危险的动作。

"雨陌，以后咱们俩结婚，到这里摆酒席怎么样？我看这吃饭的地方环境还不错。"

"废话，你也不看看收费单，在这里结婚，你疯了吧，得花多少钱啊？你说君恒为什么这么高呢？楼层高，收费也高。"

"你俗不俗啊，每句话都不离钱。这样吧，你死缠着我，赖着我，一辈子不离开我。等你做了我老婆，别说君恒，全云泽，全世界的顶级厨师我都能请家里来给你好吃的。"

"没得吃我也嫁！云暮寒，你娶我吧。"

"韩雨陌，女孩子要含蓄一点！表白和求婚都是男生干的！"

等你做了我老婆……这恐怕是他说过的，最动听的谎言。那时候的她，真的从没有怀疑过他有一天会结婚，只是她也从没有想过，他娶的那个……不是自己。

"韩雨陌，你也来参加金恩彩的发布会啊？你那篇稿子真劲爆啊，

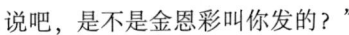

说吧,是不是金恩彩叫你发的?"

韩雨陌正在发呆,电梯里突然冲进来一个人,是同行。

"你开什么玩笑?金恩彩脑袋撞了吗,怎么可能是她让我爆料的?"韩雨陌轻哼一声。这些娱乐记者,也太能扯了吧!

"怎么不可能。韩雨陌,咱们俩谁跟谁啊!今天金恩彩第一,公布孩子的父亲;第二,发布新专辑;第三,宣布订婚。这多像策划好了的啊,之前什么怀孕什么的,根本就是为新唱片炒作嘛。韩雨陌,你知道些什么,说来听听。"

同行的身体靠过来,韩雨陌后退两步。电梯里的空间本来就不大,偏偏对方装成很要好的样子往她身上蹭,让她说不出地厌恶。平时这些记者都摆出资深的面孔,连正眼都不瞧她一下。有时候她开发布会迟到,没有领到会议材料,问他们借材料抄一下,对方根本不理会。现在可好,主意都打到她头上了。

"你想象力也太丰富了,金恩彩再怎么宣传,也不会拿怀孕、被包养这种事情来臭自己吧。再说了,以她天后的地位,犯得着吗?"韩雨陌白了对方一眼。平时她还会尊称这些前辈一声"老师",今天她是连应付的心情都没了。

"韩雨陌,你是真白痴还是假天真啊?金恩彩再怎么红也是在韩国,到了中国发展,不弄出点新闻怎么行啊?你第一天干娱乐记者?为了上位,这些人什么不敢爆。不就是怀孕嘛,这些女明星还真怕自己怀不上呢!这不更好,逼着对方娶自己。奉子成婚,这手段,她又不是首创!"

"叮"的一声,电梯门开了。

韩雨陌没兴趣听一个大男人八卦,冲出了电梯。

"这多像策划好了的啊,之前什么怀孕什么的,根本就是为新唱片炒作嘛。"

"这些女明星还真怕自己怀不上呢!这不更好,逼着对方娶自己。"

"奉子成婚,这手段,她又不是首创!"

刚才那记者的话,在她脑海里闪过。

韩雨陌停下了脚步,猛然想起金恩彩问她借手机的情形。能够用她手机发微博的,除了她自己,恐怕也就只有金恩彩了吧。想到这里,她立刻掏出手机,查看那条微博发布的时间。

过了许久,她退出了微博,脸色暗了几分。

金恩彩,原来是你。

在发布会现场,韩雨陌看到了不少熟面孔。有几个记者跑来套她的话,她懒洋洋地回应着。那些人见在韩雨陌这里也打听不到什么,只得快快地走开。

金恩彩派头很足,韩雨陌在媒体签到本上留下自己大名后,收到了厚厚的一个信封。她手指一夹,不用掂量都知道分量有多足了,想不到,"韩雨陌"三个字也有这么值钱的时候。旁边有记者在小声议论,说巨星就是巨星,半点不吝啬。

说是四点召开的发布会,拖到了五点二十都没有召开。韩雨陌习以为常,这些明星就没一个准时的。她觉得无聊,挑了角落里靠窗的位置坐下,也不理会周围人鄙夷的目光,从包里掏出棒棒糖就往嘴巴里塞。

窗外的天色灰蒙蒙的,那漫天灰蓝色上,有成群的鸽子,盘旋着。

很长时间没有在云泽的天空看到鸽子了。小时候家里养过鸽子,她喜欢趴在阳台听它们咕咕的叫声。爸爸妈妈不在家的时候,暮寒会带着玉米来她家喂鸽子。在她的印象里,暮寒很喜欢那些鸽子,因为他来她家,永远都会带着一袋子干玉米。

"发布会就要开始了,暮寒,你还要多久到?"

云暮寒将车驶入停车场,金恩彩已经发了很多条短信来催他了。那天在江滩,他接到了金恩彩的电话,说公司要和她解约,说她一无所有了。电话里,她哭得很厉害,声音颤抖中带着绝望。他赶到医院的时候,她站在了医院天台,随时可能从上面跳下去。当时的他,想都没想,就说要娶她。

对于金恩彩,他是愧疚的。他对她只有责任,却没有给她女朋友应该有的温情。知道他的公司资金周转困难,她居然瞒着他去找那个男人借钱,最后还……

她为他付出这么多,几乎一无所有。他给不了她爱,只能给她婚姻与承诺。

走出停车场的时候,他看到天空盘旋的鸽子,一瞬间,有些失神。

印象中,雨陌很喜欢鸽子,她家里就养了一群。她喂鸽子的时候,会轻轻地噘起嘴巴,学着鸽子"咕咕"地叫,然后把玉米撒在它们面前。她还会在它们的脚上绑上鸽哨,对着它们大吼一声,惊得它们飞起来的时候,天空中会响起一声声的哨声。那时候的她,带着一丝恶作剧成功的欣喜,笑眯眯地往他怀里蹭:"咕咕,咕咕,暮寒,暮寒,你听见没？全世界都是我在喊你的声音。"

他并非喜欢鸽子，但他总习惯带着玉米去她家。只有他自己才清楚，他只是贪恋那时候的她，那样专注的表情，那样灿烂的笑容，美到震撼。

金恩彩的电话打断了他的思绪，她有些着急，记者已经等了一个多小时了。他简短地回答了一声，就挂断了电话。

进电梯的时候，他做了个深呼吸。这是六年来，他第一次回到云泽君恒。以前和雨陌在一起的时候，他就对自己发誓，一定要和她在这个酒店办婚礼，他要给她最奢华的回忆。如今的他，资产足够买下整个君恒，却再没有资格给她任何承诺。

路过发布会现场的时候，他看到了坐在窗户边的韩雨陌。她有些迷茫地望着窗外，和其他记者比起来，她显得有些格格不入。这丫头，六年了，喜欢发呆的习惯倒是一点没变。

韩雨陌出神地咬着棒棒糖，听到周围的声音突然嘈杂起来，才发现是金恩彩出现了。她丢掉棒棒糖，站了起来，看着台上那位打扮得体的女人。她撇了撇唇，走出了发布会大厅。

"感谢各位媒体界的朋友出席这次的新闻发布会。"

"之前，有部分不负责任的记者，发布关于我的不实传闻，并恶语诋毁中伤我。对此，我保留追究的权利。"

追究？那请把自己关进牢里吧！听到金恩彩的话，韩雨陌嘲讽地笑了笑。

"这次召开发布会，我的未婚夫将和我一起面对各位媒体界同仁。之前，我并不愿意将我个人生活和我的事业混淆，但是一些不好的传言，让我和我爱的人受到了伤害。我想说的是，这段时间，他一直在我身边，鼓励我，支持我，相信大家对他很熟悉，他就是……"

"咔嚓！"

突然，整个发布会现场一片漆黑。

会场拥挤的人群中发出了尖叫声，将金恩彩下面的话淹没。

而这场混乱的始作俑者——韩雨陌，正慵懒地靠在墙边，有些幸灾乐祸地看着大家忙成一团。

"我这是节能环保，给你来个拉闸限电而已。"韩雨陌打了个响指。

"你玩够了没有？"

韩雨陌还想捉弄下金恩彩，身后一个冷漠的声音让她身体一僵。

"刚才停电，我就出来逛逛，刚好路过这里，顺便来检查一下，是不是跳闸了。"看到云暮寒冰冷的脸色,韩雨陌抵死不认账。

看到她目光闪烁不定,一副被人揪住了小辫子的模样,云暮寒觉得又好气又好笑。雨陌从来就不是那种嚣张跋扈,胆子很大的女生。可偏偏她又耐不住寂寞,喜欢弄些小动作捉弄别人,每次被发现了,她都是低着头,埋着脑袋,找各种借口推托,实在被逼急了,她也会破罐子破摔,摆出一副"是本姑娘干的又如何,要杀要剐随便你,十八年后又是一条好汉"的表情来。

云暮寒轻声叹了口气,伸手去开电源,韩雨陌猛地抬头,抓住了他的手。

"韩雨陌,你到底在搞什么?"记者们还在等着,恩彩的发布会就快被这丫头给弄砸了。

韩雨陌看着云暮寒,死死地咬着唇,就是不让他开电源。她的手死死地抓着他,带着些傻傻的憨勇。

"放手!"云暮寒看着韩雨陌说道。

"不放。没错,我是故意破坏金恩彩的发布会。可是,是她先利用我来公布她怀孕的消息,是她故意借我的报道来逼你跟她结婚……"

"够了!恩彩从来没有逼我娶她,结婚是我提出来的。请你……不要中伤她。"

"我中伤她?云暮寒,你是被这女人迷得脑子糊涂了吧?她可以利用我,也就可以利用你。说不定,她肚子里的孩子根本不是你的,你自己做了便宜爸爸都不知道!"

"如果你再说这样的话来污辱恩彩的话,我会……"

"你会怎么样?起诉我?追究我?让警察抓我?"韩雨陌自嘲地笑了笑,"云暮寒,你就这么不待见我吗?"

"恩彩不像你。我认识她六年,她是个非常单纯的女孩子,她从来没有欺骗过我。"

"对,她单纯善良,我阴险狡诈。你相信她,不信我,也对,前任可不是什么好词汇。当年……"韩雨陌抬头,努力不让眼泪流出来。

"不用说了,韩雨陌,你最好不要跟我提当年。我这辈子做得最正确的一件事情,就是离开你。拜你所赐,我才有斗志去争取今天的一切。别告诉我现在你后悔了,想回头,不要让我看不起你。"她怎么可以这样理直气壮地跟他提当年,他真想切开她的心看看,这个女人,到底还有没有心?

云暮寒的话,字字如重锤,敲得她的心支离破碎。胸口一阵阵袭来的痛,几乎压得她无法呼吸。她身体一软,几乎站不稳。她努力地

撑住墙,不让自己倒下去。

趁着她身体偏开的空隙,云暮寒拉起了电源总闸。他转身朝发布会现场走去,没有看到身后韩雨陌苍白如纸的脸色。

"暮寒……不要进去。不要和她订婚,你可以娶任何人,但这个女人不适合你。"韩雨陌的声音在颤抖。

"韩雨陌,你有什么立场来管我的事?"

云暮寒径直走进会场,进门的时候,他重重地关上了会场的门,仿佛只有如此用力,他才能让自己狠下心来。

对不起,雨陌,你还有未来,而恩彩已经什么都没有了,我不能辜负她。雨陌,你永远不会懂,恩彩到底付出了什么。那孩子不是我的,可我却更加不能对她弃之不顾。哪怕……这么做会伤害了你。与你在江滩的那一夜真的太美,美得我至今都不舍得回忆。但是我已经决定了娶恩彩,我必须让自己……对你死心!

韩雨陌看着云暮寒走远,他们的距离,又何止这一扇门,他们隔了六年,隔了金恩彩,他们再也回不去了。

扩音喇叭里,传来云暮寒宣布订婚的声音。韩雨陌拿出手机,找到云暮寒的名字,然后……按下了删除键。

暮寒,我们还要错过多少个六年?你知道不知道我已经没有多少时间可以浪费了。你说只要我待在原地就能找到我,我从不畏惧死亡,可是我真的很害怕,如果有一天你回头,而我却已经不在。

第十七章
山雨欲来

她的病过了潜伏期，
一旦诱发，就会频繁发病……直到死亡。
真是俗套的情节，
唯一遗憾的是，自始至终，她都不是女主角。

知道自己有遗传的罕见疾病，随时可能一睡不醒，那是什么样的感觉？如果一个人，连自己的坟墓都见过，那么他的人生，还有什么畏惧的呢？

可是，韩雨陌真的很畏惧，很害怕，每一次撕掉日历，就仿佛撕掉自己所剩无几的生命。自从六年前第一次发病，到如今，她每一天都当是最后一天来过，要开心，要坚强，要对得起自己。

六年前，那一天，妈妈病重不治，爸爸接到电话一声不吭。后来有很多警察，拼命敲着他们家的门。而爸爸，最终从楼上跳了下去。

那一夜，她蜷缩在房间里，不敢去想自己已经失去了两个亲人。她打电话给云暮寒，他只是说，以后他们都不会再联系了。

原来，心死是这样的感觉。

她终于理解了"痛彻心扉"这个词的含义，生命之中最重要的部分随着心跳一起停止，胸口碎裂一般痛楚。医生说，她的病过了潜伏期，一旦诱发，就会频繁发病……直到死亡。真是狗血的韩剧情节，唯一遗憾的是，自始至终，她都不是女主角。

但是，她不甘心。

爸爸可以放弃生命，但她不可以。偶像剧里说，只要用力呼吸，就可以看见奇迹。但是，这个世界真的有奇迹吗？

这是第几次躺在病房？记者会上，云暮寒毫不留恋地弃她而去之后，只要想起他决绝的背影，她的心就会撕裂般地疼。浅蓝色条纹装的病号服，雪白的床单，还有穿着护士服行走的女孩，一切都没有变。和六年前那夜她醒来时看到的一个样。

熟悉的场景，熟悉的对白，他转身离开，留给她背影。F大、江滩、君恒……她重温了云泽的所有记忆，才发现，原来兜兜转转，自己不过是在走一条重复的路。只是这一次，只有她一个人在行走，她还能路过谁？

韩雨陌，六年了，你真的一点都不长进。

韩雨陌在心里嘲笑了一声。

"我不要打针，医生最讨厌，呜——"

同病房的小孩哭得厉害，护士被他的哭闹弄得手忙脚乱。韩雨陌本来打算好好休息一下，但也被吵得无法入睡。她索性起床，朝那孩子走去。

"小朋友，有没有看过变魔术啊？姐姐教你好不好？"韩雨陌在孩子面前蹲下来，掏出包包里的PSP。

"这是什么啊？"

"有魔法的盒子，可以变出你喜欢的东西。你喜欢音乐，还是游戏？还是喜欢卡通片？"韩雨陌晃了晃手里的游戏机。

"姐姐，这东西，真的玩什么都可以？"小朋友瞪大了眼睛看着韩雨陌玩赛车游戏，一下就忘记了打针的恐惧。

"如果你能做到打针不喊疼，姐姐就借给你玩。"韩雨陌站了起来，拍了拍这孩子的脑袋，回头，却看到了陈楚洋似笑非笑地倚在门边。

"这么小的孩子，你就让他玩游戏，韩雨陌，你自己不求上进，现在还来毒害祖国下一代。嗷——你不是病号吗，掐人的力气怎么还这么大。"陈楚洋被雨陌掐得龇牙咧嘴，忍不住叫唤起来。

"陈大医生，毒害祖国花朵的是你吧。你给我做急救的时候，做那么多次Defibrillate，我没被你折磨死算万幸了。"韩雨陌轻哼了一声，表示不满。

"你这女人，对救命恩人什么态度啊！对了，如果你觉得和小孩子一起住院比较吵的话，我可以把你转到单间去。"

"千万不要，陆韶迟不在这里，少了个付医疗费的，能省则省。我看这孩子怪可怜的，家里人都不来看望他。"

"他是个孤儿，父母因为车祸去世。这孩子生下来，心脏就有问题，右室双腔心、重度肺动脉高压。如果不做手术，他可能活不了几年了。"陈楚洋叹息了一声。

身边的韩雨陌,脸色微变。

"他跟我真很像,也不知道能活多久。你相信世界上有奇迹吗?"韩雨陌看着那孩子,眼眶有些湿。

"这么小的孩子就能被你哄得打针不哭,应该也算奇迹吧。"陈楚洋竖起了大拇指。

"韶迟曾经对我说过,医生是个不断创造奇迹的职业。他认为这个世界会有奇迹,只要你相信。我觉得这孩子不仅能活到十八岁,而且还能活到老。我一直跟自己说,韩雨陌,你要撑下去,撑到医学进步,撑到奇迹发生,事实上,我一直撑到了现在,也算是个奇迹。"

"没错,医学界充满了奇迹。我打听到了,心外科会为他安排手术。只要把他的双腔心修复成一个心腔,清除异常的心肌,加宽肺动脉,他就完全可以和正常孩子一样生活了,真活到一百岁也不是不可能。"陈楚洋笑了笑。韩雨陌是他见过的最乐观的女孩,也是他当医生这么久,见到的最大的"奇迹"。

"对了,你来找我什么事?"

急诊室平时都很忙,陈楚洋一般不会在这个时候来病房找她。

"没什么,看你现在这样我很放心,你没有看今天的微博吧。"陈楚洋试探性地问。

"没有啊,我今天一直在病房,有什么娱乐新闻吗?"

"还不就是一些普通的娱乐新闻。我是想提醒你,你身体不怎么好,报社的事情别操心。"

陈楚洋的态度让韩雨陌有些起疑,自己大闹记者会的事情他没道理不知道。可是他这段时间连一个字也没问过她,而且那天他也看到云暮寒和她的亲密举动,难道他就半点不好奇他们的关系吗?自己这些天都没看微博,也不知道上次金恩彩的记者会到底如何收场的。

不过无所谓,有些事情,既然一刀两断了,就不应该再去关注。

但没想到的是,她这一路走来,总遇到有人对她指指点点。

"你是韩雨陌吧。"医院门口卖早点的阿姨打量了她一眼。

"怎么?你认识我?"她韩雨陌在这家医院这么出名吗?

"你和这家医院的医生都很熟的哦。"对方笑得很暧昧。

韩雨陌却一头雾水。

"这家医院的医生经常来我这里买早点的,看上去都挺正经的,想不到……嘿嘿。啊,我看你长得也不错,怎么会……"

莫名其妙,韩雨陌不理会阿姨的古怪言语,正要离开,迎面走过的几个护士看到她愣了一下,然后又窃窃私语地走开。

韩雨陌心里有些纳闷，总觉得今天遇到的人，都很古怪。

"就是她，真不要脸！住楼上病房的！"回到医院，几个路过的病人，好奇地打量着她，指指点点的。

韩雨陌摸了摸脑袋，这些人怎么都怪怪的？难道她走错了路，到精神科了？

回到病房，想起刚才一路上人怪异的眼神，韩雨陌越来越奇怪。现在的人真无聊，她摇了摇头，打开微博。

"美女记者牵涉医院不正当交易，CG掌门人冲冠一怒为红颜。"微博首页，巨大的标题映入眼帘。

"美女记者韩雨陌，用特殊手段套取新闻线索。"

"仁心医院高层均与其有过特殊交易。"

"娱乐记者素质再度遭到质疑。"

"多家媒体联名要求严惩韩雨陌。"

韩雨陌的手一松，手机落在了地上。她和云暮寒争执的照片，还有以前陆韶迟和她的照片，都被放上了网。

"金恩彩大方向记者承认怀孕，韩雨陌见事情败露，蓄意破坏整场发布会，并和金恩彩的未婚夫云暮寒起了争执，最后借口生病，躲在了仁心医院的保护下。"

"云泽娱乐公众号主编表示，她并没有教唆旗下小编用不光彩手段取得新闻。韩雨陌的行为，纯属个人行为。"

"金恩彩并不认为韩雨陌牵涉色情交易，不过医院的管理制度，的确存在缺陷，她保留法律追究的权利。"

韩雨陌捡起手机，突然发现手机里有一条未查收的短信。

"你以后不用来上班了。"

读完这条短信，韩雨陌轻蔑地笑了声。

出乎意料的是，她并没有很失落。一个早上，她觉得自己麻木了。爱了九年的男人和别人订婚了，一直在拼命坚持的工作也失去了。她感觉，自己就像一只年岁老了的挂钟，明明知道慢了几个轮回，还坚持嘀嗒地走着。等到一切都停摆，她才彻底地服气。有一种说法，叫哀莫大于心死，怕就是说她这类人。

接下来的几天里，韩雨陌的生活很规律。她很积极地配合医生检查，打针吃药都很乖，不再抱怨。早晨的时候，她会在医院里散步，顺便买一份当天的报纸。医院里总有人鬼鬼祟祟地偷看她，她却恍若不知。

这几天的公众号推文，都是关于金恩彩和云暮寒的传奇之恋。韩雨陌常常抱着一袋子豆浆，边吸边看。这些记者的文笔都很好，把娱乐报道写成了爱情小说。故事里讲了一个热爱唱歌的贫困少女和一位落魄少年的相识相恋相许，最后双双实现梦想的故事。灰姑娘成了公主，接受王子的求婚。

韩雨陌觉得有些好笑，她并非不相信爱情，只是，她再不相信这个世界有童话。

韩雨陌的平静，让陈楚洋有些忐忑不安。平常这女人受了什么委屈，那是天崩地裂地闹腾，怎么现在她被媒体这样诋毁，还丢失了工作，却好像没事人一样？

陆韶迟不在云泽，陈楚洋每天都过得提心吊胆的，时不时都要去看看韩雨陌的动静，他真怕这女人哪天想不开了，做了什么傻事就完了。

"雨陌啊，手机好看不？"每天来都能看见韩雨陌一直盯着手机，实在找不到什么好的话题，陈楚洋只好问了一个连自己都觉得傻气的问题。

"嗯，不好看。"韩雨陌的回答让陈楚洋几乎站不稳。

"不好看你还看什么？"

"找工作。"韩雨陌抬了抬头，这些天她消瘦了很多。

"你就开始找工作了？你——"你也表现得太正常了吧。陈楚洋把即将说出口的话咽了下去，太正常就是最大的不正常。

"云泽日报社今年会有一次统一招聘，我打算再考一次。"

"你不是吧？你才刚刚被他们解雇，现在还想着回去？"她是不是真的被气得脑子傻了，还是，她有什么其他的原因？

"我知道那些媒体这么一写，我在这行是混不下去了。现在我名声不好，找普通的工作都未必有人肯要。但是，有一点机会我都不想放弃。"

"我真不明白，做娱乐记者有什么好的？雨陌，我知道你不甘心，但是你现在最重要的是休息。"

"你不会明白的，去报社工作对我来说很重要。"没人会明白，云泽日报社对她来说意味着什么。

"重要什么？去报社可以随时采访云暮寒，随时见他是不是？上次在医院，他抱着你的时候我就觉得不对，你对金恩彩的稿子这么上心，其实是为了他吧。现在记者反而把一切都推到我们医院上来，你知不知道那些记者怎么写韶迟的？云暮寒除了有钱还能给你什么？你这么做，对得起韶迟吗？"陈楚洋见韩雨陌淡淡的样子，恨铁不成钢地说道。

韩雨陌被他突然而来的愤怒吓了一跳。

"陈大医生，你管得未免太多了。"原来在所有人心目中，她都是一个水性杨花，什么都可以出卖的女人。

"算我多事，韩雨陌，我看错你了！韶迟为了你，跑去美国求人救你。你知道不知道，韶迟答应了那个女人，无论你的病能不能治好，以后都要一辈子留在她的实验室，帮助她完成医学梦想。就是因为你，因为你只有三个月的命，他为了救你，赌上自己一辈子！"陈楚洋一时冲动，说出口，才意识到自己把不该说的都说了。

"你再说一遍，三个月什么意思？"听到陈楚洋的话，韩雨陌面色惨白。

陈楚洋不再说话，刚才的话，已经让他懊恼得很。

韩雨陌见他这样，也不再询问什么。陈楚洋的话，让她有一瞬间的失神，并不是因为他说她只有三个月的命，事实上说她活不长的医生多着，她从来不会认命。但他说陆韶迟为了她，甘心奉献一辈子的时候，她心里有个角落猛然变得潮湿与柔软。她无法形容这种感觉，带着点欣喜与心疼，不知是喜还是忧。她被这样的奇怪情绪弄得有些无措，之前在网上看到韶迟和她的照片的时候，她也是突然愤怒，不是因为那些记者诋毁她，而是因为……她不愿意那些人中伤韶迟。

为什么会这样？她心里爱的，难道不是云暮寒吗？为什么自己一边为云暮寒的决绝而受伤，另一边又为韶迟而牵挂？

韩雨陌，难道，你真的是一个水性杨花的坏女人？

"对不起，我不知道你一直以来对我这么不满。我有些不舒服，出去透会儿气。"千丝万缕的情愫，让她剪不断，理还乱。她有些烦躁地披了件外套，走了出去。

"雨陌——"

看着韩雨陌落荒而逃的样子，陈楚洋恨不得给自己一巴掌。他怎么会用那样刻薄的话来羞辱伤害她？明明知道，整件事情，受伤最深的是她。明明知道，她一直是在强撑，其实心里很苦，可他偏偏还要在她伤口上撒盐。他狠狠地一拳打在墙壁上，自己究竟是怎么了？

出来走了很久，天色渐晚，韩雨陌没有回医院，而是打车去了云泽墓园。发生这么多事情，除了爸爸妈妈，她不知道还可以向谁倾诉。

一路上，天都阴沉得很，仿佛随时都会下雨一般。出租车司机低声诅咒着这鬼天气，时不时地抱怨晦气，埋怨韩雨陌给他添麻烦。韩雨陌只当听不懂司机的指桑骂槐，趴在车窗看风景。

云泽墓园在近郊，因为不是祭扫的日子，这里人很少，湿润的空气中泛起一丝丝阴凉的气息。远远望去，一排排的墓碑，随着起伏的山体，隐藏在一片淡而不见的水汽之中。出租车把她丢下后就迫不及待地离开了，傍晚时刻，谁也不愿意在这样的地方多待。

一阵风吹过，韩雨陌打了个寒战，不由得搓了搓手。如今已是初秋，墓园里栽的花已开始凋谢，只有路边的松树依然枝繁叶茂，郁郁青青地遮挡了天边的光线。她加紧了步子，朝墓地深处寻去。

韩雨陌父母的墓极其简陋，掩盖在一堆高高低低的墓碑中，很难找。她看着鞋子上沾着的泥土，心里有些愧疚。她一直没能给他们找个好墓地，只能选最便宜的地方安葬他们。空气中有还未散去的香烛味道，偶尔风一吹过，燃尽的纸灰就扬了起来，呛得人直咳嗽。这种"贫民"式的墓地，几个月都没一个打扫的。

然而她爸妈的墓，却异常干净，墓碑仿佛刚刚被擦拭过，几束菊花安静地躺着。就在那菊花旁边，还摆着几朵白百合。妈妈生前最爱的花就是白百合，难道有人来过？

韩雨陌皱了皱眉，这么多年，除了自己，还会有谁来拜祭他们？

"对不起，老爸，我又让您失望了。我没本事进云泽日报社，您要我做到的事情，我总是做不到。老爸，您别怪我了，这样好了，下次我带您最喜欢吃的桃酥饼来孝敬您好不好？"

"老妈，您在下面要看着爸爸，别让他辛苦工作。对了，韶迟本来是要来看您的，但是他在美国有些工作要忙，来不了。您千万别生他的气，要保佑他身体健康，事事顺心！"

"老爸老妈，我又遇到那个人了。但是你们放心，我不会再和他来往的。我会一心一意对韶迟的，等韶迟回国，我就跟他结婚，他要是不答应，我就绑架他去教堂，到时候带外孙给你们看好不好？"

韩雨陌一个人自言自语地说着，她把水果食品一件件地在墓前摆好。她陶醉且投入地说着话，尽管听不到回答，她却讲得嘿嘿傻笑。

秋季的雨，总是细碎缱绻，不易发觉。在墓地里站了好一会儿，韩雨陌才发现衣服湿了，原来是下雨了。幸亏看天色不好，她在包里备了伞，不然估计要一路淋回去了。她傻傻地笑起来，脑海中浮现出陆韶迟担忧责怪的神情，他一定会说她不会照顾自己吧。

突然，她心里"咯噔"一下，为什么会想起陆韶迟？

下了雨的墓地更难走，泥泞润滑。慢慢地，蚕丝一般的雨渐渐密了，空蒙的山色似水墨画般晕染开来，远方的一切似乎都粘在了一起，模糊难辨。韩雨陌注意到前方有人在冒雨奔走，那人背影消瘦，身形挺拔，在雨中疾速行走的模样有些狼狈，她见他几次脚下打滑，险些摔倒。

·124·

她撑了伞,加快步子,追了上去。

觉察到头顶的雨突然停了,那人停下脚步。他有些诧异地望着面前的女孩,她湿湿的刘海贴着额头,脚上的鞋也濡湿了,繁密的雨顺着她的伞往下坠,那是一柄青花瓷图案的伞,古茶色的伞柄握在她手中。她的手指瑟瑟发抖,显然是冻得不行。即便手指冻到僵硬,她依然努力地将伞放高,举过他的头顶。

"叔叔,雨下得很大,要不一起走吧?"

因为寒冷,她说话有些吃力,可以听到牙齿打战的声音,可不知为何,这个声音在他耳里听来,却那般温暖。

"小姑娘,谢谢你了。"

"不用谢啦,反正我一个人走这路也怪怕的。咱们得走快一点,这样才能赶最后一辆巴士回市区,要知道这里很难打到车。"韩雨陌耸了耸肩,难得在这里看到有人,怎么也要拖着他一起走。

"我来撑伞吧。"见她撑得吃力,他接过伞。

"哦,你饿不饿?我包里有饼干,还有糖果,你要不要吃海苔?"

她的包就像是哆啦A梦的百宝袋,乱七八糟的东西将手中的包包塞得鼓胀。这样不注重细节的女孩,他本该厌恶的,可看到这个小姑娘,他却生出了亲切之感。

韩雨陌尽可能地走快点,她可不想晚上在墓地过夜。身边的男人惜字如金,一路上只听见她在嘀嘀咕咕。他修养很好,举着伞,不紧不慢地跟在她身后,偶尔路滑,他会伸手扶一把她,带着绅士般的礼貌。

"对不起,您不让我们跟着……"刚走出墓园的时候,立刻有几个穿西装的中年男人迎了上来,几把黑伞适时地递了过来。

韩雨陌觉得狂风被他们一挡,顿时暖和了许多。这些人个个撑着长柄黑色大伞,肃穆地站着,看上去有些像黑帮电影里的场景。

"不碍。让小张把车开过来吧。小姑娘,你家住哪里,我送你回去。"他转身对雨陌说道。

"啊?我?"韩雨陌看了眼开来的黑色轿车的牌照,不由得吞了口唾沫,难不成她碰到什么大人物了?

"谢谢你借伞之恩,现在送你回家不为过吧。"男子轻笑了一下,严肃中透着和蔼。一见到韩雨陌,他就有片刻的失神,她用的是水果味道的洗发水,在这潮湿的雨天闻起来馥郁清甜,让人格外舒畅。

韩雨陌木讷地点了下头,之后便又后悔了。她怎么能随便上人车呢?而且还是个陌生老男人的车!

车一路上朝云泽市区驶去,司机训练有素,把车开得很快,韩雨陌不由得怀疑身边的人是不是有时刻和时间赛跑的工作习惯。在车后逼仄狭小的空间里,她尽可能地和身边的人保持距离。这个男人看起来面善,但未必就是好人。

"小张,让司机先去仁心医院。"男人在旁边低声吩咐,韩雨陌却吃了一惊。

"你怎么知道我要去仁心医院?"

"你的外套下面,是仁心医院的住院服。你是偷跑出来的吧?"他眯了下眼睛,眼底是洞悉一切的睿智。

"你简直应该去做侦探!就好像……金田一,就好像……柯南!"这男人的观察力也太强了吧。

"仁心医院我很熟,平时需要照顾的地方,尽管找我。"

韩雨陌嘿嘿地笑了一声,要说到熟,谁能比她更熟。等等,干什么又想起陆韶迟来!

"小姑娘,还没问你叫什么名字?"

"我叫韩雨陌,下雨天的雨,陌上花开的陌。"她笑眯眯地回答,刚答完又想,自己干什么要告诉他?这怪大叔看起来和蔼,却透着不容侵犯的威严,总让她有些害怕。

"韩雨陌?"他脸色突然一变,然后深深地望向她,那眼神复杂莫辨,仿佛想从她的脸上找到谁的影子。

"韩逸和林陌,是你什么人?"

正在啃饼干的韩雨陌不小心咬到了舌头,味蕾上传来腥甜的感觉,疼痛让她眼中浮起一层水雾。她抬头仔细打量面前的男人,有些呆呆地回答:"是我爸爸妈妈。"

窗外的雨,如泪水滂沱,在玻璃上哀婉哭泣。

车内狭小的空间有些局促,他注视着韩雨陌。这个女孩眼睛很大,细长的睫毛下,一双墨色的瞳明澈如点漆,闪烁的目光带着一丝顽憨,一如他记忆中的模样。

韩雨陌被他探究的目光看得浑身不自在,她不由自主地往车门边靠了靠。她已经习惯了大家知道她爸爸妈妈是谁后流露出的惊讶和鄙夷,大学的时候还有人把她的家世透露给学校,害得她差点申请不到助学贷款。

之前还态度和蔼的大叔,此刻却隐了笑容,他严肃的目光让她有些害怕,可她不想让他看出自己的懦弱,只能咬牙迎上他的眼神。

"你爸爸叫韩逸，你妈妈叫林陌，你没有撒谎？"他努力让自己看起来威严些，询问的声音却不禁颤抖，她真的……是他们的孩子？

"是。你可以骂我，嘲笑我，但是我不准你看不起我爸爸妈妈。"韩雨陌倔强地抬起头。六年前，她害得爸爸在众人面前抬不起头。亲戚朋友见她如同瘟疫，她已经学会了漠视他人的嘲讽和蔑视，学会了习惯和遗忘。

"你不用怕我。你还记得吗，小时候有个会变魔术的高个子叔叔去过你家？"她胆怯却又带着一丝孤勇的表情让他心头一紧，当年的事情，受伤最大的必定是她吧。

"你是头条叔叔？会魔法的头条叔叔！"韩雨陌努力地回忆着，突然惊喜地叫了出来。原来是小时候对她特别好的那个叔叔。她不知道他叫什么，只记得自己几岁的时候，有个叔叔来她家，见她可爱就过来抱。她小时候怕生，被他抱手里只会拼命地挣扎哭泣。那叔叔似懂魔法，将手中的钥匙扣突然变没了，她看得有趣，也就不哭了。后来爸爸说，这位叔叔是当年大学新闻系的学长，据说当过兵，部队送去念的大学，后来和爸爸分到了同一家日报社。是报社的首席记者，专门写头条，于是韩雨陌就喊他"头条叔叔"。

之后，她长大念书，头条叔叔却再也没出现。听爸爸说他被宣传部举荐，借调给领导做秘书。后来，从了政，升了官，离开了云泽。

如今想起来，有十多年未见他了。

爸爸性格很内向，不善言辞，只知道埋头写稿，谈得来的朋友本来就不多，所以韩雨陌对那个高个子的"头条叔叔"印象特别深刻。她本就是那种只要对对方有好感就毫无防备的人。知道他是爸爸的老相识后，她一路上放松许多，叽叽喳喳地讲个不停，从自己一个人读书、生活，一直聊到工作和失业。

"头条叔叔你记不记得，以前我偷偷把你变魔术的钥匙扣藏起来，然后被爸爸发现还打了我一顿。说小时候就偷东西，大了怎么得了。那时候还是你在旁边拦着，不然我屁股就被打肿了！"

韩雨陌笑得没心没肺，那中年男子却只勾了勾嘴角。

"你爸爸向来严厉，对人对事都过于刚正，不善变通，最不擅长的就是圆滑的交际手腕。我常说他其实不适合做记者，有一次写了一家企业的问题报道，那家企业是报社的广告客户，最后报社撤了他稿子，他跑去领导那儿闹，差点丢了工作。"他感叹道。

"嗯，我妈妈经常叫他呆子，不过她说她就喜欢呆子。她说以前很多人追她的,她都看不上,爸爸为人老实,当时她就肯定,爸爸一定会一辈子对她好。"想到妈妈,韩雨陌脸上露出了幸福的表情。爸爸妈妈的爱情是她从小就向往的,那样专属的感情,包容、深刻。

"雨陌,以你爸爸的性格,你相信他会为了钱写假新闻吗?"

韩雨陌的笑容猛地静止在脸上,她手指拧着风衣外套,似乎在沉思。

"我不知道。"韩雨陌低声说道。说话的时候,她的头埋得很低,她可以接受任何人的歧视,却不想爸爸的好友也看轻他。

"据我对你爸爸的了解,你爸爸绝不会为了五十万,放弃他坚持了多年的新闻理想!"

"那五十万不是爸爸拿的。"韩雨陌喃喃自语。她的手不自觉地捏紧,连指甲刺穿了皮肉都不自知。

"你说什么?"

"啊,没什么。我是说,爸爸不会收别人的钱的。"韩雨陌有些慌张地看了对方一眼,希望他没有听清自己刚才说的话。

"你再想想,在你爸爸去世的时候,还发生了什么事?"

"还……没发生什么,可能是爸爸不甘心被人冤枉,才会以死证明自己的清白。"还发生了什么?发生了太多,多得她根本没有勇气再去回忆一遍,至今夜半时分,她还会在噩梦里醒来,然后猛然想起那些让她煎熬的片段。只是,那些事情太难以启齿,她也不愿意重复。

"任何人可以怀疑他,你绝对不可以怀疑他。他是一个好记者,我一定会查清楚整件事,还你爸爸一个清白。"

他说话声音不大,却带着坚定人心的力量。不知为何,他说出来,韩雨陌就相信。

"爸爸临死之前,还跟我说,要我回到报社,把他没有发完的稿子发完。这是他的遗愿,可惜我不争气,没办法帮他完成,还被报社开除了。"

"你做了记者?我记得你小时候,说想做游戏策划的啊!"

"可是爸爸他……"

"雨陌,人生在世,必须为了活着爱你的人而坚持,不该为了已经死去的人固执。你对一份职业,没有爱,何来激情?我知道,你很想实现爸爸的心愿,但是,你自己的心愿呢?每个人,都有一些放不下的事情,但是我们必须学会放下。"他轻轻地叹息,这个孩子太像她了,放不下的,又何止她一个?自己何尝不是?

"学会放下?"韩雨陌不解地看着对方。

"如果,你有一杯喝了一半的可乐,但是你这时候却想喝果汁,

·128·

你会怎么做？"

"等杯子里的可乐喝光了，然后倒果汁喝！"韩雨陌想也没想就回答。

"你有没有想过，等你喝完了可乐，果汁也被别人抢走了。有些事明明不适合你，可你偏偏不舍得放手。为什么不考虑倒掉可乐去喝果汁呢？雨陌，不要让那些你不想要的东西把你的杯子占满，有时候，放弃是为了更好地拥有。退一步，海阔天空。"

放弃是为了更好地拥有。雨陌在心里重复这句话，头条叔叔的话很深奥，她好像听明白了，又好像没有听明白。但是，心底最初的信念开始动摇，她真的需要为了一个遥不可及的遗愿浪费这么多时间吗？既然做记者不是她的梦想，她又何必闷闷不乐呢？

突然之间，韩雨陌觉得豁然开朗，她感激地看向头条叔叔，是他教会了她自我拯救。

"以后还有什么不明白的，尽管来找叔叔。这是叔叔的电话，平时可能会是张秘书接。"

"原来叔叔你也姓陆啊，和我男朋友一个姓呢。"看到对方递过来的一张纸上的"陆"字，韩雨陌脱口而出。

"哈哈，小姑娘居然谈恋爱了，本来还想介绍你和我儿子认识，他也相当优秀的。但是他名字没取好，什么时候都迟一步。"头条叔叔有些惋惜地笑了笑。

"我男朋友也相当优秀的，而且，我已经决定跟他结婚了。头条叔叔你说得对，我不应该让不适合自己的饮料把杯子占满，人不可以贪心，我会珍惜。"听见对方要给自己介绍对象，韩雨陌连忙表示自己忠心不二。

"这么急着夸他，看来你很爱他。"

"我很爱他？"韩雨陌眼中流露出迷茫的神色。这是第一次，有人说她很爱陆韶迟。

"你爱自己的手指吗？"看出了她的怀疑，他了然地笑了笑。

"啊？"韩雨陌被这突然的问题给问愣了。

"或许你会喜欢一个名牌包，你会喜欢跑车和洋房，但是别人问你爱什么的时候，你永远不会回答你爱自己的手指。但是，这并不代表你不爱。大多数人很愚昧，追逐自以为重视的东西，那些东西有可能只是一段回忆，或者是一个遥远的梦想，却忽略掉自己真正想要的。我不会看错的，有些人不过是你喜欢的名牌包，你自以为是你的最爱。有些人却是你身体的一部分，你的爱早已经深入骨髓，无法和他分割，可是你却不自知。傻丫头，叔叔见过的比你多，你现在还不明白自己的心，以后你自然会懂。"

窗外的雨已经停了，天边的夕阳呈现出薰衣草色的霞光。空气里浮动着细小的尘埃，似乎带着雨后特有的香甜，在光束中旋转可见。韩雨陌打开车窗，深呼吸。清凉的空气沁人心脾，说不出的畅快淋漓。只一次顺风车的时间，她却感觉如一生般漫长。与智者的谈话，如醍醐灌顶，让她茅塞顿开。

或许，今天的谈话她依旧无法完全领悟，但她已经决定自己去寻找那个答案。头条叔叔说得对，人世间有些人是你的名牌包，你会渴望拥有，却并非不可缺少，而有些人却是你的血脉，若今生不能与他相共，人生就不再完整。此刻她明白她要学会放弃与选择。

第十八章
浴火重生

那是她永生不敢触碰的伤口，
却被人无情地揭开，
那种痛，比绝望更加深刻……

　　韩雨陌去传媒集团办离职手续的时候，办公室里正忙得鸡飞狗跳。看着昔日的同事走进走出，连头都没空抬，她突然觉得庆幸，原来摆脱这种生活是她一直以来的渴望。
　　没有人送别，大家仿佛把她当成了空气，从她身边穿梭来去。韩雨陌耸了耸肩，默默收拾好自己的东西，彻底告别自己的记者生涯。
　　"十点钟，金恩彩在君恒举行和新公司的签约仪式，你们谁去采访？"主编风风火火地走出办公室，轻轻击了下掌。
　　大家停下手里的活，不约而同地将目光投到了韩雨陌身上。
　　"主编啊，现在被她一弄，人家都把我们云泽娱乐列入黑名单了，金恩彩这条线还怎么跟啊？"
　　"是啊，去采访不明摆着被人轰出来吗？"
　　"这种擦屁股的事情我们是不会干的。主编，我正在跟苏天后的MV拍摄，没空跟别人了。"
　　"这……"主编为难地看了眼大家，她的目光转到韩雨陌身上，明显多了几分责怪的意味。
　　"金恩彩一直是我跟的，这次交给我好了。你放心，我不会再闹事了。"韩雨陌说道。
　　"千万不要，她已经不是我们报社的人了，万一再闹出什么事情来，我们可能会被人告的。"旁边的同事连忙阻止。

"对啊,现在全世界都知道她和那个仁心医院的心外科主任有不正当交易了,我们还用她,不是自找麻烦嘛。"

"你说什么?"韩雨陌看着那个同事。

"网上都把你的事情抖了出来,你为了抢新闻毫无底线。现在不只是你丢工作,连他估计都要停职查办。我劝你聪明点吧,得罪谁不好得罪金恩彩。"

"今天金恩彩签约中星公司?"她可以不计较那些人诋毁自己,但是她不能容忍他们中伤韶迟。不行,她一定要讨个说法。她也不知道自己怎么会这样愤怒,仿佛不出这口气就不畅快。

"韩雨陌,你想干什么?我奉劝你不要再搞什么小动作了。现在你已经不是报社的记者,金恩彩的事情,你无权过问。"

"我既然不是报社记者,那我的事情,你更无权过问。现在我就去君恒,做你说的小动作。你们爱报道,随便!"韩雨陌夺门而出,刚才扬眉吐气地说完那番话,她心里好受多了。

走出传媒集团,她发现几个人影闪到街角。她笑了一声,以前做娱乐记者,现在被娱乐记者跟,这就叫风水轮流转,她也有当名人的一天啊。

韩雨陌给陆韶迟打电话,听到的依然是留言信箱。说不清楚为什么,比起云暮寒的离开,陆韶迟的消失让她更加烦躁。她从来没想过陆韶迟有一天会不在,以前无论她遇到多大的风浪,至少,他会在她身边。她一遍又一遍地打着韶迟的电话,听见语音信箱里他说:"你好,我是陆韶迟,我现在不方便接听你的电话,有事请留言。"

他的声音天生有种让人安定的力量,听了一次又一次,韩雨陌觉得烦躁的心情也平复了下来。

她给韶迟留言,说自己下午去南城。她不确信韶迟会不会查看留言信箱,也不确定中秋节那天他会不会回来,不过她不想再做那个只懂得等待的韩雨陌了。她买了一张去南城的飞机票。

想到几个小时之后,她就能站在那个江南城市的土地上,韩雨陌有些兴奋。

上飞机之前,她去了君恒。她承认自己不够大方,有些事情,她必须要做。

记者们看到韩雨陌的时候,都吃了一惊。桃色丑闻的女主角不是都应该缩在角落里,然后大喊着"别拍别拍"的吗?怎么她却一身光鲜地站在闪光灯下,神气活现?

韩雨陌看到突然拥过来的记者，有些不适应地后退了两步。他们个个兴奋异常，激动得好像中了彩票。她看着他们，就好像看着当年的自己。同事们都说她幼稚，她现在觉得这些人才真幼稚，每天对一些不相干的事情乐此不疲，浪费青春。幸亏她觉悟得早，不用每天对着娱乐新闻荒废梦想。

人总是有一些执念，比如她对云暮寒，比如她坚持留在报社，妄想着有一天能回到爸爸工作过的地方。等到放下执念的瞬间，她才意识到，以前的自己有多么孤勇。

"请问韩雨陌小姐，有人说你用不正当手段获取新闻资料，对于此事，你怎么看？"

"这次传媒界的桃色丑闻，你就没有什么要解释的吗？"

"你和陆韶迟医生认识多久了？"

"你怎么看待如今新闻记者的职业道德？"

记者的问题一个接一个地抛出，铺天盖地地砸来，韩雨陌只觉得耳朵嗡嗡响，根本不知道该回答谁的问题。

"韩雨陌，你会不会为自己做出的事情感到羞愧？"

"你觉不觉得自己玷污了娱乐传媒业？"

"你觉得不觉得自己是个不道德的记者？"

问题越来越尖锐，根本不给韩雨陌回答和思考的时间。

韩雨陌松了松背包的肩带，这些记者是不是搞错了，今天应该金恩彩才是主角吧。

中星股东之一的云暮寒正坐在签约席上，看到记者围向韩雨陌，他脸色铁青，正准备站起来的时候，身边的金恩彩突然拉住他。她目光中有委屈、担忧，更多的是恳求。

韩雨陌将这一幕收入眼底，嘴角勾起嘲讽的笑。

中星的工作人员有些尴尬，记者的注意力都被韩雨陌给吸引走了，金恩彩反倒被晾在了一边。

"韩雨陌小姐，听说你一直都是用不正当手段取得新闻，你不做解释吗？"

"据说陆韶迟医生已经离开云泽，是不是东窗事发，所以畏罪潜逃？"

"你会不会为你的所作所为向金恩彩小姐道歉？"

电视台的一个记者，拿着话筒不停地往韩雨陌面前凑，韩雨陌不满地皱了下眉头。云暮寒终于忍不住了，他甩开金恩彩的手，大步朝这些记者走来。

"那你会不会为自己的所作所为向我道歉呢?"韩雨陌看了眼这些记者,冷冷地说道。

"你们很想采访我是吧,好,我回答你的问题。你问我怎么理解记者的职业道德,我认为,做记者当然要有职业道德。你是云泽娱乐台记者付卫吧,前辈你好,以前主编一直让我向你学习采访技巧,不过我认为幸亏我没有向你学习道德修养。新闻道德第一条,拒绝有偿新闻。有偿新闻是任何社会制度的新闻从业人员都不齿的行为。无论东方、西方,有偿新闻都是新闻职业道德明令禁止的。这是'拜金主义',是新闻界的不正之风,它的存在和蔓延,是新闻行业的耻辱。付老师,你这个信封好厚啊!"韩雨陌一边背着课本上的名词解释,一边将站在最前面的记者口袋里露出的小信封角扯出来。她掂量了下信封,一脸无辜地对着这位道貌岸然的记者大哥解释着她所理解新闻道德。

"啊,各位,过来拍下这张签到表。我不介意等你们对这件事情做出解释后,我再对我获得新闻的手段做出解释。"韩雨陌拿下手机,拍下桌上的媒体签名单,上面每个名字后面,都写着金额。

"其实我不介意去研究一下,那位爆料我的记者收取了多少好处费。或者,我应该向国家新闻出版署提交我的疑问。各位,还有什么问题吗?"韩雨陌理了理被挤皱了的衣服,微笑着问面前这些目瞪口呆的记者。

云暮寒停住脚步,雨陌和从前一样坚强恣意,她身边再不需要他的守护。

酒店的灯光很耀眼,韩雨陌苍白的身影在灯光下显得单薄消瘦。她推开拦在面前的几位记者,没有看不远处的云暮寒,径直朝金恩彩走去。

金恩彩戒备地退后一步,韩雨陌身上带着一种压迫感,让她惊慌。

"听说你签了新公司,祝贺你。"韩雨陌笑眯眯地说道。上次在医院她不是很热情地跟自己套近乎吗,怎么现在见了自己却一副吞了苍蝇的表情?

"雨陌,你别这样,这件事情,我已经决定不追究了。"金恩彩看见韩雨陌,侧身朝云暮寒怀里靠了靠。这个举动在外人看来,似乎是害怕韩雨陌会动粗。

"真难为你了,挺着个大肚子,还在背后为我做这么多的事情。我真怕你会动了胎气。"

"雨陌,我们之间是不是有什么误会?"

"哗"的一声，韩雨陌突然拿起了准备庆功的酒杯，泼了金恩彩满头满脸。

周围一片哗然之声，云暮寒的脸色更加阴沉。金恩彩愤怒地瞪向韩雨陌。

韩雨陌耸了耸肩膀，好像刚才的事情不是她干的。

"你说刚才，是不是也是误会呢？"韩雨陌冷笑一声，挑衅地看着金恩彩。

"小姐，这里不欢迎你，请你立刻离开。"保安看到刚才的一幕，走上来，推推搡搡地要赶韩雨陌出去。

"算了，她是无心的。"金恩彩嘴角抽动了一下，她头上身上全部都是湿腻的酒水，一脸的妆容也都花了。她强压下怒火，微笑着回答韩雨陌。

和韩雨陌的刁蛮任性相比，金恩彩简直可以说是温柔可人的典范了。

"韩雨陌，你不觉得自己很幼稚吗？"众目睽睽之下，云暮寒突然拉过她朝后台走去。

金恩彩脸色大变，记者们也瞪大了眼睛想知道这位愤怒的总裁大人会不会为了未婚妻教训韩雨陌。

"放手。"韩雨陌冷眼看向云暮寒，他双手撑着墙壁，将她扣在面前。

"你到底想干什么？"见他不肯放开，韩雨陌有些无奈。

"这句话换我问你，今天为什么要来签约仪式捣乱？韩雨陌，你不小了，拜托你不要做这种损人不利己的事情。"

云暮寒的语气带着责怪，听在韩雨陌耳朵里，却是那样刺耳。

"你是在教训我吗？云总，请问你是我什么人？男朋友？未婚夫？老公？如果是其中一样我就听你的话。"韩雨陌看着云暮寒。

她明澈的目光，让人不敢直视。

"雨陌，如果我以朋友的身份，关心你呢？"云暮寒眼中是深深的悲哀，一步错，满盘输。他不能再给予雨陌任何许诺，因为，他对另一个女人有了责任。

"那我用朋友的身份提醒你，离金恩彩远点。"

"你为什么非要这样说恩彩？雨陌，六年前你不是这个样子的！"

"六年前？我不是六年前的我，你也不是六年前的你，大家早就是陌生人，何必扯从前？"

"雨陌……"云暮寒有些惊慌，韩雨陌眼中的寂灭是他不曾见过的，那是深深的厌倦和疲惫。

"暮寒，我谢谢你回来，让我看清楚自己这六年有多傻。认识我的朋友，都说我在拒绝长大。我真的以为，六年不算什么，我们都不会变。现在才知道，我爱的云暮寒，六年前就离开了我。"韩雨陌轻轻地推开云暮寒，她用六十天结束了六年的等待，不想长大的人，终于还是要接受成长。

云暮寒看着韩雨陌转身，他已经不了解现在的韩雨陌，这一次，他真的是失去了她。

"雨陌，我有些话想跟你说。"韩雨陌正要离开，金恩彩突然叫住了她。看见韩雨陌和云暮寒在一起，她的脸色很不好。

"正好，我也有话对你说。"韩雨陌迎上她的目光，不卑不亢。

两人进了一侧的休息间，金恩彩反手将门扣好。

"韩雨陌，你什么都不用说，你听我说。我知道你不甘心，你一定在想，那些媒体为什么那么写？为什么还要牵涉你的朋友。我告诉你，这只是一个教训，让你知道你的行为可能会连累身边的人。所以，你自觉点，离暮寒远点。不要用什么有偿新闻来吓唬外面的记者，说起有偿新闻，谁比得上你爸爸。你别以为我不知道你爸爸当年的事，就因为他当年收了五十万的贿赂……"

"你住口！你说清楚，你知道些什么！"听到金恩彩说出这件事情，韩雨陌脸色煞白，连声音都开始颤抖。

"你以为你还有秘密吗？韩雨陌，你所有的事情，我都清楚。你心里也很清楚，那五十万是你收的，你爸爸是为了维护你，不把你的丑事张扬出去才替你背了这黑锅。是你，逼死了他。你不仅仅早恋，还做了见不得人的事情……"

"啪！"韩雨陌猛地打了金恩彩一个巴掌。这个女人怎么可以这样诋毁她的人格，她凭什么这样践踏她的伤痛？

被韩雨陌打了以后，金恩彩愣在原地。突然间，她好像意识到自己被打了，猛地惨叫出声，推开门捂着脸冲进了云暮寒的怀里，哭得梨花带雨。

韩雨陌依旧愣在原地，她的脸上没有一丝表情。刚才金恩彩，趾高气扬地说出那些话的时候，她真怕自己会一时冲动做出什么令人意想不到的事情。只要她闭嘴，只要她住口！那是她永生不敢触碰的伤口，却被人无情地揭开，那种痛，比绝望更加深刻。

"恩彩，你怎么了？韩雨陌，你居然打人！"云暮寒不可置信地望着韩雨陌，眼中是掩饰不住的震惊和失望。

韩雨陌神情依旧恍惚，她也很想痛哭一场，但她哭不出来。她满脑子都是金恩彩刚才的话。不是这样的，事实根本不是这样的，明明她才是受害者，可为什么大家都认定错的那个是她？她再也不想见到和六年前有关的人，一个也不想！她猛地推开云暮寒，朝电梯口奔去。

"站住，跟恩彩道歉！"云暮寒喊住了她。

韩雨陌停下脚步，慢慢回头，那位窝在云暮寒怀里哭泣的女子，外表美丽如同罂粟花，内心也如此。这个女人知道什么是她致命的伤口，知道怎样可以让她屈服沉默。六年前的一切，她不能说不可说，这个女人却把它变成了把柄，刺得她无还手之力。

"韩雨陌，道歉！"

韩雨陌咬了咬唇，回头看着云暮寒，目光中是他从未见过的冷淡与陌生。那一瞬间，云暮寒觉得有些什么变了，一些他极力想抓住的东西彻底地从他身边远走。

"金小姐，云先生。破坏你们俩的发布会，我很抱歉。以后，不会了，再见。哦，不，是永不再见。"

韩雨陌捏紧了手中的机票，心里告诉自己要坚强，绝对不能就这样地被击垮。她没有再看云暮寒，头也不回地走进电梯。

雨陌，从前的一切都过去了，再也不能伤害你，从现在开始，你要为自己而活。

第十九章
一城晚风

他一直都在。

只要她回头,她就能发现,自己从未走开,她从来就没有失去过他,因为他从不曾离开

比起云泽,南城市更像她的故乡。

这里的道路都有着很历史的名字。这里没有高架桥,没有满街的豪华跑车,高峰的时候,不管本地车牌还是外地车牌,一视同仁地堵在那里。听着司机们一边按着喇叭,一边用听上去很凶狠的南城话咒骂着,韩雨陌却觉得很亲切。这里让她感觉到真实,她承认自己是个带着点小资情调的小农,骨子里还有些小市民。她不喜欢云泽的商业化,不喜欢势利和冷漠。

或许是韩晓常常跟她提起南城的缘故,行走在这里,她感觉到从未有过的放松和熟稔。

江滩、君恒、国定路的新东方、F大……这些都是装着她记忆的地方,她把过去和怀念留在了云泽。只是南城……她可以和谁一起分享?

这些天,韩雨陌过得很自在。在江南三大名楼之一的楼阁上看落霞孤鹜,秋水长天;在象湖之畔观候鸟南飞,日暮西山。她享受着这里的亚热带季风气候,陶醉在秋季湿润的潮湿空气中……

这些日子,她每天不务正业,游游荡荡,该去的地方都去过了。她看着手机里的日期,今天是中秋节。六年前开始,她就不再过这个象征团圆的节日了。每次看到糕点店排队买月饼的人,她都会有些落寞,这个节日一直在提醒着她,她是一个孤儿,她没有亲人了。

"你好,我是陆韶迟,我现在不方便接听你的电话,有事请留言。"

电话拨了又挂,最后终于提示:手机电量低。

这个中秋节,陆韶迟失约了。

韩雨陌看着黑掉了的手机屏幕,心里空荡荡的。她从来不知道,原来这两年来,她已经习惯了陆韶迟的呵护。她把他的爱当成理所当然,可是这份依赖,也不再属于她了。

一直以来她都以为,自己放不下的只有云暮寒,现在她才发现,原来陆韶迟也可以左右她的情绪。她突然理解了云暮寒和金恩彩,人并非无情的动物,那些朝夕相对,冷暖与共的岁月,不可能一笔勾销,比爱情更强大的是时间。

韩雨陌,你不是个花心的女人,可你却是个贪心的女人。

你给不了陆韶迟的,却期待着他能给你。只有你自己知道自己多么畏惧寒冷,所以才会舍不得放开手心的温暖。

只是,陆韶迟,他也不要你了。原来,真的没有什么是永垂不朽。你可以放弃云暮寒,陆韶迟也可以放弃你。

韩雨陌在心里笑自己,她拿起手机,狠狠地丢出去。手机落入江水之中,只溅起小小的水花,便没了痕迹。

她趴在江边的栏杆上,望着远方缓慢旋转着的摩天轮。

传说中,摩天轮的每个"盒子"里都装满了幸福,仰望摩天轮,就是在仰望幸福。她轻轻抬头,仰望着幸福的角度。

她听过一个说法,摩天轮每转过一圈,地球上就会有一对拥吻的恋人。这座比英国泰晤士河边的"伦敦之眼"还要高的摩天轮上坐了多少对恋人?又转过了多少圈幸福的轮回?

她撇了撇嘴,浪漫的传说真害人,把她从云泽引到了南城。她看了看手中的票,坐在摩天轮上转一圈的价格是五十元。

韩晓说过,来南城坐摩天轮,一定要在黄昏的时候。

你可以直接看到这个城市白天和黑夜的距离,在离天最高的地方,看暮霭沉沉到漫天星辰。

韩雨陌安静地随着摩天轮升上天空,她的目光落在了远处。

陌上云暮,倦鸟迟归。

这是她梦中希冀着的风景,只是风景看透之后,再不会有人,愿意陪她看细水长流。

"云暮寒!"

"陆韶迟!"

"我不要你们了!"

在离天最近的地方,韩雨陌大声喊着。

云暮寒，陆韶迟。这两个名字在夜空中纠缠，又被风吹散。

"我不要你们了。"韩雨陌低声重复着。一个人一生之中不仅仅有爱情，她的快乐会回来，她的幸福不需要寄托于任何一个男人身上。

摩天轮转了一个轮回，又回到了原点。

走出舱门，韩雨陌觉得风吹到脸上，有些凉。她惊觉自己流泪了，这些天，被云暮寒误会，被金恩彩陷害，失去工作，生死一线，她都没有哭。而在空中喊出那几个名字的时候，她却哭了。

又不是苦情戏，哭什么哭？真把自己当女主角了？她擦干眼泪，根本不会有人观赏的泪戏，又何必矫情表演？

她没有发现，就在与她比邻的另一个"盒子"里，有人一直在注视着她。

早晨在街边的凉拌粉摊，他坐在角落里，远远地看着她吃着一大碗粉。在淡青色的雾霭中，她缓缓抬头，她的唇被辣椒泡成清透的红色，额头沁出汗来，吃东西的时候格外专心，表情陶醉。他知道，她从来都是知足的女孩，一块五毛钱的凉拌粉也能让她这样满足。

上午，她在路口的一家书屋看漫画，看着看着，她会不经意地笑起来。等到书屋老板不耐烦地下了逐客令，她才嘀咕着把漫画放回原处，一双眼睛还不死心地往书架上看几眼。那孩子气的模样，让人看了忍俊不禁。

下午，她在广场逗着手推车中的小孩，帮来往的游客拍照。阳光洒在她的脸上，宁静而美好。他就这样看呆了，不敢去打扰。

傍晚，她在新城区，隔江眺望老城区。抬头的时候，他看见她露出白皙的颈脖，尖瘦的下巴。在一片暮色中，她像一只被遗弃了的宠物狗，眼中透着无助。他看见她将手机丢入江水之中，心中隐痛。

在摩天轮上，他听见她大声地喊着他的名字，说不要他了。

那一刻，他真不知道是该惊喜，还是该难过。

原来，自己也会有这样患得患失的一天。两年时间，他都看不清自己在她心中到底是什么地位。即便自己离开，他也不确定她是否会生气，会思念。一直以来，她能够做到宠辱不惊，他却不能做到去留无意。

他在她身后，她并没有发现。

他看见她流泪，却没有上前。

"雨陌，中秋节快乐。"

他在风中默默地说道。

他没有失约。

他一直都在。

只要她回头,她就能发现,他从未走开,她从来就没有失去过他。

从江滩回来,天已经黑了。韩雨陌无聊地坐在索菲特酒店的西餐厅里,打量着周围。这里有些冷清,南城人很传统,还不习惯在酒店度过中秋节。她趴在桌子上,玩着面前的玻璃酒杯。南城的新城区漂亮是漂亮,却找不到什么合适的吃饭的去处,这里没有小餐馆,只有大酒店。她看这家酒店装修还不错,才决定在这里解决晚饭。

隔壁桌,公关部经理正在向一对情侣推荐酒店的空中花园婚礼场所,欢声笑语总是不经意地传到她耳朵,听上去更像是一种讽刺。原来,全世界的酒店都能结婚,不仅仅是君恒。

"小姐,请问你要喝点什么?"

"喝点……就给我放那儿的那瓶酒吧。"韩雨陌懒洋洋地趴着,连菜单都不愿意翻,随手指了指前方玻璃橱柜里放着的红酒。

"小姐你还需要什么?"

"再给我一瓶雪碧。"

"小姐,你点过红酒了!"

"你难道不知道红酒加雪碧比较好喝吗?"韩雨陌微笑着。虽然他们都说只有不会喝酒的才用红酒加雪碧,不过没办法,她就喜欢汽水般的口感。

"加雪碧?"服务生嘴角抽搐了一下,暴殄天物啊!

"你——好——烦——啊!"点一个菜需要这么再三确认的吗?以前和陆韶迟,她也是这么点的啊,雪碧配红酒,陆韶迟都没说她没品位!

"好的,小姐您稍等!"服务生终于确定了韩雨陌点的单。

韩雨陌调着红酒,听着悠扬的钢琴曲,很是放松。这琴师真的不错,就连她这种不懂音乐的人,都可以感觉到琴声中的柔情。缓慢的琴声,像恋人温柔的手,抚过心中的伤痕,让人沉静。

在琴声中,韩雨陌食欲大增,一会儿就将沙拉消灭光了。她喝着红酒,打了个饱嗝。

服务生咽了口唾沫,有人这么喝红酒吗?红酒应该是细细品味,慢慢下咽,闻香赏味。这女人居然喝饮料一样猛喝狂灌,太浪费了!

"小姐,谢谢,四千三百八。"

韩雨陌迷糊地抬起眼睛,刚才那些酒下肚,她已经醉眼蒙眬了。

"你欺负我喝多了是吧,是不是四十三块八啊?我才点了多少东西啊?"

服务生脸色一暗,这女人借酒疯想跑单!

"小姐,这是你的账单。四千三百八,谢谢。"

"你休想……骗我。"韩雨陌抓起账单,眯起了眼,看了看。

"这里是不是多写了好多个零啊?"

服务生已经有些不耐烦了,他考虑是不是要报警抓住这准备跑单的小姐。

"不就是葡萄酒吗,还没有葡萄汁好喝!"韩雨陌哭丧着脸,陆韶迟从来没告诉过她,点一瓶红酒要这么贵的!

"小姐,下次记得去小卖部,买葡萄味的汽水,两块钱一罐。比你用雪碧兑红酒节省多了。"

"我也这么觉得,可是你这里不准自带酒水。"韩雨陌一脸委屈。

服务生嘴角抽得更加厉害了。

"你是微信还是付支付宝?"

我不想付行不行啊?韩雨陌在心里嘀咕一声。一瓶子葡萄汁加酒精就要四千,那简直就是抢钱啊。

"这位小姐,看来我们只能交给警察处理了!"

旁边的钢琴似乎到了高潮,盖过了服务生的声音。一连串的音符响起,又归于死一般的寂静。

服务生和韩雨陌都被这突然扬起的琴声骇住了,他们扭过头,看向琴师。

琴师在黑色的钢琴边抬头,他站了起来,从灯光深处走向韩雨陌,除却光华,他的身影逐渐清晰。

"我一定是喝多了。"韩雨陌喃喃自语,为什么她觉得那个男人……好像陆韶迟?

"这位小姐今晚的消费,全部记在我账上。"

"是,陆先生。"

听见陆韶迟这么说,服务生对韩雨陌的态度立刻恭敬了几分。有钱人的确是有奢侈的资本,这不叫暴殄天物,而叫生活情趣!

"陆……韶迟,你怎么会在这里?"韩雨陌晃了晃晕晕的脑袋,她一定是在做梦。

"我一直都在这里。"陆韶迟扶住了醉醺醺的韩雨陌,她憨态可掬的模样惹得他泛起笑意。

"我肯定是醉了。"韩雨陌咬牙切齿,将身体全部重量交给他,"琴师怎么会变成韶迟呢?陆韶迟,我发现我醉了的时候看你,你……

特别帅。"

"是，你醉了。我也醉了。"他打横将她抱起，她没有挣扎，安静地躺在他怀里。她的脸微微发红，低声呢喃着，时不时地还抱怨他不曾告诉她原来红酒是这么贵的。

陆韶迟轻声笑着，若他不在，恐怕她真要跑单了。韩雨陌，真是个迷糊的女孩。他怎么放心，让她一个人？

韩雨陌的酒品很不好，喝多了就胡言乱语。红酒后劲很足，之前她还只是脸上发红，现在已经完全醉了。

陆韶迟抱她去客房，她在他怀里挣扎呢喃，片刻都不肯安分。低头看了看自己被她扯乱的领带和衬衫，他尴尬地笑了笑。

服务生大概第一次看到这种场景，努力地憋着笑意，恭敬地领着他去客房。

"云暮寒，你为什么要去韩国？为什么要不辞而别？为什么要帮金恩彩来欺负我？"韩雨陌抓着陆韶迟的领子，含混不清地问道。

陆韶迟身体一僵，眼神黯淡了几分。

"我不是云暮寒。"陆韶迟淡淡地纠正。云暮寒，他在心里重复着这个名字，眼中温柔不再。

"你不是云暮寒，你是韩雨陌！你知不知道我是谁，我是'稻根藤鹿（Doctor.lu）'先生！哈哈！"

陆韶迟皱了下眉毛，这丫头真是醉糊涂了。

韩雨陌见他不说话，皱着眉头沉思起来。过了片刻，她又说："韩雨陌，你这样是不对的，你为什么不说话？你这个笨蛋，你居然搞不清楚自己到底喜欢谁。看到云暮寒你难过，陆韶迟走了，你又总是想起他来，你心里不安，恨不得也飞到美国去。你明明就动心了，还傻傻地不承认，你真是个大笨蛋。"

陆韶迟轻轻摇头，怀中女子红着脸蛋，嘟着嘴巴，一本正经地模仿着自己说话的语气，让他哭笑不得。

韩雨陌歪着脑袋打量着他，见他一直不说话，她气恼地将眉头拧成了老太婆。

"韩雨陌，你太笨了，我决定不喜欢你了，不陪你过中秋了。听着，我'稻根藤鹿'，不要你了。"她撇了撇嘴，用手指捅着陆韶迟的胸口，一字一句地说道。

因为醉酒的缘故，她说话颠三倒四，可陆韶迟却听得一清二楚。他勾了勾嘴角，露出意味深长的笑。他不得不承认，她刚才那番"表白"，他很受用。

"我不要你们了,谁也不要了。"韩雨陌低声嘟囔了一句,声音有些哽咽。她往陆韶迟怀里蹭着,那里有她想要的安全感。渐渐地,她声音越来越小,最后她选了个舒服的姿势,在他怀中沉睡。

这一夜,很是漫长。陆韶迟不敢惊动韩雨陌,他独自站在酒店落地玻璃窗前,燃了一根烟。突然他又想起了什么,回头看了看沉睡着的雨陌,掐灭了香烟。窗外夜色空旷,丝丝晚风吹散了他的倦意。

这也是陆韶迟第一次来南城,这个城市并不算发达,比起云泽来说,经济环境并不算好。可来到这里,却让他萌生了安定下来的念头。他打了电话回医院,告诉母亲,他打算在南城建分院。母亲并没有反对他的意见,对于他,她从来都很放心。

南城的星空是墨蓝色的,就好像旧电影中女子锦绣的旗袍上的暗花,有着柔软的颜色。

陆韶迟抬头望着这绸缎般旖旎的夜空,皓月当空,这样的夜纯净得看不到一点星辰。远处摩天轮的灯光闪烁着,这就是她一直期待的风景吗?

在大洋彼岸,他也常常这样,独自一个人站在窗前,左手插在口袋,右手端着清咖,透过实验室的透明玻璃窗,注视着夜空,一站就是一夜。那时候的他,习惯了香烟和咖啡,失眠多梦。新药试验一次又一次地失败,他把自己锁在实验室中,脾气暴躁得很。他不敢开手机,不敢上网,甚至不敢去呼吸实验室外的新鲜空气。

那时候的陆韶迟,懦弱且狼狈。

分开的时候,他才发现,自己比想象中更爱韩雨陌。本以为是他在呵护着她,其实是自己在依赖她。知道他们俩关系的人,都认为韩雨陌高攀了他,只有他自己明白,他陆韶迟其实是配不上韩雨陌的。他好强,从未有过失败,也绝对不能让自己失败。即便再愤怒,他也会让自己优雅微笑。

他讨厌自己的身份,那样优越的家世,那样显赫的背景,让他必须谦虚有礼,必须从容不迫。记得小时候,他和幼儿园的小朋友打架,母亲被幼儿园老师喊了过去。在老师面前,母亲表现出了惯有的涵养,礼貌道歉。看着老师眼中赞叹的目光,他在心中冷笑。回到家,母亲毫不留情地给了他一巴掌,让他清楚自己的身份,不要在外面给她添乱。

从那之后,他就学会了隐忍,学会了控制欲望,学会了波澜不惊。那样一个完美的陆韶迟,存在于人前,梦幻得不够真实。他讨厌这样

虚伪的自己，有时候，连他自己都分不清，不再扮演王子的陆韶迟，应该是什么样子。

韩雨陌的出现，让他发现自己原来也会开怀、嫉妒、贪婪、恐惧。感觉到冰封已久的七情六欲又回到了他身上，他才觉得自己像一个正常人。陆韶迟，并不完美，为了得到他想要的一切，他可以将所有的缺陷隐藏起来，欺人欺己。在他快要丢失自己的时候，他的世界，出现了一个韩雨陌。

爱上韩雨陌，对他来说，是一场救赎。

他不会，也不能放手。

若不是母亲说医院出了事，急着回国，他也不会上网，不会知道韩雨陌在云泽遭遇的一切。网站上是雨陌背着包被记者包围的照片，还有那些铺天盖地的诋毁和漫骂。那些记者居然说他的雨陌以不正当手段获得新闻，他们用最残忍的字眼，极力抹黑她的清白和尊严。他不敢想象，承受着那样的骂名和打击，那个女孩会有多难过。他当初怎么可以将她一个人丢在云泽？在她最需要的他的时候，他却不在她身边。她所面对的侮辱和责难，根本不是一个年轻女孩所能承受的。

打开手机，跳出来的全都是雨陌的语音留言。她的语气，一次比一次低落，一次比一次绝望。他有些恨自己，怎么会这样愚蠢，蠢到将她推远。

他是连夜回到云泽的，他看着她从酒店里走出来，轻轻地回首看身后。她咬着唇，微微低头，眼中是掩饰不了的落寞。他没有见过这样的她，无精打采，仿佛被抽掉了一半的灵魂。

在飞往南城的航班上，他坐在她身后。看着她望着窗外的云朵，眼中装满了好奇。下了飞机，她跑上跑下地参观南城新机场，雀跃得好像一个孩子。

他不想打扰，那样一个韩雨陌。没有云暮寒，没有陆韶迟，那时候的她，为自己的快乐而快乐。

看着她和小朋友嬉戏，和老人攀谈，他不忍心上前打扰，生怕自己的出现会打破这种宁静美好。

直到她将手机丢进水中，在摩天轮上大声喊他的名字。

他才猛然明白，踌躇不前，也是一种伤害。

不择手段也好，乘人之危也罢，他陆韶迟本来就不是什么正人君子。他绝对不会放过这一次机会，他要把她永远留在自己身边。

床上的韩雨陌翻了个身，熟睡的她并未发觉身后深邃的目光。

醒来的时候是清晨，韩雨陌觉得头仿佛灌了铅一般昏沉。

她侧了侧身，目光落在床前的落地玻璃窗处。

窗外细碎的阳光在云层后抬头，粉色的云彩大朵大朵地镶在澄蓝的空中，很像小时候吃过的棉花糖，更奇特的是，天边还有几只风筝，在风中飞舞。这里的风景是流动的，只有江边的摩天轮，沐浴在晨曦里，静穆安然，不复昨夜的旖旎。

这里是什么地方？

韩雨陌调整了一下睡姿，这床可真舒服。她躺在床上，打量着房间，努力地回想着昨天发生的一切。

昨天，她等了一天没有等到陆韶迟，于是一个人去了江边，傍晚的时候去坐摩天轮。之后，她去吃晚饭，吃了什么不记得了，总之，醒来的时候，自己就在这"风景这边独好"的房间里。

自己在这里住了一夜吗？现在几点了？她伸手去摸手机。她有不好的习惯，总把手机放在头边。陆韶迟也提醒过她很多次，辐射对人体不好，她却总是不习惯将手机放远。

咦，手机呢？韩雨陌摸了个空，难道手机被人偷了？

她挣扎着从床上坐起，思索着这古怪的一切。

"糟糕！"她眼睛睁大，猛然想起，手机被自己丢进了江水里。

"该死的陆韶迟！"韩雨陌捶了一下床，自己怎么会因为打不通他电话就把手机给丢水里了呢？虽然早已经是用了多年的旧款，但现在是失业女青年，省吃俭用才是王道。臭"稻根藤鹿"，连累她把手机给丢了！

她咬着唇，一脸懊恼地坐在床上发呆。突然，床头一阵急促的电话铃声响起。

"您好，现在是早餐时间，请您到餐厅用餐。"电话里总台小姐的声音职业美妙，听在耳朵里好比小调乐曲。

"好的。"韩雨陌懵懂地点了点头，真不错，还有早餐准备。

等等，用什么早餐！难道她在酒店？她迅速地扭过脑袋，目光在床头柜扫了几下。《服务指南》，她居然在酒店住下了！

韩雨陌一个激灵，脑袋总算清醒了些。她终于想了起来，自己昨天是在酒店吃的晚餐，还点了瓶红酒兑着雪碧喝，喝到最后，服务生告诉她那酒售价四千多。那时候她已经醉了，还迷糊地把琴师看成是陆韶迟。再之后……再之后就真的什么都不记得了。难道……她昨天发酒疯，包下了酒店的客房？难道她把卡里的钱都刷掉了？

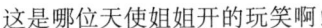

这是哪位天使姐姐开的玩笑啊!

她是失业没错,可是她没想过要靠刷爆银行卡来发泄。

韩雨陌小心地抓起电话,拨了总台的号码。

"喂,您好。请问下,我的客房,是多少钱一晚的?"韩雨陌的声音有些颤抖。

"我给您查一下。您住的是两千七一晚的行政江景套房。"

"两千七!"韩雨陌失声喊出来。如果她现在问服务台,自己喝醉了可不可以不付账,她会不会被人给丢出去?

"您是酒店的VIP客人,可以享受五折优惠。"

接线员小姐的话,峰回路转。

"哦,少损失了一千块。等一下,我什么时候成了VIP了?我是第一次住这里!"她是第一次来南城。平时是打死她,她也不会进这种酒店的。VIP,那是哪辈子才能享受的待遇?

"太太,您虽然不是VIP,可是您先生是VIP客人啊。"接线员小姐的声音依旧礼貌。

"太太?先——生?"韩雨陌哆嗦了一下。

"有什么不对吗?"接线员小姐询问道。

"非常不对。"韩雨陌啪地挂掉了电话。她警觉地竖起耳朵,客房的卫生间配合地传来了水声——有人在洗澡!

她现在溜走,是不是还来得及?可是居然趁醉带她来开房,是不是图谋不轨,她是不是应该报警,维护一下社会治安?

韩雨陌走到卫生间门口,抓起身侧的花瓶,看到门把手一动,她使出了吃奶的力气,准备将花瓶砸过去。

手被人抓住,一张熟悉的脸映入眼帘。

陆韶迟!

韩雨陌愣在原地,怔怔地看着面前的男人。

"韶迟?你怎么会在这里,为什么和我一间房?"

"不是你让我留下的吗?"陆韶迟突然靠近韩雨陌,轻轻说道。他的声音沙哑动听,温暖的气息喷得她耳朵发痒,这样的距离……太暧昧了。

"我……我叫你留下的?"韩雨陌懊恼地摸了摸脑袋。

"昨天的事情,你真的不记得了?你让我别走的。"陆韶迟的声音略带失望,受伤的神情一闪而过,"你还……"

"我还怎么了?"

"你说怎么了,昨晚的事情,你真的一点也不记得吗?你要对我负责……"

陆韶迟话音未落,一个拳头就捶了过去。

"这么老套的偶像剧对白就不要学了好不好,你们八〇后都这么土的吗?"韩雨陌看着陆韶迟,无语地翻了个白眼,"不过陆韶迟,你什么时候开始会开玩笑了?"

陆韶迟看着韩雨陌生龙活虎的样子,松了一口气。看起来,她终于从颓丧中走了出来。

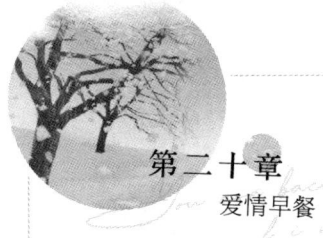

第二十章
爱情早餐

如果可以,
他真的想拴住雨陌一辈子,
他已经没有时间等待和浪费了。

　　韩雨陌有一个特长,无论她多么难过沮丧,在她身边有朋友的时候,她总会给予对方笑脸。就像此刻的她,正热情地往陆韶迟的餐盘中堆着各式各样的餐点。

　　酒店的自助餐厅布置得很好,进门处花木扶疏,枝叶交错缠绕得颇有一番韵致。身侧是落地长窗,阳光透过稀薄的窗帘,在靠窗的餐桌边留下一排暗影。桌上铺着金黄色的亚麻桌布,周边还点缀着小麦色流苏,食物早铺了一长串盘子,等待着客人来食。餐厅的另一侧,是透明的开放式料理间,可以看到戴着白帽子的厨师,敲碎一个个鸡蛋,烹饪煎烤,动作行云流水。

　　韩雨陌捧着托盘,站在料理间的玻璃窗外,出神地看着师傅们制作糕点。

　　她不喜欢吃蛋糕,却很喜欢看人做蛋糕。记得暑假的时候,云暮寒会留校勤工俭学,工作的地点就是F大附近的蛋糕店。她会偷偷摸摸地跑去看他做蛋糕,他总是趁店长不注意,让漂亮的服务生给她打一碗冰粥。她一边吃着免费的冰粥,一边还会对他挤眉弄眼,怪他不该向服务生放电。隔着玻璃窗看云暮寒做蛋糕,宛如欣赏一件艺术品的诞生。当决定忘记的时候,记忆却总是无孔不入,只是她已经学会接受这些回忆,然后将它们珍藏。

　　"小姐,您要的煎蛋是要单面还是双面的?"

"单面吧。"韩雨陌接过煎好的鸡蛋,开始折腾调料。

自助餐,韩雨陌算是吃得很多了。记得自己学生时代,自助餐都很贵,好点的酒店都是七八十块一个人,云暮寒会省下钱带她来吃。

后来做了记者,开什么发布会都是吃自助。有啥吃啥,速战速决。吃了两年自助餐,她不得不承认,真难吃!她还是喜欢热乎乎的汤面,辣丝丝的拌粉,这样的早点才带劲。

原来,并不是所有东西都一成不变的,她也是会变的。

她端着托盘,对着那一长排的食盘皱眉头。到底吃什么呢,面包还是蛋糕?

"韶迟,你要吃什么?"

韩雨陌习惯性地问,却没有人回答她。她回头的时候发现,陆韶迟已经离开很久了。

这家伙,跑哪里去了?韩雨陌有些焦躁,为陆韶迟的突然消失。

身边少一个人,她觉得空落落的。这时候服务生交给她字条,展开是陆韶迟的字,刚劲有力:等我。

温暖从心底生起,慢慢地荡漾开来。她将字条放进牛仔裤口袋,抬头的时候,看到窗外细密的阳光,凝成一条条的光束,耀眼炫目。

真是个很好的早晨。

"雨陌,过来,趁热吃。"不一会儿,陆韶迟提着大袋小袋出现在餐厅里。

"你……出去买小笼包?"韩雨陌看着满头大汗、样子狼狈的陆韶迟,努力地憋着笑。

"我刚看到这里的点心都不合你胃口,所以就到附近买了些刚做好的早点,这样你食欲好些。"陆韶迟拉着她在桌边坐下。

"刚好,我知道你喜欢流质的煎鸡蛋。叫师傅帮你做了一份。"韩雨陌将鸡蛋推到陆韶迟面前。

"嗯,那我要谢谢韩雨陌小姐了。"

"不客气,哎呀,好烫好烫,这汤包真带劲!"韩雨陌搓了搓手掌,夹起包子就往嘴巴里送,结果吃得太快,呛得直咳嗽。

"慢点,又没人跟你抢。"陆韶迟轻轻地拍着她的背,一边责怪。

"你是饱汉不知道饿汉饥啊。"韩雨陌含着包子一边说一边猛灌了几口牛奶。

陆韶迟眉头一皱。

你是饱汉不知道饿汉饥啊。这句话,两年前韩雨陌也对他说过。

那时候她拿着写着"要饭"两个字的木牌，蹲在医院门口，耷拉着脑袋，有气无力地看着来往的人。那是自医院、超市遇到她之后的第三次相遇，几乎每次，这女孩都会做出让他大跌眼镜的事情。来往进出的人，没有一个伸出援手。她也不说话，只低着头用鞋子蹭着台阶。那时候，他掏出零钱递给她。她却突然抬头，用水汪汪的眼睛看着他。她笑眯眯地舔了舔嘴巴，站起来死死地拽住他衣角，将那要饭的牌子努力地举到他面前。

"先生，你不认识字吗？要饭，不是要钱，是要饭！"她估计已经饿得不行，说话有气无力，但是态度却依然凶狠。

"既然这样，那把钱还给我吧。"他强忍着笑，看她究竟想干什么。

"等我赚了钱我还你吧，我已经两天没吃过饭了，你请我吃饭吧。"她在狠狠地教育他送出的钱不可收回后，又讨好地望着他，请她吃饭吧。也不知道怎么的，他鬼使神差地就点了头。

在餐馆她吃得很用心，他从来不知道一个女人可以有这么大的胃口。

当她看出了他的疑惑的时候，只是若无其事地说，你是饱汉不知饿汉饥啊。

"你怎么会这么饿？"

"饿你两天试试。"

"你的钱呢？"

"给医院了，就是养你们这些'稻根藤'去了。大叔，我跟你说，钱是用来买药的，药是用来救命的。吃饭是很奢侈的，能少吃一顿就少吃一顿，顺便减肥。"

"你从小这么长大的吗？"

"从小这么长大能活得到现在吗？大叔，问问题要动脑子。我爸妈过世以后我就上大学了，有助学金，看病有学生保险。现在我毕业了，欠学校一屁股债，我成绩又不好，什么奖状都没混到。去送外卖吧，客人订单一催，我急得差点病发。我现在找不到工作，失业在家，我快要申请低保了！"她擦了擦嘴巴，眼睛继续搜索还有什么可以下肚的。

"你辛苦吗？"

"你很啰唆。本姑娘福大命大，不怕告诉你，我得的病那是罕见的。你以为我很惨啊，你想想看，我爸爸妈妈去世够悲惨了吧，刚好我考上大学，学校一口气把我看病住宿都解决了。现在毕业了失业很惨吧，刚好我又病发送医院了，免费吃免费住。虽然现在我被轰出来了，不过指不准哪天我又运气好给送进去呢。我坚信，我死不了！我，韩雨陌，一定会长命百岁,然后嫁个英俊潇洒温柔多金爱我比爱他自己还多的绝种好男人,对,就是像你这样的。"

....

往事在脑海中划过,就是那样一个坚强乐观的笑容让他万劫不复的吧。雨陌,她可否记得说过要嫁一个像他一样的好男人。如果他现在求婚,她是否愿意答应?

面前的女孩正在狼吞虎咽地吃着小笼包,她薄薄的嘴唇被油点缀得闪闪发亮,就好像涂了唇彩。这样的雨陌让他心疼,到底是怎样的过去,让她把每一天都当成最后一天来度过?她怎么会父母双亡,又如何会流落街头?那个叫云暮寒的男人,当初怎么舍得将她抛却六年,不闻不问?在他捡到她的时候,她穷困潦倒,被病魔折磨得死去活来,她没有一个亲人,住在病房,甚至连探望的朋友都没有一个。在她努力微笑的时候,心里是不是苦?

"雨陌,除了南城,你还想去哪些地方?"

"多着呢,我想去芬兰,那是我最爱的F1赛车手的家乡。哦,我想想而已,我知道我心脏不好,去不了太远的地方。"

"过些日子,我带你一起去。"

"啊?"韩雨陌看着陆韶迟,不知所措。

"放心,你走不动的话我可以背你。你要是觉得不舒服,还有我在身边照顾你。"陆韶迟伸手,轻轻擦去韩雨陌唇边的汤渍。

韩雨陌呆呆地看着他,他说他背着她去。

她有些慌乱地低了头,不知道是热腾腾的包子蒸汽太重,还是其他原因,她觉得眼睛有些湿润。

"我去下洗手间。"韩雨陌放下筷子走了出去。

看着她消失在出口,他默默地拿出一个红色的盒子,啪地打开,又合上。

雨陌,会不会答应他?第一次,他这么不确定。不确定她的态度,不确定自己的分量。

突然,尖锐的手机声打断他的思绪,是陈楚洋打来的。

"喂,韶迟,你快回来吧。医院都快闹翻天了,肖院长知道韩雨陌盗拍金恩彩化验单的事情很生气。她说要让司法机关立案呢!"

"雨陌不会做这种事情,我相信她。他们要查就去查吧,最好早点查出真相。医院的事情,你不用向我汇报了,以后医院的事情与我无关。"

"无关?你小子是不是疯了?有人说肖院长发这么大火,是因为你递交了辞职报告,不会是真的吧?你到底怎么了?"

"其实我觉得南城这城市挺好的,在这里发展也不错。"陆韶迟没有回答陈楚洋的话,他看着玻璃窗外的风景,喃喃自语。疯了才好,他就是讨厌自己太镇定,太冷静。

"你开玩笑的吧,雨陌小丫头不懂事就算了,你也想学她退隐江湖?南城那种乡下地方有什么好的,你在云泽大有前途啊!"

"雨陌喜欢这里,我就喜欢这里。"

"陆韶迟,你满脑子装了些什么啊,你的冷静理智到哪里去了?你居然说这么不负责任的话!"

"我现在就很冷静且理智。"陆韶迟说道。

"我真被你气疯了,你最好立刻回云泽。不然肖院长问起来,我可全招了!"

"凯瑟林答应了再过三个月,会带团队来国内为雨陌做手术,这个手术……成功机会不超过三成。"陆韶迟打断了他的喋喋不休。

电话那头突然死一般的寂静,那一瞬间的安宁,让陆韶迟以为自己的心跳也静止了。

"雨陌是我妹妹,你不准欺负她。你们玩得开心点,云泽这边就交给我吧。"陈楚洋做了个深呼吸,听得出来他声音有些颤抖。

陆韶迟也不说谢谢,直接挂断了电话。

掌心是那枚特意定做的钻戒,上面刻了雨陌的名字。如果可以,他真的想拴住雨陌一辈子。他已经没有时间等待和浪费了。

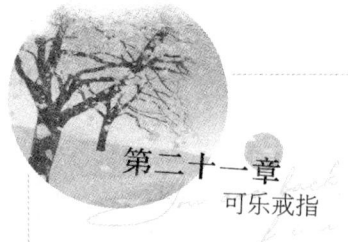

第二十一章
可乐戒指

我不需要你的誓言,
只希望,你能记得此刻,你眼里我的样子。
如果有一天,我不在了,
你还能想起今晚,你为我戴上可乐戒指。

　　洗手间里,韩雨陌看着镜子里的自己,面色红润得有些不正常,她甚至可以听到自己的心跳声,就好像乐队鼓手突然的一阵敲打。

　　刚刚看到满头大汗的陆韶迟,提着热腾腾的早点出现在她面前的时候,她的心跳加速得厉害。那一瞬间,她突然不知道自己是心动,还是感动。

　　韶迟,你能不能对我坏一点?

　　韩雨陌懊恼地想着。

　　"我说啊,江景套房那位客人,真的是帅得没话说。你没看他笑起来的样子,太迷人了。"

　　"不过我要是有这样的老公,真是死了也值。今天早上,他居然问我附近有没有早点铺子。我说很远,这里很难打车的,他这种外地客人没车不方便。你知道他怎么着,他居然跑去坐214路公交车!"

　　"那辆车很挤。"

　　"可不是嘛,你瞧他一身名牌,居然要去挤公交车。不就为了帮太太买早点嘛!"

　　"你想想就好了,我在酒店干了这么久,也没遇见一个这样的男人。"

　　韩雨陌微微一笑,陆韶迟挤公交车,会是什么样子?

　　她实在很难想象,西装革履的他,踮起脚被人挤在角落里,手上

还拼命护着几个袋子,是什么样子。

大家都以为她这辈子很不幸,不过她倒觉得老天很眷顾她。年少的时候,有云暮寒的呵护,失去了云暮寒,又遇到了陆韶迟。生活很美好,上帝,很关照她。

回到座位上的时候,韩雨陌容光焕发,兴致勃勃地计划着一天的行程。

"雨陌……"陆韶迟打断了她的话。

"啊?"她睁大了眼睛,等待他说话。

"我……我……我有礼物想送给你。"是不是每个男人求婚的时候都这么紧张,以前拿医学奖,美国总统给他颁奖的时候,他也没这么紧张过。

"韶迟,中秋节已经过了。"

"我知道。"

"今天不是我生日。"

"我知道。"

"今天也不是我们恋爱纪念日。"

"我知道。"

"你不是,因为我打了你,你打算和我分手吧。"

"什么?"这女人脑袋瓜里都装些什么啊?

"《新扎师妹》里,杨千嬅和吴彦祖分手的时候,她就送了一个娃娃给他做分手礼物。"韩雨陌无辜地解释道。

"我不是吴彦祖。"陆韶迟咬牙切齿。

"你要是就好了,我就嫁给你。"

韩雨陌小声嘀咕了一句,却被陆韶迟听了个清楚。

"韩雨陌,你刚刚说什么?"

"什么?"

"你说你要嫁给我。"陆韶迟打开掌心的天鹅绒首饰盒,里面是一枚钻戒。镶刻着神秘符号的铂金缠绕出完美弧度,祖母绿切割手法打造的镜面钻石,如爱情一般熠熠发光。

韩雨陌顿时觉得脑子里一片空白。她手足无措地抬头,触碰到陆韶迟热切的目光,又立刻低头。他眼神滚烫,诉说着期待。

"韶迟……太贵重了。"心里漾出一丝甜蜜,她的眼眶又湿了。他在向她求婚,她以后不会再是一个人了!

这样突然的感动,让她手足无措,她想立刻答应,却又担心自己对云暮寒那些不曾放下的情感,会让自己的爱不够纯粹。这个男人对她这样好,她怎么能带着不完整的爱嫁给他?他配得上更好的。

"雨陌。"陆韶迟表情坚定认真,深邃的瞳中映着执着,"我在美国的时候,无意中路过一家珠宝店,看到这枚戒指漂亮就买了下来,刚才说的求婚是吓你的。"

"哦。"听陆韶迟这么说,韩雨陌有些失落,原来不是求婚,韩雨陌,你不会成了结婚狂吧,想嫁人想疯了。

陆韶迟看着韩雨陌收下戒指,心乱如麻。真是个笨丫头,他若不是有心求婚,怎么会把戒指随身带在身上。从美国回来,他唯一的念头就是和她一生一世。

这枚钻戒是晨曦珠宝公司设计总监墨曦设计的"only",上面镌刻的花纹是《心经》,传说这是他为心爱之人设计的祈福之戒。他第一眼在拍卖会上看到它,就爱上了它。只是,最终他也只是云淡风轻地收回了心底的期盼。

陆韶迟,你终究是个害怕被拒绝的人。所以,在她开口拒绝前,你就找到了借口。你心里有多少不甘和嫉恨,只有自己知道。

酒店在新城区,吃完了早点,韩雨陌就兴致勃勃地拉着陆韶迟坐车去老城区。

一路上,韩雨陌都坚决不打车。和陆韶迟挤在摇晃的公交车里,隔着攒动的人头看窗外的风景,她觉得幸福且真实。她玩心大起,干脆就不扶扶手,哼哼唧唧地随着车子摆来摆去,几次刹车的时候,她都差点摔倒,惊得陆韶迟心脏超载,只得用身体护住她。

"以前我去过一次广州,也是坐这种双层巴士。当时爸爸带着我,还给我买了炒田螺,结果我一边吃田螺一边在楼梯上爬上爬下。后来一刹车,我就从车上滚了下来。之后,每次坐公交车,爸爸都会护着我,就好像你这样。"

韩雨陌没有说,云暮寒也会这样护着她。她靠着陆韶迟的胸膛,听见他的心跳。

陆韶迟环着韩雨陌,除了在美国读书的那些年,他已经很少坐公交车了。看着怀里的韩雨陌,他突然觉得,原来和喜欢的人在一起,辛苦也是一种幸福。

"哇,有章鱼小丸子!"一到步行街,韩雨陌就冲去了路中间的小食摊。

"你真奇怪,那么多大商场你不逛,就知道吃这种路边摊。"陆韶迟看着她吃得满嘴都是辣椒,递给她纸巾。

·156·

"商场有什么好逛的，这些店还没云泽南京路上的大呢。要买衣服哪里没得买，云泽的旗舰店本姑娘都看不上眼。"

韩雨陌已经端起了酸辣粉，一边吃，一边发表自己的购物论。正吃着，有人用手指捅了捅她。

韩雨陌抬头看见一个中年女人望着自己，手中拿着一沓报纸，身上挂着一个牌子，写着她是残障人士，请买份报纸，献爱心。

韩雨陌拿出钱包，示意对方没有钱。那中年女人又慢悠悠地掏出了一张二维码，上面清清楚楚地写着"扫码付款"。韩雨陌心生警觉，拿出手机，在网上搜索装残障人士的骗局。但网速太慢，还没等她搜出结果，就看到陆韶迟掏出了一张百元大钞递给了那中年女人，女人不停鞠躬离开。

"万一是骗子呢？"韩雨陌瞪大了眼，"一份报纸用不着那么贵，她还不找钱！"

"我只是担心，她和你当初一样，是真的走投无路了。"陆韶迟看着韩雨陌。

韩雨陌想到当初，忍不住在陆韶迟的下巴上落下一吻："幸亏我当年遇到了心善的你，虽然这年头没几个人看报纸了，不过这份我要留着做个纪念。"

韩雨陌晃了晃手中的报纸，目光落在了首页的新闻之上，她的笑意敛去，神色难看。

"雨陌。"看到她脸色不对劲，陆韶迟有些担心。

"韶迟，我们回云泽吧。"韩雨陌突然说道。

陆韶迟看清楚了报纸上的醒目标题：君恒上演盛世婚礼——云暮寒下月迎娶金恩彩。

"好，我订明天的机票。"原来，她是这样在意。那个男人的一举一动，都会对她造成影响，而他，却无能为力。

"韶迟，离开前，今晚再陪我去坐一次摩天轮好吗？"阳光下，韩雨陌轻轻扬起下巴，她对他微笑，语气中带着些恳求。在刚才的报纸上，云暮寒和金恩彩结婚的消息旁边，是一条不起眼的新闻：美国医学博士凯瑟林破译心脏密码，独创心脏手术成功率达30%。

韶迟，他在美国真的找到了治疗方法吗？如果是这样，她愿意接受手术，无论成功率多低，她都要尝试，因为她要和他永远在一起，不是一天、一年，而是一生一世。她一定要活下去，不让爱她的人失望，因为她深刻体会过，那种失去挚爱的伤，比死更残忍。

从摩天轮里看傍晚天空,是紫水晶的颜色,看上去触手可及实则却遥不可及的幸福。

童话里说,当摩天轮升到最高点的时候,相爱的人如果接吻,他们就可以一生一世。

摩天轮游乐场里放着流行音乐,一对对情侣在歌声里依偎。梁静茹的声音在潮湿的空气晕开,深情的女声,一遍遍地重复着:

你把我喝完的可乐来当作戒指

轻轻套上了我手指

你问能不能一辈子

那一秒突然爱上了你 傻傻的固执……

韩雨陌看着陆韶迟,余晖落在他脸上,轮廓分明。她心里突然一动,期盼时光可以在这一刻停止,她愿意就这样依靠他的肩膀一辈子。

"韶迟,这首歌很好听。"

"嗯,这歌叫什么名字。"陆韶迟并没有注意到在放什么音乐,他只是看着韩雨陌,目光宠溺。

"可乐戒指。"韩雨陌轻轻回答,她咬了咬唇,"你有没有见过可乐戒指,我给你做一个吧。"

韩雨陌突然兴奋起来,她从摩天舱内的冰箱里取了可乐,撕下拉环,抓过陆韶迟的手,想给他套上,无奈"戒指"太小,她只好将它塞进他的手里。

"我没钱买钻石,拿这个顶替了下,不准嫌弃,不可以不要。"

"谁说不要了?不要白不要。"陆韶迟握住她的手。

"先申明,要了,就是一辈子。"如果,她还有一辈子的话。

"好,一辈子。不过戒指这么小,适合你戴,我给你戴上。"他过来抓韩雨陌的手。

"不要,我有钻石戒指,才不要戴铁皮戒指呢。"韩雨陌挣扎着,陆韶迟突然低头吻住了她。摩天轮升到了最高处,江滩上有人放烟火,烟花在窗外开成花朵,爆裂的声音掩盖了歌声:

我不要你解释

我不要你发誓

我只要你记得此刻

你眼里我的样子

…………

梁静茹的嗓音甜到伤。离天空最近的地方,他们相拥而吻。韶迟,我也不需要你的誓言,只希望,你能记得此刻,你眼里我的样子。如果有一天，我不在了，你还能想起今晚，你为我戴上可乐戒指。

韩雨陌浅浅微笑，眼里依稀有泪光。舱外的烟火熄灭，透过未散开的烟雾，她看到有成群的鸽子飞过。

那是梦里才有的旖旎风景：陌上云暮，倦鸟迟归……

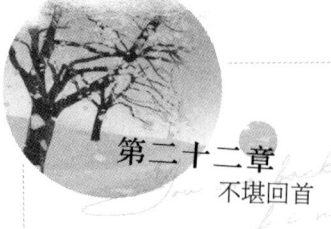

第二十二章
不堪回首

恐惧，在他心底蔓延。他只觉得全身彻骨寒冷，他从来没有这样害怕过，也没有见过这样的雨陌。
他不知道这些人到底对她做了些什么，这个即便面对死亡也没有软弱过的女孩，此刻却脆弱得不堪一击。
到底是什么人，这么残忍地，要将她逼疯？

韩雨陌和陆韶迟是搭第二天一早的班机回云泽的。起飞的时候，她的脸贴着玻璃窗，看着窗外宽大的机翼滑过跑道。远处，原本高大的建筑慢慢地变成了一个又一个小点，最后消失不见。眼下是白茫茫的浮云，一朵连着一朵，就好像雪色的海洋。

韩雨陌想起小时候去北京，坐那种很慢很慢的空调列车，一路上她晕车，吐了两天。回云泽的时候，她再也不肯坐火车，家里拗不过她，买了飞机票。那是她第一次坐飞机，好奇地一次又一次地按椅子前的按钮，一次又一次地把漂亮的空姐喊来给她加饮料。

"陌陌，你看到没，下面一个个的盒子，其中有一个，就是咱们的家。"

"爸爸你又骗人，小盒子怎么会是我家呢！"

还记得飞机降落的时候，爸爸指着眼底的云泽城，笑眯眯地哄着她。她看着离自己越来越近的云泽，心中涌出陌生的感觉。曾经，这个城市有她的家。可是，几乎是一夜之间，她就家破人亡。那些被刻意遗忘的痛楚，浮上心头，记忆就好像一把生锈了的刀，带着缓慢而麻木的疼痛。

韩雨陌感觉有些胸闷，她问空姐要了开水，吃了药。一旁的陆韶迟有些担心，问她要不要下了飞机先去云泽医院做个检查。

本以为韩雨陌会拒绝，想不到她却一口答应。

"顺便去见下你妈妈吧，前段时间我在云泽出了些事，还连累到

了你。本来如果是我自己倒霉，丢了工作就算了，我不能让伯母误会你的。我想跟她解释。"那些记者这样写陆韶迟，也不知道对他的事业会不会有影响。听人说，韶迟可能会被停职，她不想陆韶迟因为自己而受到伤害。

"一点小事，他们会处理好的。"陆韶迟握住了她的手。

"什么小事啊，你知不知道现在只要跟医生扯上关系的都是大事，一些人唯恐天下不乱呢。你是云泽最有前途的医生，这些新闻会让人质疑你的专业操守的。你看他们都写了些什么，说你靠着妈妈的关系才当上主任，说你私生活不检点，说你和我有不正当关系。他们还说你收红包，玩忽职守。这些人不知道从哪里找来一些病人攻击你，分明是有预谋的。我知道被人抹黑冤枉是什么感觉，我不可以让他们这样污蔑你！"

我知道被人抹黑冤枉是什么感觉。

韩雨陌不经意的话，却让陆韶迟手指突然收拢。他犀利的目光落在了远处，他的确不该这样大方，轻易地让步，让人得寸进尺地伤害雨陌。

"雨陌，答应我，保护好自己。无论发生什么事情，别一个人扛。"他并不介意那些记者抹黑他，他只是心疼雨陌，这个女孩表面坚强，其实很容易受伤。

韩雨陌点了点头，心里浮起一丝暖意。前些日子的连续的打击，的确让她无从招架。她就好像一根绷紧了的皮筋，突然断裂，可这未尝不是一种解脱。若不是这次的事情，她不知道，原来她这样在意韶迟。她不确定这是不是爱情，但是两年多的陪伴，他无微不至的照顾，让她早把他当作了自己的家人。她可以依赖他甚至利用他，却不能容忍其他人伤害他。她更用力地回握陆韶迟的手，再大的困难，她也会和他一起面对。

想到要见陆韶迟的母亲，韩雨陌有些忐忑。岂料，陆韶迟心里也是打着鼓，紧张得不行。

到医院的时候，韩雨陌刚要下车，陆韶迟拉住她。

"等等，你的衣服皱了。"

"你怎么比我还紧张啊？我去见你妈妈，又不是去见老虎。"

"我妈妈这个人很挑剔的。你第一次见未来婆婆，自然要留下个好印象才行。"

"行了，你这个二十四孝好男朋友的妈妈一定是百分百好母亲啊，我都不担心你担心什么。更何况本姑娘人见人爱，你妈妈想不喜欢都难啊。"韩雨陌做了个鬼脸，"快去停车啦，我不等你了！"

韩雨陌将陆韶迟推回车里，她没有注意到，身后不远处，一辆黑色奥迪车的车窗正缓缓摇下，车内的中年男子冷冷地看着她，眼中露出了嘲讽的神色。

"江总，全部都安排好了。"

"很好，看来明天的头条会很好看。替我打电话给金恩彩，说这是我送暮寒的礼物，她知道该做什么。"

车里的男人吩咐完，深吸了口雪茄，看向韩雨陌的表情，更是值得玩味。韩雨陌果然比他想象的要坚强，本以为六年前她一定会被打击到不死也疯，但想不到她居然活得好好的。若不是她大闹金恩彩的发布会，他还不知道她居然留在云泽。这一次，他不会手软，绝不让对自己有威胁的人存在！

"是韩雨陌！真的是韩雨陌！"

韩雨陌刚走到医院门口，就被突如其来的闪光灯晃得睁不开眼睛。她本能地用手挡在面前，不自觉地后退了两步。怎么回事？医院门口居然守了这么多记者？

"韩雨陌小姐，请问你是不是为了逃避法律责任才离开云泽？"

"你对此次的情色贿赂案有什么看法？"

"有人指出和你有染的除了急诊室医生，还有医院的高层管理人员。你不解释一下吗？"

记者的话筒探到韩雨陌面前，韩雨陌猛地抬头，狠狠地瞪了对方一眼。

"有媒体指出，你的每一篇报道都是通过类似方式获得资料。你怎么回应？"

"你最好当心你的言行，不然我一定起诉你！"韩雨陌没不理会这些人的纠缠，推开挡在面前的记者就往前走。她有些担心，这些记者都围在医院门口，等会儿韶迟来了，他们是不是也会问他这么难堪的问题。

"韩雨陌小姐，说说陆韶迟收了你什么好处吧！是不是……"

"我警告你，如果你再一直拦着我的话，我不客气了。"

"你打算怎么不客气呢？"

记者们显然不会被这个瘦弱的女孩威胁到，他们一起上前，强烈的闪光灯晃得她眼睛都疼了。

韩雨陌忍无可忍，抢过那快要贴到她脸边的摄影设备，对面前的记者怒目而视。

她恼羞成怒的动作，让大家更加兴奋，记者拼命地按着快门，以抢拍她愤怒时候的丑态。

"这么说韩雨陌小姐并不否认通过不正当交易获取新闻资料，只是对报道的具体人数有疑问？"

"你们真的很恶心！"韩雨陌强压住内心的烦躁，努力让自己不被这些记者激怒。她明白他们等着她失控，只要她犯一点点错，就会被无限放大丑化。她并不害怕被这些人诋毁伤害，她只是不希望自己身边的人会因此而难过。

"韩雨陌小姐，请问你大三那年，为什么被学校取消了助学贷款？"人群中不知道谁问出了这一句。

韩雨陌的脸色猛地一变，她咬唇不回答他们的问题，肩膀忍不住地颤抖。

"你是哪家媒体的？"韩雨陌抬头，狠狠地瞪着那个发问的记者。

"据我所知，你被取消助学贷款是因为有同学向学校告发你，说你在高职就读期间曾经和人有过不正当交易。"那记者声音很大，表情兴奋，一时间所有的闪光灯都对准了韩雨陌。

她屈辱的表情让记者们很满意。她不做理会，他们就逼问她是不是默认，或者是心虚。她要是奋起反抗，他们就问她是不是被说到了痛处，所以恼羞成怒。

"韩雨陌小姐，你不回答是不是无言以对？你父亲也是位记者吧，却因为收受贿赂被揭发而畏罪跳楼。你的职业操守是不是受父亲影响？"

"轰！"这个记者的问话，如同一道闷雷炸响，韩雨陌脑子猛地一片空白。那些被她埋藏遗忘的记忆被无情地挖出，就好像多年的伤口又一次被撕裂。

不要怕，雨陌别上当，不要被他们激怒。她在心里一遍遍地告诫自己，但那捏紧颤抖的拳却暴露出了她的脆弱。紧咬的嘴唇已经成了青紫色，她却不肯松口，只有疼痛可以让她坚强。

"被我们说中了是吗？你和你父亲一个样，一个为了钱不惜出卖道德，一个为了新闻不惜出卖肉体……嗷！"

尖锐的讽刺，层层散不开的记者，像极了六年前的一幕幕。成群的记者、呼啸的警车、父亲的冷漠背影，还有那被推开的窗户，在风中翻卷的窗帘。是他们……逼死爸爸的！

悲痛、愤怒、仇恨、悔恨，种种情绪在心中纠葛，心脏加速跳着，但胸口一阵阵的抽痛无法平息内心的痛苦。韩雨陌猛地抓起身旁任何能抓住的东西，狠狠地朝那个喋喋不休的记者脑袋上砸去。她已经无法冷静思考，只有一个念头，让他闭嘴。只要他别说下去了就好了，一切都会过去的！

"不准侮辱我爸爸！你给我道歉！"

"快拉住她，她在干什么！"

"道歉，我要你道歉！道歉，你听到没有！你有什么权利说他，你什么都不知道！没有资格做记者的是你们，是你们！"

"这女人疯了，快拖住她，她会打死他的！"

韩雨陌狠狠地砸着面前的人，周围有人在拉扯她，尖锐的指甲将她的手划出一道道血印，却没有人能让她停下来。有的记者更加兴奋，拿起照相机给她拍着特写。这些照片刊登出去都会是头条新闻，每一张都可以将她推向万劫不复之地。

"全部给我住手！"

陆韶迟停好车，刚走到医院门口就看到了这一幕。近乎崩溃的韩雨陌疯狂地拍打着面前的记者，而身后的保安则暴力地要制止她。她的衣服已经凌乱不堪，全身是一条条的血痕。周围的记者们却亢奋地举着照相机，努力地捕捉她的每一个表情。

恐惧，在他心底蔓延。他只觉得全身彻骨寒冷，他从来没有这样害怕过，也没有见过这样的雨陌。他不知道这些人到底对她做了些什么，这个即便面对死亡也没有软弱过的女孩，此刻却脆弱得不堪一击。到底是什么人，这么残忍地，要将她逼疯？

医院门口一片嘈杂，可在韩雨陌的眼中，周围却如同死亡一般寂静。陆韶迟扯开围住韩雨陌的记者，上前一步，将还在不停砸照相机的韩雨陌护在怀中。她捂着胸口，感觉世界也就此真空，心很痛，好冷。

站在前排的记者被陆韶迟的眼神吓住了，他的目光中并没有火般的暴躁，而是异常冰冷。

记者们后退了一步，只有后面那些不知死活的记者，依然在按着快门。在陆韶迟怀里，韩雨陌已经逐渐安静下来，可是她依然颤抖得厉害。她大口呼吸，身体和精神的忍耐都到了极致。

听到她用力的抽气声，陆韶迟的心也跟着抽痛。

"他们在撒谎，我爸爸不是那样的人。"都怪她，全都是她的错。她该死，最应该死的是她！

"别说话，你先吃药，我带你去急诊室。"陆韶迟轻声安慰她，

·164·

生怕自己说错一句，会吓到面前的女孩。

"韩雨陌小姐，还有一件事情。"人群中突然响起了一个冷漠的声音，带着几分幸灾乐祸。

"请问你有没有看过这份报纸？就在你父亲跳楼前一天时间，这张报纸发表了一篇内容。我想，也许你说得没错，你父亲并不是为了自己受贿的事情，而是因为你！是你，让他没有颜面生存下去。"

一份旧报纸递到了韩雨陌面前，陆韶迟刚想伸手去阻止，韩雨陌已经一把抢过了报纸。她怔怔地看了几秒钟，眼神空洞，突然，她将报纸狠狠地撕碎。

"不是我！不是我！"她双手抱着头，尖叫着后退。

"你是哪家报社的？"陆韶迟轻轻拍着韩雨陌的肩膀，安慰着她。他看着那一脸不屑的记者，真可笑，明明一直在伤害他人，为什么还要摆出一副为民除害的英雄样？

"怎么，想威胁我？大医生威胁人啊！这个社会就是有你们这些白衣禽兽，才会乌烟瘴气。"

"我不管你是哪家媒体的，也不管今天是谁让你们过来的，如果你再骚扰我女朋友的话，我一定告到你失业为止！我警告你，不要激怒我。要对付一个你这样的小记者，我绝对能办到。"陆韶迟死死地盯住那记者。对方脸上闪过一丝惶恐，却又极力地掩饰着。

不得不承认，愤怒的陆韶迟会有一种威慑力，谁都看得出来，刚才的警告不是开玩笑。

"哎哟，我怕你啊？你女朋友敢做为什么怕别人说，还是十几岁的时候就为了多些钱买漂亮首饰，去做那种事情。难怪她现在会习惯性地用这种手段取得新闻！"

"闭嘴！你们闭嘴！"韩雨陌捂着耳朵，浑身战栗。看得出来，她的精神已经到了崩溃的边缘。

"雨陌，你看着我。我是韶迟，陆韶迟！你看清楚，是我，没有人可以伤害你，没有人可以欺负你。我相信你，你说什么我都信。"她的话，让他震惊。他从未听韩雨陌提过自己的从前，她永远那么开朗，此刻的她令他惶恐。

"韶迟……你会永远相信我对不对？无论发生了什么事情，你都不会放弃我是不是？你不会像他们一样，一个个都不要我的对不对？"韩雨陌抓着他的胳膊，就好像握住了一根救命的稻草。她的眼神空洞又绝望，陆韶迟从来没有见过这样子的她，他心痛，却无能为力。

"我相信你，永远不会离开你。"

"我害死了爸爸和妈妈，我现在还害得你被人诋毁。其实最该死的是我，你们最后都会抛弃我的。"

"雨陌，你看着我。你听我说，不关你的事。我们不听他们说，好不好？"

"全是我一个人的错。"她低声呢喃。她是世界上最肮脏丑陋的存在，她根本不应该存活在这个世界上。

"我女朋友需要看医生，如果你们还有一点人性的话，请让开。"看到韩雨陌的情绪越来越糟，陆韶迟打横抱起她。

那些记者还想再拦着他，却发现他犀利的目光中透着危险的信息。

"陆韶迟医生，你这样维护她，是否证实了我们的猜测呢？"记者们不甘心地将矛头转向他，企图在他的私人作风上大做文章。

怀里的女孩已经是半昏迷状态，陆韶迟的忍耐也到了极限。

"你们现在阻止我的病人进行抢救，请你们立刻让开，否则我会报警。"

陆韶迟话音刚落，警笛声就响起来了，众人慌乱地散开，陆韶迟有些疑惑地回头，仁心医院的院长肖仁心正站在医院门口。

"这里是医院，不是记者招待会。你们已经妨碍到其他病人了。如果你们影响到病人的抢救，我会保留追究你们媒体责任的权利。"肖仁心冷冷地说道。她的目光扫过陆韶迟和他怀中的韩雨陌，眼中难分喜怒。

医院冰冷的空气，夹杂着浓烈的药水气味。韩雨陌往陆韶迟怀里钻去，她害怕这个味道。有些记忆已经淡得没了痕迹，可有些气味，却注定刻骨铭心。

医生要来给她检查，可刚碰到她的身体，她就颤抖不已。她急促地呼吸着，头深深地埋在陆韶迟的西装外套里，陆韶迟只能轻声哄着她。她脸上有晶莹的汗，身体却毫无温度，那孤惘的目光投向他，眼底的绝望像根根极细的绣花针，扎入他心底，锥心刺骨地疼，却找不到伤口。

"别走，别丢下我。"她像一个孩子苦苦哀求，那卑微到尘埃里的姿态，是他未曾见过的。

"我不走。乖，我给你打针，然后你睡一觉好不好？"陆韶迟在她面前蹲了下来。他捧着她的脸，轻轻地将自己的额头抵住了她的额头。他要她看着他，他要她心安。

"那，睡醒了，你是不是就不在了？"她不确信，她是否会被再次遗弃。每一个曾经对她好的人，最后都是厌嫌地转身，将她一个人留在黑暗里。

"不会,我保证,你睁开眼睛就能看到我。"

陆韶迟望着韩雨陌,却捕捉不到她的眼神。她固执地将自己封闭在回忆里,脆弱得如同一个婴儿。

护士给韩雨陌注射药物,针管扎进皮肤的时候,她战栗了一下。不像以前一样撒娇着说痛,不像以前一样抱怨护士的注射技巧不高,她太乖巧了。以前那个耀武扬威活蹦乱跳的雨陌,像只脱了线的玩偶一样机械麻木。这样的小心翼翼,低声下气,不仅让他心疼,更让他害怕,他害怕她走不出梦魇,永不醒来,他害怕失去。

"这里有护士就行了,韶迟你跟我进办公室,我有话对你说。"身边面色阴沉的女人终于忍不住开口,她神色中已经有些不耐烦。

那命令的口吻让陆韶迟不由得皱起眉。

"如果她醒过来看不到我,她会害怕。"

"这个女人疯了,你也打算陪着她一起疯?"

"她没有疯。疯了的是外面那些人。我不想和您讨论这个问题,病人需要休息,请您先出去。"陆韶迟淡淡地回答身后的人,连头都没回一下。

"你这什么态度?从小到大你都没有忤逆过我,现在你为了个女人跟我顶嘴?我养你多少年?你认识她几年?你了解她吗?你知道她都干过些什么吗?"

"对不起,这些事情以后再说,您吓着雨陌了。"

听到肖仁心的咆哮,韩雨陌往被子里缩了缩。

"以后再说?你知不知道那些媒体怎么写你的?我肖仁心的儿子,医院的心外科主任,居然和一个不三不四的女人纠缠不清,你让我怎么面对那些闲言碎语?"

"雨陌不是不三不四的女人,她是您未来的儿媳妇。"陆韶迟显然不满她的称呼。

"你为了这个女人,这么对我?我肖仁心造了什么孽?"

"够了!"陆韶迟一声厉喝,打断了母亲的咆哮。他看了眼立在门前的母亲,眼中泛着血丝,额头上青筋也微微突起。

肖仁心似乎被这样的陆韶迟吓到了,她张了张嘴巴,不知道该说什么。

"请不要侮辱她。"

"侮辱?她还配谈侮辱?她和你在一起,不就是看上了你的身份、地位和钱吗?"

"如果她是你口中的女人,那你儿子算什么?她下贱,那我也高贵不到哪儿去。如果你说的是实话，那我只会庆幸我自己有钱有地位，有可以让她利用的一切。"

"啪——"

清脆的声音在病房中裂开。

陆韶迟冷笑着抬头，青红色的指印在他脸上逐渐清晰。

肖仁心看着自己的手，她……居然愤怒到打人。

韩雨陌猛地睁大了眼睛。她不是看不到，不是听不到。陆韶迟从来没有这样愤怒地和别人说话，这样的陆韶迟是她所不了解的。

他在说什么？为什么那个看起来斯文的女人，会愤怒地给他一巴掌？她不想听清楚，可他们说的一个个字，都那样清晰，她听得一清二楚。

"我养出来的好儿子！你仔细地看看，这些都是什么？"

肖仁心将手中一沓照片丢到了陆韶迟面前。

陆韶迟一张张地看着，眼中是震惊还有不信。他的手有些发抖，照片里的女人露骨到不堪入目，那是雨陌，他的雨陌。

"照片是从哪儿来的？"陆韶迟感觉自己声音也在颤抖。

"有家报社收到了一个匿名信封，里面有这些照片。你好好问问你的女朋友，干了些什么见不得人的事情，还有多少把柄在别人手里！"

"我要查清楚，是什么人在背后搞鬼。"

"你疯了吧，你看了这些，还维护她？"肖仁心又气又怒地举手指着陆韶迟，气得手都开始打战。她看着安静躺在床上的韩雨陌，眼神很复杂，咬牙切齿的，仿佛是在看着多年的仇人。

"果然是狐狸精生出来的，这些男人一个个都疯了。"她咬牙切齿离开，将病房的门甩得砰的一声响。

听到门响，韩雨陌禁不住颤抖了一下。

"雨陌，没关系的。我会一直在你身边，就算全世界都不相信你，我也信你。"陆韶迟蹲在床边，将她搂在怀里。

韩雨陌不回答，眼泪顺着眼角流了下来，湿润了枕巾。陆韶迟的话，她一字一句，听得清清楚楚。他说他信她，他看了那些照片以后，他依然选择相信她。这个世界中，终于有个人肯站在她身边，哪怕背叛全世界。

压抑已久的情绪喷涌而出，哭声越来越大，最后简直歇斯底里。也许，她需要一场彻底的痛哭，把这么多年的委屈全部哭出来。

"韶迟，我的心脏病是遗传自我妈妈。我妈妈有严重的心脏病，当时国内医院的医疗水平并不好，妈妈病得很严重，我觉得她随时可

能离开我，我很害怕。这时候有一个人找到了我，她说她可以帮我联系国外的权威医生，一定可以救妈妈。我们约在了一家酒店见面。我赶到酒店的时候没有看到她，房间里只有五个陌生男人，他们身上有文身。我到死都不会忘记他们的样子……"

"陌陌，别说了！你什么都别想，好好睡一觉。"陆韶迟蹲下身，担忧地看着她。

"他们一直打我，还逼我拍下那些照片，我很害怕，可是我不敢跟任何人说。"韩雨陌将头埋进枕头里，全身颤抖得更加厉害，"后来，那个女人找到了我，她给了我一笔五十万的封口费，要我当什么都没发生过。我不肯要那些钱。我拿了钱我算什么？可是他们逼我，如果我不拿那些钱，他们就把照片发出去。那些照片，那些照片……"

"雨陌，别往下说了，都结束了，忘记它！"

"没有结束，我每天都骗自己那只是一场梦。可是不是！这件事情一直缠着我，梦里也缠着我！我闭上眼，都是那群人渣的样子！"

"你听我说，这不是你的错，你不要再怪自己。"他帮不了她，只能看着她沉浸在痛苦里，却无法拉她出来。

"那五十万封口费是个阴谋，他们说爸爸收受贿赂做假新闻。其实不是，都是我拿的！他们还拿我的照片威胁爸爸帮他们做事，爸爸说没有生过我这么不要脸的女儿，他不肯帮那些人，也不愿意背负这些罪名。他从楼上跳了下去，他不要我了。是我害死了他，全是我一个人的错。"

"不是你的错，是我的错。是我没有早一点认识你，让你受这么多苦。雨陌，你看着我，告诉我，那个女人是谁。我们报警……"

"不可以！"韩雨陌身体一震，一把推开了陆韶迟，把自己埋在被子里。她紧咬着唇，一句话也不肯说。不可以报警的，那个女人是暮寒的妈妈，怎么可以报警呢？

看着她这样恐惧的样子，陆韶迟的心猛地抽痛。

对于那来不及参与的过去，他不想追问。

对于将来……他和雨陌还有多少天的将来？

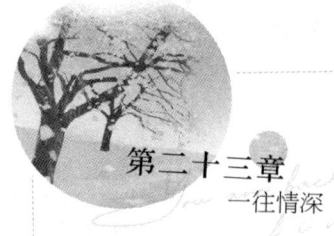

第二十三章
一往情深

情之不知所起,一往而深。
雨陌,你可知道你是一个天使?
是这个世界变化得太快,早已经容不下你的澄澈美好。
陆韶迟俯下身子,浅吻她的额头。
其实,我也配不上你。
韩雨陌,这三个字弥足珍贵,我又如何能够不珍惜?

医院床头的挂钟,嘀嗒嘀嗒地响着。

韩雨陌在陆韶迟怀里睡着的时候,他想起了肖仁心。她甩门而去的时候,脸色苍白得没有一丝血色。

一个人,怎么可以狠心到这种程度。究竟是什么原因,要让他们对一个少女下手?他不敢想当时只有十几岁的雨陌,究竟承受了怎样的痛楚。差一点被人强暴,被逼拍裸照,被人殴打、威胁,最后还被人中伤、抛弃。她心里那么苦,却一个字也不敢说,哪怕被人冤枉,哪怕被爱人误解,她也只能强忍着不透露一个字。那时候的她,不过是个孩子……

他深知母亲的个性,绝不轻易妥协。她是个极要面子的人,会将一切做得漂漂亮亮。即便要对付谁,也从来不需要自己出手。她手中的那些照片,足够给雨陌最致命的一击。

下一步呢?他若不放弃,她就不会罢手。

稀薄的寒气在病房的玻璃窗上结了层白霜。韩雨陌咬着唇,固执地蜷缩在被子里。陆韶迟企图让她放松,却发现她戒备地收拢了身子。即便是在睡梦中,她依然缺乏安全感。

他的手中是刚才肖仁心留下的一沓照片。他一张张地看着,照片里的女孩,发丝凌乱,清澈的双眸里写满了惊恐,那咬唇含泪却不肯哭泣的样子,坚强得让人心疼。

从前的她，和现在比起来，几乎没有变化，铅华濯净。唯一的区别是从前的雨陌有着肉肉的娃娃脸，她长得很甜，嘴角在不笑的时候也自然地上弯，如蜜糖般让人沉醉。而现在……陆韶迟的目光落在她尖尖的下巴上，心不由得抽痛。

　　其实这么多年，雨陌从未改变，还是带着学生气。她会撒娇，会生气，会小心眼。她不喜欢办公室应酬，常常得罪了人都不知道，喜欢用自己孩子气的方式去处理问题。是他太粗心，没有发现，雨陌从来没有走出过从前，她一直活在记忆里。她爱的人早已不在，她的朋友都在成长离开，只有她自己，留在原地，固执地拒绝长大，拒绝走开。

　　雨陌，是这个世界变化得太快，已经容不下你的澄澈美好。陆韶迟俯下身子，浅吻她的额头。其实，我也配不上你。韩雨陌，这三个字弥足珍贵，我又如何能够不珍惜？

　　医院床头的案几上，是泛黄的都市报。报纸上有哗众取宠的标题，配图加文字极具卖点。图片中的女孩，神色之间尚带着懵懂，她单肩背着一个双肩包，和一群男人拉扯中，坐上了一辆宾利车。之后是连环的偷拍图片，豪华酒店，纸醉金迷。衣衫凌乱的女孩，死命地拽紧了自己的胸口，走在一群男人之间的时候，她把头埋得很低，那单薄身影仿佛随时会被风吹散。

　　陆韶迟轻轻地用力，报纸在他泛白的指间枯萎，皱成了一团废纸。他可以想象出那些记者怎样的道貌岸然，请出心理学家分析青春叛逆期的少女。学者们口口声声说着大道理，谈古论今地讲着中外各地的少女堕落案。而所谓的关怀都成了指控。韩雨陌就是那迷足深陷的不良少女，等待着各位专家学者和道德卫士的拯救。连审判都没有，就直接定了罪。

　　人言可畏，陆韶迟纤细白皙的手指，轻轻地抚过她的鼻梁。六年了，她比以前还要清瘦，几乎一个巴掌，就能覆盖她整个轮廓。他不敢想象，那段时间，她是如何活下去。不过是个高中生的她，如何去面对那些逼问和指责？这些记者下笔如刀，她必定是体无完肤。

　　给他看这些照片，是想让他知难而退，而并非想让他猜忌。肖仁心比任何人都了解自己的儿子，她知道他不可能放弃，所以，这些只不过是警告。如果他继续，雨陌将会面对更多难堪的事情。

　　可是，她错了。

　　她不了解如今的陆韶迟。以前的陆韶迟，善于将一切隐藏，万事会权衡利弊，会妥协成全。可认识了韩雨陌的陆韶迟，不可能，也绝不可以放弃雨陌。雨陌，是他唯一不可让步的坚持。

看到这些照片，他只会心疼，会怜惜，会更加珍爱。

他只恨自己来得太迟，不曾在她最需要的时候走入她的生命里。那么将来，他不允许她再受任何伤害。

他抿紧了唇，拿出手机，飞快地拨打了几个电话。

"喂，姚叔叔吗？对，我是韶迟。听说您最近抱孙子了，恭喜恭喜。没什么，您是我爸的老战友，晚辈问候一声应该的。对了，您的体检报告已经出来了，明天想约您吃顿便饭，大家见面详细谈，到时候您一定要赏光。"

打电话的时候，他依然微笑。可挂断电话的那一刻，房间的空气似乎也随着他瞬间骤冷的表情而凝固。

"喂，我是陆韶迟，替我订最贵的包间。明天，我要全云泽所有报社、杂志社的主编、电视台、电台的台长都到场！我不管你用什么方法，立刻去办！"

他陆韶迟可不是什么善男信女。雨陌，他们欠你的，我会让他们一个个双倍奉还。

窗外的雨淅淅沥沥，车辆带起水雾，腾了一马路。深秋的雨不大，风却刮得很猛。细密的雨丝被甩在办公室落地玻璃窗上，哗啦啦地往下坠。陆韶迟定定地站在窗前，单手插在口袋中，背对着身后的人，沉默不语。

他不说话，大家也不敢出声，谁都知道陆主任心情不好。

"为什么约不到杂志社的主编？为什么电视台的领导全部都忙？吃饭时间忙什么？"

"砰！"办公桌上的雕漆笔筒被他狠狠地摔到地上。

被训斥的人吓得哆嗦了一下，平时温文尔雅的陆主任发起脾气来，简直和院长大人有得一拼啊。

"陆主任，我可以再约——"宣传处的小干事擦了擦汗。

面前的男人阴沉着脸的样子，简直比午夜凶铃还恐怖。那冰冷的目光轻轻一扫，他就后背发凉。

"再约？对着院长你也是这么应付的吗？打电话给你们主任！"

"主任被院长叫去办公室了。"

陆韶迟眼睛轻轻地眯了起来，弧度里敛着危险的气息。他的手落在桌子的文件上，手指慢慢地握拢，指关节因为用力，泛起了青白色。文件纸也因为他掌心的力量，皱巴巴地拧成了一团。

"咔！"纸张发出轻微的碎裂声，陆韶迟这才松开手指。他清冷的目光，扫过在场的每一个人。窗外的阳光在他墨色的瞳中沉淀出料峭的寒意，不怒自威，说的就是现在的他吧。

"我现在就再打电话去电视台。"

"不用了。即便打过去，他们也没时间陪我吃这顿饭。"

陆韶迟抓起椅子上的西装外套，甩门出去。一路上他走得飞快，差点撞翻小护士端着的托盘。直到他愤怒地冲进院长办公室，大家都没反应过来，这个人莽撞的人，是陆韶迟。

"是您让那些媒体高层不赴我的约？"

肖仁心正在看医院的财务报表，见到儿子进来，她轻轻地放下手中的文件夹。

"你是在跟我说话吗？如果你是在跟你的母亲说话，你应该懂得礼貌。如果你是在跟院长说话，你应该懂得恭敬。现在你这么推门进来，别人会认为我肖仁心的儿子没家教，也会认为我们仁心医院的医生没素质。"

她理了理身上的套装，即便是在盛怒之下，她依旧保持着一贯的从容和涵养。

"我不是来跟您讨论这些的。我只问您为什么要这么做！"

"我从来没想过要阻止你和记者们吃饭。你知道不知道自己在干什么？我把你送去国外读书，我让你从小就学会隐忍，你都学了些什么啊！"

"这么说，真的是您做的。我很遗憾地告诉您，您做再多，我都不会退步。从小到大，我都没机会选择自己的人生。这一次，我只会走自己的路。"陆韶迟甩下这句话，转身就走。

"你给我站住！"肖仁心猛地撑着桌子站起来。

陆韶迟并没有停下脚步。

看着陆韶迟消失在门口，肖仁心有些气急败坏。她狠狠地抓起电话，迅速地按下几个号码。

"你说电视台那帮人很忙？是不是忙着陪韶迟吃饭啊？我不管，你要把他们约到。总之，不要让韩陌陌这个女人再缠着韶迟了。"

她放下电话，胸口起伏。公关部的人也不知道怎么办事的，连几个记者都约不到！

从院长办公室出来，陆韶迟回到韩雨陌的病房。

阳台的窗户是开着的，风夹杂着雨水卷进房间。病房里已经是一地的水,韩雨陌赤脚坐在地砖上,脚已经冻成了青紫色。湿漉漉的窗帘,拍打着她的身体,随着风,舞得有些狰狞。她安静地坐着,双手环在膝盖上,头扭向窗外,不知道在看些什么。

陆韶迟再也忍不住,大步走上去,将她抱住。

她满脸是水,不知道是雨还是泪。窗外天黑压压地,云朵低得仿佛下沉的铅块。可天色再不好,也不及此刻陆韶迟的脸色阴沉。

"你想干什么,你知道不知道自己是个病人。你希望自己病好还是希望自己死?韩雨陌,你给我清醒点!"

陆韶迟觉得有一腔火在胸口燃烧,一口气憋闷得无处发泄。韩雨陌依然是安静地坐在原地,她将身体往玻璃窗边移了移,脸朝窗户贴去。顺着她的目光,他看到窗外行人的伞,红的、黄的、蓝的,开了一朵又一朵。风挂得窗户一阵阵地摇晃,她的身体是凉的,隔着湿透了的布料,刺骨的寒意,割得他生疼。

"韩雨陌,你究竟想怎么样?你不肯吃饭,我给你打点滴。你不肯说话,我陪着你说话。我为了你,不惜和家里闹翻,你现在算什么?自暴自弃?你看着我,我陆韶迟,真的不值得你好好活下去吗?"他的语气急促凶狠,他用力地抓着她,迫使她看向自己。

"我以为你不会回来了。"韩雨陌愣了愣,突然开口。

他呆了一下,随即松了手。可是已经迟了,她的腕上是清晰的红印,他留下的痕迹。

他居然……对她咆哮,还伤了她。他心疼又懊恼,他居然控制不了自己的情绪,看到她失魂落魄的样子,他比自己死了还难受。

"那天也是下雨,爸爸就从窗口跳下去了。我蹲在窗户边打电话给暮寒,他说他不想再见到我。那天还打雷,雷声很大,我很怕。我坐窗边等了好久,他们都没有回来。记者不停地敲门,周围很吵很吵,可是我却什么也听不清,听不见。

"这几天我真的是胃口不好,早上其实我想吃东西的。我手上没力气,没端住碗,才会把粥全洒了。我看出来你在生气,你让医生给我打点滴。我知道你是为我好,怕我扛不住。可是我真的怕打针,所以才会抗拒。

"我听到你骂护士,你从来不会发脾气,是我惹你不高兴了。你走了以后,开始下雨。每次下雨,我都会变得一无所有。我以为,你不会再回来了。韶迟,我不是故意要这样,摆出这样的姿态。我只是想坐在这里,看你上班下班。韶迟……对不起。"

韩雨陌的声音喑哑平静,虚弱中带着一丝倔强。她早已经习惯了

·174·

被伤害，也习惯了自我疗伤。多年的伤口已经结痂，这一次，那些记者将它狠狠撕开，她又一次痛不欲生。可再疼，她也能自我康复。

她以前从来不会道歉，明明是他误会了她，她却急着说对不起。这样的小心翼翼，看得他心疼，让他更恨自己刚才的莽撞。

陆韶迟将外套把她裹住。他是太在乎，才会失控。她害怕失去，他又何尝不是？看到她坐在玻璃窗前，那模样，就好像她处在另一个世界，虚幻得仿佛随时会被风吹散。

"是我的错，是我没有给你信心。雨陌，你要相信，只有你离开我，而我，永远不会先离开。无论生死，我都会做最后走的那一个。"他坚定地说着，说给她听，同样也说给自己听。

韩雨陌轻轻抬头，她看着他凌厉的轮廓，清朗的眉目，还有那敛在双瞳中深情坚定的目光。他眼底的热切灼得她猛然移开了目光，她看到窗外，一个孩子的伞被风吹走了，孩子急切地去追那把不成形的伞，她突然扑哧一声笑了出来。世界，这样美好。

她该庆幸，他爱着她，并承诺生死。

小时候看《牡丹亭》，被汤显祖的文字感动得落泪。记得最深的就是那句，情不知所起，一往而深，生者可以死，死可以生。生而不可与死，死而不可复生者，皆非情之至也。

情不知所起，一往而深。她，就是他的一往情深。温暖在心里绽放，她不再颤抖畏寒。原来，她还没有遗忘，如何再去爱上。

陆韶迟惊了一下，不知道为何她突然会笑。她看着他，眉目也明媚起来。

"雨陌……"

他小心翼翼地喊着她。

"韶迟，你那枚戒指，真的没有其他的意思吗？"

"啊——"他一时错愕，不知道她想说什么。

"你会介意一位有着不堪过去，身体很差，也许怀不上孩子，可能还会随时死掉的女人当你的妻子吗？"

"傻瓜，你在胡说八道什么？"陆韶迟看着雨陌，这样的她让他很担心。

"韶迟，我们结婚吧。"

窗外的雨还在继续下着，她的声音在风里听得不是那么真切，可在陆韶迟心里，那七个字，却那样清晰。

她没有重复。

他更不许她反悔。

韶迟,我们结婚吧。

她居然说要结婚。

"不可以。"他微笑着回答。

"啊?"这次轮到她错愕。

小傻瓜,因为我还没有求婚呢。

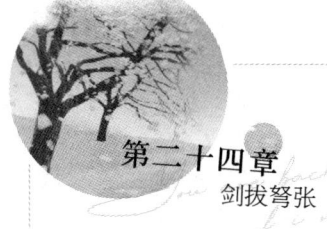

第二十四章
剑拔弩张

雨陌喜欢甜食,喜欢碳酸饮料,喜欢鸽子,喜欢 RPG 游戏,她的这些喜欢曾经是他专属的珍藏。可现在不是了,身边的这个男人和他一样了解她,成了她新的喜欢……

虽然没有约到各媒体的负责人,但韩雨陌的事情已经基本摆平。陆韶迟和父亲的老战友相谈甚欢,这位战友是曾经分管宣传系统的老领导,媒体圈都敬重他,给他几分薄面。由他出面,韩雨陌的事情算是彻底压了下来。

送这位老领导出酒店的时候,恰好遇到了另一群人从包厢出来。老领导一一为陆韶迟介绍,这位是电视台的杨台长,这位是报社的王社长,还有这位是江主编。

陆韶迟目光淡淡地扫过众人,之前都说忙得脱不了身,不能赴他约的人都在酒店,不知道是陪了哪位身份显赫的人?

面前的几位中年男子看着陆韶迟,表情有些尴尬,再看看他身边的老领导,尴尬的神色中就带了几许心虚。陆韶迟勾了勾嘴角,对他们的不自在仿若无睹,他礼貌地和他们握手,笑得无懈可击。

"今天你们怎么有空,聚在一起啊?"

老领导话音刚落,众人又情不自禁地看了看陆韶迟,支吾着不知道该如何回答。

"姚叔叔好久不见。想不到今天会在这里见到您,今天是我们公司新游戏的发布会,本来邀请您参加的,您贵人事忙,我只好打算过几天再去拜访您。"

这突然响起的回答,让陆韶迟眉毛跳了一下。

原来是云暮寒请了这些媒体的老总。雨陌应该做梦也不会想到，云暮寒会这么做吧。

"原来是云总。新游戏发布是好事啊，咱们一直在鼓励自主创新的民族产业。媒体也应该多报道这方面，像你们年轻人的创业梦就是我们自强不息的中国梦。这种正能量的东西就要多宣传，不要没事就把注意力放到一些绯闻、丑闻上。我们媒体要有社会责任感，报道要弘扬社会主义核心价值观，方向感不能错，舆论导向的事情可开不得半点玩笑啊，你们说是吧？"老领导一脸慈祥。

一句话说完，众人连连称是。

陆韶迟抬头看了眼这位老领导，姜还是老的辣，轻描淡写的一句话，就把自己今天请他办的事情传达下去了。

"姚老您说的是，今天咱们和云总也谈到了这个话题呢。最近啊，我们一些记者的关注点，的确是有些狭隘了。马上不是读书日了嘛，我们台打算做一个全民阅读的系列报道。"电视台的杨台长立刻赔笑着接话。

"没错，我听说云总已经打算成立互动娱乐，日后不仅仅是做游戏还会向动漫、出版行业延伸。这是好事啊，对于文化产业，一定要大力扶持。要不计报酬、不计版面地去宣传这些积极的东西。报社可以做人物通讯嘛，电视台做几个专题片，杂志社可以登人物专访，这些好事大事，报道再多都不会嫌多！"

"领导您过奖了，我这样的小公司，是多亏了云泽政策好，才成长得这么快。"

"你不要谦虚了，你交的税可不像小企业啊。是国家政策好，才吸引你们这些海归学子返乡创业。给你介绍，陆韶迟，不得了啊，医学博士，后生可畏。美国当年为了留他可没少花心思。"

"陆先生你好，云暮寒。"云暮寒伸出手，他若有所思地打量了下陆韶迟。面前的男子儒雅俊秀，戴着金丝边眼镜，神情淡泊。

"你好，陆韶迟。"陆韶迟握住了云暮寒的手，手上不自觉地用了几分力道。对方也毫不客气地暗中使劲。

"你们可都是咱们云泽的骄傲了。我赶时间，你们也别送我了，韶迟啊，暮寒啊，你们年轻人多聊聊。"

"陆医生，云总，我们也先回去了。"

大家纷纷告辞。

"外面雨下得很大，要不我们去顶楼喝一杯？"云暮寒提议。

陆韶迟看着门外潺潺的水帘，远远望去，江水连天，整个江滩在

水雾中若隐若现。而那些高耸的建筑,若水墨画一般绰约。听到云暮寒的话,他转身,对上那双深邃的眸子。

两个男人心领神会地注视着对方,虽未曾开口问候,眼神却已经交锋数次。心中电光石火,面上却不肯显山露水。

"好啊,我也正想喝一杯。"陆韶迟爽快答应。

窗外天色低沉得仿佛随时都要亲吻江面,餐厅内巨大的照明灯投下暗橙色的光线。陆韶迟和云暮寒,隔着尘埃似的光亮注视对方,眼神中也沾染了些细密的暗黄。

"这里的红酒不错,我请,算替雨陌谢谢你。"陆韶迟举杯。

云暮寒的眼神突然黯了一下。

替雨陌谢谢你。这句话让云暮寒觉得很不舒服,他凭什么替雨陌谢谢他?他又怎么会稀罕他的感谢?

餐厅里的暖气开得很足,让人觉得燥热。窗外雨覆盖了整个城市,玻璃上结了寒霜般的白气,一眼望去,心里却是冰凉的。

"你不用谢我,我没有为她做什么。我让媒体停止对她的报道,只是不想我在婚前还有什么负面新闻。至于投给他们的那些广告,的确是新游戏宣传预备支出的经费。你也不错啊,连姚老这些久不露面的老领导都能请得动。"云暮寒尽量让自己的语气听上去平稳冷漠,他不想让面前的男人看出他在紧张雨陌。

"是父亲的旧友,只是一顿普通的午饭而已。我想提前告诉他我和雨陌的婚讯,小时候他把我当儿子看待的,好消息自然要早点通知他。"陆韶迟摇晃着酒杯,杯中暗红的液体在灯光下显得更加透明。

云暮寒手一倾,杯中的红酒差点就洒了出来。他有些庆幸这家餐厅昏黄的灯光,不至于令他的失态暴露无遗。

…………

"暮寒,你大学一毕业我们就结婚好不好?"

"不好,你不要念大学吗?"

"念大学哪里有做云暮寒的老婆好?那这样,等我大学毕业,我们就结婚!"

"韩雨陌,你的笨蛋脑袋到底在想什么啊?小小年纪,天天想着嫁给我,好吧,等你大学毕业,我就勉为其难娶你做老婆吧。"

往事不要再提

人生已多风雨

纵然记忆抹不去

爱与恨都还在心里……

午后雨微沉,这个时候就餐的人散得差不多了,餐厅里异常安静。餐厅一角,有年轻的歌手弹起吉他,用略显低沉的嗓音轻弹浅唱那首《当爱已成往事》。

想到雨陌的时候,云暮寒脸上凌厉的线条慢慢舒展开来。他将杯中的酒饮尽,红酒太过醇厚,不够毒烈,不够让他宿醉一场。一直说服自己,不要去想那个女人,是她先背叛,他应该毫不怜惜地放弃,可真到这一刻,他才发现,原来他会舍不得。他常常告诉自己,恩彩比她好上千倍万倍,温柔、专一、单纯,不似她任性、世故、虚荣。可为什么,他即将娶恩彩却并不开心?而听说她要结婚,心中却会不可遏止地疼痛?就好像完整的生命被切割,一些最不愿意割舍的珍贵在远走,就好像下一刻,自己即将一无所有。

爱情它是个难题

让人目眩神迷

忘了痛或许可以

忘了你却太不容易

你不曾真的离去

你始终在我心里

我对你仍有爱意

我对自己无能为力

餐厅的驻唱歌手模仿着张国荣,把歌曲唱得怀旧凄迷。云暮寒仿佛忘了对面坐着陆韶迟,他一杯接着一杯。学生时代的雨陌在对他笑,说要嫁给他。如今她要嫁人了,嫁的对象却不是他。

陆韶迟的胃口却很好,点了一份烤薯条、一份水果比萨。之前只顾着和姚老谈事,一顿午餐吃得心不在焉,下午茶自然要好好享受。而对面的男人显然不懂得这点,用昂贵的红酒买醉。

"怎么,这些点心不合胃口,要不停地喝酒?"陆韶迟用叉子叉了块比萨,尝了尝味道。

"怎么,你没带够钱买单?"听见陆韶迟的提醒,云暮寒猛然意识到自己有些失态。他不是不想醉,而是,他不能在这个男人面前示弱。

"再喝十瓶都没问题,只不过你喝我不喝似乎说不过去,可我喝了酒再开车,雨陌会担心的。你明白,那丫头平时自己粗心大意,可碰到在乎的人,总是一惊一乍的。我要是晚点回去,她准唠叨得跟祥

·180·

林嫂一样。"

"她从来都是这样的。怎么，你还不习惯吗？"云暮寒冷笑着望着陆韶迟。想要在他面前炫耀幸福，可别忘了，是他先遇到的雨陌。

"我以后有的是时间去习惯。"

"看来韩雨陌挑了只狐狸。"云暮寒不客气地说道。

陆韶迟绝对不是温柔的小白兔。他有爪子有利牙，只不过隐藏在笑容背后，是只不折不扣的笑面狐。

"狐狸比狼要好，因为他们不仅用爪，更懂得用脑。"对手并不简单，重要的是雨陌对云暮寒并未完全忘怀。不过怕什么，他有的是时间让她去忘记过去。

"你隐藏得再好，狐狸尾巴也会露出来的。"

"即便如此，也轮不到一匹狼来慈悲提醒。更何况，那匹狼都已经没有了角逐的资格。"

云暮寒猛地站起来，他死死地盯着陆韶迟。陆韶迟正低头将番茄酱抹在薯条上，对他的愤怒，仿若不知。

云暮寒突然觉得心惊，创业到今天，他第一次感到了背后发凉的惊慌。陆韶迟远比他想象中的难以对付，他不动声色就找到了他的弱点，是的，他还有什么资格来指责他的手段，他以什么身份，去阻止雨陌嫁给这只狐狸？

这个男人那样深奥，让他捉摸不透。可他却仿佛透明，被他一眼看透。这种感觉，太可怕。

从餐厅出来的时候，雨已经停了。天边的云彩带着傍晚特有的粉紫色，就好像孩童时候的水彩，一条条地澄澈透亮。夕阳的余晖洒在脸上，温热中似乎能听到阳光亲吻皮肤般细碎的声音。江滩的行人多了起来，趴在栏杆上看江面未散尽的水雾袅袅，在夕阳的余晖下变换出霓虹般的七彩。

"居然这个时候还有人出来跑步。"云暮寒看着江滩上慢跑的几个老年人感叹道。

"年纪大的人不习惯健身房，平时都在外面跑步。这几天下雨估计憋坏了，雨一停就出来了。"

"有没有兴趣，一起？"云暮寒看向他。

"就咱们这样？"陆韶迟看了看两人西装革履的模样，皱了皱眉。

"附近就有运动服饰专卖店。怎么样，怕跑不过我？"

"跑完再说！"

余晖钻过香樟树的那些圆润叶子，落在湿漉漉的水泥地面上。两人白色的球鞋被路面积留的水渍溅得斑斑点点。他们穿着宽松的运动服，脸上浮起晶亮的汗珠，显得年轻有活力，有些像还没毕业的在校大学生。

深巷逼仄，陆韶迟在小卖铺买了两瓶矿泉水，递给云暮寒一瓶，自己靠在电线杆咕咚咕咚地喝了个底朝天。云暮寒将手中的空矿泉水瓶捏得噼啪响，朝着对面的垃圾桶一丢，矿泉水瓶准确地砸进垃圾桶。

"哐当"一声，垃圾桶内又多了一个矿泉水瓶子。几个放学的女中学生看着晚霞下慵懒的美少年，也不禁尖叫。

"准头不错啊，去打球啊，是个好对手。雨陌以前经常给我加油的。"

"我倒不知道雨陌有这样的爱好。她平时很懒，赖在床上就是大半个上午，拖都拖不起来。算了，我今天也累了，球就不打了。"

陆韶迟含义不明的话语，让云暮寒有了薄怒。

"累了？陆医生，才跑一个小时而已，你不行啊。"

"年纪大了，不像你们二十多岁的人。锻炼身体，靠的是持之以恒，不急在这一次。有些事情，坚持到最后的，并不是开始冲在最前面的。"陆韶迟不急不缓地说道。他倚在电线杆上的身体微微挺直。阳光被他隔绝在背后，勾勒出暗色的剪影轮廓。他抬头看那一排排的民房，亮若游丝的光晕亮在他眉角，衬出和煦的气度。

云暮寒顺着陆韶迟的目光望去，寂静的小巷中有人养了鸽子，一群群的鸽子扑扇着翅膀在屋檐上落了一排。他心不自觉地颤动了下，就好像失调的琴弦，无意被人拨弄，嗡嗡地只能颤出暗哑声响。

"雨陌很喜欢鸽子。"陆韶迟轻声说道。

"我们走吧。"云暮寒心里有些堵。雨陌喜欢甜食，喜欢碳酸饮料，喜欢鸽子，喜欢 RPG 游戏，她的这些喜欢曾经是他专属的珍藏。可现在不是了，身边的这个男人和他一样了解她，成了她新的喜欢。

大概是到了放学的时候，巷子里背着书包的学生多了起来，横冲直撞的。大概是觉得站在一旁的两人过于好看，总有人会停下脚步，好奇地朝他们张望。看着一边走路一边低头玩着手机游戏的孩子们，云暮寒看向陆韶迟。

"陆先生玩游戏吗？雨陌过去很喜欢玩游戏，我们就是在网咖认识的，像你这样的人应该从来没去过网咖吧？"云暮寒冷笑，连他自己也觉得这样酸酸的挖苦过于幼稚，可不知为什么，一想到这只冠冕堂皇的狐狸在雨陌身边，他就浑身不舒服。

·182·

"哦？那真是太不巧了，如果再迟个几年，你们就没机会认识了，现在的网咖可不允许未成年学生进去。"陆韶迟掏出手机，调出界面，"雨陌现在也不爱去网咖了，在家里用手机对战不是更自在吗？"

陆韶迟特意强调了"家"这个字，云暮寒哼了一声。

"陌上云的手游版还在公测阶段，最新加入了新模式，我发你，我们玩一局如何？"云暮寒晃了晃手机，"要不赌点什么吧，如果我赢了，你离开雨陌如何？"

陆韶迟眯了一下眼睛，隔着眼镜，云暮寒依然能够感觉到他压抑着的愤怒。

"雨陌永远都不会是我的赌注。"陆韶迟一字一句地说道。

陆韶迟和云暮寒就在花坛上一坐，打开了手机的游戏界面。大概是两人手机里的游戏音效太有吸引力，很快他们身后就聚集了一群围观的学生，旁边时不时还有人出声给出各种意见。

云暮寒挑了挑眉，依稀记得自己和雨陌就是这样相识，隔着茫茫人海，她在电脑边缓缓站起，取下耳机，对视上他的眸。那一眼，仿佛看尽万年，让他在梦中也不愿意移开。

雨陌喜欢读武侠小说，他设计的游戏场景就够武侠。大漠风沙万里扬，河山被马蹄踏碎，残阳如血，苍山如铁。那是以前，她缠着他一遍又一遍描绘的旖旎国度，策马江湖，如诗如画。当时的他，还嘲笑她的孩子气，可后来，这些描绘却成为六年来他设计完这款游戏的唯一动力。这款游戏是属于他和雨陌的，它不仅仅是一场娱乐，更是他们的记忆。

游戏里，云暮寒的角色是少年将军。银甲金履，腰悬三尺长剑，在马上骄傲抬头。陆韶迟的角色是黑衣侠客，面染风尘，长衫在猎猎风中飞舞，显出几分落拓。刀剑相向，手机中传来震撼的音效，两人不禁都皱了皱眉头。

厮杀声起，刀光剑影之外，站着的是绝世红颜。

天青衣裳，淡紫罩衫，水如环佩月如襟。

片刻，画面中的城墙被推倒，结局动画出现，公主微笑，上了侠客的马，将军只能静静望着，看着他们一骑绝尘。

赔了夫人又折兵，江山美人转眼空。虽只是游戏，结局也依然让人唏嘘。

"这不可能，你为什么会赢？"云暮寒猛地站起。没人比他更熟悉这个游戏，谁都可能会输，他怎么可能？

"为什么你问我为什么会赢,而不问自己为什么会输。"陆韶迟关掉手机,瞬间,那旖旎繁华的虚幻国度化为一片黑暗。

"这款游戏是你设计的,可是你未必是最了解它的。正如你以为你和雨陌有过那么多过去,可是你不了解她。"

"你说什么?"

"之前你问我,你赢了的话,我是不是会离开雨陌。如今我赢了,你是不是还赌得起?"

"我告诉你,雨陌不会是你的赌注,她也不会是我的赌注。你想都别想!"云暮寒极力控制自己,不会一拳头挥过去。

"你到底在自信什么?我比你更擅长等待,你和她有多少年的记忆?没关系,我可以等她忘记。"

"你到底想说什么?"云暮寒怒目而视。

"我想说,我很恨你当年为什么要那么对她。云暮寒,你没资格喜欢雨陌!我没空陪你玩游戏了,雨陌还在等我。"陆韶迟看了看手表,时间已经不早。

云暮寒狠狠地将没挥出去的拳头砸向电脑。这是第二次,他感觉这样挫败。第一次,是大四的那天下午,他和雨陌的争吵。雨陌说,云暮寒,我们分手吧。她转身的时候,甚至没有回头看他,那样决绝,那样狠厉。空气中他只听到"分手"两个字,清脆裂响,好像打在他脸上的耳光般辛辣痛楚。

今天陆韶迟说,你到底在自信什么。

是,早在六年前,他就已经一败涂地,他到底还在自信什么?

离开的时候,陆韶迟的脚步有些浮躁。换作从前,他绝不可能和云暮寒说那些话,更不会如今日一般失态。秋意料峭,他只觉得冷。赢了云暮寒,他却半点不开心,甚至感觉极不光彩。这个游戏,从操作到策略,他都很熟悉。因为自从游戏公测以来,他陪着陪雨陌闯关。当初不是很在意,后来才知道,游戏设计者居然是云暮寒。

在酒店取了车,他一路上开得飞快。到了十字路口,抓拍违章的摄像头闪光灯亮了几下,侧面一辆大卡车笔直朝他冲了过来,大卡车把喇叭按得噼啪地响,听来嘈杂刺耳。一时间,他有些失神,居然忘记了打方向盘避开。

刹车声仿佛指甲抓过玻璃般令人毛骨悚然,卡车疯狂地打着转向,虽然没有直接撞上他,但车尾却将他的车扫了出去。

汽车一下失了方向,转了几圈后,狠狠地撞上了路边的绿化带。

·184·

安全带勒得陆韶迟的肋骨撕裂般痛,他听到耳边爆炸般的声响,安全气囊重重地弹开,巨大的冲力仿佛一座山般砸在他身上,喉头有腥甜的液体涌出,他努力地睁眼,可眼前却只有白茫茫的一片。

"雨陌,你要相信,只有你离开我,而我,永远不会先离开。无论生死,我都会做最后走的那一个。"

耳朵里嗡嗡作响,可他分明听到了自己的声音,那样坚定地承诺,永远不做第一个离开的。生死一线,眼前猛然闪过的,是雨陌。她笑眯眯地望着他,嘟着嘴巴,圆圆的娃娃脸看上去像一个熟透了的大苹果。

稻根藤鹿,稻根藤鹿……她一遍又一遍地喊着他,叽叽喳喳,如同夏日里的知了。他笑着说他听到了,她却依旧不肯停下来。"稻根藤鹿,稻根藤鹿"地喊。她望着他,眼中逐渐有了泪,声音也越来越空洞。稻根藤鹿,她喊得那样不舍,他听出了诀别的意味。恐惧在他身边凝聚,他抓着她的手,生怕她会离开。他明白那种恐慌来自何处,就好像小时候奶奶去世时,也是这样喊着他,韶迟,韶迟,那样坚持地唤他的名,仿佛要用尽一生的力气。

稻根藤鹿,稻根藤鹿。

一遍又一遍,如同梦呓。她轻声唤他,声音却越来越远。他无能为力,左边胸口,是锥心的疼痛。

"你能听到吗?"眼前逐渐有了光亮,看到的,却不是雨陌。他的意识逐渐恢复了清醒,记得自己闯了红灯,撞上了卡车。这里应该是云泽仁心医院,正在给他做检查的医生曾经是他的下属,现在他却躺在病床上任人摆布。

"您出了车祸,昏迷了三天。我们给您做了全身检查,具体的报告下午才能出来。目前来看,您昏迷主要是脑部受了震荡,那个……那个其他的身体机能,那个……"年轻的医生查阅起了记录。

"报告出来直接给我看就行了。这段时间,就你们在这里?"

"是的,您出车祸被送进来的时候可把院长吓坏了,特地吩咐要为您安排特护病房。"

"嗯,你说我昏迷了三天?你把这三天心外科病人病情变化情况给我,我现在去心外科住院部看下。"

"不行,您还要观察,不适合下床走动。陆主任,您还是休息一段时间,别急着上班。"年轻的医生擦了擦汗,陆韶迟果然是铁人转世。

"你是主任还是我是主任?你知不知道心外科的病人每天都可能出现意外,我应该只是轻微骨折,没什么问题。"

对方支吾的态度让陆韶迟有些疑心,他出车祸后送的是自己任职的医院,这事医院里上上下下肯定都议论开了,雨陌不可能不知道。为什么他睁开眼,却看不到她?

在梦里,他听见她喊他的名字,真的只是幻觉?

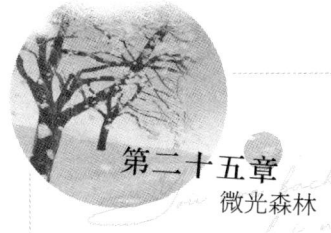

第二十五章
微光森林

心里,有点点微光,如同天尽处的晚霞般不肯妥协,苦苦支撑着,也要破云而出。
他的爱情,就好像这点微弱的光芒,即便是即将离场,也绝不放弃……

透过阳光斑驳的窗台看玻璃外的天空,蔚蓝澄澈,恍若咫尺。病房里暖气开得十足,干燥的空气,仿佛随时都能碎裂成粉末。窗前立着的女孩,对着阳光举起了手,光线从指缝中流出来。女孩出神地看着手掌,陆韶迟甚至能感觉到她的目光,一寸寸地跃过指骨上清晰繁复的纹路,跃过圆润的指关节,然后落在了无名指间。铂金镶钻指环,复古的镂刻云纹在阳光下熠熠生辉。

"雨陌。"陆韶迟扶着门轻声唤道。因为车祸的原因,他的腿目前行走不是很方便,说话的时候,头会眩晕。

"韶迟。"女孩转身,隐藏在黑暗里的侧脸逐渐明亮起来。但陆韶迟却感觉心一寸寸地暗了下去,暗到绝望。精致的瓜子脸,如画眉目,唇红齿白,那样健康的气色,面前的女人,不是雨陌。

"这枚戒指怎么会在你这里?"他看着那枚戒指,之后他有请人亲手在那枚戒指上刻上花纹。隐藏在纹理间的皇冠图形是他亲笔画出的"L♡M",那是专属他与雨陌的。可现在,它却出现在别人手里。他在雨陌的病房,找不到雨陌。昏迷中的记忆排山倒海般地袭来,暖气十足的房间,他感觉异常冰冷,从后背隔着皮肉,一直冷到了心底。

"你还玩神秘啊?这不是你预备给我的礼物吗?你的伤怎么样了?肖阿姨说你出了车祸,吓得我一夜没睡,一早就飞回国。有没有很感动?不过好在你有良心,知道送我这枚戒指,也不枉我辛苦一场。

话说回来,这枚戒指真的像为我量身定做的,M,莫欣颜。老实交代,你设计了多久?"莫欣颜笑眯眯地端详着手中的戒指,笑容在阳光下显得有些刺眼。

"这枚戒指我设计了两年,M不是莫欣颜,是韩雨陌,我的未婚妻。从和她交往开始,我就在等么一天,把戒指戴到她手上,向她求婚。所以,请你还给我。"陆韶迟舔了舔干燥的嘴唇。如果不是长期的克制让他学会了隐藏情绪,现在他绝对不可能平静地站在这里和她对话。

"韩……雨陌?"莫欣颜呆滞了一下,她自言自语地重复着这个名字。笑容在她脸上瞬间冻结,慢慢地,唇间溢出苦涩来。

"你说这戒指不是给我的?你说它,它是给什么韩雨陌的?"莫欣颜咬着唇,声音有些颤抖。

"是。"

"为什么,陆韶迟?"

"我不明白你在说什么。"韶迟心不在焉地回答。他心里很乱,雨陌一定出事了。这个念头在他脑海里越来越强烈,她去哪儿了?她的手机早就丢了,现在该如何找到她?

"不明白?你知道不知道,肖阿姨把这份礼物交到我手里的时候我有多开心。我等这一天,等了多久你知道吗?我当时真的觉得,我放弃一切回国是值得的。谁知道,真的是我太傻。从一开始,我就知道陆家是我这种女孩子高攀不上的。但我天真地以为你们不会那么市侩,不会介意身份和背景。我太相信爱情,我相信你会像以前一样坚持,无论肖阿姨多么反对,也会坚持和我一起。我以为真爱可以跨越一切,我努力地学医,努力到仁心工作。可是我没想到,我在努力的时候,你放弃了,和其他女人订婚了。"

她狠狠地取下戒指,丢在陆韶迟身上。

"千万钻戒,那么重,我戴不起。你拿去哄那些名媛贵族小姐们吧。"

"欣颜,我想你误会了。我们之间,从来就不曾有过爱情。"

"你说什么?你怎么能这样,就算你想娶别人,你一句话就可以。你怎么可以把我们的过去抹杀掉?如果不是爱情,为什么以前要对我这么好?肖阿姨为了分开我们,还故意把我送去美国培训,你现在告诉我,我们以前没什么,是误会!"

"我不认为关心朋友有什么不对。欣颜,如果让你误会了什么,我向你道歉。"

"原来是我自作多情,我以为阿姨催我回国,把戒指给我是她肯接受我了。没想到她是想用这个方式羞辱我,让你亲口令我死心。我

早该料到，我一个教书匠的孩子，凭什么要求你的爱。"

"欣颜，即便我不爱你，但你依然是我生命中重要的人。我不希望你因此就否定自己获得幸福的权利。我说过，你配得上更好的。"

莫欣颜抬头，她从陆韶迟的眼中读不出一丝敷衍。他的眼神毫不躲闪，直接坦白。是的，他不爱她，不爱得光明磊落。这让她更加可悲，陆韶迟，为什么你要这样坦荡，不给半点奢望的余地。

"欣颜，世界上不仅仅只有一个陆韶迟。感情也不仅仅只有爱情，你难道真的感觉不出来，谁才是对你最好的那个吗？"说完这句话，陆韶迟转身就往外走，他走得太急，受伤的腿让他的脚步不稳，有些趔趄。妈妈一定知道雨陌的下落，他昏迷的三天，究竟发生了什么？

因为走得太快，脚上的伤口又一次裂开，白色的纱布外露出点点猩红，触目惊心。嶙峋的面孔微微泛白，陆韶迟却感觉不到疼痛，因为心里有块地方比伤口更痛。那种疼痛，叫失去。

推开院长办公室的门的一刹那，他已经耗尽了所有耐性。

"雨陌在哪里？"他听见自己的声音，冰冷得不带半丝温度。如果站在面前的不是自己的母亲，他真的不知道，自己会做出什么事来。

"你受伤了就不要到处乱走。你自己也是医生，怎么这么不小心，万一留下后遗症怎么办？"肖仁心上前一步，扶住了他。

"她在哪里？"站在面前的是他的母亲，无论她做什么，他只能承受，不能责怪。

"她有手有脚，去了哪里我怎么知道？"

"戒指，为什么会在你手里？"

"她还给我了，也许她自己也知道配不上它。或者，她突然不想陪你玩下去了。韶迟，我知道以前我是干涉你太多了，这次小颜回来，你多陪陪她。我以后不会反对你们在一起。"肖仁心有些不耐烦，她显然不想在这个问题上纠缠下去。

"为什么把她找回来？为什么把我送给雨陌的戒指给她？你以前不是很讨厌我们走得太近的吗？现在，这么做又是为什么？"

"谁说我讨厌小颜了，我讨厌她当初怎么会送她去美国呢？她爸爸是我们医院的得力干将，也是你的授业恩师，我怎么可能讨厌她。你以为，个个女人都像那个韩雨陌一样龌龊吗？"

"做这么多你不累吗？就算其他人再好,对我来说，那都是'别人'，不是她。"

"你非要和我吵吗？韶迟，你不是青春叛逆期了，你需要做这么幼稚的事情吗？你只要冷静想想，那个韩雨陌是什么背景，爸爸是个受贿被革职的记者，自己是个做过不要脸事情的女人，而且她还干出盗窃医院机密资料的事情来。别说是我，换任何一个妈妈都不会接受自己的儿子找个这样的媳妇！我知道你在想什么，你以为我势利，以为我是门户之见。如今只要你带任何一个背景清白的女孩子回家，我都不会反对，可你偏偏喜欢这样一个人尽可夫的女人，你让我情何以堪？"

"到底是雨陌人尽可夫，还是你对她有偏见？"

"你胡说什么？我以前根本不认识韩雨陌，怎么……怎么可能对她有偏见。"听见儿子的质问，肖仁心脸色大变，言辞都变得闪烁起来。

母亲突然转变的态度让陆韶迟有些疑心，难道雨陌以前的事情，真的和自己的母亲有关？

"我最后问一句，雨陌在哪里？"

"我不跟你说这个话题，晚上约了莫家的人吃饭，你和小颜早点到。你伤没好，不能开车，我让司机送你过去。"肖仁心语气软了几分。

"雨陌在什么地方，她是不是出事了？"

"莫教授待你如亲生儿子，晚上想请你一起吃顿饭，你都不肯吗？那个女人有那么重要吗？"

"我一定会去看莫教授，不过是带雨陌一起去拜访他。我谢谢你帮我拿回了戒指，我还欠雨陌一个郑重的求婚。你不肯告诉我雨陌在什么地方，我去问陈楚洋。"

"陈楚洋不在云泽。"

"不可能，欣颜回来，楚洋绝不可能这个时候离开。"

"是我把他派走了。我不知道你们三个搞什么，他去北京封闭式培训了，不可能接你电话。"

"那我去北京找他。"

陆韶迟转身离开的时候，看到门口的莫欣颜，她呆呆地望着他。

他看了她一眼，却什么都没有说。她应该已经听到了他的话，也许她会受伤、会难过，但这些都不重要。他不习惯暧昧地摇摆，坚定地拒绝有时候是解决问题的最好方式。

走廊里，陆韶迟边走，边将缠在手上的绷带一圈圈地解开，随手丢弃在垃圾筒里。他径直走进自己的办公室，拉开衣柜，随便拿了套衣服换上。外套摩擦到伤口的时候，他眉头皱了一下。他掏出手机打了个电话。

"小刘吗？我陆韶迟，替我订今晚飞北京的机票，越早越好。"

飞机起飞的时候，陆韶迟烦躁的心渐渐平静下来。想起肖仁心愤怒的眼神、莫欣颜受伤的表情，他有些无奈，原来自己并不是一潭死水，总有一些事情会让他方寸大乱，风度尽失。以往，并不是和母亲没有过冲突，他或妥协或漠视，总能够泰然处之。他一声冷笑，陆家的人都极爱面子，他也不例外。今日肖仁心将莫欣颜带到他面前，将往事一件件扯出来撕破脸质问他的时候，他才知道，原来自己和她的间隙已经这么深。从前的老成持重，从前的骄傲从容，不过都是幻想。原来，以前的和睦相处，并不是因为他的处理方式有多么精彩完美，而是因为这个世界大多数人习惯了粉饰太平。这世上，又有几个人会如雨陌一般，爱恨都写在脸上，拒绝一切的世故。正因为如此，她不懂得奉承，即便是索求什么，也只知道孩子气般撒娇讨好。这样的女孩，又怎么入得了肖仁心的眼？这样的女孩，他又如何放得开手？

几乎是从有记忆开始，他就失去了撒娇的资格。从小的教育，让他时刻提醒自己是陆家人，自重自强，不可示弱半分。父亲母亲，不是承欢的对象，而是仰望的权威。他们需要的不是调皮闯祸的孩子，而是一个可以让他们骄傲自豪的陆韶迟。而他拥有的，绝不是宠爱纵容，而是近乎苛刻的教育培养。当雨陌可怜巴巴地拉着他衣角时，那一刻，他仿佛看到了同样可悲的自己。他喜欢她孩童式的算计，不舍得揭穿，喜欢她撒娇无赖的霸道，不忍心拒绝。他一味地宠溺她，只因为贪恋她的依赖。他就好像一尾从小就期待着跃过龙门的鱼，逆流而上地寻找人生的最高点。可即便高高在上，他对那生而或缺的亲密却有着本能的渴望。

他轻轻地靠向椅背，闭上眼，仿佛还能看见她一蹦一跳地奔到自己面前，喊自己"稻根藤鹿"。还记得刚在一起的时候，她第一次去他的公寓。她站在衣橱边，把他的西装拿出来，小鼻子凑到领口闻，然后装出妒妇般滑稽的表情不怀好意地说，好像有香水的味道哦。他使坏般地将衣服抖动，细小的尘埃浮了起来，她皱着眉头连打几个喷嚏。陆韶迟，这件西装你多久没穿了？她捏着鼻子问。他笑着取笑她，买回来一直没机会穿，还能闻到香水味，真是狗狗的鼻子。她叉着腰说，衣服买来不穿，都快被虫子咬出洞来了，陆韶迟，你就这么打理这些的吗？他清楚记得自己那时候是如何回答的，他说没办法，谁叫他家缺一个替他打理的女主人呢。

原来，那么早开始，他就想和她过一辈子的。其实她不会照顾人，煮饭能把饭煮焦，烧菜能把菜烧煳，洗衣服的时候要拿着说明书来操作洗衣机，洗碗的时候会不小心把碗摔烂。她甚至不会照顾自己，会忘记吃药，会不小心吃到过期的药，会突然晕倒，太多的，他都不敢去想。这一次，她不告而别，让他想到了最坏的可能。

他和雨陌，已经没有时间去耽误。本来，他已经是世界上最幸福的人，雨陌接受了他的求婚，答应做他的新娘。可偏偏在他感觉到自己一步步走到她心里的时候，一切被打乱。

雨陌，你在哪里？

他看向远方，眼前是成片的云海，巨大的机翼压着夕阳，生生地将天空切割成了蓝黄两色。一点薄如蝉翼的光亮，在云与天之间，喷薄而出。黄昏时分，在飞机上看云暮迟落，居然是这样震撼的壮丽。他突然觉得心里有点点微光，如同天尽处的晚霞般不肯妥协，苦苦支撑着，也要破云而出。他的爱情，就好像这点微弱的光芒，即便是即将离场，也绝不放弃。

雨陌，你听到没有。无论如何，都不要先放弃。

他握紧了手中的钻戒，坚硬的钻石，割得他掌心隐隐发疼。

飞机冲破云层，缓缓下降，眼前的光亮更加盛大起来，一团团的金黄，如画卷般铺展开来。首都机场光亮如黎明，走出机舱的那一瞬间，陆韶迟压抑着的心情，突然找到了释放的出口。

雨陌，无论你在哪里，我一定会找到你。

没有停留，陆韶迟直接打车去了陈楚洋培训的地方。等到了陈楚样宿舍的时候，天已经全黑了。

陈楚洋此刻也正焦躁不安，躺在床上翻来覆去的，一看到推门而入的陆韶迟，他猛地站了起来。

"韶迟，你怎么来了？你的伤怎么样了？你那天真吓死我了！欣颜回来了没？你见到她了没有？"他抓着陆韶迟打量个不停。

"先别说这些。我问你，雨陌在什么地方？"陆韶迟不想浪费时间在寒暄上，他问得有些迫不及待。

"你没有去接回雨陌？你来北京干什么？雨陌出事了！"陈楚洋也有些气急败坏。

"雨陌出事了"这句话，印证了一切不好的猜想，陆韶迟的心猛地沉了下去。

第二十六章
寂寞伤城

他们以为这样的羞辱,是一把匕首,
可以让她伤让她痛,
却不知道,这把匕首同样可以成为披荆斩棘的武器,
让她坚强,让她坚持。

房间里很干燥,也有些冷。她就这样抱着膝,用一种婴儿怀念子宫的姿势,一动不动地坐在地上。她头轻轻地埋在臂弯里,黑色的刘海垂了下来,刚好挡住她的眼睛。

"你还是什么都不肯说吗?"负责审问的警官有些无奈地看了看坐在地上的人。他只不过出去倒了一杯水,她就从椅子上移到了墙角,无论怎么劝说都不肯挪动半分。似乎,那冰冷的角落里,才是她温暖安全的归宿。

"你最好和警察合作。如果你不肯说,我们帮不到你。"

"我求求你们放我走吧,我男朋友还在医院,生死未卜。"过了许久,她才艰难地开口。她唇上有浅紫色的裂痕,是刚才太用力紧抿唇的时候伤的。

"我们已经有确切的证据,证明你冒充记者,盗窃医院病人的机密资料。诈骗、盗窃、敲诈等多项指控,这些都是刑事罪,很抱歉,我们不能放你走。"

"有证据你们就告我,何必来问我?"她轻声咳嗽了一下。这几天,她不吃也不喝,声音变得喑哑,每说一个字,干燥的喉咙深处似乎有爆裂般的灼痛感。

"你还是不肯交代吗?"

"我不知道该交代什么!"她冷漠地抬头,一双眼睛因为消瘦而深陷。但那双眸深处的洞悉，却让人背脊发凉。交代，明明是要把她逼到绝路，却偏偏假装慈悲地让她申辩，可只有她自己知道，她早已经被剥夺了话语权。

她该如何交代，交代为什么报社在出事之后，立刻对外宣称她是报社的实习生，编外人员。宣称她是个没有记者证，打着报社名义到处招摇撞骗的假记者？

她又该如何交代，交代为什么金恩彩一边在媒体面前炫耀幸福，说着一切过往概不追究，一边又让经纪公司起诉医院？

她该怎样交代，曾对外宣称要查明真相的医院高层，却一口咬定她盗窃病人资料，企图敲诈勒索？

这些她无法交代，他们在这么做的时候，就已经把她罪名落实了不是吗？她也无法解释，为什么那些她见过的，没见过的，甚至是听都没听说过的人，在这个时候站出来控诉，说她曾经如何卑鄙地利用记者身份敲诈过他们。欲加之罪，何患无词？这个世界太冷漠，雪中送炭的没有，落井下石的却不少。

审讯室内灯光昏黄，面前的警察有些不耐烦地转着手中的笔。他们静默着，齐齐地看着固执的她，沉默让肺叶里的空气都变得压抑起来。

这是一场拉锯式的心理战，这些都是有着多年审讯经验的警察，他们用略带警告的口吻说，他们已经掌握了很多证据，足够她判上很多年。如果她肯坦白，他们可以向法官求情，让她减刑。可偏偏这个看似娇弱的女子有着强大的内心，劝说和威胁，到她这里都石沉大海，不起半点涟漪。

对警察的问话，她有些心不在焉，低头专注地摩挲着自己的手指。纤细的手指单薄得仿佛可以看见淡青色血管，曾经无名指上住着一枚戒指，有个男子对她承诺终身。如今戒指的印记已经淡去，她甚至找不到一丝他爱过的证明。

这让她感觉到前所未有的慌乱，生怕自己和他的过往，都成为一场虚无的记忆。那天傍晚，她换好了衣服，准备出院。她看着窗外，等他来陪自己一起吃晚餐，可最终等到的却是急救室陈楚洋的电话。他说，韶迟出了车祸。当时，她满脑子都是空的，根本捕捉不到"车祸"两个字的具体含义。冲到急救室的时候，她感觉自己的心跳快要停止了。韶迟浑身是血地躺在那里，生死未卜。她胸口一阵阵地抽痛，疼得快要裂开。她大声喊着他的名字，直到声音沙哑。

幸福永远都是在离她最近的时候突然转身。那是怎样的一种恐惧？母亲、父亲、云暮寒都离她而去，如今又轮到了陆韶迟。她亏欠他的太多，

在他昏迷的瞬间,她心中只有一个念头,他不醒来,她也不要独活。那个念头那么强烈,强烈到现在回想起来都心惊。

如今的她,真的不愿意再去承受,那一次又一次被遗弃的感觉。

面前的警察有些气急败坏地说,如果她不老实交代,就等着把牢底坐穿。她觉得有些好笑,判多少年对她来说有什么意义?她的命本来就是多出来的,多一年少一年,都毫无意义,她本就没剩几年可以活。

"你为什么要多次潜入云泽仁心医院?这次你在仁心医院又是在干什么?"

警察的问题有些可笑,她一个心脏病患者,不在医院还能在哪里?

"你问过很多次了,我也回答过很多次,我男朋友是云泽仁心医院的医生,我在医院有什么问题?"

"男朋友?我们调查的结果是,你故意接近医院的医生,为了获得当红明星金恩彩的诊断报告,目的是敲诈勒索金恩彩。而你却一厢情愿地认为,自己和他是正当的恋爱关系?"

"只要是身份悬殊的感情,在你们眼里都这样龌龊,你们根本就不懂爱情。"对方讽刺质疑的语气让她浑身不舒服,全世界都以为她是一厢情愿!以为是她勾引陆韶迟,以为她是那种手段用尽、人尽可夫的女人!那一天在医院,肖仁心当着很多人的面让她取下戒指的场景,至今回想起来,她都觉得屈辱。

…………

"是你把韶迟害成这样的,你有什么资格做他的女朋友?你不就是看准了我陆家的地位吗,想要多少钱,你开个价,像你这种女人,我肖仁心见多了!"

在医院里,一向保持着风度的肖院长在看到自己儿子昏迷不醒的样子后终于爆发了。她刻毒地望着她,咬牙切齿地指着她的鼻子说,如果她的儿子有什么三长两短,她定然不会放过她这个狐狸精。

她没有理会对方的歇斯底里,只是固执地守在陆韶迟的身边,一声声地喊他的名字:稻根藤鹿,稻根藤鹿……

相比于肖仁心的嘲讽,陆韶迟的安危更加重要。她喊他,希望他可以睁眼看自己。甚至在心里说,如果他醒来,她可以放弃一切。可没有等到他醒过来,却等到了一群警察,他们站在她的面前说:韩雨陌小姐,我们要带你走。

"我求你们,让我等他醒过来,他醒了我一定跟你们走。"她近乎卑微地恳求这些人,让她陪在韶迟身边。

"这个女人和我儿子一点关系都没有,她不过是在找借口拖延时间。警察同志,你们不要被她给骗了。"

她有些慌乱地抬头,刚巧迎上肖仁心的目光,那刀子一般的厌恶和憎恨让她打了个冷战。肖仁心居然这样讨厌她,迫不及待地想赶她走。她不知道自己做了什么,让肖仁心对她恨之入骨,从那冰冷的目光中她似乎看到了六年前,另一个人也曾经这样看着自己。

"把你手上的戒指拿下来!立刻滚!"

"这是韶迟送给我的礼物,我不能给你。"

"你还说不是贪图富贵?我们陆家的东西,你凭什么拿在手里?你还想戴着它去坐牢?"

"这无关富贵,它只是一枚戒指。"

"无关富贵?韩雨陌,你口气倒不小。千万戒指在你口里一文不值?"

周围发出一阵唏嘘声。她咬着唇不说话,她知道陆韶迟送她的东西一定不便宜,却完全没想到是天价。如今被肖仁心拿出来质疑她接近韶迟的目的,她觉得羞辱。

"戒指我可以还给你,但是韶迟的心,我还不回去了。"她耸了耸肩膀,嘲弄地笑了笑。她突然发现自己身上还穿着单薄的病号服,心里不由得一阵凄凉。

"这件衣服不能还给医院了,真的很抱歉。"她调侃地说道,看向陆韶迟的目光却是无尽的悲哀。她看了看脚上的拖鞋,上面有仁心医院的标记,她咬了咬牙,将鞋脱掉。

"我们走吧。"她赤足走到警察面前,朝还在发愣的警察说,"我现在同你们去警察局。"

深秋,空气都带着料峭的寒意。

韩雨陌蜷缩着身体,她赤着的双足,已经冻得浮出浅红色。她努力地往墙角靠,似乎只有这样,才可以听不见自己因为寒冷而瑟瑟打战的牙齿碰撞声。

长时间没有吃东西,饥饿让她更加寒冷。幸亏这些人不曾阻止她吃药,否则她可能还撑不了这么多天。

"云先生,事情已经了解清楚了,如果有需要我们会再来找您的。"门外传来了对话声。

韩雨陌眼睛突然亮了一下,这个声音是云暮寒!

她猛地站起身,因为长时间保持一个姿势,她的肌肉有些僵硬,

站起来的时候使不出力气,她脚一软,又跌了下去。

"你想干什么?"她的举动吓了审讯的警察一跳——这个和木偶一样沉默的女人,怎么会突然站起来?

"抓住她,她想逃跑!"他们以为韩雨陌想要逃走,几个人将她制住。

"放手。"韩雨陌挣扎着,努力甩开抓着她的警察。她做梦也想不到自己有一天居然会进警察局,明明什么事都没干过,偏偏要被这些人当坏人一般拘留。她看着门口,门外站着的是云暮寒,仅仅一门之隔,却让她觉得如同几个世纪般遥远。

门外的云暮寒轻轻地揉着已经青了的嘴角,表情冷漠如霜。律师已经帮他办好了手续,他可以随时离开警察局。

审讯室里传来了低沉的女声,听起来还有些虚弱。云暮寒停住了脚步,身边的警察吓了一跳——即便是审问云暮寒的时候,云暮寒的脸色也没这么难看。此刻,云暮寒阴沉的表情,让他忍不住咽了一口唾沫。

云暮寒加快了脚步,几乎是冲上去,踢开审讯室的门。

他紧紧地握住了拳,眼前的一幕让他血液沸腾,胸口一腔火猛地蹿了起来,而眼中却是冰冷一片。

"谁把你弄成这个样子的?"尽管提醒了自己无数次,这个女人的一切都与自己无关了,自己不该为她乱了方寸。可每次看到她狼狈不堪的样子的时候,他还是会忍不住心痛。她很冷,看她单薄的衣裳、发紫的嘴唇,他就知道她几乎冻僵。他脱下衣服将她裹住,她的手指像铁一般凉,凉得他不自禁地把手一缩。

"这里有没有有暖气的房间?"他打横抱起她。

"去我办公室!"跟在他身边的警察连忙道。

办公室里很安静,韩雨陌甚至可以听见空调吐出丝丝气息的微妙声响。暖气被调到了最大,办公桌前的玻璃窗上结了层雪白的水汽。房间里有些闷热,云暮寒的衣领微微敞开,他额头已经沁出汗珠。韩雨陌穿得很少,她并不觉得热,身体逐渐苏醒的温度唤醒她的理智。她知道自己正躺在云暮寒的怀里,她可以听见他铿锵的心跳,可以感受到他胸膛的热度,就好像从前一样。

可她知道一切都变了,之前在听到他说话声音的时候,她条件反射般地站起,第一个念头居然是逃走。若是从前,他是她的依靠,她可以在他怀里任意地撒娇、耍赖、索求眷宠,可如今,她只希望不要让他看到自己狼狈不堪的样子。

"你好点没有,还冷不冷?"他的声音依旧带着急切的担忧,韩雨陌却不似从前那般贪恋这种呵护。

"我要去医院,送我去医院。"她的语气平淡坚定,一字一句清晰明了。

"郭律师,借你的车一用,我送我朋友去医院。"云暮寒以为她身体还有什么不舒服,他轻皱着眉头,语气中夹杂着焦躁。

"等等,云先生,韩雨陌正在接受调查,她暂时不能离开警察局。"之前审问韩雨陌的警察拦住了云暮寒。

"她犯了什么罪?"看见这些警察,云暮寒不由得火大。韩雨陌虚弱的样子,像一把刀子扎在他心里,一刀刀地割得他疼痛不已。

"云先生,我知道你是酷游公司的CEO,也知道你有司法界赫赫有名的私人律师。但是我的确是按程序办事,绝食是她自己干的,我们绝对不可能暴力逼供。"

"韩雨陌!"云暮寒又气又恨地看着她。这个笨女人都干了些什么?她怎么能这样折磨自己?

"她可不笨。这年头的女人手段可真高明,云先生,你可要当心啊!"年轻的警察,提醒中带着几分讽刺。

"不劳你们费心了,我现在要带她走,郭律师,帮我办手续。"

"云先生,韩雨陌现在不能被保释。"

"你们有没有人性?你没有看到她脸色很不好,很不舒服吗?我现在送她去医院怎么了!"

办公室里针锋相对,韩雨陌听着他们的争吵,觉得有些头疼。她从来没想过,自己原来在别人眼中,已经成了一个贪财好利、依附男人生存的骗子。

当陆韶迟的妈妈指责她的时候,她并没有觉得委屈,她只是惊讶地发现,原来自己早已经在不知不觉中接受了他。那天,肖仁心说她贪图富贵,她才发现,原来,陆韶迟融入了她的血脉。她把他的宠爱当作是理所当然,他的,自然也是她的。一切,不需要思考,习以为常。在她眼里,钻戒只是钻戒,无关克拉,无关价格。

只是这些人永远不会懂得,只会用最肮脏龌龊的思想来猜测她和韶迟。只因为他的优秀,只因为她的渺小。而她也是慢慢地才懂得,原来她是这样幸福,有一个人比她自己更懂她。

她是要感谢肖仁心的,那个女人用羞辱给她上了一课,让她明白了自己差一点错过了什么。他们以为这样的羞辱是一把匕首,可以让她伤让她痛,却不知道,这把匕首同样可以成为披荆斩棘的武器,让

·198·

她坚强，让她坚持。

　　韩雨陌，绝对不会轻易放弃自己的幸福。她一定会活下去，撑下去，因为，她从来都不是一个人。

　　韩雨陌环视着四周，目光中是倔强和坚定。胸口依旧如巨石压迫般气闷，她能感觉发病前异物梗迫的疼痛感。她做了个深呼吸，最近她发病越来越频繁，多亏了陆韶迟在她身边。她甚至已经习惯了，醒来的时候，躺在单调寂寞的加护病房里。特殊的疾病，让她比普通人更加懂得控制自己的情绪，无论是开心还是伤心，她都不会让自己激动。唯一的几次失控，都是因为那些刻骨铭心的过往，因为云暮寒。

　　此刻，即便是这样窘迫的处境，她也不会痛苦难受。她依旧能无所谓地对待，坐牢？身败名裂？这些，她早就不在乎了。她最在乎的东西都已经失去，其他的，威胁不了她。若问这世上，她还有什么是在乎的，有什么不想失去，那只能是，只应该是……陆韶迟。

　　"暮寒，韶迟出车祸了。你能不能，帮我去医院看看他？他醒来看不到我，一定会很担心。"韩雨陌看着云暮寒说道。

　　云暮寒猛地僵直了身体，韶迟……原来她在警察局，自身难保的情况下，心里念着的还是陆韶迟！她那样自然地喊他暮寒，不带一丝怨恨，仿佛他们是多年的朋友。这样的语气让他觉得可怕，她真的，开始慢慢把过往淡化，可以当什么都没发生一般和他做朋友吗？

　　云暮寒的脸色有些难看，他的雨陌，已经不在了。面前不再是那个会撒娇喊疼、小气巴巴、有些无理取闹、胆小又虚荣的韩雨陌。而是一个疲惫、沉静、淡漠、礼貌的女人。这样乖巧的她，让他心疼，却又无可奈何。

　　"韩小姐究竟犯了什么罪？"一旁的律师询问道。他已经看出云暮寒和这位小姐关系非同寻常，此刻，他明白自己要做些什么。

　　"金恩彩小姐怀孕的事情弄得尽人皆知，造成了极其恶劣的社会影响。金恩彩的经纪公司正式起诉云泽仁心医院泄露病人资料。云泽医院怀疑有人冒充病人，用诈骗手段盗取病人资料，并企图靠这些资料牟取暴利。而我们调查发现，韩雨陌在云泽都市报新媒体部实习期间，曾经伪造虚假病例，冒充孕妇，用手机偷拍了病人的机密资料。我们也和金恩彩的经纪公司取得了联系，不排除韩雨陌曾经敲诈勒索金恩彩的经纪公司。"一边的警察说道。

　　云暮寒的脸色更加阴沉。

　　"我想单独和韩小姐说几句话。"云暮寒看了眼旁边的警察，尽量保持礼貌。

几个警察离开办公室。

"韩雨陌小姐,他们已经离开了,作为你的代理律师,我想知道,对于这件事情你有什么要说的。"郭律师看了眼云暮寒,这个案子可比云暮寒的案子棘手多了,这小子专给他出难题。

"我的确是冒充孕妇,然后偷拍了金恩彩的病历照片。但是,我绝对没借照片勒索金恩彩,也没有在勒索失败后,将照片传到网上。事实上,照片不是我传的,而且,我的身份也并非报社传的那样,是什么实习生。你们可以查阅从前的发稿记录,我都是第一作者。"

"这样就好办多了。我国并没有出台《新闻法》。记者的行为没有严格的法律规定,所以,一旦你的记者身份被证实,你就是采访需要。这个案子就和敲诈勒索无关,也就不牵涉刑事,民事案件很好打。就算需要起诉,也可以把责任推给报社。"

"这么说雨陌没事了,我就知道这种案子难不倒郭大状!"

"韩小姐,这个案子的重点,就是你是否是一名记者。你是为了工作,还是为了其他。如果你获取金恩彩的资料,只是为了发报道的话,之前那些警察的假设就不攻而破了。你只需要一口咬定,自己将照片发给报社,是为了工作就OK。"

"我没有发过那些照片。"

"韩小姐,你是说,发那些照片的另有其人?"

"没错。"韩雨陌看了眼云暮寒,没有把金恩彩的名字说出来。

"如果你不肯承认自己发过照片,你口供的可信度会很低。法官会认为,你一直在撒谎。"

"我不会承认。没做过的事情,我不想背黑锅。"

"韩小姐,目前金恩彩的公司已经提供了对你很不利的证据。我希望你配合我,如果这案子按照敲诈勒索来判的话,你可能会坐牢。"

"敲诈?是金恩彩说的?我曾经威胁过她吗?那她有没有说过,我勒索了一百万,还是一千万?"

"雨陌!"云暮寒喝住了她,"我知道你很生气,但这是经纪公司的行为,恩彩并不知情。"

"你凭什么认为我在这里和她毫无关系?"

"我凭我和她认识六年,以她如今的身份地位,绝不可能没有被人勒索过,面对诋毁和暗伤,她从来没有追究过。雨陌,你对恩彩有偏见,并不了解她。她并不是你想的那样复杂。"

"对,她不复杂,她单纯嘛。复杂的是我,敲诈勒索的也是我。

你根本不用急着为她辩解，没人会抓她来审问，现在在警察局的是我，那个势利虚伪小气贪财的韩雨陌。你大可放心。"

云暮寒的维护让韩雨陌莫名地愤怒，尽管她知道，这样的争吵毫无意义，幼稚可笑，可她依然忍不住要激怒他，仿佛这些尖刻的讽语可以让自己心里好过点。

"韩雨陌，你非要这么对我说话吗？这么多年了，你怎么还这么幼稚。你以为现在是在开玩笑吗，你何必拿自己的前途来赌气？承认错误就那么难吗？你知道不知道自己在玩火？"

"没做过为什么要承认？如果我说，一切是金恩彩自导自演，那张病例照片是她自己发到网上的，你信不信？"冲动的话一出口，就再也收不回。

云暮寒看着她，眼中满是失望。她怎么可以这样信口开河？

"你要我如何信你？你刚才说的话，你问问警察会不会信，上了法庭法官会不会信？我曾经无条件相信过你。当年，你托程浩来跟我说那番话的时候，所有的承诺和相信，都被你践踏得一文不值。"云暮寒冷冷地说完这句话，拉开办公室的门，头也不回地走了出去。

韩雨陌嘴唇动了动，却没有说出话来。他又提起了当年，当年自己吞下所有的委屈，守着一个只有自己才知道的真相。如今，所有人都可以拿当年来指责她，指责她的无耻。

走出警察局，云暮寒一拳打在了路边的一棵法国梧桐上。用力之猛，让枝叶轻颤了一下。树叶缝隙间一闪而过的阳光晃着了他的眼，他不自觉地闭了眼，一旁的郭律师分明从他眼底看到落寞。

郭律师有些诧异地看着云暮寒。作为酷游的首席法律顾问，他和云暮寒合作已经多年了，今天的云暮寒太反常了。平常，这个素以冷静著称的CEO，从来不会在外人面前表现出他的喜怒哀乐，即便是上次他的未婚妻金恩彩晕倒住院，在办公室突然接到电话的他，依旧能从容不迫处理一切。但是，今天……

这已经是他第二次纳闷了，和人打架，冲女人发火，烦躁地摔门而走，都不像是他认识的云暮寒会做的事情。郭律师自嘲地笑了笑，看来他并不了解他的老板。外人眼中的云暮寒，恐怕不像那些人物杂志报道的那般简单。

云暮寒，该是什么样子？

和所有从技术岗跳跃到管理层的成功者一样，这个二十七岁的男人，有着惊人的耐性和冷静。正是因为这样的忍耐力，让他能够在面对一大堆复杂烦琐的程序语言的时候，依然保持清醒的头脑。没有一般搞技术的人惯有的内向木讷，云暮寒虚心却不失野心，有着管理者不容置疑的魄力，这几年，酷游不是没有经历过风浪，但任何危机都在他领导的管理团队的处理下化解了，让人不得不佩服他的洞察力和决策力。

从在单亲家庭中长大的贫穷少年，到F大高才生，从普通的计算机系留学生，到世界知名软件公司的天才程序设计师，又从IT企业高层到自主创业大军中的一员，云暮寒的成功之路堪称完美。辞去高薪职业，和朋友一起创立酷游网，代理韩国网游《神奇》，一年内创造营业额一亿美金的神话，获得国际知名风险投资的青睐，又转战国内，自主研发本土游戏……在他的带领下，酷游利用网游迅速崛起，三年内实现了在纳斯达克上市的目标。

云暮寒，也从兢兢业业的技术研发者变身为开拓疆土的企业创始人，他每一步走得精准如教科书上的范本。他的传奇经历无懈可击。在无数有着创业梦想的IT青年心里，云暮寒已经和当年的比尔·盖茨一样成了一个符号，一种象征。

任何人都可以幼稚、鲁莽，只有他不可以。因为他那样骄傲，骄傲到不允许自己失败。他清楚地知道自己要什么，曾经的贫穷让他发誓要站到世界之巅，付出再多也在所不惜。可，是什么让这样一个野心勃勃的男人方寸大乱？

郭律师扶了扶眼镜，云暮寒从回到云泽开始就不太对劲。之前他还以为是这个"海龟"不习惯国内靠人情办事的潜规则，可后来才发现，一切并不这么简单。

云暮寒的失态难道是因为，那个警察局里的女人？

他倒有些好奇，什么样的女人能把冰山融化，让睿智冷漠的酷总裁变成莽撞暴躁、理智尽失的男人？

"她的案子，还有没有其他办法？"

"云总，如果您朋友真的一口咬定自己没有发送过照片，案子就会变得复杂，她的话会变得不可信。我建议不要冒这个险。如果她肯承认，我有十成的把握打赢官司，这不过是记者采访越界的普通纠纷罢了。"

"我问你还有没有其他办法，既然她不愿意承认那这官司你就按不承认来打！"

"事情没那么简单……"郭律师头疼地揉了揉眉心，冷静的男人蛮不讲理起来也是难缠的。

"简单的事情需要你去处理吗?"

"也不是没有办法。这事是仁心医院报的警,肖仁心背景很深,我们想走捷径恐怕不行,但是……"

"你不用跟我解释这些,我要的是结果,不是过程。"

"我说过,这个案子其实很简单,娱乐记者跟踪明星爆料,根本不算什么大不了的事情。只要不牵涉敲诈勒索就没什么。但是韩小姐非要坚持说她不曾发过那份病例照片给报社,影响她口供的可信度,把事情变得复杂。照片是从她手机发出去的,她的坚持毫无意义。"

"我可以告诉法官,照片是我自己不小心泄露出去的。如果我出面的话,可信度应该很高吧,雨陌曾经救过我的命,无论她做过什么,我都不想她有事。何况这次,我的经纪公司也要负责任。"郭律师的话还没说完,一个声音就打断了他。

戴着墨镜的金恩彩站在车边冲他礼貌性地笑了下。

"你怎么过来了?"云暮寒有些意外——她听了多久他们的对话了?自己居然一直未发觉。

"公司到现在才告诉我你进了警察局,我肯定第一时间赶过来了。雨陌的事情我知道了,是我和公司缺乏沟通,我还和高层为这事情吵了一架。雨陌只是太敬业了,什么假记者啊,敲诈勒索都是网上瞎传的,雨陌根本没威胁过我。我的粉丝被媒体误导,才会在前段时间弄出什么'人肉搜索'之类的,把雨陌以前的事情拿出来说,让她那么难堪我真过意不去。这次如果能补偿什么,我很愿意。"

"郭律师,如果我跟警察说,是我不小心把病例照片泄露出去,雨陌是不是就不用承担责任?"

"谢谢你,恩彩。"云暮寒轻轻地松了口气,眉头这时候才稍微舒展。

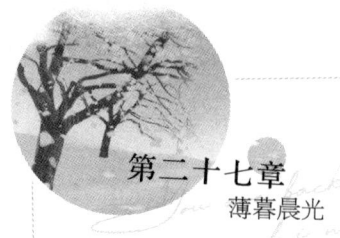

第二十七章
薄暮晨光

原来，这就是牵挂的滋味，
似有慢火在炖雪梨，
那么煎熬，却又甜蜜清凉。

听到金恩彩要出面解释，韩雨陌懒散地打了个哈欠。她没有说话，漫不经心地抬头，晶亮的眼眸看着面前的女人，眼底没有厌恶，只有厌倦，那懒得搭理的神情是那样直白。如此不加掩饰的流露，让金恩彩有些尴尬。

"雨陌，你怎么瘦了那么多？我们都是来帮你的，你有什么需要，可以告诉我。"金恩彩紧皱着眉头，一副痛心的表情。她伸手去摸韩雨陌的额头，韩雨陌啪的一声，挡开了她的手。

"呵呵，你不唱而优则演，我都觉得可惜。金恩彩，镜头面前你装，镜头外你也装，你不累我都累了。收起你的好心，你少恶心我了。"

"雨陌！"

一边的云暮寒刚想说什么，金恩彩连忙拉住了他，她冲他轻轻摇头，示意他不要冲动。

那体贴细微的动作，让一旁的郭律师都感动了。想不到，天后级的明星是这么温柔。

"你做过些什么你自己清楚。请你不要再在我面前摆出这种姿态，让我感觉像跳梁小丑。"韩雨陌自认不是个好脾气的人，她刻薄的话，让金恩彩眼皮跳了一下。

"雨陌！你别太过分了。恩彩为了帮你，不惜把事情往自己身上揽……"

"算了，暮寒哥，雨陌是心情不好。你别那么大声，会吓着她的。"

"谁吓着谁还说不定呢，怀孕的女人还是本分点好。如果我要透露给媒体的话，你认为我只会说你怀孕的事情吗？我的过去再不堪，你以为你就干净了吗？你做小姐的事情，比怀孕生孩子更有新闻价值。我不介意把坏人做到底。"

韩雨陌话音刚落，金恩彩顿时满脸煞白。

看到她一瞬间的失神，韩雨陌心中一声冷笑，原来这个女人也会害怕。

"你怎么会知道的？"云暮寒一把抓住了韩雨陌的手。

韩雨陌没有回答他，她轻蔑地将目光移开，定定地看着窗台上的仙人掌，一根根叶针，森森地映入眼帘，扎得她眼疼。她就像这尖锐的植物，包裹着潮湿和柔软，那样伤人的外壳其实不堪一击。

"雨陌，别和自己过不去。郭律师打这类官司很厉害的，你就听他的话吧。当年他可是一建的法律顾问，帮江总打赢过很多官司的，你应该听说过吧。"忧郁只在金恩彩脸上停留了几秒，顷刻之间，她又笑呵呵地俯下身子。

听到"一建""江总"几个字，韩雨陌突然握紧了拳头。她屈辱地看向金恩彩，却发现金恩彩的笑容里多了几分狠辣。

"别固执了，韩小姐，我们是为了你好，想帮你。"郭律师在一边劝说。

"她不需要别人来帮，你们的好意，心领了。"低沉且干净的声音在背后响起，如同突然被人按下的钢琴重低音般突兀却美好。

韩雨陌淡漠的表情开始生动起来，她的眉目舒展开来，脸上浮现出温暖的笑意。她回头看向警局办公室门口，惊喜在她瞳中扩散。门前立着的男子，正侧脸看着她微笑。灯光如刀般勾勒出他周身的轮廓，在光影之外，是迷离的虚影。此刻的他，单手插口袋倚门而立的动作，有着欧式的闲散和优雅。

韩雨陌不说话，只是看着他，笑得眼睛弯成月牙弧。他也不言语，宠溺地迎接着她的注视，任她的目光扫过他略长的刘海，扫过他俊挺的鼻梁，扫过他薄如刀翼的嘴唇。

"陆、韶、迟！你怎么变得这么丑了！你居然不理发，刘海都长到鼻子上了，而且胡子也没有刮。面色苍白，营养不良，而且瘦得眼睛都陷下去了！你以前很帅的！"韩雨陌冲上去，她的手捏了捏他因为消瘦而越发轮廓分明的脸，语气中夹杂着一丝责怪。

"因为在想你。"陆韶迟抓住她的手低声说道，喑哑低迷的嗓音带着蛊惑的味道。她在担心他，他含笑，心中的幸福满了胸腔。

"想我！你居然这么晚才来看我！"她嘴唇一撇，用拳头打在陆韶迟的肩膀上。

"嗷——我都一身伤了，你还这么用力！真的是想你，昏迷的时候听到你喊我名字，我心里想的急的都是你。醒了以后看不到你，我念的盼的还是你。你看我腿伤还没好呢，就来这里了。"他低头，用额头抵着她的额头。

韩雨陌的脸唰地红了，以前的陆韶迟，从来不会对她说这样直白得令人耳根发烫的话。

一旁的云暮寒脸色顿时难看了几分，陆韶迟将一切看在眼里，不动声色地把韩雨陌揽进怀里。

"那天，你真的吓死我了，我以为……"那一刻的恐惧，至今韩雨陌仍心有余悸。

"你还没嫁给我，我怎么舍得死。"陆韶迟完全不理会身边射来的锋利目光，他轻轻地脱下外套，包裹住韩雨陌。云暮寒的那件外套被他丢在了一旁的椅子上。

"穿这么少，很容易生病的。"

"知道了，'稻根藤鹿'先生，你啰唆的职业病什么时候能改掉？"她懊恼地垂着脑袋，脚不安分地在地板上蹭来蹭去。

"几天不见，变牙尖嘴利了。"陆韶迟摸了摸她的脑袋，旁若无人的纵容那样明显，那言语间的热度灼得身边的人皱了眉。

云暮寒看着面前的两个人，只觉得房间的空气闷热异常，让人暴躁。

"韶迟，我不想待在这里，看到一些不相关的人。"

"那我们走。"

"等等……你们……"听见他们说要走，一旁的金恩彩才急切地开了口。

"怎么了，金恩彩小姐，你不是说出了真相吗？既然事情都是你做的，我未婚妻还留在这里干什么？"陆韶迟似笑非笑地看了看金恩彩。

"你——"金恩彩被他一句话堵着说不出来，气得脸涨红。

"陆先生，这……"一旁的郭律师犹豫着开口阻止。

"不要对我说不合规矩的话，我的忍耐是有限度的。既然这些警察都不干涉我们离开，你最好什么都别说。你以前是江贵仁公司的律师吧，打过不少官司了，妨碍司法公正的官司你打过没有？你利用你的人情，在明知道罪名有多可笑的情况下扣留她。又不惜误导云暮寒，

企图逼雨陌认罪，接着通知金恩彩来配合演戏。我不知道你们到底有什么目的，也不知道你跟金恩彩到底是受谁指使要陷害雨陌。但是，我警告你们，立刻住手。如果你不想被你的云总开除后又吊销律师执照，最好不要惹我生气。"陆韶迟走到郭律师身边，俯下身，对他耳语。

"你以为把她扣留下来就能逼她认罪？你没想到雨陌这么固执，宁可受苦也不肯被冤枉吧。所以转而求其次，让金恩彩来上演一出大仁大义的好戏？然后让云暮寒以为雨陌不识抬举？听着，别以为江贵仁在云泽可以要风得风要雨得雨。我陆韶迟，有本事让他一败涂地，所以，接下来会发生什么事情，你们好自为之。"

韩雨陌看着陆韶迟，不知道他到底对郭律师说了什么，只见郭律师立刻面色苍白，满头大汗。金恩彩也同样露出了疑惑的表情。

一旁的云暮寒却并没有注意到郭律师的异样，他只是……直直地瞪着韩雨陌，触碰到他目光的韩雨陌立刻扭过头去。他眼神中的伤痛如此明显，刺得她心猛地一疼。原来，还是做不到无动于衷啊。

"你刚才跟郭律师说什么啊？"

"没什么，郭律师刚刚从专业角度研究了下你的案子，他说这事完全是个误会。是吗，郭律师？"陆韶迟回头冲郭律师一笑。

"是，是，误会，误会。"郭律师一边笑着回答，一边擦着汗。

"可是刚刚说话的明明是你啊，感觉郭律师都没有开口。"韩雨陌抬头，眼神澄澈中闪动着疑问。

"有吗？你看错了。"陆韶迟一脸无辜。

"是吗？估计是饿昏了，那我们赶紧去吃东西吧。"韩雨陌纳闷地摸了摸脑袋，难道真看错了？刚才看郭律师的表情，真像是陆韶迟恐吓他，一定是看错了。

想到要去吃东西，她立刻豁然开朗，一下子恢复了精神，拉起陆韶迟就往外走。

就在她走出办公室的刹那，云暮寒终于一拳砸在了办公桌上。

这才是真实的雨陌，她的笑，她的调皮，她的傻气，都不属于他了。在他面前，她冷漠安静，只有见到另一个人，才全然绽放出她不设防的孩子气。

"这个世界真是色彩斑斓啊。"走出警察局的韩雨陌做了个深呼吸，伸了个懒腰，心情格外舒畅。

"如何色彩斑斓了？"看她眯着眼睛，文绉绉感叹的样子实在可爱，陆韶迟不由得产生了戏谑之意。

"呃——"面前的女孩,五官因为费力思考而皱到了一起。陆韶迟努力地憋住笑,他分明从韩雨陌脸上看到了一个大大的"囧"字。这丫头平时就不擅文墨,要她把面前秋色暗淡的景色描绘得色彩斑斓,还的确是个大难题啊。

"灰溜溜的马路,半黄不绿的树叶,蓝天、白云、红太阳,还有……'稻根藤鹿'同志青黑的脸,够色彩斑斓了吧。"

听到前面几句的时候,陆韶迟还暗自好笑,到最后一句,才知道这丫头是在取笑他。他作势抬手要往她脑袋上拍下去,她害怕地缩脖子闭眼,却是感觉他的手轻轻地在她鼻子上弹了一下。那一瞬间,仿佛琴师拨弄琴弦,她明显地听到自己的心铛的一声,颤抖不已。

原来,这就是书里写的:拨弄心弦。

她睁开眼,看到陆韶迟深墨色的双瞳倒映出她的身影。那一刻,她清楚地听见了爱情光临的声音。

"韶迟啊——我们站在这里这么久,等什么啊?"韩雨陌身上穿着陆韶迟的西装外套,衣袖比她的手臂长出许多,她站在一旁,有些不耐烦,于是自顾自地学唱戏人甩水袖的样子,把他的西装袖子甩来甩去。西装外套的长度刚刚好盖住她膝盖上方,露出半截保暖裤,他怕她冷,轻轻地将她拥入怀里。

"等出租车。"陆韶迟回答。

"你的车呢?"

"撞了。"

"呃——那……"韩雨陌眼珠一转,生生把要说的话咽了下去,其实她想说的是:"稻根藤鹿"你为什么不再买一辆?

"我的腿,不能开车了。"陆韶迟淡淡地说道。

"……"韩雨陌脸一红,为的是被他看穿心里想什么。随即,她脸色又突然苍白得仿佛被人抽去了所有血色,什么叫不能开车?他的腿怎么了?

她震惊地望着陆韶迟,这才发现,他的笑容里带着隐忍的神色,仿佛在压抑着巨大的痛楚。她颤抖着,蹲下去,伸手触碰他的腿。

陆韶迟发出细微的抽气声。

只是这么轻轻地碰,他也会疼成这样吗?

她轻轻发抖。

陆韶迟扶上韩雨陌的肩膀,感觉到她肩膀轻轻耸动。她抬头,满脸是泪。

他是过于担心她，才会不顾腿伤赶过来，因为匆忙，连拐杖都忘了用。此刻，腿已经疼得无法忍耐了。如果不长时间休养，怕是会留下后遗症，短期内是不能开车了。怕是自己的回答，让她有什么误会。只是，他没想到，她会这样难过。

"雨陌，其实我……"其实我很好，其实一切并不像你想的那样。然而，话到嘴边却说不出口，因为，她说——

"韶迟，我搬你那儿去住吧。我的意思是，反正我现在没工作，以前为了上班方便所以才租房子。你的公寓那么大，我可以住客房。其实，我可以照顾你。我不是说你需要照顾，我只是……"

韩雨陌拍了拍脑袋，怎么说才可以不让陆韶迟为腿的事情难过，不伤害到他呢。

"好。"

"啊？"

"我们回家。"

"家？我们？"

"你不是说搬过来住吗？那我们回家啊。"陆韶迟忍俊不禁。

"怎么这么久还没有车啊，这地方是不是打不到车啊？"韩雨陌红着脸岔开话题。我们回家，这句话真够暧昧的。

"这里打不到车，需要送你们一程吗？"正在两人对着马路一筹莫展的时候，一辆跑车停在了他们身边。

听到问话的声音，韩雨陌的笑容立刻消失。她看了眼坐在副驾驶位置上礼貌地邀请她上车的金恩彩，转身就想走。

陆韶迟一把拉住了她的胳膊，冲她点了点头。

韩雨陌想起陆韶迟受伤的腿，只好放下心底的厌恶，快快地转过身。

"那就多谢了。"陆韶迟也不客气，拉开车门就上车。

"去哪里？"云暮寒语气并不友好。开车出警察局的时候，他就看见两人举止亲密，若不是金恩彩说要请他们上车，他真想装作什么都没看见尽早离开这鬼地方。

"江滩的公寓。"陆韶迟接口道。

"你呢？"金恩彩问韩雨陌。

"一样。"看到金恩彩暧昧的目光，韩雨陌恨不得咬了自己的舌头。

"我们住一起。"陆韶迟漫不经心地说道。

云暮寒猛地踩了一脚刹车，在前面十字路口的红灯处停了下来。

"那儿的公寓楼不错啊，靠近江边，风景很好，就是私人空间少了点，以后有了孩子还是不适合那么多人住一起。买套别墅好点，我前段时间去了套,打算结婚以后住。你知道,暮寒打算把事业定在云泽,买房子是肯定要的……"金恩彩在一边说个不停,车内的三个人却都不再说话。

一路上,云暮寒都没好脸色。韩雨陌低着头,觉得车内空气闷得人想大吼几声。

车开到公寓楼下,还未停稳,韩雨陌就逃似的推开车门,跳了下去。由于没站稳,她身子朝前冲了几步。

在后视镜中看到这一幕,云暮寒立刻松开安全带,打算下车。可陆韶迟已经抢先下了车,他不停地询问韩雨陌有没有伤着。

云暮寒冷冷地将解开的安全带又扣上,猛地踩了一脚油门,将车子飞快地驶离。

陆韶迟的公寓在三十五楼,透过客厅外的开放式全景阳台,可以看到整个江滩。因为昂贵的租金,这栋公寓楼全楼也不过几户人家,而且不少是长年到处飞的金领。入住率低,是他租下这套房的主要原因。他不喜欢住宅区喧哗,又讨厌别墅区的偏僻,对于生活,他有着挑剔的品位。繁华区齐全的配套,绝对安静的专属空间,五星酒店所没有的归属感,这些,正是他需要的。

夜幕沉沉,陆韶迟静默地俯视着云泽,滚滚江水倒映着灯火璀璨染就一片繁华。厨房里传来噼啪的油烟声,瞬间打破了夜晚的宁静。

听见这么充满了人情味的声音,陆韶迟勾了勾嘴角。这里是他的家,有个人在为他准备晚餐,还有谁比他更幸福。这几天,他小心翼翼地呵护着这种幸福,开始有些贪心的希望,也许他该买套房子,布置一个真正属于他和雨陌的家。

"开饭了!"

客厅里传来韩雨陌的声音,此刻的她正拿着一个锅盖,俯身去嗅汤的香味,表情陶醉且满足,连陆韶迟站在她身后都未曾发觉。

看着桌上的四菜一汤,陆韶迟有些哭笑不得。红烧猪蹄、猪蹄炖黄豆、酱香猪蹄、生姜鸡蛋煲猪蹄、清炖猪蹄……这丫头就这么和猪蹄干上了吗?看着这些,他觉得自己胆固醇要飙升了。

"尝尝我的拿手好菜。"看到身后的陆韶迟,韩雨陌讨好似的搬开椅子,"多吃点。楼下的张阿姨说了,你脚伤了吃猪蹄好得快。"

"拿手好菜……拿手好蹄吧!韩雨陌小姐,你已经连续做了一个礼拜的猪蹄套餐了……"

"你昨天才夸赞我厨艺进步很快,现在不想吃了吗?"韩雨陌不

·210·

爽地嘟起嘴。这些都是她对着网上的食谱做的，光处理那些讨厌的猪毛就花了她一上午时间。

"从医学角度来说，这些菜的脂肪含量……"

陆韶迟开始滔滔不绝，韩雨陌立刻满脸不悦地低头，"稻根藤鹿"同学的职业病又犯了。

自从她搬来了他的公寓，她就被迫改变了以前的不良生活习惯。早上，他会拉着她去江滩散步，晚上他会催促着她早睡。有时候半夜躲被窝里用手机看电子书，会被查岗的他抓住，然后收缴"作案工具"，害她郁闷个半天。

"以后晚饭你自己做。"韩雨陌赌气道。看陆韶迟那表情，仿佛早已经受够了她这几日的伙食款待，要不是她每天不断地给他补充营养，他的腿能好得那么快吗？

"好。以前你不也一直吃我做的菜吗？"陆韶迟笑眯眯地答应。留学的那段时间，他练就了好厨艺。他就是这种人，即便再辛苦，也绝不亏待自己。吃不惯洋人生冷的食物，只有自力更生，对自己的胃好点。倒是韩雨陌，尽管一直是一个人生活，可这么多年她也没学会照顾自己。以前在大学，还能去食堂吃饭，毕业之后，她就终日与泡面、炒饭为伴了。若不是他把她"捡"了回来，她估计早已经严重营养不良了。

这两年里，他总是不厌其烦地督促她吃东西，不然这女人肯定又是泡面打发。雨陌是个对生活相当容易满足的人。尽管她常常吵着要吃哈根达斯，但其实一根绿豆冰就能让她乐开花。这样随意的态度，让一向对生活品质要求苛刻的他心生羡慕。

"不行，还是不能交给你，我立志要做贤妻良母的。我就不信我不能做出好菜来！"

"噗——"陆韶迟刚刚喝到嘴里的汤喷了出来。

"贤妻——良——母？"他强调性地再说了这个词，"你确定？"

他眼睛微眯，狭长的眼眸里闪动着光芒。

韩雨陌猛然意识到自己说了什么，顿时尴尬得满脸通红。自己怎么又说错话了呢，女孩子要含蓄的嘛。

老天，给她个地洞，让她钻进去吧。

看到她羞怯窘迫的表情，陆韶迟不自觉地勾起了嘴角。

觉察到他眼底的笑意，韩雨陌这才发觉，他是故意的，明知道她不是这个意思，却故意曲解，让她难堪。

"陆韶迟，吃完饭你去洗碗！"她没好气地说道。

"可我是病人啊。"他身体本来就好，腿伤在她的照顾下已经好得差不多了,可她涨红脸的样子实在可爱,让他忍不住继续逗她。

"我看你好得差不多了。"韩雨陌伸手捏了他的腿一下。

陆韶迟倒抽了口凉气,眼中闪过一丝痛楚。

"怎么了?是不是我弄到伤口了?我打电话给骨科梁医生……"韩雨陌有些慌乱。该死,他受了伤,她怎么还能乱碰?

就在她手忙脚乱地翻电话本的时候,身后一股强大的力道将她带入一个熟悉的怀抱。

陆韶迟撑着餐桌,将她锁住。

这样的距离太过接近,韩雨陌不自觉地往后缩去。因为紧张,她面色潮红,胸口起伏着。看着她微微噘起的唇,陆韶迟突然觉得有些口干。无意识地,他的手指抚上了她的唇。

嘴上传来温热的痒感,韩雨陌的脸更烫了,她紧张地绷直了身体。面前的男人那样热切地看着她,丝毫不掩饰眼中的欲望。如火的渴望透过手指的温度传到她心里,她莫名地感到恐慌。

从来没有过这样的经验,韩雨陌心里一急,直接就张嘴咬住了他不安分的手指,似乎只有这样,才能制止他。

陆韶迟全身一震,在他看来,含手指这个动作,简直就是挑逗。

韩雨陌大概没有料到自己做了什么,她只是呆呆地望着他,看着他眼眸中越来越深的颜色。

呆了几秒后,韩雨陌猛然地意识到这个动作太过轻佻。她仿若被烫一般,突地松开了口。然而,陆韶迟几乎没有给她任何思考的时间,抽出手指的一刹那,他猛地俯身吻住了她。

韩雨陌浑身一僵,但在看到陆韶迟眼中的炙热与专注后,也回吻住了他……

第二天早晨,陆韶迟破天荒地没有拉韩雨陌起来散步。他睡得很安稳,韩雨陌睁开眼,目光触及的是他紧闭的双目,还有那根根分明的睫毛。原来陆韶迟的睫毛这么长,想到这里,她仿佛发现了什么大秘密一般快乐。

"看够了没有?如果不够,我不介意你看一辈子。"他突然睁开眼,吓了韩雨陌一跳,挑逗暧昧的话语,让绯色爬到了她的耳根。

"你今天不去医院做复健吗?"韩雨陌支吾着转移话题。

"昨天晚上,不是做了吗?"

"有吗?"韩雨陌纳闷。她猛然意识到陆韶迟说的是什么,顿时,她又是羞又是怒,只得狠狠地拧了他一把。

他一把抓住她的手,深深地注视着她。

他目光热切火辣,韩雨陌不敢直视他。

看着这个女孩红扑扑的脸,他心中一动,身体里的热流又蹿了起来,索性便从手指开始,慢慢地纠缠过去……

"陆、韶、迟!你变坏了!"她咬牙切齿,哪里有人一大清早就这样的!

"有些事情,是会上瘾的。"

他笑着吻她,呵她痒痒,她惊叫出声,和他在被子里嬉闹。

"陆韶迟,你欺负人。"许久,她不满地开口,眼中带着些受委屈的表情,美得不可名状。

"陌陌,我爱你。"他突然转过身,手肘撑在枕头上,俯首看怀里的她。她身体不好,他虽然够小心,却依然担心。

韩雨陌抬头,迎上他的目光。他双眼中的温柔如同昨夜的星空,带着深墨色的包容。她连忙低头,心不禁扑通扑通地跳着,觉得自己仿佛要在这专注的眼神中坠落、沉没……

"我也爱你。看在我这么爱你的份上,你快起来给我做早餐啦。"她看着陆韶迟,生怕他再纠缠下去,她可受不了。

"馋猫,我去给你准备早点。"他笑她的可爱傻气,伸手夹了夹她的鼻子,语气纵容溺爱。

在他起身的时候,韩雨陌猛地拉过被子盖过了头,看她都说了些什么啊!这回陆韶迟肯定会认为她是个只知道吃的傻妞了,按照姐妹们以前传授的,这个时候,她应该表现得娇羞温柔、小鸟依人才对。想到这里,她时而皱眉,时而沉思,辗转反侧。在客厅里摆着盘子的陆韶迟,刚好透过半掩的卧室门,看到这一幕。

正在独自懊恼,回忆自己昨天的生涩表现,郁闷得快要抓狂的韩雨陌,自然不知道自己在瞬间已经变换了数种表情。陆韶迟将一切尽收眼底,眉角的笑意更深,他的雨陌,干净单纯得如同孩子,叫他如何能不爱?

就在此时,床头的电话突然响了起来,韩雨陌顺势接起,"喂"了一声后,电话那头久久没有回应。

"喂?"韩雨陌纳闷地皱了下眉。

陆韶迟很少告诉别人他家的联络方式,工作上的事情都是直接打他手机,这会是谁打来的?

"请问,韶迟在吗?"停顿数秒后,那边才响起了一个女声,她声音柔软,斯文有礼。

"哦,他在客厅,我叫他接电话。"韩雨陌先是一怔,随即皱眉——韶迟?叫这么亲热干什么?

"不用了,让他先忙。您一定是韶迟新雇的阿姨吧,我不在云泽的这段时间谢谢您照顾他。他腿受伤了,平时你多煲点骨头汤给他喝。他晚上是不是还常熬夜,让他少喝点咖啡,对身体没好处。我知道他对生活一向挑剔,您工作挺辛苦的,下次我让他给您加工钱。我不打扰您做事了,拜拜。"

不等韩雨陌回答,对方就挂断了电话。

"阿阿……阿姨?"她的声音有这么老吗?韩雨陌狠狠地放下电话,咬牙切齿。居然说她是陆韶迟的保姆,太过分了。

电话刚放下,铃声又响了起来。

"喂,你阿姨不在!"韩雨陌没好气地接了起来。

"请问这里是韩雨陌小姐家吗,这里是久久游戏公司。"对方显然吓了一跳,犹豫着开口询问。

"久久游戏?啊,我是韩雨陌。"韩雨陌立刻收起了狰狞的表情,满脸赔笑。前几天她投了份简历去久久游戏,因为没有手机,就留了陆韶迟家的电话。

刚把早餐准备好的陆韶迟听到叫声,等他冲进房间里的时候,发现韩雨陌正手忙脚乱地套好衣服,蹦蹦跳跳如同一只兔子。她一溜烟地奔到卫生间,一手拿着牙刷,一手握着梳子,这是这么多天来,他头一次看到这个爱赖床的懒猫这么有活力。

"他们通知我下午去面试,Yes!我可以做游戏策划了!"韩雨陌猛地冲上去抱着陆韶迟亲了口,早把之前被人叫阿姨的郁闷事给忘了个精光。陆韶迟的脸不自觉地泛红,眼中是隐藏不住的笑意。

客厅里的英式壁炉窝着火,散发出点点热量,一下温暖了整个房间。她很幸福,他亦别无所求。

"下午我陪你去,先吃饭。"他微笑着说道。

韩雨陌没有说话,只是笑着回头望他。

陆韶迟在她身边,就是她最大的信心和鼓励。她看中这份工作,因为这次是她真正想认真做一件自己喜欢的事情。

从前的她并不喜欢做娱乐记者,每日盯住他人的隐私,把事业的成功建立在他人的尴尬和痛苦之上,再多的稿费和赞誉都不是她想要的。不舍得离开报社,只因为想实现爸爸的遗愿,日日年年。她本就是这样固执的人,总以为一切不会改变,从前的才是最好的。

如今,她才明白自己的坚持有多幼稚,她差点就让幸福在自以为

是中溜走。以前受过再多的苦她都不在乎了，陆韶迟，没有放弃她。原来，她是世界上最幸福的人，那还有什么不满足？

陆韶迟的腿伤已经好得差不多，下午他开车送韩雨陌去面试，路上的时候接到电话说医院有急事要先走。

韩雨陌独自去面试，也不怎么慌张。考官问的问题都有关游戏，刚巧她是百分百游戏迷，于是整场面试她对答如流，和面试官们相谈甚欢。面试结束时，她还不忘打听下久久新推出的游戏有什么新的特色，那可爱虔诚的模样惹得大家哈哈大笑。

这一笑，双方心下都了然，就是对方了。

"那些报道那么写我，你们真的不介意吗？你们不怕我会影响你们公司的形象啊？"面试结束的时候，韩雨陌反倒有些忐忑不安，现在的她可谓是臭名远扬，很多公司都不会聘用她。

"如果公司请的是形象大使的话，一定不请你。不过现在请游戏策划，没谁比你更适合！雨陌，这是公司即将推出的一款手机游戏方案，你拿回去研究下，人物剧情设置有没有什么需要改的，下周开会听你意见。"

"下周？"韩雨陌接过游戏方案，这么快就上班？

"怎么了，如果嫌太慢了的话，可以提前来上班。以后你就是公司的一员，策划是综合岗，分工没那么明确，可能什么都要干，工作刚开始会有些辛苦。走，我带你去认识下同事，以后有什么不明白的就找他们。不过我提醒你，外面那帮家伙很久没见过美女了。"

韩雨陌扑哧一笑，顿时觉得这些同事非常可爱，自己以后的工作会很快乐。

"哇，大块头你假公济私，招这么个美女来，让我们没办法安心工作。"

韩雨陌的出现，让办公室里一片哗然。

"是不是觉得我中看不中用啊，本姑娘玩游戏的时候，你们还在学校里乖乖念书呢。"韩雨陌眉毛一挑。

"宁得罪小人别得罪女人啊，你们以后可惨了。雨陌你别介意，他们在高新区闷坏了，一年都没进过几次城。典型的高学历，高薪水，有钱没处花的好男人。别看他们都是传说中的'张江男'，居家、专一、百分百好男人，可以考虑下的。还有，其实我也挺好的。"之前还严肃面试的考官此刻却露出了大男孩一般的笑容。

"哇，大块头，你把我们这些精英人士形容得如狼似虎，等老大听到了，不灭了你才怪。"

"本姑娘很遗憾地宣布，你们都没希望了。我有未婚夫，目前没'出墙'打算。他快来接我了，我不跟你们聊了，下周见，拜拜。"韩雨陌看了看手表。

这些第一次见面的同事，让她觉得很亲切。对于新工作，她悬着的心总算放了下来。

等了很久，都没等到韶迟的电话，韩雨陌索性自己回去，反正2号线终点站就在附近，以后上下班直接坐地铁就行了，高新区也没大家想的那么偏远。

出了地铁站，天色有些暗，像是要下雨一般。韩雨陌突然有些思念陆韶迟车里的温度，原来依赖是这样不知不觉。两年的时间并不长，可两年的等待却是那样漫长，她明白这份感情有多重，所以才会全然放心地将自己托付。想到昨晚，她脸有些发烫，却抑制不住内心的喜悦。

十一月的天，一阴沉下来，就好像要入夜一般暗淡。韩雨陌见韶迟依然没有给她打电话，猜想他是工作太忙。她将风衣裹紧了些，在路边拦车。她翻开钱包，摩挲着里面的全家福，轻声对照片里的女人说：妈妈，生日快乐。

她该满足，在最坏的时候，她遇到了一生中最好的人，如此，足够。

爸爸妈妈，你们该放心了，我不再是一个人了。

今天是陆韶迟母亲的生日，此时，陆韶迟正在商业街的一家店铺里陪着莫欣颜挑选送给她的礼物。他有些不耐地看着橱窗外越来越阴沉的天气，心里更加着急。

今天接到医院的电话，说他的病人病情突然恶化需要抢救，他二话没说就赶到了医院。却不料，原来是母亲的一个谎言，要他陪着欣颜去选礼物。

他不明白为什么母亲会那么厌恶雨陌，甚至扬言如果雨陌出席生日宴，必将让她怎么来就怎么滚回去。他不想在她生日的时候与她争吵，只好妥协。

一路上，陆韶迟都有些心不在焉。从下午到现在，雨陌的电话都是提示不在服务区，这让他心急火燎。打电话去游戏公司问过了，却告知她早已离开。

这丫头，到底会去哪儿？

"这个 Reuge 的八音盒麻烦包起来。韶迟，肖阿姨好像很喜欢收藏这些东西吧。"莫欣颜笑眯眯地说道。她回头时却发现陆韶迟正站

.216.

在靠近橱窗的位置，看着街边来来往往的车辆，不停地打着电话。她认识的陆韶迟向来沉稳，即便是急救的时候，也不曾露出这般焦躁的神色。他松了松领带，来回地踱着步，拨电话时神情很专注，他动作不快，看似耐心十足，实则已经方寸大乱。

莫欣颜保持着礼貌性的微笑，心中却有些怅然。她从小就很优秀，男生很少有谁能入得了她的眼。韶迟是她父亲的得意名生，那时候，她就有了不为人道的秘密，并为了这个想法，到仁心医院工作。当年肖仁心把她送出国培训，她并没有气馁，相反，觉得这是一个缩短自己和陆韶迟距离的机会。直到如今她才明白，横亘在陆韶迟和她之间的，根本不只是财富、地位、学识，还有太多太多。

一家饰品店里，陆兆坤挑了一条钻石项链，让售货员包好。肖仁心每年生日，他都会为她买一条钻石项链，例行公事一般。她一直喜欢钻石，百看不厌。不像林陌，对华丽的珠宝毫无兴趣，唯独偏爱水晶。今天……也是她的生日。

他让售货员再包了一枚水晶百合胸针，明知道这是送不出去的礼物，他却鬼使神差地买了下来。

窗外细雨绵绵，雨珠顺着玻璃一滴滴地落下。他不禁又想起了那日在墓地里遇到那个叫韩雨陌的女孩的情景，她撑着古色的伞，站在雨里。那窈窕身影，让他一刹那误以为是林陌复活，明知道是不可能，可他心里还是明显地跳动了一下。韩逸、林陌，这两个相连的名字，注定生死相依，而他就如同当年一般，只能生生相错。

突然，他的目光定格下来。透过商店的落地玻璃窗，他看到了那个焦急地拦车的女孩。依旧是撑着古色的伞，上面依稀可见青花瓷的图案。来往的车辆溅起水花，她冻得将风衣裹紧，表情带着些倔强。

"去哪里，我送你。"他毫不犹豫地推门出去，差点忘了今天是妻子的生日，他要早点到。

"头条叔叔！"今天天气不好，韩雨陌在地铁站口站了半天也拦不到一辆车。她那新手机又接收不到信号，无法跟陆韶迟联络，她正一筹莫展呢。

"头条叔叔，您真的好神奇哦。每次我非常苦恼的时候，您就会跟圣诞老人一样从天而降！"韩雨陌不客气地坐进了他的车里，车内的暖气立刻驱散了寒冷，她搓了搓手。

"你家住哪里，我送你。"

"回不了家了，我忘记带钥匙啊。这手机真是的，天气一变凉，电池就罢工。"

等车里温暖起来,韩雨陌才重新开机。上次把手机丢进了江里,陆韶迟便重新送了她新手机,可惜被粗心的她摔了几次,不是接收不到信号,就是耗电太快,这不,刚刚居然自动关机了。

手机一开机,一阵清脆的铃声冒了出来,她看着显示屏上"陆韶迟"三个字,迫不及待地接起了电话。

一旁的陆兆坤看着韩雨陌笑了笑,毫不设防,没心没肺,带着一些莽撞的憨顽,真的和林陌当年一样。他轻声叹息,他一定会好好对待她的孩子,如同珍爱自己的骨肉一般,这是他唯一能够做的了。

陆韶迟已经不知道打第几个电话了,每一次都是不在服务区。莫欣颜挑完了礼物,站在他身边,看着他的焦躁和慌乱。

"韶迟……"

"对不起,我打个电话。"他根本没有注意到她的失落,那礼貌的话语,如同锋利的刀刃,将她最后的风度与自尊划开。

"喂,你在哪里?"

电话接通的瞬间,韩雨陌就听到了陆韶迟气急败坏的声音。

"嘿嘿,我在外面。"

"别嘻嘻哈哈的,为什么不接电话?"听到她说话,陆韶迟总算松了口气。还好她没事,他一直担心她会发病,担心她是不是走路又不看车出了什么事,担心了一个下午,现在悬着的心才有了着落。和雨陌在一起的日子,感觉就像坐云霄飞车,一颗心七上八下,再这么下去,他怀疑心脏衰竭的会是自己。原来,这就是牵挂的滋味,似有慢火在炖雪梨,那么煎熬,却又甜蜜清凉。

这丫头却仿佛不知道自己犯了错,依旧笑呵呵地跟他扯东扯西。她大大咧咧的样子,让他生气又心疼,开始打算好好地"教训"她一番,可到底还是舍不得对她说半句重话。

"我知道错了嘛,可是这手机电池不给力你得去怪乔布斯,不能怪我啊。"

"行啊,韩雨陌,懂得推卸责任了,有进步。"陆韶迟又好气又好笑。

"哎呀,亲爱的陆先生,你不要生气嘛,生气会长皱纹的,如果你没有以前帅,那我就不要你了哦。对了,我遇到了一个老朋友,多亏了他送我,不然就完蛋了。我说韶迟同学,你现在在哪儿啊,今天回来吃饭不?"

她在电话里如主妇般唠叨,之前还板着脸装严肃的陆韶迟,终于

·218·

忍不住勾起了嘴角，很少听她喊他"亲爱的"，那略带撒娇的肉麻话语，怎么听起来那样受用。他在心里取笑自己，原来自己和世上千千万万的男子没两样，爱着的那个女孩说出的话语，比蜜还甜。

"今天……我不回去吃饭了。你自己到外面吃，刷我的卡，不准吃泡面听到没有？"陆韶迟本想要雨陌陪他去母亲的生日会，可最终这个提议还是没说出口。

挂了电话，他突然觉得有些愧疚，为自己刚才的隐瞒。

"为什么不带她一起去阿姨的生日会？"莫欣颜有些疑惑，难道韶迟并不像她想象中那样爱那个女人？

"我不可以冒险。妈妈一直不能接受她，如果她去，妈妈一定会想办法羞辱她。今天爸爸回云泽，我不想雨陌第一次出现给爸爸留下不好的印象，我更不想她去承受那些冷眼和难堪。我等了这么久，不介意多等一个晚上。过了今晚，我单独把雨陌介绍给爸爸吧。对了，欣颜，能不能帮我一个忙？"

"我们之间需要这么见外吗？"莫欣颜心里有些嫉妒。她嫉妒他刚才讲电话时对那个女人那么亲昵，对自己却这样生分，请她帮忙都这样小心。原来，客气也可以是伤人的利器，温柔到疏远，疏远得疼痛。

"今天晚上，做我的女伴。我需要在妈妈面前演一场戏，让她放松警惕，帮雨陌赢取一些时间。我知道这个提议对你来说很不公平，你可以拒绝。"

"韶迟，我们认识多少年了？从小到大，我有没有拒绝过你？你学医，我跟着你学医。你念临床，我也念临床。你进仁心，我也进仁心。你应该知道，无论这个要求多么让我难堪，我都不可能拒绝。"她突然觉得自己很悲哀，自己这么多年的痴念，就像那遥不可及的星光，微弱却恒久。为了这近乎卑微的暗恋，她将全部的梦想都赌上一场，最后却输得一败涂地。

她以为，陆韶迟对她是不一般的，即便没有男女之情，但她一直天真地相信，不是她，也必定不是别人。后来才知道，每个人都会遇到那么一个人，除了那个人，其他的全部都是"别人"。而她，终究也成了那个"别人"。爱上医学，终日陪伴药剂和冰冷的手术刀，远赴大洋彼岸，蓦然回首却发现……她的爱，飞不过沧海。

"欣颜，对不起。"

莫欣颜肩膀轻微地耸动了一下。她先是一怔，随即苦笑。原来这个世界，最无力，最心痛的三个字，就是——对不起。

"你不用对我说对不起，有些事情，我认准了就不会放弃。可是我也不喜欢纠缠不属于自己的东西。即便我们不能在一起,但你依然是我的好朋友、好拍档。所以,今天晚上我就是你的女伴,为朋友两肋插刀,在所不辞。不过到时候你们的喜酒一定要请我。"莫欣颜故作轻松地耸了耸肩。话出口的时候,她觉得有些头晕,仿佛失重一般。原来,丢了自己的心,是这样失落。

"欣颜……"陆韶迟看着她,不知该说什么。

"时候不早了,别让阿姨等。"莫欣颜知道他想说什么,可是她不想听。任何抱歉的话,都是一种无力的嘲讽,提醒着她的失意。她没有让他再说下去,径直朝店外走去。

拉开商店的玻璃门,寒气扑面而来。少了玻璃窗上的水汽的阻隔,面前的世界豁然清晰了起来。雨已经小了很多,冰冷的空气让莫欣颜哆嗦了一下。陆韶迟转头看她,她缩着脖子,手躲进袖子里,冻得瑟瑟发抖。不知怎的,他突然想起雨陌来,那丫头也是这样,一冷就缩脖子。想到这里,心便软了,他脱下外套,递给莫欣颜。

莫欣颜愣了一下,眼里熏了层薄薄的雾气,心中百感交集。

"谢谢。"话说出口,连她自己都觉得生分。这依然是她熟悉的陆韶迟,体贴入微,又适当地保持着距离,不给对方一点念想的空间。到底是什么样的女孩,配得起这样的男人。她嫉妒的同时,更多的是羡慕。

韩雨陌,你可知道,你有多幸福?莫欣颜的心里浮起了淡淡的失落。那失落如同这寒冷的雨季,惆怅得漫无边际。

第二十八章

豪门夜宴

每个人都会遇到一个人,
值得她无条件信任。
对不起,暮寒。可惜不是你……

傍晚的时候,居然出了太阳。被雨浸泡了一下午的天空,异常清澈。透过镀着防晒膜的茶色车窗望去,云泽的天空仿佛全都笼罩在淡青色的薄雾之中,落日的余晖也仿佛被过滤了一般,黄中透着青白的色调。

韩雨陌在车里好奇地朝外张望着。突然,她僵直了身体,左前方的车……

隔得太远,韩雨陌看不真切,但她可以肯定那车是陆韶迟的。她摇下车窗,将脑袋探出车窗外。陆韶迟的车开得很快,她只来得及看清楚他身边女人的长发。那女人和他靠得很近,感觉他们很亲密。她从来没有见过那个女人,不知怎的,她突然想起了早晨的电话,那个喊她"阿姨"的年轻女声。那女人叫韶迟别忘了下午陪她去挑礼物,她居然知道韶迟公寓的电话……她是谁?

韩雨陌猛地晃了晃脑袋,瞧她又在胡思乱想些什么。如果韶迟不能信任的话,那全世界的男人都不能相信了。

因为他是陆韶迟,所以她根本不需要担心。只是……是不是人一旦爱上,就会变得敏感多疑、患得患失?

不可以吃醋!韩雨陌在心里狠狠地叮嘱着自己。

"雨陌,别把头伸出去,很危险的。把车窗关了吧,外面风大。"陆兆坤提醒道。

"哦。"韩雨陌把脑袋缩回来，耷拉着脑袋。

陆兆坤不知道小姑娘为什么突然变得神情沮丧，心不在焉的，女孩子果然都是古灵精怪，心思难猜。

"破手机，没信号。"韩雨陌晃着手里的手机，似乎要把刚才的郁闷给发泄出来。

"再摇下去，你的手机真要破了。要打给谁，用我的电话吧。"陆兆坤将手机递给雨陌。

"谢谢，头条叔叔。"韩雨陌的脸色立刻雨转晴，她兴高采烈地开始按陆韶迟的电话。

"陆韶迟，你现在在哪里？"电话一接通，韩雨陌的声音就提高了八度。她像一只被激怒的小猫一般，吹胡子瞪眼。

"不是说有些事今天回不去了吗，怎么了？是不是想我了？还是忘带钥匙了？要不就是没带钱包，要不要我过去接你？"陆韶迟的声音依旧温和，带着惯有的宠溺味道。

"谁说的，我像是那么没记性的吗？我只是想说，今天早点回来。"韩雨陌软蔫蔫地说道，自己到底还是学不来妒妇那套，连查岗都查得像做错了事一样。

陆韶迟又像家长一般叮嘱她要按时吃饭，回家要记得锁好门，不要给陌生人开门什么的。韩雨陌一一答应着，时不时地给身边的陆兆坤做鬼脸。

"我男朋友真的和更年期的大妈有得一拼，我又不是小孩子，他要反复唠叨个两三遍。咦——头条叔叔，为什么您的手机通话记录里会有陆韶迟的名字？"韩雨陌惊讶地发现，陆兆坤的手机里显示刚才通话的并不是一长串的电话号码，而是陆韶迟的名字。

"因为你说的那个和大妈一样啰唆的陆韶迟，是我儿子。"陆兆坤笑眯眯地看着韩雨陌。那玩味的眼神，让韩雨陌立刻想起了陆韶迟，果然是一家人，都是一群狐狸！

"不可能！头条叔叔的儿子不是那个一天到晚只会读书的扑克脸书呆子吗？"韩雨陌闭了会儿眼，脑海中浮现了一个蘑菇头眼镜男，那个死家伙是陆韶迟？想起以前爸爸总拿头条叔叔家的书呆子和她做比较，她就在家里做小人扎他。现在告诉她，她的宿敌成了挚爱，真的是令人难以接受。

"所以说，缘分妙不可言。想不想知道韶迟今天到底在忙什么？"

"想。"韩雨陌不假思索地回答。

她直白的态度逗得陆兆坤想笑，韶迟的眼光一直不错，看来儿子

·222·

是捡到宝贝了。

"那今天晚上就和我一起吃饭吧。司机，去酒店。"陆兆坤吩咐了一声。

听雨陌和韶迟讲电话，陆兆坤已经明白两人已经住一起了。虽然他一直不赞成婚前同居，但一想到对方是雨陌，他又开始佩服自己儿子的当机立断。这样的女孩，若不先下手为强，恐怕要被人拐跑了。丑媳妇总要见公婆，都发展到这个程度了，韶迟那小子居然还把雨陌藏起来，不带她出席肖仁心的生日宴，实在说不过去。

汽车在酒店门口停了下来，韩雨陌不等司机来开门，自己推开车门，一蹦一跳地下了车。

"陆先生，大家听说您来了，都在会议室等着呢。"一位秘书模样的人在陆兆坤旁边恭敬地说。

"不是说要低调点吗？这次回来主要是和家里人还有老朋友聚一聚，非要选酒店办，还弄得尽人皆知。"陆兆坤有些不满。肖仁心浮夸的毛病怎么还是改不掉。

"放心吧，我们一家媒体都没通知。但是您看，那些领导都还在会议室等着……"男子露出了为难的表情。

"那就让他们等着。"他扫了身边的人一眼，那眼神仿佛在责怪对方办事不力。那人知道他素来严厉，只得心里叫苦。

韩雨陌在旁边看着他们大眼瞪小眼，开始回忆，陆韶迟的老爹到底是啥官职，大家这么给他面子。不过这个疑问并没有在她脑海里维持很久，因为她饿了，肚子很不给情面地叫了起来。

韩雨陌咽了口唾沫，满脑子里只有食物了。

"雨陌，你先进去。叔叔和几位熟人打声招呼就过来。到餐厅等我，自助的。"看到韩雨陌因为饥饿不由自主地噘起嘴巴然后满包包翻着饼干，陆兆坤忍不住笑了起来，他俯下身嘱咐她，手朝餐厅的方向指了指。

韩雨陌心领神会地眨巴眨巴眼睛，头条叔叔真是和蔼可亲的好人，可为什么刚刚看他沉着脸的样子，她会觉得害怕呢？

"等等，这是送给你的礼物。"陆兆坤拿出了刚才买的水晶百合胸针，别在了韩雨陌的风衣上。

看到韩雨陌欢喜的表情，他心头一动，雨陌，真的很像她。

"谢谢头条叔叔。"韩雨陌也不推辞，她真的已经饿了。

守在一旁的秘书露出了诧异的表情，刚才陆先生那样明显的纵容是他从未见过的。要知道他们的这位领导平日里极为严格苛刻,连对自己的儿子都要求做到礼仪有度,小时候就有家长不到,不准开席的规定,可现在,他却让这女孩先去餐厅先吃东西,还亲自为她别胸针。这个有着军人般严谨作风的男人,怎么会对一个小女孩如此宽容,宽容得近乎宠溺。

看着在酒店电梯口东张西望的韩雨陌,这位跟随领导多年的秘书露出了担忧的表情。直觉告诉他,这个女孩会带来些意想不到的事情,甚至会改变自己这位无可挑剔的老领导。

韩雨陌自然不知道大家在想什么,她的注意力已经全部被餐厅里的美食吸引。她端着盘子夹着水果,丝毫没有注意到身后人诧异的目光。周围有人开始小声议论,大家猜测着她的身份。

餐厅的一角,莫欣颜久久地注视着韩雨陌。这个女人太过引人注目,她没有穿晚礼服,可打扮却让人不禁倒抽一口凉气。她的风衣外套是出自设计师 Alessandra Facchinetti 之手,价格高昂,可她却半点不爱惜,上面还沾上了蛋糕屑。她手中的爱马仕包包被塞得鼓胀变形,那些一眼就认出名牌的贵太太都瞪大了眼睛,露出惋惜的神色——这女人简直是暴殄天物。

在韩雨陌心里,这些奢侈品哪里比得上美味糕点,她尝尝那个,又吃吃这个,完全没发觉衣服弄脏了。

让大家最吃惊的却不是这些,而是……所有人都知道今晚的寿宴主人对礼仪要求苛刻,谁也不敢私下去拿东西吃。而她,却那样明目张胆,旁若无人。

"你怎么会在这里?谁让你来的这里?保安呢?都到哪儿去了?"正在莫欣颜纳闷的时候,一个愤怒的声音吓了她一跳。

"伯——肖院长?"韩雨陌转身,看到一张再熟悉不过的脸,"伯母"两个字在肖仁心杀人般的目光下生生咽下。

"见到我别笑得那么假,比哭还难看!"

听到她的话,韩雨陌堆起的笑全部垮了。她眼珠一转,心里暗骂了声"老巫婆",表面上却是低眉顺眼,一副楚楚可怜的样子。谁叫这女人是陆韶迟的妈妈呢?看在"稻根藤鹿"同学的分儿上,她也要大度点,让着未来婆婆一点。

"你到这里来干什么?"肖仁心最见不得韩雨陌这模样,那噘着嘴巴的样子让她回忆起了某个人,那些不堪的过往让她的涵养全失,恨不得这丫头立刻消失在眼前。

是陆叔叔带我来的,要知道你在这里,我才不来呢。韩雨陌在心

里不满地嘀咕了一句。

"我不是让你离开韶迟了吗?你有没有羞耻心?'廉耻'两个字怎么写你知道吗?你这么纠缠下去有意思吗?我还以为你明白道理!"肖仁心认定了是陆韶迟带她来的,心中更肯定是她离间他们母子,纠缠不休。

"喂……"韩雨陌刚要跳起来反驳,一个窈窕身影来到了面前。

"肖阿姨,发生什么事了?怎么这么生气?这位姑娘是……"莫欣颜走过来,打断了两人的对话。

肖仁心看到莫欣颜过来,强按下心中的怒火。

韩雨陌眉头一皱,这个女人的声音好熟悉……分明是早上打电话来的人,而且自己也好像在哪里见过她。

韩雨陌咬着唇,想起了今天看到的陆韶迟车里的情形。

"这是我和韶迟挑了一下午才买到的极品血燕,阿姨记得要炖着吃。别生气了,生气了容易长皱纹的。"看出肖仁心对韩雨陌的讨厌,莫欣颜微笑着转移她的注意力,替韩雨陌解围。

"你是和韶迟一起来的?他人呢?"肖仁心看着莫欣颜,目光中带着探询,难道韩雨陌不是韶迟带来的?

"他在停车场,一会儿就过来。"莫欣颜微笑着说道。这个女孩,就是韶迟喜欢的人吧。几乎是第一眼,她就肯定了这个想法。

莫欣颜的目光朝韩雨陌的手望去,那枚钻戒安稳地停在对方的无名指上,尖锐的光芒刺得她眼睛疼。

"你认识陆韶迟?"刚问出口,韩雨陌就觉得自己的问题可笑。若不认识,怎么可能一起去挑选给他妈妈的礼物。

"韶迟是我爸爸的学生,我叫莫欣颜,现在是仁心医院心外科的医生。"莫欣颜怕韩雨陌误会,解释道。

"欣颜是韶迟的未婚妻,他们念的都是医科,欣颜表现非常出色,仁心医院送她去美国进修了两年。现在欣颜终于回来了,一些不相干的人也应该识相一些,别纠缠着不放,破坏别人的幸福。"肖仁心慢悠悠地说道。她特意地咬重了"两年"这个词,果然,韩雨陌脸上顿时毫无血色。

"肖阿姨……"莫欣颜有些震惊,肖仁心居然会说她是韶迟的未婚妻。肖仁心明明知道韶迟不喜欢她,却不惜用这样的谎言来让韩雨陌知难而退。

"欣颜,韶迟今天带你来宴会是不是打算向亲戚朋友宣布你们的婚期?"

"我……"莫欣颜有些焦急,今天明明是假装是陆韶迟的女伴,在亲戚朋友面前演一场戏。可谁知道韩雨陌会出现,她如今是骑虎难下。

"你……和韶迟,认识很久了吗?比两年……要久很多年吗?"心中有种空荡荡的感觉,说不清道不明。和对金恩彩的厌恶不同,站在莫欣颜身边,韩雨陌只觉得自惭形秽。这个女人自信优雅,却不咄咄逼人,浑身散发出知性的涵养。有时候她会产生一种错觉,觉得对方和韶迟才是一类人,他们有着一样的修养和风度。

"有的人真是不到黄河心不死,自己做了别人两年的替身都不知道。"肖仁心看着韩雨陌苍白的面容,心中一阵畅快。

"不会的,我不会相信你。"韩雨陌想都没想就否决了肖仁心的说法。

"你!"肖仁心气结,她本以为韩雨陌会羞愧地走开,或者一气之下迁怒陆韶迟,可此刻她才发现,韩雨陌比她想象中的还不识好歹。

"这里不欢迎你,立刻出去。"看到大家朝这边望过来,肖仁心刻意压低了嗓门。

"请我来的不是你,你没权利让我离开。"莫欣颜的出现,让韩雨陌心里堵得慌。她耷拉着小脑袋,没好气地顶撞着肖仁心。

"今天是我的生日宴,你不请自来。看来你是跟踪韶迟来这里的吧?你也看到了,韶迟的女伴是欣颜,你早点离开,大家面子上也好看一些,别让大家难堪。"

"雨陌,你脸色不太好,要不你先回家休息一下。晚上我和韶迟一起去看你。"韶迟应该就快回来了,如果让他看到韩雨陌,恐怕今天大家努力维持的"和平"就要被打破了。

韩雨陌心里一紧,"我和韶迟"这四个字,听起来格外刺耳。看来所有人都希望她这个不速之客有多远走多远。她做了个深呼吸,努力挤出一个无所谓的笑容。

走就走!什么破宴会,她韩雨陌,压根不稀罕。

"雨陌是我的女伴,肖阿姨急着让她离开,是不是有什么误会?"韩雨陌肩膀一紧,一股霸道的力量将她圈入了一个臂弯。身后的男声让她瞬间僵硬了一下。

砰的一声,她手中的餐盘一个不稳,落地开花。

巨大的响动惊动了在场所有的人,大家纷纷侧目,有的人掩唇偷笑,看韩雨陌的眼神全是轻蔑。但看到她身边男人略带警告意味的冰冷目光后，大家又纷纷将头转回去，不敢再看。

他怎么来了？韩雨陌蹲下身子，低头去收拾那些碎碟片，心乱如麻。为何总是在她下决心抛却过往的时候，他的出现，恰似风吹皱一池春水，不让她平静。

在最狼狈的时候，她最不愿意见到的人就是云暮寒。爱情不是粉笔擦，轻轻一抹就可以清除过往。记忆，是刻在胸口的伤，即便重新爱上，重叠的伤口也不能抹杀曾经的疤痕。对云暮寒，她做不到无动于衷。

"雨陌。"他在后面喊她的名字。

韩雨陌的手一抖，碎碴儿刺进了肉里，血顿时涌了出来。疼痛让韩雨陌瞬间清醒了过来。韩雨陌，早该忘记了，即便那些拥有的痕迹再美，都只是曾经。

"你脑子里在想什么，专心一点。这些事情交给服务生就OK了！"看到她流血，云暮寒的声音有些气急败坏。他一把拉起她，抓着她的手检查伤口，她迫不及待地要抽回手。僵持之下，她觉得尴尬，而他，却觉得愤怒。

"跟我来。"不顾周围人的注目，他拉起她就往旁边的休息室走去。进门后，他顺手将休息室的门锁上，动作霸道得不容人商量。

"你放开我。"她想挣脱开他的手，可他的力道大得厉害。

"韩雨陌，你给我安静点！"他在休息室的抽屉里取了药箱，小心地替她处理伤口。

他眉眼间的焦虑和担心丝毫不掩饰，韩雨陌心里一痛，以前她每次不小心弄伤自己，他都会生气，原来这么多年，他的习惯未曾改变。他依然有着温柔的霸道，她也依旧会感动和刹那失神，只是……这其中总是横亘着什么，他们再也无法亲密，回不到从前。

"为什么会一个人在这里？他呢？在你被人羞辱的时候，他在什么地方？"

"你问我为什么在这里？你又为什么会在这里？你的金恩彩呢？你去陪她吧，我用不着你管。"听他提到陆韶迟，韩雨陌本来就焦虑的心就更乱了。她有些生气地抬头，却发现他眼中闪过一丝古怪的情绪，他看着她的脖子，目光灼灼如火。韩雨陌猛然发觉他注意到自己脖子上的吻痕，她顿时满脸通红，把脑袋埋得很低。

"韩雨陌，我是不是太高估你了？为了这些名牌衣服、包包，你什么都可以出卖吗？宁可委屈自己和一个有女朋友的男人在一起，做第三者这样的事情，你也肯？"

韩雨陌颤抖了一下，刚才肖仁心的话，他都听到了吗？

她不知道陆韶迟和莫欣颜是什么关系。莫欣颜的优秀让她害怕，害怕自己真的只是填补了韶迟的一段空白，害怕那个破坏的人是自己。

"如果不自重，怎么能期待别人尊重自己？为了钱，你连尊严都可以不要吗？"他希望韩雨陌像从前一样跳起来反驳他，可她没有。她低着头，眼神闪烁，那副默认的表情让他没来由地愤怒了。

"对啊，从一开始你不就知道我是一个为了钱不择手段的女人吗？我是不是小三不关你的事。今天就算她们羞辱我，这也是我自找的，用不着你好心帮我解围！"她慢慢地抬头，冷冷地抛出一句话，呛得云暮寒哑口无言。

别说了，求你别说了，她不想听。内心的恐惧那样强烈，从一开始陷入这段感情，她就变得不安。她知道自己一无所有，她根本不知道自己有什么好，虚荣、胆小，遇到问题只会做鸵鸟。

那些不光彩的过去，就好像一道擦不去的污渍，所有人都反对她和韶迟在一起，她不知道这样的孤勇还能坚持多久。人一旦在乎就会卑微，她已经把自己放到尘埃里。任何一点怀疑，都会让她否定自己。她真的害怕，如果一切是她猜想的那样，那该怎么办。她已经无法再承受一次失去，一辈子被放弃一次，已经足够！

"是，我管不了你。我根本没资格去理会你，今天是我自取其辱！我们之间，连朋友都算不上，我是被鬼迷了才会站出来帮你说话！"云暮寒不知道自己为什么会如此失控。看到她被她们指责的时候，他会忍不住上前。明知道为了她不值得，他却无法放任她被人伤害却不管。看到她脖子上的吻痕的时候，他嫉妒得近乎疯狂。

韩雨陌沉默地看着云暮寒，每一次，当她期待可以和他如普通朋友一样交谈的时候，都是不欢而散。他们谁也无法冷静，争吵、讽刺、残忍地伤害彼此。这样无休止的重复，让她觉得疲惫。曾经相爱的人，真的连朋友都做不了吗？

韩雨陌看着被包扎好的手，透过厚厚的纱布，虽已看不到伤痕，疼痛却丝毫不减。云暮寒就是那刻在手掌的伤，指指连心，让她疼痛不已，但再深的伤口都会愈合，终究会有另一个人，和她血脉相融，让她牵挂思念。

韩雨陌，你要相信陆韶迟，他绝不会辜负你。韩雨陌在心里给自己加油。

每个人都会遇到那么一个人，值得她无条件信任。

对不起，暮寒。可惜不是你。

休息室外传来了喧哗的声音，看来是宴席已经开始了。韩雨陌做了个深呼吸，她看了看云暮寒。雨后青涩的夕阳，映染过窗帘，与灯光交融出奇异的惨白色，云暮寒的脸也显得更苍白。他深深地望着她，眼神平静得让她害怕。他眸中的色彩越来越深，如同湖面缓缓扩散的涟漪，这让她觉得危险。她迅速转过身，整理了下拉扯皱了的衣服，拉开门，往外走去。

"韶迟，怎么停车停了这么长时间，欣颜等了很久了。"门外传来了肖仁心责怪的声音。

"刚好碰到爸爸，陪他一起和几位叔叔伯伯打了声招呼。欣颜，饿了没有？要不要吃些水果？"

门推开了一条缝，韩雨陌的手僵硬在那里。透过门缝，她看到莫欣颜挽过陆韶迟的手，动作自然娴熟。陆韶迟微笑着和大家打招呼，表情没有任何异样。酒店的灯光暧昧且富丽堂皇，韩雨陌看着他们逆光的影，如同被修剪过般，完美和谐。这样默契的画面，让她停止了手中的动作，没有推开那扇门。

就在她迟疑的瞬间，身后一股蛮横强大的力量将她拽了过去。云暮寒扯过了她的胳膊，猛地把她推向了墙角。疼痛让她的眼蒙上了一层雾气。

"你疯了吗？"因为不想让陆韶迟看到自己，韩雨陌压低了声音。

"雨陌，为什么？"云暮寒的声音沙哑，语速有些快。

"我不知道你在说什么。"韩雨陌淡漠地推开云暮寒的手，可他挟持的力量却更大了。

"为什么当年要离开我？为什么要背叛我？"他手撑着墙，将她锁在自己身前。她的抗拒，让他痛苦，她的恐惧与排斥，仿佛一根针般扎得他心疼。他们，为什么会变成这样？

"你以前不问我为什么，现在来问我为什么，云暮寒你不觉得自己很可笑吗？过去的事情我不想提，也请你不要再问。"她花了那么大力气从当年走出来，他为什么不肯放过，偏偏要让她跌回那个她永生不愿意回顾的噩梦里。

"你说什么，你给我说清楚一点！你说不要提，你凭什么要求我不要提。当年做错事的是你，我连提起的资格都没有吗？"云暮寒抓着韩雨陌的肩膀，不由得用了力。那些他最不堪回首的往事，原来早被她习惯性地忘却了。

"如果你坚持认为是我的错，那便是我的错好了。云总，请你告诉我，你要怎么样才能放过我？要怎么样才可以消你心头之恨？"韩雨陌闭起眼睛，努力挥散那涌入脑海的记忆，肩膀被云暮寒捏得很疼，却不及心里的伤痛与耻辱。

"我只想知道，六年前那一晚你究竟在哪里？那五十万的支票从哪里来的？为什么你要对你爸爸撒谎，说你那晚和我在一起？六年前，你到底做过什么？韩雨陌，这是我最后一次问你，只要你说，我就相信！"云暮寒握紧韩雨陌的肩膀，强迫她看着他。

"你不是已经知道了吗，六年前，我为了钱，出卖了自己。就好像你今天看到的，我为了钱，可以做第三者。我一直都是这样的女人，是你自己太傻。云暮寒，拜托你别再纠缠我了，我好不容易傍上了陆韶迟，你别影响我可不可以？"韩雨陌嘲弄轻佻地看了云暮寒一眼，他的脸色越来越难看。

她用最恶毒的字眼来形容自己，只有这样的自伤，才可以让她麻木。六年前，那些不可见光的秘密埋藏得太久，久得只要提起就会撕扯开皮肉，牵引出疼痛。

"韩、雨、陌！你的心是不是被狗给吃了！"

"骂够了吗？如果你是想得到我的人，你给钱就OK了。云暮寒，你把话说摊开来说吧？你想去哪里，你家，我家，还是酒店？"

啪的一声，清脆的声音战栗般在空气中碎裂。

韩雨陌摸了摸火辣辣的脸，嘴角沁出腥甜的味道。

云暮寒失了魂般呆在原地，他……打了雨陌。他居然……亲手打了她。

她脸上的巴掌印清晰可见，他伸手想触摸，可刚碰到她，她就疼得一哆嗦，身体不自主地后退。她的目光闪烁不定，像只受惊的兔子，可明明是怕极了，她却强装镇定，摆出无所谓的轻浮表情来。韩雨陌，你到底在想什么？

"打完了，你出过气了。云总，你是有钱有地位的人，别和我这种人浪费时间了。我不打扰你了，请让开。"说话的时候，她浑身颤抖得厉害。如果不是强撑住，她怕自己会随时失控。记忆撕咬着她，提醒着她那不堪的过去。那些恐吓和凌辱仿佛依然在继续，不死不休。眩晕袭来，她觉得寒冷，腿肚子瑟瑟地抖着，若不是云暮寒在此，她恐怕会跪下去。她担心自己会失控，再也不敢久留。

就在她落荒而逃的时候，云暮寒突然拉过了她，将手伸到了她脑后，将她托起，不顾她的震惊，他的吻落了下去。

云暮寒的吻带着烟草和酒精的气味，不同于学生时代的青涩，他的吻凶狠猛烈。韩雨陌的挣扎，让他更加肆虐，不满足于浅尝辄止，

·230·

他的舌撬开她的唇，舌尖上落下一点咸味，他不知道那是她的泪还是自己的。

"暮寒，放开我！"她的声音支离破碎地淹没在他疯狂的吻中。

那根本不是吻，而是占有性的撕咬。他要她疼，要她记得自己曾受过的伤。明知道她在哭，明知道她的恐惧与痛楚，可他依旧无法停止。六年的等待与煎熬，矛盾与挣扎都化作了此刻的绝望。为什么当年要说分手，为什么要离开他，为什么要爱上别人？他把那些纠结在心底的疑问都变成了这一刻的折辱。

"求求你，求求你不要……"他的唇是火热的，她却觉得寒冷。羞辱、气恼、委屈、慌张……种种情绪纷涌而来，似潮水般将她淹没。那种令人恐惧的窒息感又一次涌上脑海，让她呼喊不出，眼前的人亦得模糊不可辨，似乎变成了多年前那些男人的脸。被强迫的恐惧令她觉得自己的神志已飘离开意识之外，周围是无边的黑暗，她似溺水者一般无助，没有人听得到她的求救……

"你们别过来！"

"跑啊，再跑我就划花你的脸。今天算你运气好，老板只要照片不要人。"

"滚！你们放开我！"

"不打你你是不会乖的，敢咬人！还咬不咬？我踢死你，怎么不哭了，继续哭啊，哭大点声音！兄弟我最爱看女人哭！"

…………

"这些照片很精彩，兄弟们，走。我警告你，小姑娘，今天的事情你要是敢透露半句！当心你全家人的命。"

…………

"说，那天晚上去哪儿了？你跟什么人上了车？那些男人是做什么的？你还敢撒谎，我打死你个不要脸的东西！"

…………

"我问过云暮寒了，那天他在单位实习，陪同事出差。你到底说不说，你那晚做了什么？五十万是哪里来的？我没给你钱花吗，你要做这种下贱的事情赚钱吗？滚出去，我韩逸没你这种女儿！"

…………

"你妈妈心脏病发死了，你满意了，她是被你活活气死的！你自己做了见不得人的事，害得我们全家没脸见人。从今天开始，不要再叫我爸爸！"

……………

　　为什么会这么吵，衣服被撕碎的声音，巴掌落在脸上的声音，男人和女人的叱责，噼里啪啦地在耳边炸开。她的头很疼，下意识地要将一切挥走。走开，不要再骂她了。她不要想起来，她不要再和从前有任何关系！

　　"嘭！"

　　两人挣扎着，到了门前。本来就虚掩着的门，承受不住重力，猛地被撞开了。

　　世界在这一刻静止，宴会上所有的人都呆住了。

　　陆韶迟僵直了身体，握住酒杯的五指紧紧收拢，砰的一声，玻璃杯居然被他直接捏碎。他一言不发地看着纠缠在一起的两人，那个背影再熟悉不过。

　　莫欣颜也震惊了，她和陆韶迟站在一起，从他们的角度看去，看不到韩雨陌的表情，更看不到韩雨陌努力要推开面前男人的挣扎与痛楚，他们只能看到一对热烈拥吻着的"恋人"。这对"恋人"太过于"沉迷"，所以才会这样不顾场合，旁若无人。

　　陆韶迟冷冷地注视着两人，握紧了拳头，碎裂的玻璃片刺进皮肉里，鲜血顺着指缝流出，一滴滴地落在暗色花纹的地毯上。

　　"韶迟，你怎么了？"莫欣颜低声惊呼。她伸手要去检查他手上的伤口，可还未碰到他，就被他甩开。

　　"他就是你说的那个今天碰到的朋友？"陆韶迟上前几步，一把拉过了韩雨陌。他看着她，一字一句说得极缓慢，似乎耗尽了心力来问出那句话。

　　周围发出一片唏嘘声，大家纷纷猜测究竟发生了什么事。

　　陆韶迟朝前走一步，韩雨陌就不自觉地后退一步，她本能地害怕他探询的目光。他的眼神太过可怕，布满血丝的眸中涵盖了太多情绪，伤心、失望、痛楚、愤怒、疲惫……那样的眼神似曾相识，每一次有人这样看着她的时候，就注定着她要失去些什么。

　　"韶迟……"她扯了扯他的袖子，语气中带着惶恐和担忧。

　　陆韶迟本能地甩开了她的手，他没有看她，而是死死地盯着她身后的云暮寒。

　　瞬间，韩雨陌脑子一片空白。那仅存的冷静和坚强，突然崩溃。往事，如潮水般将她淹没。那些痛不欲生的经历，像电影中的慢镜头一般地在脑海中回旋，尖锐的画面狰狞地重复着，似乎要撕裂她的心脏。

他甩开了她,他居然甩开了她。就好像当年一样,她也是这样地拼尽力气去抓住爸爸,那时候她还很小,她以为只要死死地抱住他,他就不会离开。可爸爸甩开了她……

她战栗着,就好像当年的小女孩一般无助。她还记得那天冰冷的雨水,她躲在墙角,云暮寒对她说分手,她失去了所有的亲人。

韶迟开始怀疑她了,他不相信她了,他终于……也要放弃她了吗?

韩雨陌看着面前的这些人,只觉得周围忽然安静了,那些人嘴唇动着,不知道在说些什么。她想去聆听,却发现自己一个字也听不清楚。她的头很疼,忽然觉得一切都没有意义,自己的存在就是一个笑话。无论怎样假装快乐,假装坚强,都骗不过自己。

妈妈,爸爸,暮寒,韶迟……他们最后都厌烦她了,连她也厌恶这样的自己,愚蠢、矫情、一无是处……

陆韶迟被愤怒冲昏了头脑,他没有注意到韩雨陌的不对劲,他慢慢地侧头,看到云暮寒挑衅般的目光。

"是又怎么样?我和雨陌在一起,你有资格责怪吗?你今天不是也带了其他人一起来吗?"云暮寒看到了陆韶迟的愤怒,这样恼怒的陆韶迟让他觉得有些解恨。他早就想撕开这个虚伪男人的面具,他总是装成波澜不惊的模样,让人不知道他的底线究竟是什么。

"云、暮、寒!你他妈的混账!"

云暮寒嘲弄的眼神让陆韶迟的怒火似决堤的洪水般找到了宣泄之口,他迅速上前一步,给了云暮寒一拳。

周围的女人发出尖叫声,谁都没想到陆韶迟会先动手。

莫欣颜半张着嘴,陆韶迟……居然会……打架!

云暮寒抹了下唇边的鲜血,似笑非笑地望着陆韶迟,这男人下手居然这么狠。若不是他懂得格斗,会躲避,估计刚才就被打得满地找牙了吧。不过,他也不是省油的灯!

云暮寒突然直起身子,狠狠地还了陆韶迟一拳。

"这都怎么了!快别打了!叫保安,快把他们俩拉开!"肖仁心看见儿子受伤,吓得面色苍白。她求助似的望着身后的陆兆坤,却发现他的目光根本没有落在自己的儿子身上。她顺着他的眼神望去,看到的却是……韩雨陌!

韩雨陌似乎没有看到面前两个男人正在为她打架,在陆韶迟和云暮寒打得不可开交的时候,她已经转身离开。

这个世界没有童话,只有天生的丑小鸭。而她,就是那只被诅咒的丑小鸭,注定一直要被放弃。所有的人最后都会厌恶她,遗弃她。

她曾经那么接近幸福,却发现那不过是海市蜃楼。

昨天,她还甜蜜地以为自己是最幸运的人,今天,一切就天翻地覆。

第二十九章
爱得痛了

习惯了虚伪的人连自我都无法救赎，又如何赐予他重生？

    十六岁，如花季节，这是最值得眷顾的年纪。而老天给韩雨陌的花季赠礼却是父亲的死亡。她在最美的年华失去了最后一个亲人，她亲眼看着父亲从窗户口跳下去，折断了古槐树枝，撞翻了自行车棚。狂风吹得窗帘翻卷，雨打得一地都是。她就一直蜷缩在窗口，默默地注视着这一切，不去理会外面激烈的敲门声，任凭雨水将她浇透，地板被积水泡着，而她就坐在水里，如果寒冷可以让她忘却，她宁可溺死在这雨水中。

    窗外，是父亲躺在一堆凌乱的自行车中。鲜血被雨水冲淡，空气中氤氲着槐树的芬芳。她站起，看着楼下的父亲，他仿佛已经熟睡。她的眼被雨水模糊，透过雨光，她看见父母在星空的彼岸冲她招手，仿佛在问她，他们都死了，为什么她还懦弱地活着？

    …………

    在保卫科调了监控视频，陆兆坤才在酒店顶层找到了韩雨陌。他一上天台，就看到了那朝着栏杆处走去的单薄身影。

    顾不得许多，陆兆坤冲上去，抱住了韩雨陌。她的身体冷得出奇，像千年深潭中寂清的水。

    刚才诡异的情景让他心有余悸，他不敢想，如果他迟那么一步……

    "你怎么这么傻？"他语气严厉，责怪中却带着怜惜。

    "他们来接我了。"韩雨陌指了指陆兆坤身后，他回头，看到的却是墨色的虚空。

"他们喊我过去呢。"韩雨陌的眼神空洞地落在陆兆坤的身后,那似笑非笑的表情,看得他背后一阵发凉。

"雨陌,乖。跟头条叔叔下楼好不好?"他放下身段哄着她,如同哄着一个孩子。

"嘘——你不要拦着我,他们会生气的。"韩雨陌不悦地皱了皱眉,"头条叔叔,你知道我妈妈心脏不好,上一次我一夜没回家,妈妈就气得住院了。爸爸怎么问我我都不敢说,那些人说我说出真相,就要杀掉我全家。"

"那些人是什么人?"韩雨陌的话让陆兆坤警惕起来,难道自己故友之死另有隐情?

"不可以说的,谁都不可以说。我是个坏人,我不要脸,我做了丢脸的事情,这就是你们知道的'真相'。真正的真相是不可以说出去的。"韩雨陌露出古怪的笑容,带着些自嘲,又带着些绝望。

"雨陌,告诉我,他们是谁?"

"他们是……"她注视着远方。突然,她瞳孔睁大,目光中流露出恐惧。她的指甲抓破了陆兆坤的手,她挣扎着尖叫着,如同一只发狂的小兽,"我不知道,我什么都不知道。"

"好,我们不说。雨陌,冷静点,你看着我,我是头条叔叔!你不认识我了?"

她看着他,眼中依旧是恐惧和陌生,仿佛沉浸在某一场梦魇之中。

"陆先生,终于找到您了。楼下不得了,再打下去都要送医院。这……"秘书战战兢兢地跑上来,他正要说什么,在看到陆兆坤怀里的女孩时,声音戛然而止。

"你吓到她了。去查一下,那个男人是什么人。"陆兆坤的话语没有温度。

"那个男人叫云暮寒,F大毕业后去韩国留学,在美国工作过一段时间,之后回云泽创业。最近媒体曝光率很高,是网络热议的青年偶像。至于……今天的事情,可能是有误会。"秘书担心陆兆坤看见儿子被打,会迁怒云暮寒,只好小声在一旁解释。

"年轻人创下一番事业,靠的就是冲劲,不过冲劲变成冲动就不好了。查清楚他和雨陌是什么关系。帮我找最好的心理医生,让他到城郊的别墅等我。记住,不要让任何人知道。"陆兆坤叹了口气,希望这次可以查得水落石出。

"雨陌,你怎么了,是不是有什么不舒服?"

怀中的女孩身体一阵阵地抽搐，她抓紧了陆兆坤的衣领，仿佛抓着救命的稻草。

"心跳不规律、呼吸困难、大汗、口唇绀紫，这是心脏病发病的前兆。放心，她身上有药，一时半会儿，死不了。"清冷的声音在不远处响起。

陆兆坤皱了皱眉："你怎么来了？"

"我为什么不能来？你一直跟着这个女孩，魂不守舍的。怎么，我打扰到你们的好事了吗？狐狸精就是狐狸精，跟她妈妈一个德行！"

"肖仁心，你说够了没有？"

"我一说林陌你就心疼了？也对，今天也是她生日，没理由你会不记得。水晶百合的胸针，我记得林陌喜欢水晶胜过于喜欢钻石，她的品位果然很有问题。所以她当年选韩逸那个廉价货而不是你。你很失落，现在想在她女儿身上找安慰吗？"肖仁心冷笑一声，走到他们面前。

"我没你想的那么龌龊。你想干什么？"他看到肖仁心蹲下来，解开韩雨陌的衣领，立刻伸手制止她。

"不想她死的话，就托着她的头，让她头部后仰。别这么看着我，我是很讨厌这个女人，但我也是个医生，不至于见死不救。怎么，一直觉得你老婆我是个恶毒的女人？不过，我也不介意你这么看我，只是心里有愧的那个是你！"肖仁心冷笑一声，看向陆兆坤的眼神中多了几份不屑，"怎么，我说错了吗？你喜欢自己好兄弟的女朋友，最后却娶了那女孩同月同日生的好姐妹。我之所以厌恶她，因为我一看到她就想到自己的丈夫有多不忠！她和林陌一样虚伪，装得多清纯，可实际上却是狐狸精！"

"这丫头命硬，受这么大刺激都没发病。不过我不怕告诉你，她也活不了多久了。你爱怎么折腾就怎么折腾吧！我来是想告诉你，你儿子就快送医院了，你还有空在这里搭理不相干的女人！"喂韩雨陌吃完药，肖仁心轻蔑地笑了一声，转身离开。

在走进出道口的时候，她冷笑着丢下一句话："别把她送来仁心医院了，看她这个状况，应该送精神病院。"

陆兆坤看着肖仁心离开，他轻轻皱起眉，活不了多久是什么意思？

"带她去别墅，联系医生，越快越好！"

"陆先生，我们这么做是不是不太合规矩，我们得通知这个姑娘的家人，然后报警。"

"她爸爸韩逸就是六年前调查土地招标案的记者，她一定知道什么！我必须让她开口，无论用什么手段。"

"明白了，我立刻去办。"

韩雨陌就是揭开黑幕的钥匙，而陆兆坤这次来云泽，目的就是调查六年前的案件。陆兆坤看了眼韩雨陌，揭开过去对她来说太残忍，甚至可能让她精神崩溃，但他不得不去做。利用一个人不堪回首的往事来查案，虽然不光彩，却也是不得已而为之。想必如果雨陌还清醒，一定不愿意自己的父亲含冤九泉。

"对不起，雨陌。为了让你爸爸妈妈不白死，我必须这么做。希望你足够坚强，能挺过去。"陆兆坤喃喃自语，不知道是说给韩雨陌，还是说给自己听。

在天台的角落里，莫欣颜咬了咬唇。

肖仁心阻止韶迟和韩雨陌在一起，难道另有内情？她该不该把今天看到的，告诉韶迟？她已经不再恨韩雨陌，经过今天一天的观察，她终于明白了，韶迟喜欢的是怎样一个人。

陆韶迟和自己是一类人，所以才会被另一类人吸引。这个叫韩雨陌的女孩，从来不知道该如何掩饰自己的懦弱，即便是伪装出的坚强也那样生涩，让人一眼就看穿她的胆怯和无助。可偏偏她又有那么点倔强，企图让别人觉得她是乐观的。这样的女孩，天生就是陆韶迟这种人的致命伤。在陆韶迟挥拳的瞬间，她就知道自己毫无希望。习惯了用冷静、沉着来掩饰自己的他，居然会卸下防备，表露出真实的愤怒。让他改变的不是自己……习惯了虚伪的人连自我都无法救赎，又如何赐予他重生？

原来，高攀的那个，不是韩雨陌，而是陆韶迟……

仁心医院急诊室里，陈楚洋有些手忙脚乱的。倒不是因为这次的病人特殊，而是因为这个病人实在不得安分，除了治疗外，他还得花心思让他们冷静下来。

护士的海绵碰到陆韶迟的嘴角的时候，他不由得抽搐了一下。

"现在知道疼了，打人的时候可没见你皱一下眉头。"陈楚洋递给韶迟几片消炎药，没好气地说道。

"如果不是那帮保安拉着我，我真想打死他。"陆韶迟咬牙切齿地说道。

大概是头一次看到陆韶迟这么气急败坏，陈楚洋居然觉得有些好笑。韩雨陌啊韩雨陌，你真是陆韶迟的克星，石头都能被你整成孙悟空，你简直比紫霞仙子还牛。

"那男人好像是个练家子。你学生时代好歹也是跆拳道黑带的水准，居然也会受伤。那男人不简单啊！"陈楚洋玩味地看了他一眼。玉树临风的陆韶迟见多了，熊猫眼的陆韶迟还真是比国宝还少见。

"你少在我面前提那家伙。那家伙也不知道是不是练散打的，下手这么狠！"陆韶迟揉了揉伤口，疼痛的感觉让他倒吸了一口凉气。

"还散打呢，要不是强行把你们分病房，估计你们俩都要被打散了！不过话说回来，你们俩为什么打架啊？"陈楚洋好奇地问。

"还不是因为韩雨陌那丫头……等等，雨陌在哪儿？你看到她了吗？"陆韶迟的心突地跳了一下，心里隐约不安。

"那是你女朋友，你居然问我！幸亏那丫头没来医院，不然看你被打成这样还不修理惨你！那丫头平时牙尖嘴利，看过去跟个小豹子似的，只有你才受得了她。"提到韩雨陌，陈楚洋一贯很损。不过，其实他是很佩服这孩子的。

从第一次把她从死亡边缘拉回来，他就不得不记住这个女孩。她有那么旺盛的生命力，让他觉得急诊室是个神奇的地方，而她就是那个奇迹。和她斗嘴，听她大言不惭地说自己大难不死，看她找各种理由来抗拒打针，她会为了病房里重病死去的老人家难过好一阵，会看着刚出生的宝宝忍不住微笑。他并不意外自己那个冷静到可怕的学弟陆韶迟会因为她而改变，因为在医院这种地方，没有人会不被她灿烂生动的表情打动。韩雨陌，就好像开在悬崖边的花朵，虽然普通，却又难得的温暖美好，那是生命的美好。

"你一直没看到她？"陆韶迟神色一变。

窗外，夜沉如海，却不及此时陆韶迟低霾的面色。

"我一直在急诊室，上哪儿去见她？陆韶迟，你伤口还没包扎好，你去哪里，你给我站住，你想我被院长扣奖金吗？"陈楚洋话还没说完，陆韶迟就冲出了急诊室。走廊里响起了陈楚洋的埋怨声，陆韶迟却顾不得了。

"连陆韶迟都不正常了，幸亏这个世界还有我这样的青年才俊的医生可以独当一面。"见陆韶迟跑得没影了，陈楚洋扶额感叹，抬头时候却看到莫欣颜一脸焦急地站在急诊室门口。一看到她，他立刻收起了那轻佻模样，眼中多了几分怜惜。

"这么晚了，还当班吗？欣颜，你脸色很不好。"

"韶迟呢？我打他电话他不接，我找他有急事。"莫欣颜根本没有注意到陈楚洋眼中一闪而过的失落。韩雨陌被韶迟的爸爸带走了，她总觉得有大事要发生。

"韶迟他刚走，要不你给他留口讯？"

"恐怕来不及了。我出去找他！"莫欣颜脸色微变，她忧郁的神色让陈楚洋心疼。

"我陪你一起去，外面风大。"陈楚洋甚至忘记了自己还在值班，他抓起外套就追着莫欣颜出了急诊室。

夜色浩瀚，松柏清冷，陈楚洋追上了莫欣颜将外套给她披上，自己却冻得哆嗦。莫欣颜却根本没觉察他的不适，他心里一阵泛苦。原来，在爱情面前，无人可以幸免。他，也做了一次彻头彻尾的傻瓜。

夜色朦胧，车窗外的霓虹飞速倒退着，最后晃成了一条条彩色的光影。自从上次车祸后，陆韶迟很少开快车。可这一次，他却嫌车速不够快。车速表的指针不停地转动，油门踩到了底，但，这凶猛的加速度丝毫缓解不了心里的焦急和害怕。

轮胎摩擦过水泥地面，发出尖锐的声音，黑色轿车在十字路口的红灯处猛地停了下来。陆韶迟双手撑住了方向盘，身体因为急刹车而急速前倾，安全带紧紧勒住了他。这种感觉仿佛濒死体验，他甚至能听见自己失去节奏的心跳声。

他知道自己在害怕，今天看到云暮寒吻韩雨陌的时候，他无可抑制地愤怒了。他甚至想不起来自己到底对雨陌做过什么、说过什么。他是不是……伤害了她？

一想到可能发生的事情，他就心烦气躁。

雨陌的电话无人接听，他心里更急了。他把手机丢在一边，开着车漫无目的地在云泽游荡。

手机突然响了起来，上面显示是莫欣颜。他不理会，专心开车。

手机不停地响着，吵得他烦躁，他一把抓起手机，想也不想，就丢出车窗。他想起了云暮寒的质问，他说他不也带了别的女伴吗，他回忆起雨陌那苍白得泛青的脸，心中更加恐慌。

陆韶迟有些讨厌这样的自己，自己为什么会失控。

她的心里有着他进不去的过往，他一直知道她心里住了一个人。

从前的他，可以默默等候，守候坚持，他相信总有一天，他可以打开她的心，住进去。可是，自那一夜之后，他就变得奢望占有，不肯放手。

拥有过后会比从前更害怕失去。

原来，再冷静自持的男人，一旦妄想更多，就会失去耐性和理智。

爱，果然让人无处可逃。

第三十章
往事如烟

他的笑容很温暖,仿佛一看就是一生一世。
只不过,那些人,那些事,都比烟花还短暂。
人生不会永远如初见,再美好,都不属于她……

这个城市已经步入深秋,深浅错落的黄色爬满了枝头。吝啬的阳光,从寥落的枯叶缝隙中钻了出来。韩雨陌醒醒睡睡,每次迷糊地睁开眼,就能看到这颓败的景色。她不知道自己在什么地方,有几次,她甚至怀疑自己已经死去。她带着原罪,上不了天堂,那这地方,必定是地狱了。

陆兆坤站在房门口,看着目光呆滞的韩雨陌,轻轻地叹了一口气。她不说话,不吃饭,不喝水,靠着点滴瓶苟延残喘。他真怀疑,用不了几天,这个女孩子就会变成化石。

"她是不是真的疯了?"他轻声问身边的男人。

这个年轻男人是国内知名的脑外科医生,同时兼修心理学,有精湛的催眠术。陆兆坤动用了很大的关系,才将对方从仁合市请来,希望可以帮到韩雨陌。

"对世界失去兴趣,早醒,言语障碍都是抑郁的表现。如果她不能从痛苦中走出来,一直选择活在自己自我保护式的封闭空间里会非常危险。况且,她已经出现了自残行为。"

陆兆坤顺着医生的目光看去,韩雨陌正用指甲狠狠地抠着手背,上面血迹斑斑,伤痕累累。

"她在发病的时候看到了自己已经死去的父母,幻听和幻觉是精神分裂症的前兆。如果恶化下去,"年轻医生低头在一个本子上写下了几个关键字,多年的经验让他一眼就看穿了这个病人的内心:她习惯咬紧嘴唇,性格里带着倔强。她总是用抱膝的方式蜷缩侧卧,缺乏安全感。她不断地自我伤害,证明她内心极度自责。这个女人并非脆弱得不堪一击,相反,她很坚强,懂得自我康复。她会强迫自己去感受快乐,忘却痛苦,知道怎样自我保护,不会自哀自怜。但,痛苦的根源已经扎在内心,自我麻痹并非拔去毒瘤的方法。如今,她的理智就好像弹簧压到了极限,瞬间她就被痛苦反弹得毫无招架之力。可她偏偏擅长将真实的自我封闭起来,要打开内心,让她直面记忆,必定不容易。

"她到底是什么情况,为什么,她好像变了一个人,变得不认识我了?"

"人在觉得现实太痛苦的时候,会习惯性地自我逃避。把内心藏起来,不让人觊觎,自然也就无人可以伤害。但是,一天不直面伤害,她一天就无法康复。没有办法和外界交流,没有办法正常思考,就和你看到的一样。"

"她以前很乐观的,怎么会这样?"

"乐观就麻烦了,一个人遭遇了很多不幸的事情,还天天嘻嘻哈哈的,她不是在装,就是已经疯了。一个人在没有见过天堂的时候,就不会畏惧地狱。她以前可以做到自我控制,是因为她已经没有在乎的东西,没什么可以失去,自然就无所畏惧。但现在,她有了在乎的东西,有了幸福,有了奢望,她就会害怕。害怕再度失去,所以就逃避现实,就她这样。"

"害怕?"

"爱与惊恐,如影随形。"医生低头记录了下韩雨陌的情况,叹息着说道。

"那该怎么做?"

"她已经习惯性地认为,但凡她拥有的东西,注定会失去。其实,是一种非正常性的 PTSD 心理疾病,也就是我们说的'创伤后压力障碍症'。首先,必须让她正视曾经受到过的伤害,而不是逃避和忘记。她的精神状况我没办法给她用沉浸式疗法,太暴露我怕她会崩溃。我会用一些非正常的方式让她正视自己的过去,希望您能够理解。"说完这句话,他径直走到韩雨陌面前,轻轻地蹲了下来。

"你好,我叫江凤凰,很高兴认识你。"

韩雨陌不回答,江凤凰也不生气。他回头看了眼陆兆坤,耸了耸肩膀。

"抱歉,接下来的治疗过程可能会涉及病人隐私,希望您能回避。"

"可是江医生,我需要知道她到底怎么了。"

"等病人清醒了,您可以自己问她。如果她愿意告诉您的话。"

江凤夙丝毫不给面前的人情面,砰地将门关上。

突然的声响让韩雨陌惊恐地蜷缩了下身体。

他将她的反应看在眼里,然后继续低头记录。

"你好,刚才关门太用力所以吓到你了,不好意思。"江凤夙拖过一张椅子,在韩雨陌身边坐下,"我听说你很喜欢玩网游,平时都玩什么?《江湖》?《剑三》?LOL?你们女生是不是都爱七秀那种漂亮的角色?"

"我才不爱奶妈。"韩雨陌嘟了嘟嘴。由游戏开始的话题,并没有让她感到排斥。

"哦,那你会在游戏里给自己取什么角色名?"江凤夙的眸光不动声色地深邃了几分,他声音轻缓柔和,仿佛带着某种诱惑引导的意味。

"我就叫韩雨陌。"

"好的,韩雨陌。我们接下的要进入的游戏叫作'回忆'。在你面前,有一扇'传送门',你看着它,然后推开它,就可以进入到回忆的世界里……"

随着江凤夙的引导,韩雨陌的眼神迷离了起来。她透过江凤夙深色的瞳孔,似乎看到了少年时期的自己,娃娃脸上一双眼如杏核一般,笑颜如花,清秀如瓷……

那是一个被风吹乱的夏天,韩雨陌从没想过,这个夏季与以往有什么不同。

她就读的高职学校可以选择参加高考或者参加"3+专业"的考试。靠着云暮寒的补习,她的成绩进步很快,最终她选择了参加高考。她要考到本地的大学,这样她就可以和云暮寒待在一起了。

云暮寒在市内找到了一份实习工作,每天都忙到昏天暗地。爸爸好像在采什么大稿,经常不回家。妈妈病情反复,索性住进了医院。放学后,她都在程浩的网咖待着,由程浩帮她补习。

"韩雨陌,外面有个美女好像是找你的。喂,你什么时候认识了个开敞篷车的美女啊?"程浩从一堆考研习题中抬头,这家伙嘴巴一向不饶人。

"你满脑子就是美女，看你的 GRE 去吧。真搞不明白，你们一个个都在准备出国，国内念不了计算机吗？还是我的暮寒好，为我留在云泽。"韩雨陌抓起一本书敲他的脑袋。为什么她花这么大力气做习题成绩却上不去，有的人只需要随便翻翻书，就能够考高分。

"别再你的暮寒了，听得我鸡皮疙瘩都起来了。不知道暮寒学长为什么喜欢你，为了你居然放弃……唉，算了，不说了。门口那女人一直看你，说不定真是找你的。"

"我真不认识她。算了，我还是早点回家吧，不和你聊天了！"韩雨陌抓起书包离开网吧，身边的敞篷车一路跟了上来。她不由得加快了脚步，她从未见过这个陌生女人，但对方一出现，她就觉得有些不舒服。

"请问你是韩雨陌吗？我是暮寒的妈妈，夏如华。"身后传来陌生女人的声音。

韩雨陌停下脚步，转身打量起这个女人来。

她是第一次见到云暮寒的妈妈，云暮寒极少提起自己的母亲。她知道云暮寒的妈妈当年为了和云泽有名的富商江贵仁在一起，不惜抛夫弃子，后来还把暮寒的爸爸给气死了。为此，云暮寒非常憎恨他的母亲，所以她对这个女人也没什么好感。

"对不起，阿姨，我要回去做功课了，有什么事以后再说吧。"韩雨陌向来把喜恶都写在脸上，此刻她也没打算给对方面子，继续低头朝前走。

"我想找你谈谈暮寒的事情。你知道吗，他为了你，放弃了去韩国留学的机会。你懂这对他来说意味着什么吗？"夏如华将车开到韩雨陌身侧，淡淡一笑。

"什么留学机会？"韩雨陌有些震惊，暮寒从来没有告诉过她这些。

"我知道他不会告诉你这些，他不想给你压力，我们上车再说吧。"夏如华叹了口气。

韩雨陌咬了咬唇，犹豫了片刻，拉开了车门。

这个时间，来肯德基吹免费冷气的学生可真多。韩雨陌挑了张最角落的桌子坐下，她不希望被人看到自己和夏如华在一起，更不愿意暮寒知晓。她紧紧地握住面前的玻璃杯，一杯可乐已经喝得见了底，只有几块冰块挤在一起，慢慢变小。玻璃杯外的雾，凝成了几行"泪"，在桌子上，落下了一圈痕迹。

"要不要再叫一杯?"面前的女人热情地开口。

在她的友好面前,韩雨陌有些不自在。

"暮寒不喜欢我和你见面,我还是先走了。"韩雨陌起身想走。

刚才还温柔地笑着的女人,眼中露出一丝凶狠的光,但只是一瞬,她又恢复了温和。

"雨陌啊,你还小,不懂的。这世界上,什么都能勉强,唯独感情不能勉强。我和你江叔叔是真心相爱,就像你和暮寒一样。虽然暮寒爸爸是个好人,但是我们的婚姻已经走到了尽头。我的离开,对我,对暮寒爸爸都是好的选择。当年,我为了爱情,抛夫弃子,暮寒恨我是应该的。"

"真的是为了爱情吗?暮寒说你是为了钱,图的是那个男人比他爸爸有钱!如果是爱情,那么当年你和暮寒爸爸难道没有爱情吗?没有爱情,你们为什么要结婚?"

"雨陌,人是会变的。"这个女孩咄咄逼人的问题,让夏如华忍不住皱眉头。可一想到自己此行的目的,她硬生生地将满肚子的怒火给压了下去。

"真爱是不会变的。爱情应该是一生一世,从一而终的。"韩雨陌猛地抬头,眼中一片澄澈清明。

面对这样不染烟尘的目光,对面的女人居然不忍直视。

"我像你这么年轻的时候,也觉得爱情是一生一世的。既然你对感情这么有信心,为什么不放手,让暮寒去韩国留学?"

"我从来没有阻止过暮寒的未来,我相信他的选择。"

"他的选择?他因为不愿意和你分开,拒绝了学校的推荐,甘心留在云泽。你们都太年轻,根本不会明白自己放弃的是什么。你知道吗?暮寒这次保送首尔大学,名额全国只有三个,我希望他不要因为年轻,做出令自己后悔的决定。雨陌,听说你妈妈病得很重,需要一笔钱做手术……"

"阿姨,我妈妈的手术费不劳烦您来操心。无论如何,我绝不会离开暮寒的。他如果选择去韩国,我等他。如果他决定留在云泽,我陪他!"韩雨陌一口干掉剩下的冰可乐,可身上还是觉得发燥。她不允许任何人质疑她和暮寒的感情。她从来不敢想,如果她的世界没有云暮寒,会是怎样的光景。

"谁说要分开你们了?阿姨只是想试试你,如果你真为了钱就放弃暮寒,我才要反对你们在一起呢。我这里有一份首尔大学的入学申请表,你可以去韩国先念预科,然后在那边挑个专业读书。阿姨很欣赏你的坦率,希望你们一起去韩国留学。"见韩雨陌生气,夏如华眼角跳了下,却依旧保持着自己的好风度。

"你真的是想帮我?"韩雨陌拿着申请表,眉头微皱。她这个人,可以对别人的恶言相向毫不畏惧,一旦对方对她好点,便也会软下来。

"当然,暮寒因为他爸爸的事情一直怪我,我不在他身边的日子,我要谢谢你帮我照顾他。"夏如华笑了笑,"我知道你的家庭状况,你妈妈的病你不用担心,我会帮她联系权威医生。"

听到夏如华的话,韩雨陌心念一动:"阿姨,您真的可以帮我妈妈联系到权威医生吗?"

"当然可以,我和仁心医院的院长很熟悉,我可以让她出面帮你妈妈联系最好的医生。"夏如华看着韩雨陌,"这样吧,明天上午你到思南公馆等我,我约上肖院长,大家具体再谈。"

夏如华递给韩雨陌一张写着地址的卡片,韩雨陌低头看了看手中的卡片,有些犹豫。

"阿姨,要不还是让我爸爸去吧。专家什么的,我不懂的……"韩雨陌迟疑着开口。

"你爸爸我自然是会约的,其实,明天我还想和你谈谈暮寒的一些事。你知道他很恨我,我一想起这些就难受,想说,也不知道对谁说。"夏如华说着说着就抹起了眼泪。

"阿姨,您别哭了。我会劝劝暮寒的,这样吧,明天我过去找您,陪您聊聊天。"见对方突然哭泣,她有些手足无措。

和夏如华聊过之后,韩雨陌心里的天平便偏向了这个女人。或许,暮寒真的是误会她了,感情的事情,从来就不是一个对或者错才说得清楚。也许……她真的不是为了钱才嫁给江贵仁的。

想到这里,韩雨陌觉得对方有些可怜,她收起卡片,安慰似的拍了拍夏如华。

夏如华这才抬头,露出了意味深长的笑。

夏如华给韩雨陌的是一家别墅式酒店的地址,这里算得上是云泽市最高档的酒店之一,当然价格也是贵得吓死人。因为是私家花园式的酒店,平日里来的人并不多。韩雨陌第一次来这种地方,她不自觉地扶了扶书包肩带,顺着花园中的石头路慢慢地走向了其中一套别墅。

别墅配了管家,似乎是早就接到了客人的吩咐,替韩雨陌开了门。

韩雨陌顺着木质旋转楼梯向上,听到身后的门"咔嗒"一声关上了,她吓得浑身一抖,心里的不安更加强烈。

走到二楼的时候,她停住了脚步。

她的面前站了一群陌生男人,为首的一个男人留着长发,身上还有文身。

"你们是什么人?夏阿姨呢?"韩雨陌警惕地看着这些人。

"你的夏阿姨,让我们好好招呼你。"为首的一个男人笑道,"你叫韩雨陌?你男朋友是云暮寒吧?"

"是又怎么样?你们想干什么?"

"识相的话,离他远点!"

"是夏如华让你们来警告我?她把我骗到这里,是想教训我?"韩雨陌脸色微微发白。她已经意识到这是一个圈套,那女人根本就没打算支持她和暮寒。只是为什么夏如华要处心积虑地设下这么一个陷阱来害她?

"看来你还是不打算乖乖听话。"那男人冷笑一声,朝韩雨陌走过来。

韩雨陌大惊,连忙顺着楼梯往下跑。那男人却并没有去追,而是微笑着看着这一幕。韩雨陌跑到了一楼的客厅,想打开门逃出去,却发现门被反锁,根本逃不出去。

"这里的别墅都是独栋独院,根本不会有人来救你。"就在韩雨陌慌张不已的时候,身后响起了一个冷冰冰的声音,是夏如华!

"夏阿姨——"韩雨陌看着那个从黑暗中走出来的女人,她依然美丽优雅,却让人感觉到森森的寒意。

"韩雨陌,你知不知道我最讨厌的是哪类人?"夏如华看着她,微微一笑,"人应该有自知之明,可惜你们韩家人好像都没有这种东西。自不量力的愚蠢之人,我最讨厌了。"

"你想干什么?我不会怕你的,我也不会离开暮寒。"韩雨陌咬了咬唇,声音有些颤抖。

夏如华听见韩雨陌的话,却笑了笑。她看着韩雨陌,目光中带着轻蔑与怜悯:"你还不值得我费心思,我儿子我了解,他迟早会厌恶你和遗弃你。韩雨陌,你给我听着,你要怪就怪你那个多管闲事的父亲,有些人是不能得罪的,这次只是给他一个教训。"

说罢,夏如华对身后一群壮汉说道:"拍得精彩一点,好好教训下这些自以为是的东西。"

"放心吧,兄弟们一定做得干净漂亮。"文身男冷笑一声。

韩雨陌本能地想躲,对方却一把扯住了她的头发。

伴随着韩雨陌的尖叫,他将她一路拖到了别墅的卫生间,然后打开马桶盖,按下冲水开关,将她整个人强行按了下去。

"救命……"韩雨陌挣扎着,可那些人却并不想放过她。一个人将她重新拽了出来,狠狠地给了她一个耳光。她只觉得头晕目眩,喉咙里阵阵腥味,似有血要涌出。

夏如华听着那一声声凄厉的尖叫,然后打开了电视机。她拿起了茶几上的果盘,细细品尝着。

她看了一眼垂首站在自己身前的一个男人,轻笑着说道:"知道这么多漂亮女人,为什么你们老板偏偏娶了我吗?"

"夫人自不是那些庸脂俗粉能比的。"

"自然,只有我可以帮得了他。这一次为了他,我连我亲生儿子的女朋友都没放过!从当年我给他做一秘开始,我帮他处理了多少事情?抛夫弃子,什么都做了,没人可以为他做到这一步。"

"夫人您放心,少爷在韩国的学校已经联系好了。"

"那就好。走吧,这里太无聊了。我们去验收另一场好戏。"夏如华站起身,朝卫生间里走去。

她推开门,轻描淡写地看了一眼瑟瑟发抖的女孩。

为首的文身男将淋浴开关开到了最烫的一档,滚烫的开水从韩雨陌身上淋过。韩雨陌尖叫着反抗,那高温的液体立刻冲进了她嘴里,她再也发不出声音,只剩下呜咽。

夏如华轻哼一声,有些不耐烦:"快点处理好,别节外生枝。"

说罢,她转身离开了卫生间。

等夏如华喝完了一杯拿铁,看完了最新一季的财报,那些人将一沓厚厚的照片交到了她手里。她也不看这些照片,而是顺手写下了一张支票递给为首的文身男。

"把这照片寄到云泽日报社的韩逸记者手里,顺便问问他对'花季失足少女'的新闻有没有兴趣。"

夏如华微微一笑,眼神残酷冰冷。

韩雨陌不知道自己是怎么回到家的,她穿着一件肥大的男性衬衫,整个人浑浑噩噩的。她全身很痛,脚步虚浮,就好像被人在火上烤过又浸在冰水里,已经分不清是冷是热,只是浑身不自觉地战

栗发抖。

如果可以,她希望之前发生的一切是一场梦。可偏偏有些东西,你最不愿意想起,它却最深刻。你用尽一生,它也无法抹去,耻辱就好像胎记一般,深入骨髓。

"这只是一个教训而已,如果你敢告诉云暮寒真相,下一次倒霉的就不仅仅是你,而是你全家了。"

夏如华的警告声回荡在耳边,她蜷缩着蹲下身子,肩膀耸动得像一个无助的孩子。忽然,她觉得这个夏天比北极还要寒冷。

"暮寒,你在哪里,我好想你。"韩雨陌握着公用电话的手抖个不停,此时此刻,她只想见到云暮寒,只有他的怀抱才会让她觉得安全。

"昨天晚上你去哪儿了?你爸爸一直找你。"云暮寒接到电话就溜出了公司,一出门就看到了像只丢了魂的猫一般的韩雨陌。

"如果我爸爸问你,你能不能告诉他我昨天一直和你在一起?你就说我们补习补得太晚了。"韩雨陌拉着云暮寒的衣袖,语气中是满满的恳求。

"为什么?到底发生什么事了?你怎么穿成这样?为什么要对叔叔撒谎?你知道他的脾气,如果他知道你在我这里过夜,不知道会怎么想。"

"随便他怎么想!暮寒我求求你,你帮我这一次。你什么都别问好不好?"韩雨陌感觉自己牙齿都在打战,绝对不可以让爸爸妈妈看到她此刻的样子,不然妈妈心脏一定受不了。

"好,我不问。我只是担心你,你脸色不太好。"云暮寒轻轻地搂住韩雨陌,却发现她浑身猛地一震,眉头紧锁,似很痛苦一般。他意识到不对,一把拉起了她的袖子,"怎么回事?"

云暮寒既心疼又生气,他拉过韩雨陌,仔细地端详着她的伤口。韩雨陌却好像受了惊般挣扎,抽回手,目光闪躲。

"你别再问了,我现在赶着回家。你记住我说的话,如果我爸爸问起,你就告诉他,我们昨晚一直在一起。"

韩雨陌刚想离开,一辆敞篷跑车停在了他们的面前。车上的女人在云暮寒抗拒的目光中微笑着摘下了眼镜。

"怎么,很奇怪你的小女朋友的反应?想知道她昨天晚上去哪儿了吗?雨陌,你为什么瞒着暮寒呢?"夏如华看着韩雨陌,目光如炬。

"你怎么会在这里?雨陌,我们走。"云暮寒显然不想看到夏如华,转身正要离开,想拽韩雨陌,却发现她低着头,一动不动。

"她昨天去了我客户经常会去的一家别墅酒店,她身上的伤,是在酒店里留下的。"

"别说了。"韩雨陌捂住耳朵,蹲下身来,她不想再听一个字。

"这是今天早上新鲜出炉的特别报道,这配图里的人虽然只有一个侧影,但是你应该不会认错。"夏如华将手中的一张报纸递给云暮寒,那张报纸上是韩雨陌走进一栋别墅的照片,从别墅出来的时候,几个男人簇拥着她上了一辆豪华房车。照片并不能说明什么,但报道的文字极尽侮辱。

"胡说八道,这是诽谤,我可以告他们。"云暮寒愤怒地将报纸撕碎。

"你要不要把所有报刊亭的报纸都撕碎?我可以告诉你,这上面写的都是真的,因为那位客人是我帮她牵的头。不过这份报纸写得并不准确,雨陌也是孝顺,她赚钱不是为了买名牌包包,而是为了她妈妈的医疗费。"

"夏、如、华!"

"为了一个这么肮脏的人,你对着你妈妈大呼小叫,云暮寒你长进了!你还要为了她放弃去韩国留学的机会吗?这么大一顶绿帽子,云暮寒,你还真戴得上去!"

"别说我不相信你的话,就算这张报纸上写的是真的,我也绝对不会离开雨陌。"云暮寒冷冷地说道。

"哦,如果她先放弃了你呢?"夏如华笑得高深莫测,她意味深长地看着自己的儿子。

"不可能!"云暮寒冷冷地说道。

"韩雨陌,如果你离开我儿子,我给你五十万如何?你不是很缺钱吗?拿了这笔分手费,你就不用去做这种生意了。"

"你说什么?"韩雨陌看着夏如华。她在胡说八道什么?她明明知道真相不是这样,为什么还要说这种话出来误导他人,让所有人都以为她是一个出卖身体的人?

韩雨陌看着周围对着她指指点点的路人,心脏忽然猛地抽痛一下:"事情不是你说的……"

夏如华笑了笑,走到韩雨陌身边,缓缓地蹲下身,用只有韩雨陌听得到的声音对她说道:"韩雨陌,今天的报纸,你爸爸手上也有一份。"

韩雨陌猛地睁大了眼,她站起身,朝家里的方向跑去。

不可以,绝对不可以让家里人知道发生了什么。

她身后,云暮寒伸手想拦住她,却发现她挣脱了自己的手,身影

·250·

渐远。

"爸，我回来了。"

"啪！"

刚进门，迎接韩雨陌的不是家庭温暖的怀抱，而是一个火辣辣的巴掌。

韩逸看着韩雨陌，手颤抖着地指着她，几次想开口又放弃。

"我韩逸上辈子造了什么孽，生出了你这种不要脸的东西。你平时不读书我不怪你，但是我没想到你居然学坏。"

"爸爸，那报纸上写的不是真的。是他们骗我，是他们……"

"骗我的是你，今天早上我发短信问你在哪儿的时候，你不是告诉我昨天和云暮寒补习功课才一夜没回吗？如果不是你干了见不得人的事情，为什么不说实话？"

"那是因为他们说不可以说出去。"韩雨陌捂着嘴，努力压抑住呜咽声。她不知道事情会变成这个样子，自己进出酒店的照片被有心人寄给了报社。爸爸那么要面子，怎么受得了这样的屈辱。

"我韩逸一生正直，自认从未有过污点，现在却被人拿你的丑事来要挟！为了你，我放弃了一个记者的职业尊严，我放弃了一篇报道，收下了人家的封口费就是为了买你那些不要脸的照片！你妈妈气得现在还在医院抢救，你真是好样的！"

"爸爸，他们拿照片威胁你了？"韩雨陌看着自己的父亲。这个男人从来不畏强权，固执到偏执，要他放弃原则，这该是多大的侮辱？

"五十万！我第一次知道我韩逸的女儿这么值钱！"

"爸爸，你把那五十万封口费退回去吧。"

韩雨陌咬了咬唇，走到房间里，默默地拨通了云暮寒的电话。

"暮寒，我们分手吧。我决定要你妈妈的那五十万，你就当她说的都是实话好了。"

没给对方回答的机会，她立刻挂断了电话。眼泪像断了线的珍珠一样落下，她捂着唇，隐忍地哭泣，哭声却压抑不住，越来越大。哀恸，排山倒海，几乎让她窒息，仿佛要把她的灵魂生生劈开。

过了许久，她才在尖锐的电话铃中止住哭泣。电话那头是云暮寒的声音，分不清喜怒。

"我现在在上班，我会告诉夏如华我们分手了。原来我云暮寒在你心里是这个价码。"

原来，分手这样容易。

云暮寒那么骄傲，自然不会追问她分手的原因。而原因如此明了，她选择了钱，放弃了他们的感情。韩雨陌放下电话，没有再说一句话。

媒体的报道并没有指名道姓，但那个上了豪华房车的背影，相熟的人却能认出来。在学校里，同学们都对着韩雨陌指指点点。韩雨陌却是充耳不闻，她把全部的精力放在了复习上。在高考前的最后一次摸底考中，她考了全校第一，老师表示也许这所高职学校会出第一位名校学生。而鹤立鸡群的代价，便是韩雨陌受到了更大的排挤，同学们甚至当着她的面羞辱她。

她的母亲住院，她的父亲厌恶她，她的男朋友憎恨她，就连程浩那帮朋友，她都没有脸再去见。她浑浑噩噩，把自己变成了一个只会读书的呆子。直到有一天，云暮寒突然打来电话，久久不说话。

"雨陌，我周一飞首尔，再见。哦，不对，是再也不见。"

那一刹那，伤感决堤，她知道，自己终于被放弃。心中的疼痛持续煎熬，那一夜，她突然忍不住，半夜爬起来奋笔疾书。

她一笔一笔地写下了那一夜发生的所有细节，尽管每回忆一次，她都会感觉恐惧重新将她凌迟。只是她不甘心，不甘心让误会毁掉这段感情。

"耗子，你能不能帮我一个忙？你会去送暮寒吧，我想你帮我交一封信给他。"

高考最后一门，韩雨陌交的白卷。

那天下午，医院通知她，她妈妈没有抢救过来，已经去世。而她爸爸韩逸没来得及退回那笔钱，被记者和警察找上了门。

被审讯时，韩逸没有说出被威胁的事情。在自己的清白和女儿的名声之间，他选择了后者。那天，警察押着韩逸回家取证。他要求和女儿雨陌单独谈谈。

"你妈妈已经死了，你以后要好好活着，好好做人。我自认一生没做过亏心事，是个好记者，却不是个好爸爸，我不会教女儿，才让你变成了现在这样。你知道吗？我曾经奢望过，你有一天也会和我一样，考上好大学，之后也做一名好记者。可是现在我不这么想了，只要你以后清清白白做人，我就瞑目了。"说完，韩逸便在众人的惊呼声中，从窗台一跃而下。

"砰！"窗外传来一声巨响。

之后，世界回归寂静。

雷雨来得很快，韩雨陌呆坐在窗前，警察做完笔录就离开了，记者还是不肯散去。她缩在房间里，不敢出门。电话，是那时候响起来的。

"程浩，是你让他来找我的？"

是云暮寒的声音，韩雨陌突然像抓到最后一根救命稻草般抱住了电话。

"暮寒，你在哪里？"

"我在机场，马上飞首尔。我只问你，韩雨陌，程浩是你让他来找我的？"

"是……暮寒，你都知道了？那你……"他冷淡的态度，让她有些畏惧，他知道了一切真相，为什么还这样冷漠？

"我都知道了，谢谢你韩雨陌，我们完了。我云暮寒，再也不想看到你！"

电话突然挂断，只留下长长的忙音。韩雨陌胸口的位置抽搐起来，她顾不得心口的疼痛，回拨电话，传来的却是云暮寒的电话留言：

"您好，我正在飞机上，无法接听电话……"

韩雨陌忽然意识到，从此往后，只剩她一个人了。

一生一代一双人，到头不过百年孤独。

她一遍又一遍地拨着云暮寒的手机，听着他熟悉的嗓音说着"无法接听电话"，眼泪便止不住地流。

心剧烈地抽痛着，跳动的节奏也越发凌乱。韩雨陌不知道自己到底是怎么了，呼吸变得急促起来，手连握听筒的力气都没有。在她意识逐渐丧失的时候，她看到窗外的古槐树，枝叶生长，似嘲弄的笑脸。

混沌的记忆，如同晃动的镜头，她始终捕捉不到方向。初看时，是云暮寒在网吧二楼看她，她挑衅地摘下耳机和他对视。那生动明亮的表情，割得她生疼。她知道，那是她轻于流年的初爱。再看时，对方又变成了陆韶迟，他朝她伸出手，拉起还在乞讨的她，他的笑容很温暖，仿佛一看就是一生一世。只不过，那些人，那些事，都比烟花还短暂。人生不会永远如初见，再美好，都不属于她……

韩雨陌就这样静静望着从前的自己。一幕幕从眼前走过，就好像旧时的黑白电影，这么远，那么近。情节按照记忆行走，按部就班，无从更改。她似乎听见有人喊她的名字，蓦然回首，透过重重的迷雾，她看不清对方的容貌。她回头，继续走进记忆深处，那里有咿呀学语的韩雨陌，有恣意飞扬的青春岁月，有她这一生珍贵稀少的快乐。尽管那些快乐转瞬即逝，她却不惜为了这短暂的光影，把自己封闭在记忆的盒子里，不肯出去。

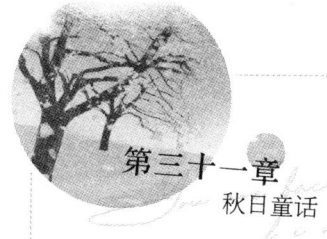

第三十一章
秋日童话

爱与惊恐，
如影随形。

韩雨陌从冗长的梦境中醒来，她觉得有些头疼，疼得她分不清自己记忆里的到底是梦境还是现实。梦里的情景都是黑白的，每个人都丑陋狰狞，大家张牙舞爪地向前，而她却迟疑着，停留着，扮演着过去的角色。那些模糊的情景，冷淡疏离，以至于她无法用色温从图像中分析一丝温暖。梦境的疼痛，让她彻底地痛哭。悲痛，是深扎在心底六年的刺，长期以来，她压抑着，那根刺越埋越深，与皮肉相连。如今，伤口被撕开，利刺被扯出，她的心早已经鲜血淋漓，伤痕累累。

一旁的医生默默地注视着她，心理康复的过程本来就是残忍的。就好像外科处理，唯有剖开伤口，挖出腐肉，才能够彻底康复。这个女孩，终于肯直面过去，看到她不再强颜欢笑，他渐渐地舒了口气。那才是最真实的韩雨陌，被人伤得体无完肤，她需要一场发泄，流放走缠绕心底六年的阴霾。

窗外，暗灰色的天空被迸射出的朝阳挤得支离破碎，韩雨陌慢慢地停止了哭泣，她在阳光中抬起头来，眼中逐渐生动起来。

"今天的天气很好，出去透透气，晒晒太阳有助于你的身体恢复。"

韩雨陌望了望身边说话的陌生男人，她眯起了眼："你是谁？这里是什么地方？"

"这里是陆先生的私人别墅，我是你的心理医生江凤夙。"

"是你……让我想起来那些？"

"是你自己。你从来都没忘记，根本不存在想起。三天前，你不吃不喝，任何人跟你说话都没反应。告诉我，在醒来的最后一刻，你想到了谁？"

"我……"最后一刻，她想到了谁。她想到了云暮寒强吻她，她想到了陆韶迟和云暮寒打架，她试图分开他们，可陆韶迟却将她甩开，就如同六年前，她爸爸将她甩开一样。

想到这里，她忍不住哆嗦了一下。

"你不肯说不要紧，你最后想起的，是你目前最在乎的东西。或许，你觉得自己要失去，所以才会突然将自己隐藏起来，这是你这次发病的诱因。"

"我最害怕失去的？"是陆韶迟吗？原来，他已经不知不觉地侵入她的记忆，成为她的不可或缺。

"没错，人贪生所以怕死。人因为想要拥有，所以害怕失去。爱与惊恐，是一对孪生兄弟。你所害怕的，正是你最爱的。也许从前，你并不知道自己想什么，但是人的潜意识不会欺骗自己，韩小姐，你最后想起了谁，那个人，就是你现在的最爱。"

江凤夙的话，让她醍醐灌顶。

刹那间，她豁然开朗，原来那些惊慌失措，那些患得患失，那些猜忌和不自信，那些逃避与痛楚，都是因为爱上了那个人。

他说得对，爱与惊恐，如影随形。

"谢谢你，我知道自己要的是什么。我会去争取，会珍惜。过去的事，永远抹不掉，但……已经不能影响我了。"

"你能这么想最好，可是……你真的可以和过去一刀两断？"

"人怎么可能和过去一刀两断？人生没有了从前，怎么都不会完整。我要谢谢你，让我有了回头看的机会。以前，我一直在想，如果当初我不是那么胆小，如果我一开始就不受他们的威胁说出真相，那一切是不是不一样。我经常觉得，最该死的那个是自己。我用过很多方法惩罚自己，直到有一天，我心脏病发被送到医院。我在昏迷中梦到爸爸，他说着和死前一模一样的话，他叫我好好活着，好好做人。我醒来的时候，护士告诉我，本来我就要死了，是他们新来的陆医生一直不肯放弃抢救，我才能活过来。"

"原来，这个世界上依然有人想挽留我。陆韶迟那个笨蛋，他并不知道，我和他第一次见面其实是在手术室。他刚刚参加工作，而我大学还没有毕业。"

"你能放下，我很欣慰。"江凤夙微笑道。

"人可以不为死去的人而活，却不能不为活着的人而活。其实这

个道理。头条叔叔跟我说过，当时我以为自己懂了，其实现在才开始懂得。得到与失去，都不是我所能控制，属于我的，不喜欢，依然要学会接受。不属于我的，舍不得也要放手。人懂得舍弃与妥协，是一种感恩，更是一种福祉。谢谢你，让我用旁观者的身份，看到这六年的自己，然后领悟到这些。"韩雨陌抚摸着手上的戒指，它就好像失而复得的幸福，耀目温暖。

"以后你打算怎么做？"

"我还没有决定，不过我要先去找韶迟把那天的事情解释清楚。至于从前的对错，我不打算把时间浪费在思考这些事情上。"

"好吧，既然你已经康复，那我就告辞了。陆兆坤先生可能会问你一些问题，回答还是不回答，你自己选择。"

听到江凤凤的话，韩雨陌沉默了。她不是当年的懵懂小孩，当年夏如华那么骗她，绝对不会是为了阻止自己的儿子谈恋爱那么简单。当年爸爸做记者的时候一直在跟一条线索，他在查的人就是夏如华的丈夫。而他们就设了一个局，用她受辱的照片来逼迫父亲主动收钱。那些人，才是害死她父亲的真正凶手。

"我知道该怎么做了，谢谢你，医生。"韩雨陌看着江凤凤，微微一笑。

会已经开了一个上午，所有人都有些疲惫。已经有人耐不住性子，开始专注于巨大落地玻璃窗外的楼宇车流。陆韶迟喝了口咖啡，目光始终没有离开面前的笔记本电脑，他身边是面无表情的肖仁心和埋头记录的莫欣颜。心外科的主治医生们和几个外国人大眼瞪小眼，沉默让气氛紧张到了极点。

"We should schedule the operation as soon as possible.（我们应该尽快安排手术。）"陆韶迟打破了僵局，再次申明了自己的观点。

一旁的肖仁心皱了下眉头，露出了不悦的表情。她正准备开口，会议桌另一头的金发美女却抢先出声："I'm going to have the operation next month, Are you available?（我准备下个月动手术，你有空吗？）"

这个女人就是美国年轻的医学博士凯瑟林，是专为韩雨陌的手术而来。她说话的时候看着陆韶迟，被冷落在一旁的肖仁心顿时被她的嚣张态度激怒了。

"不行，你们告诉她，这个手术不能做！仁心绝对不允许这种……"

"院长，我认为我们的方案已经非常健全。上个月，我专门去美国找过凯瑟林，研究出了最适合病人的方案。我们经过了缜密的试验，将手术风险降到了最低。虽然这个手术在国内并不多见,但在美国已经有先例,而且美国的手术主刀就是凯瑟林。仁心的设备是国际领先,凯瑟林带来了美国最权威的心脏专家,我不知道您有什么否定的理由。"陆韶迟看了眼自己的母亲,有些疲惫地拧了拧眉心。

一旁的莫欣颜给他使了个眼色,示意他别惹肖仁心不高兴。

"我说不行就是不行,你别以为拿来一堆美国媒体的报道就可以说服我,美国的成功只是侥幸!我做了这么多年的医生,难道还不知道什么手术能做什么手术不能做吗?凯瑟林是博士又如何,美国权威专家又如何!你上次跑到美国去找她,把这边的手术给推掉了,我还没找你算账呢!我绝对不允许你拿自己的医学前途来陪这些所谓的专家疯!"肖仁心合上计划书,一字一句对陆韶迟说道。

"我从来不会拿病人的生死做赌注,但是如果冒险可以有一线生机,我也绝对不会因为所谓的前途而放弃希望!"

"这个会没有开下去的必要了,我说不同意就是不同意,你们再说无用。"

"对不起,我今天并不是来征求您的同意的。"陆韶迟冷冷地冲肖仁心说道。

他翻了翻手头的工作安排,对凯瑟林承诺道:"As the appointment book indicates,I will be free next month.(就像预约簿上写的那样,我下个月有空。)"

"Absolutely(那就这样)!"得到陆韶迟确切的答复,凯瑟林不再和肖仁心纠缠,她和一众医生一齐起身准备离开。

"陆韶迟,你敢!"肖仁心瞪着自己的儿子。

"肖院长,这个手术我一定要做。如果你不同意,我今天就辞去心外科主任的职务。从此,仁心,不再有什么陆医生。"

"你居然威胁我!"

"肖阿姨,您相信韶迟和凯瑟林吧,如果没有把握他们不会提出这个方案的。对于病人来说,希望再小好过没有希望,我赞同做这个手术,如果出了什么事情,我日后都不做医生了。我们一定会为自己的行为负责!"在一旁沉默了很久的莫欣颜也忍不住开口。

"急诊会全力配合好手术,不会让手术出一点差错!"陈楚洋看了眼莫欣颜,接口道。

"好啊,你们都不把我放在眼里,一个个很伟大?随便你们!这个世界不会有奇迹的,如果你们希望她早点死,要亲手送她一程,我不反对!"肖仁心甩下手术方案,摔门而出。

看到母亲的态度这样激烈，陆韶迟有些疲惫。他揉了揉太阳穴，最近发生的一切，都让他身心疲惫。

"韶迟，你不用难过。肖阿姨她也是担心你，担心医院才会反对做这个手术。你放心吧，手术成功率这么高，雨陌一定没事。如果有什么可以帮忙的，可以随时找我。"看到陆韶迟憔悴的表情，莫欣颜不自觉地心疼。莫欣颜上前想安慰他几句，可陆韶迟根本没有听清她在说什么，他猛地站了起来，朝会议室外走去，只留下她一个人呆呆地注视着他的背影。

"这小子玩什么，你为了他都跟院长杠上了，他居然还心不在焉，爱理不理的！不行，我让他跟你道歉。"陈楚洋有些愤愤不平。

这些天，陆韶迟的精神很不好，莫欣颜几乎是寸步不离地照顾他。而那个韩雨陌，此刻却玩起了失踪，不知去了何处。

"楚洋，你的心意我明白。这是我自己的事情，你能不能不要管？韶迟只是担心韩雨陌的安慰，你让他一个人静一静吧。"

莫欣颜的话让陈楚洋脸色煞白，他死死地盯着她。最后，他叹了口气，自嘲地笑了笑。莫欣颜之于陆韶迟，就像他之于莫欣颜，注定都是被忽略的。

走出会议室，陆韶迟松了松领带。这是他头一次在公事上和肖仁心针锋相对。他不得不承认，父母的地位，为他今天的发展铺好了锦绣道路，他只需要顺着路走，就能比别人更顺畅地到达终点。这一次的手术，成功率很低，如果失败，他失去的不仅仅是医学前途，更有雨陌。他……绝对不可以失败！

雨陌已经失踪了三天，从那次宴会结束后，她就不知所终。打她电话，无人接听。家里她的东西依然还在，唯独少了她一个。想到这些，他就忐忑不安，生怕她已经出事。他好不容易争取到了这个手术，可雨陌却在此时失踪。

"砰！"想到这些，陆韶迟烦躁地踢了一脚身边的垃圾桶，铁皮捅子发出清脆的声响，远远地在走廊里回响。

"陆医生怎么拿垃圾桶出气？你这么暴躁，实在不适合干这一行。"

"你怎么来了？"陆韶迟皱了下眉头，居然在这个时候，听到最不愿意听到的声音。

"我来复诊的，上次我差点被你打到内出血，这几天我没去工作，公司股价就跌得不像话。我真难想象，你的拳头居然这么狠。"云暮寒搓了搓嘴角的瘀青。公司的事太多，他没办法住院治疗，只好坚持复诊。

"咎由自取。你不爱她,就不要再纠缠她。"陆韶迟看着云暮寒,一字一句地说道。

"陆韶迟,你真可笑!我和雨陌的过去你又知道多少?你这种从小就被人捧在掌心,从来不需要为生计担心的人,又懂什么叫'爱情'?你跟雨陌,本来就是两个世界的人,你能给她什么?你的家庭又能给她什么?"

陆韶迟轻蔑的话唤起了那天的记忆,那天他们疯狂地挥着拳头,或许只有身体的疼痛,才能让心里的痛苦变得麻木。那些从前的甜蜜,就像是戒不掉的鸦片,雨陌,就是他的瘾。而那些痛彻心扉的伤害是种在心里的毒,爱有多深,恨就有多重。韩雨陌,他放不开,忘不掉,即便恨到骨髓,却依旧渴望拥有。或许,只有陆韶迟冰冷的拳头,可以让他恢复清醒,让肉体伤痛时刻提醒他,韩雨陌是什么样的女人,一切,不值得。

"我和雨陌是不是一个世界的人,不需要你来提醒。云暮寒,我和你最大的区别就是,你只是路过,而我会陪她走完全程。你给我听清楚了,即便全世界都放弃了韩雨陌,陆韶迟也一定会陪在她身边,哪怕……放弃全世界!所以,我最后警告你,离她远点,不然,别怪我不客气。"

"是吗?真伟大,陆韶迟你脸皮的确够厚!我告诉你好了,那天,是我强吻雨陌,她一直在反抗。如果不是你跟那个叫莫欣颜的女人纠缠不清,我也不会出来替雨陌出头。所以,别在我面前提你多在乎她。你敢说,当时,你真的没怀疑过她吗?"陆韶迟的自信让云暮寒彻底地愤怒了,他冷笑一声,说完就走。

陆韶迟怔怔在原地,满脑子都是云暮寒说的那句话:"你敢说,当时,你真的没怀疑过她吗?"

他有没有怀疑过雨陌?他努力地回忆着她失踪那天发生的一切,一遍又一遍。他甩开了她,他居然无视她绝望的眼神,他居然……不信任她。

这个念头让陆韶迟出了一身冷汗,回忆起雨陌当时受伤绝望的表情,他心里一阵阵恐惧。雨陌此生最害怕的就是被人误解,她不擅长解释,她曾有过那样的创伤,可他却偏偏也在伤口上撒盐。那时候,她有多疼?

是因为这样,你才生气离开,让我至今找不到你吗?

陆韶迟在心里默默地问自己,他宁可是雨陌生气离开,也不愿意去想那个令他恐惧的理由:她出事了。

他拿出手机,不停地拨韩雨陌的电话,心里期盼着她会接听,可

·260·

电话那头只是一如既往的忙音。

突然，一个念头在他脑海一闪而过！电话！

雨陌失踪那天给他打过一个电话，显示的是父亲的号码！当时他根本没怎么注意，此刻，那些被忽视的记忆清晰起来。云暮寒说雨陌那天并非和他一起去的酒店，那么雨陌为什么会在宴会上出现？难道，那个雨陌说的老朋友，是他爸爸陆兆坤，而并非云暮寒！

所有的疑问纠结在一起，成了缠绕不去的困惑，陆韶迟顾不得许多，脱下白褂就朝医院外走去。

"韶迟，等等，我有话对你说。"看到陆韶迟朝医院外走，莫欣颜加快了脚步。

"有什么事情等我回来再说，我有重要的事情要处理。"陆韶迟没有看莫欣颜，尽管雨陌和爸爸在一起应该没什么事，但这么多天她不接自己的电话，这里面一定有问题。

"慢着，我要说的事情是关于雨陌的，我知道她在什么地方。"犹豫了片刻，莫欣颜开口道。

"你说什么？"陆韶迟停住了脚步，他猛地抓住了莫欣颜的肩膀，一字一句地道，"你说，你早就知道雨陌在什么地方？"

"对不起，这几天我不知道该怎么开口。那天韩雨陌很吓人，她和疯了一样，谁都不认识。我看到她去了顶楼，差点就跳了下去。然后，我看到陆伯伯救了她，而且，我还听到，他和肖阿姨说的话……"

莫欣颜提到那晚的情景，依然心有余悸。韩雨陌的爸爸妈妈，陆韶迟的爸爸妈妈，这些上一辈的恩怨，就好像20世纪80年代的电视剧般老套。但这些肥皂剧一般的情节真真切切地发生的时候，谁也笑不出来。陆韶迟听得越来越心惊，他的猜测是正确的，原来，肖仁心如此厌恶雨陌是因为过去。那么，他和雨陌的感情，应该如何继续？

按照莫欣颜的描述，陆韶迟找到了陆家在远郊的别墅。他迫不及待地冲了进去。他已经做好了最坏的打算，如果爸爸不肯放人，他只好硬闯了。

看到陆韶迟的时候，陆兆坤吃了一惊。他从未想过，一向以冷静的儿子，居然会如此狼狈地出现在他面前。

此刻的陆韶迟，头发未理，胡须没刮，看上去，就好像一名偷渡客。

"爸爸，您知不知道雨陌的下落？"陆韶迟顾不上喘气，一进门就开口问。

"她在楼上。"陆兆坤并没有隐瞒陆韶迟，看见陆韶迟就要往楼上冲,他伸手拦住,"你要有心理准备,她可能认不出你来。"

"什么意思?"陆韶迟需要一些时间去消化这句话,他是医生,自然知道,这种情况代表着什么。

"雨陌是个很单纯的孩子,她一直把父母的死归咎于自己。你那天和云暮寒动手,吓到她了。我从来没看过你那么生气,韶迟,我想,我们都太不了解你了。"

"爸爸……"

"你让我说完。"陆兆坤制止了陆韶迟,他轻轻叹了口气,继续说,"韶迟,你是不是觉得我是个不合格的父亲?因为工作的原因,我没有办法在一个地方长待。怕影响你的学业,我把你留在了云泽,而不是像其他人一样让孩子跟着转学。并不是我不想让你陪在身边,而是……你让我太放心了。你做错了,我只要批评过一次,你便不会再犯。只是,我觉得我以前都错了,我并不了解你。或者说,这个世界上并没有人了解你。"

"对不起,爸爸,让您操心了。"

"我们之间,需要这样客气地说话吗?我很喜欢雨陌这个孩子,我不想否认,我曾喜欢过她的母亲林陌。那时候,我和她的父母是校友。而你母亲,是医学院的高才生。你母亲是地道的云泽人,有天生的优越感。她不能忍受我对她的漠视,然后为了接近我,故意和林陌交朋友。为了让自己对兄弟的女朋友死心,我答应了你母亲的结婚提议。那个年代的一些决定很荒唐,你未必能理解。任何事情都可以任性,唯独感情不可以。韶迟,我希望,你不要像我一样。"

"您的意思我不是很明白。"陆兆坤从来不曾这样开诚布公地和儿子谈过自己和肖仁心的感情。

尽管肖仁心有些专制,不过陆韶迟还是不愿意听到父母不曾相爱这样的事实。

"韶迟,你不是不相信雨陌,而是不相信自己。你不相信自己有能力让她忘却六年前爱过的人,所以才会怀疑。不要以为所有的推测都理所应当,任何事情都可能有多种答案。你越在乎,就越容易被蒙蔽。无欲则无怖,我和你聊这么多,就是想让你知道,无论什么时候,你都必须保持清醒。你要明白自己的心,到底要什么。你告诉我,你爱雨陌吗?"

"我爱她。"陆韶迟不假思索地回答。

"那你最大的愿望是什么?"

"她快乐。"

"既然如此，你为什么那天那么愤怒？你何必那么患得患失？"陆兆坤指了指楼上，"上去吧，我请了个有名的心理医生来开导她，也许她看到你会好点。"

陆韶迟点了点头，爱一个人就是让她幸福，何必在乎自己的得失。道理虽然明白，但爱到深了，要他放手，又谈何容易。世界上最艰难的两个字，就是"成全"。他低头上楼，每一步都迈得沉重，原来"爱"这个字，是如此不能承受之重。

听到韶迟的声音，韩雨陌几乎是飞奔下楼的。由于几天没进食，她的脚步有些虚浮。跌跌撞撞地下到楼梯拐角处，就撞进一个人怀里。抬头对视的一刹那，她有片刻的失神。

看着冲进他怀里的她，他惊喜却又担忧。

她显然也是有些吃惊，睁着一双如溪流般澄澈的眸子，忽闪忽闪地看着他。

几天时间，她更瘦了，埋在他怀里的时候，他几乎感觉不到重量。他屏住呼吸，生怕一眨眼，她又会如同精灵一样消失不见。

他伸手，想抚上她的脸，可手却不敢放下去，只怕一切是一场梦境。她明明就在触手可及的地方，他却感觉遥远得如同横亘了一个光年。

"我这些天做了个梦，梦见你推开我不要我了，吓得我都想哭了。"她像个小猫一样一边抱怨着，一边往他身上蹭着。他不说话，只是心疼地看她。她仰着头，腻在他怀里，声音有些小小的娇气。

"做梦而已。"心里像被什么烫过一样疼，那天，虽然只是瞬间，到底还是伤了她。

"做梦也不可以，你说梦里的陆韶迟是不是很坏？"她玩弄着他的衣服扣子，傻傻地望着他。

"嗯，陆韶迟很坏。"他抓住她不安分的手，久违的冲动从腹部腾起到胸口，心中有一团明火，灼得他心隐隐作痛。

"大家说梦都是反的，韶迟才不坏呢。你答应我，永远不能丢下我。"她把脸贴在他的胸前，轻轻呢喃，小心翼翼。

"好，我答应你。"他跟着她说着孩子气的话，若是医院其他员工看到陆主任居然会这样哄人，恐怕会笑出声来。可是他却笑不出来，他更加用力地抱紧她，唇吻在她的发间，"你也答应我，永远不要离开我，做梦都不要。"

"好。"她在他怀里轻轻回应着，喉咙突然觉得干涩发紧，再也说不出别的话。

记忆里的种种，都是梦而已，她在心里对自己说。雨陌，就当做了一场噩梦吧，以前的人和事，别想了。

陆韶迟的怀抱很温暖，她紧紧靠着，舍不得放开。

"韶迟……其实那天，我和云暮寒……唔——"她的话还未说完，他突然低头吻住了她。所有的话语都被他温柔地含进了唇里。她瞪大了眼睛，显然不适应这突然而来的热情。

"什么都别说，我全知道。"他手撑着楼梯一侧的墙壁，将她禁锢在胸前。刚才的长吻，让她面红心跳，她轻喘着气，扶着韶迟的肩膀，胸口规律地起伏着。

"为什么打赤脚？"陆韶迟看着韩雨陌，突然沉下了声音。她还没学会照顾自己，居然赤着脚就走了出来。

"我听到你的声音，一时太激动了，就忘记穿鞋子了，啊——"韩雨陌低着头，像做错事的孩子一般扭着衣角。

本以为陆韶迟会训她一顿，谁知道他居然打横抱起了她，直接朝楼上的卧室走去。

"放我下来，陆韶迟！你爸爸在楼下呢，我自己可以走过去。"韩雨陌压低了声音抗议，如果被头条叔叔看到了，多难为情？

"谁叫你不穿鞋子？下次看你敢不敢！"不理会她的抗议，他加快了脚步。

"放我下来，我要上洗手间。"

"我抱你去！"

"你——"韩雨陌听到他暧昧不清的话，脸顿时红得跟烤好的番薯一样，她有些愤愤不平，"医生都很坏，所有'稻根藤'都很坏。"

"嗯，陆韶迟最坏。"陆韶迟一脚踹开了卧室的门。

听到楼上巨大的响声，陆兆坤问了声怎么回事。韩雨陌顿时吓得死命掐陆韶迟，陆韶迟随便答了一声，就将她放在了床上。

"陆韶迟，你你你……你别过来，你想干什么？大白天的你别乱来，喂，你爸爸还在楼下呢，他会听见的！"见他覆了上来，韩雨陌顿时慌乱起来。

"他会很乐意我这么做的，他等抱孙子等很久了。"本来只是调侃，想逗弄下雨陌，她害羞的样子的确很可爱。可肌肤摩擦的那一刻，突然如触电般带起美好的触觉，陆韶迟做了个深呼吸，他有些迷醉了。不想再等待下去，他轻吻着她，感受着她的颤抖。

阳光打在他的脸上，韩雨陌可以清楚地看到他的热切与渴望。她心中突然柔软起来，似阳光融化了寒冷，拥抱时，有阵阵暖意。

陆韶迟低头，吻住了怀中的女孩……

在热烈地拥有彼此之后，陆韶迟看着枕着他手臂睡去的韩雨陌，微微笑起来。此刻的她，比任何时候都要乖巧，她长长的睫毛轻轻颤动，美得仿佛不属于这个尘世的精灵。心中缱绻万千，他不由自主地伸手撩拨她，她皱眉轻哼，抗拒着纠缠。

"别闹，韶迟，困。"她含混不清地呢喃，语气自然得仿佛他们已是多年的夫妻。她调整睡姿，头发摩擦过他手臂，那麻痒触碰着他的底线。

"雨陌，我们明天去登记好不好？"也不知道她听见没有，他靠近她耳边，温热的气息喷着她的耳垂。她觉得痒，迷糊中伸手推他，却被他扣住无法动弹。

"明天我要上班。"韩雨陌含糊地嘀咕。刚才的动静，让她有几分醒了，可睡意却未完全退去，她侧过身，被子滑过光洁的背，潮红一直延伸到耳后跟，看得陆韶迟有些澎湃。

"你不是失业在家吗，上什么班啊？去登记好不好？"他不罢休地纠缠。

韩雨陌被他闹得厉害，回过头来怒目瞪他。

"我刚找到一份游戏策划的工作，已经推迟几天报到了，再不去上班，估计要被开除。喂，你不是不想支持你老婆我的伟大工作吧？"韩雨陌下巴一抬，假装生气。

"可惜，我伟大的老婆还没过门，就转性做了女强人。"陆韶迟感叹道，韩雨陌居然热爱工作起来，人心不古啊。

"你吃醋啊？我一向爱情至上的，你信不信？"

"难以置信。"陆韶迟微笑着调侃。

"那要怎样才可以相信呢，这样可以吗？"她侧过身吻他的唇，如蜻蜓点水般，一触就收。

"不行，要这样才可以。"他俯过身，将她覆在身下。热烈的吻再次涌来，她的手抚上他的肩膀，热切回应。

室内馨香满屋，一窗海棠，摇曳出潮湿的花影。影下是一对璧人，怜惜彼此，在心头打开一片日月，盛满光辉。雀鸟在松枝上鸣唱，和着屋里动人旋律，恰如某一世牵扯出的缘分，在今生触碰，奏出那一晌贪欢。

韩雨陌微笑，她知道，那是幸福光临的声音。

第三十二章
冬季恋歌

他把他们曾经的梦想变成现实,
他为了她,创造"陌上云"。可最终,她却辜负了他。
原来世界上最无奈的三个字,就是"对不起"。

  去公司上班的时候,韩雨陌心里有些忐忑。因为前几天的病,自己比原定的上班时间还晚了些时日。第一次上班就失约,毕竟是不好的,何况,这是她那么在乎的工作。
  "雨陌,你来得刚好,老大召集大家开会,有紧急事情宣布。"
  韩雨陌还没来得及解释不来上班的原因,就被同事给推进了会议室。
  "大家都知道,上个月酷游收购了我们久久游戏,尽管换了新老板,但是工作照旧。这个月,我们有一笔大单。总公司计划推出一款大型的手机网络互动游戏,初步定位是'陌上云'的手机版。'陌上云'横扫全亚洲,创造了国内网游同时在线人数的最高纪录,是目前最炙手可热的大型网游。这次总公司把同款手机游戏交给我们做,我们不可以放松。今天酷游的 CEO 云暮寒先生特意来到了我们公司,大家可以听听他的指示。云总,请——"
  "感谢大家对工作的热诚,游戏是个充满了激情的行业,你不热爱它,就无法做好它。久久在手机游戏上,经验很丰富,所以我相信'陌上云'的手机版必定会更成功。全世界的通讯商都对我们这款游戏感兴趣,如果可能,这款融合了中国古典文化的游戏很可能走出亚洲。金恩彩小姐的新单曲会以我们'陌上云'的剧情作为 MV 的背景,这是一个宣传的机会,策划部的同事需要配合下 MV 的拍摄。大家有没

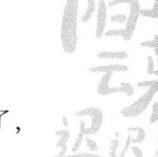

有其他问题？"

"放心吧，暮寒，咱们多少年的朋友了，我带的团队你放心。对了，听说策划部新招了个女同事，是不是啊？"

"是啊，老大，她已经来了。雨陌，你站门口发什么呆，快进来。我介绍下，这是我们老大，久久游戏的创始人程浩，这是酷游的总裁云暮寒，以前他们可是校友呢。雨陌，你是不是看到帅哥看傻了，怎么不说话？嘿嘿，她是我们新招进来的同事，韩雨陌。"

韩雨陌看了眼立在面前的两个人。世界真的很小，兜兜转转，狭路相逢。她从来没想过，会在这里看到程浩和云暮寒。她一颗心沉了下去，又浮了上来，跌宕不安，为什么每次碰到故人，心都无法平静。

"你好，云暮寒。"云暮寒仿佛不认识韩雨陌一般，伸手和她握手。他陌生的语气让身旁的程浩皱了下眉，韩雨陌也不自然地僵硬了身体。

"你好，韩雨陌。"韩雨陌舔了舔干燥的唇，艰难地伸出了手。

他们之间，已经成了最熟悉的陌生人，连寒暄都如此生分与客气。这样也好，他们之间只有工作，无关风月。

整个会议，韩雨陌都开得心不在焉。云暮寒礼貌地给她交代了工作，她低头应着，像所有下属对待上司一般小心翼翼。

开完会，公司安排了饭局，算是欢迎云暮寒。

韩雨陌借口身体不舒服推托，无奈同事们说她是新人不可缺席，她只好硬着头皮去。

餐桌上，云暮寒坐了主位，程浩也不知怎么想的，硬说要女士优先，把云暮寒身边的位置让给了韩雨陌，他则坐在另一侧。

这样的位置本来就尴尬，这顿饭吃得就更加痛苦。韩雨陌有些心不在焉，只想着饭局尽快结束就好。

"倒满倒满，这感情深，一口闷。小妹你听我说，工作好不好，就看酒喝得多和少。这杯酒，你无论如何要干掉。"

既然是聚餐，酒是免不了要喝的。韩雨陌虽然平时会喝点酒，但酒量却不大。眼见着这么一杯酒推到了面前，她有些胆怯。可自己是新人，对方又太热情，不喝就是不给面子，喝了，恐怕就要被抬回去了。

"我喝一半好了。"韩雨陌皱了皱眉。

"不行，干杯怎么能只喝一半呢？我说，女孩子要不就不喝酒，一旦喝酒，酒量可不能小瞧。工作不到位，那是酒没到胃。来，这杯，你得干了。"

对方一套又一套的劝酒词,说得韩雨陌不知道如何招架。她只好硬着头皮去拿杯子,可刚要端杯,两只手同时扶住了杯子。

"这杯酒,我替她喝了。"

程浩和云暮寒同时说道。

全桌的人都安静下来。

韩雨陌扶着额头,心道这都唱哪出呢。喝酒便喝酒呗,这两人跟着凑什么热闹。这不,两人这么一说,气氛便暧昧起来。

程浩和云暮寒对视一眼,眼神都变得不自然。

见他们俩如此,大伙也不敢劝韩雨陌的酒了。大家只好当作什么事都没发生一样,给云暮寒敬酒。程浩敬得最凶,一杯接着一杯,云暮寒也不推托,喝得洒脱。韩雨陌怕他们这么喝受不了,想制止,却又开不了口。

"我问你们,钢琴为什么叫 Piano?不知道了吧,我的程氏记忆法告诉你们,Piano,就是劈ово罗,弹钢琴是怎样的,又劈又按,哈哈。暮寒,你说是不是,以前咱们经常这么给雨陌补习,你忘记了?你怎么可以忘记,怎么可以忘记。"程浩酒量不如云暮寒,没灌倒他,自己先醉了。他胡言乱语地喊着,说得两人脸色是一阵青一阵白。

韩雨陌再也坐不住,找了个借口,抓起包就出了饭店。云暮寒也不拦她,看着她跌跌撞撞地出去,酒意都散作了寒意,冷到彻骨。

之后的工作倒还顺利,云暮寒很少来公司,程浩和韩雨陌渐渐地又混得和以前一样熟。两人绝口不提六年前的事,守着一个共同的秘密,心照不宣。

策划部果然是最忙的,韩雨陌是新人,处理的都是一些细小杂碎的事情。比如设计兵器的名称、人物的对话,还有一些关卡。

韩雨陌突发奇想,决定为每件兵器写一首古风词,把兵器名融进诗句里,代替传统的兵器介绍。同事们大为赞赏她的提议,写词这么艰巨的任务自然交给了她。

她没日没夜地在电脑前奋笔疾书,陆韶迟看了有些心疼。有时候,他实在看不下去,会强行关了她的电脑,抱她去睡觉。她尽管抗议,但每次都抵不过他温柔的纠缠,开始的挣扎最后都会变成恩爱温存。渐渐地,她就发觉,陆韶迟是吃定她了。

过了一个月,韩雨陌没精打采起来。她顶着熊猫眼,混混沌沌地去上班,同事都有些看不下去了。

"韩雨陌,你真是拼命三娘,咱们这些哥们儿都得被你整下岗啊。"

"行了，你们程序设计什么的我都不懂，不就做做文案嘛。我才抢不了你的饭碗呢！"

韩雨陌已经习惯了和他们的调侃，大家熟得和一家人一样，这工作虽然辛苦，但她却喜欢。

"雨陌，你提议在游戏中增加书院和武馆，规定角色必须通过修习和考试来增加智力值。把学习的知识和考试的内容和赞助商的产品介绍广告联系在一起，上面觉得很有创意。领导特地点名表扬了你，决定采用你的提议。"程浩从办公室走出来，看到韩雨陌的时候，他的神色有些古怪，尽管说的是褒奖的话，但他却表现出欲言又止的神态来。

"真的，太好了。想不到我的提议还真管用。"

"雨陌……上面还有些安排。他们希望你跟随金恩彩到天盟山拍摄游戏宣传MV，并随时修改剧情。因为这块你比较擅长，所以上面觉得你可以胜任。雨陌……你……"

"我去。"看到程浩为难的表情，她知道他担心什么。逃避永远不是办法，再讨厌金恩彩，总归是要见面的。更何况，一切都是为了工作。

"其实可以换人的，雨陌，如果你……"

"不用换人，我知道该怎么做。我去准备下，什么时候出发？"

"下午，金恩彩身体情况你知道，她不能太劳累，还需要你照顾一下她。到时候，我和暮寒也会过去。"

"行了，我明白。我是新人，协助公司宣传是应该的。我一定照顾好金恩彩，你们放心。"韩雨陌拍了拍程浩的肩膀。

她赶回家随便收拾了点东西。飞机起飞前，她给陆韶迟打了电话，说自己要去天盟山，算是先斩后奏。

电话那头，陆韶迟还在唠唠叨叨，以医生的口吻命令她下飞机。她早猜到是这样的结果，这段时间她病情还算稳定，支撑到出差回来应该问题不大。她撒娇般地承诺，出差回来立刻休假，好好养病，准备手术。两人争论了半天，谁也不肯让步，最后是空姐提醒她关机，她这才如释重负地挂了手机。关机的瞬间，她想象出陆韶迟皱眉的表情，不禁扑哧笑出声。

"韩雨陌，帮我把化妆包拿来下！"

"韩雨陌！你是不是脑子进水了？谁让你拿这套服装的？"

"韩雨陌，你知道不知道金恩彩小姐的时间有多宝贵？让你拿个棕色的发套你拿褐色的，你是不是色盲啊？"

"你们酷游是不是没有人了派你来?你再出错,我们都没办法拍了!"

几天的拍摄,金恩彩的助理没停止过对韩雨陌的咒骂。同事投来了同情的目光。韩雨陌以前是娱乐记者,得罪的恰恰就是金恩彩。这次她们摆明了针对她,想让她知难而退。谁知道韩雨陌偏偏是弹簧性子,越压越有力量。瞧她整天跑上跑下不觉得累,一被教训,就别过头冲其他同事做鬼脸,收工以后,她还在宾馆里学这个助理发怒的滑稽样子,逗得大家把疲倦都给忘了。

经过几天没日没夜的赶工,拍摄工作进入尾声。由于金恩彩怀孕,大家一路上都小心翼翼的。助理也不知道是不是怕韩雨陌伤害金恩彩,每次都把她支得远远的,让她拿道具换服装,干的是最累的体力活。

"好了,我们准备收工。韩雨陌,我们在山上还有些布景,你去拿下来,我们准备下山回宾馆。"助理吩咐道。

"我?一个人去?太阳都快下山了!"韩雨陌看着崎岖的山路,心里有些打怵。她转身看了看忙着收拾东西的同事们,有些为难。

"让你去你就去,不就一些碎布什么的吗?你再这样磨磨蹭蹭下去,天真的要黑了!是不是不想干了,不想干就辞职!"

"我立刻去!"韩雨陌心里嘀咕,这个助理真是拿着鸡毛当令箭。

她一路在心里抱怨,嘀嘀咕咕地去山上取布景道具。

天已经暗了下来,走到拍摄地,韩雨陌突然愣住了。

拍摄地一个人也没有,所有人都离开了。她赶到缆车点,发现一个工作人员也没有。她脑子里一片空白,慌乱地拿出手机打电话,却发现没有信号。

她瘫软地坐下去,有些垂头丧气。看着身旁的凌乱道具,她苦笑一声,韩雨陌,原来你又被抛弃了。

"干杯!"

"大家辛苦了,MV终于杀青,大家今天可以睡个好觉。我们这里最辛苦的就是恩彩了,她克服了身体状况,一直坚持拍摄,我们才能这么快完工。大家一定要敬她一杯,不过她有宝宝了不能喝酒,所以,我们一起敬准爸爸云总一杯。今天他是特地从云泽飞过来,这份感情真是感天动地啊!"

庆功宴上,大家都喝得有些高。云暮寒一直笑得很敷衍,他在酒桌上搜寻一个人的身影,却迟迟不见她。他不知道自己是怎么了,患得患失的,也许韩雨陌根本不想见到他,连庆功宴都不参加了,他却

和一个傻子一样,暗暗期待。

庆功宴结束的时候,云暮寒拉住了金恩彩的助理。

"韩雨陌,怎么没来今天的庆功宴?"

"她?我让她干一点活就耍大牌,恩彩都没她大牌,也不知道她是仗了什么后台,什么活也不愿意干,一点苦都吃不了。今天我让她拿道具,她不愿意,发脾气回去了。不是我背后说人,这样没责任感,怎么做事。"助理没好气地噼里啪啦说了一通,说完转身就去找金恩彩。

听到韩雨陌被人这样评价,云暮寒有些不悦,却不好发作,只得走开,燃了一根烟。

他掏出手机拨打韩雨陌的电话,思索着要对她说什么。像一个上司一样指责她不该不负责任,还是像朋友一样,问她发生了什么事。突然,他觉得自己说不出口,无论以什么样的立场。

电话接通了,温柔的女声提示着对方不在服务区。云暮寒挂断了电话,心里嘲笑自己自寻烦恼。

夜晚的月光,带着些料峭的寒意,山城的气温比其他地方更低一些。云暮寒觉得脖子上有些凉,抬头一看,居然是下雪了,纷纷扬扬,越来越大。他想起以前和韩雨陌去看雪,她总是高兴得手舞足蹈,说自己是平安夜出生的,每年的生日愿望,都是圣诞节下雪。不知道今晚,她是不是也在这里,和他看着同一片雪染过的夜空。

见夜色不早,他踩灭了烟头,准备去找金恩彩。刚走到金恩彩的房门口,他就停住了脚步,门没有关紧,从里面传出隐约的对话声。

"你说你把她一个人留在山上了,你疯了吗?你知道不知道山上的气温有多低,会出人命的!"这是金恩彩的声音。

"我也不知道今天会下这么大的雪。天盟山这么陡,你说,她不会出事吧?"

"你玩笑开得太大了!这么大的雪,缆车又停了,根本没人知道下山的路。山上没吃没喝,一晚上会死人的!你这次做得这么过分,被人知道了你就完了。"

"砰!"

门突然关上了,金恩彩和助理都吓了一跳。金恩彩推开门,看到的是云暮寒冲出去的身影。

"糟了,暮寒哥一定是去找那个女人了。下这么大雪,太危险了,你赶紧报警,我让人去追他!"金恩彩看着云暮寒离开,有些焦急,刚想追出去,无奈腹部突然疼了起来,她气急败坏地呵斥了助理一句。

助理本来就心虚，此刻更担心会闹出人命，立刻掏出电话报警。

除了缆车，天盟山平日里只有景区内的电瓶车可搭乘，不过晚上都停运了，好在每晚山间都有实景演出，旅行社的车可以走盘山公路通行。云暮寒找了一些关系，借到一辆车进山。进山前，他又联系了搜救队，让他们尽快赶来。

盘山公路有九十九道弯，每一个弯道都很险峻，雪天更是难行。但云暮寒心里记挂着韩雨陌，车速竟是半点不减。幸亏云暮寒车技不错，也曾参加过一些俱乐部的越野比赛，一路才算有惊无险。

到达山顶的时候，夜已经深了，此时这里的温度已经降到了零下20℃。前方不能通车了，只能下车步行。

一下车，云暮寒就觉得冻得发僵。

这么冷，必须尽快找到韩雨陌，他一遍遍地思考着她可能会去的地方。忽然，他似想起了什么，朝天盟洞洞口处走去。

那里是 MV 拍摄地，雨陌一定在那里。

天盟洞洞口。

云暮寒在那里看到了蜷缩成一团的韩雨陌。她鹅黄外套上已经落了一层雪，嘴唇冻得发紫，整个人没有一丝生气。一刹那，云暮寒只觉得自己仿佛也停止了呼吸。他小心翼翼地上前，伸手触摸到她几乎冻到透明的脸，指尖如同死人一般的触感让他猛地缩回了手。

"韩雨陌！你醒醒！"他猛地将她揽进怀里。他搓着她几乎冻僵的身体，企图给予她温暖。可怀里的人依然没有任何反应，就好像死了一般。

"雨陌，求你，别睡。"他不能放弃，不能！

"暮寒……"不知过了多久，韩雨陌有了些意识，她恍惚着开口喊住了面前的男人。

"我走到了缆车点……我本来……本来想在那里避避雪，但我怕你找不到我。你说过的，让我待在原地等你……等你来找我，无论……无论我们分开多久，你都……都能找到我。我等……等得太……太久了……"

云暮寒心头一颤，更用力地抱紧了她。他吻了吻她的额头，她说她一直在等，等了多少年，三年，六年，或者更多的时间。他答应过她，只要她还在原地，她一定能找到他。他们只是暂时丢失了彼此，总有一天，会再在一起。可当年的承诺，都成了泡影。他不曾回头，也回不去了。

雪越下越大，韩雨陌全身冰凉，几乎探不到呼吸。

恐惧深入骨髓，他低头看着她。

地上已经积了一层厚厚的雪，温度越来越低，手机也没有信号，他不能冒险等到搜救队找到他们，他得赶紧找一处地方避雪。

积雪太厚，不能冒险开车，与其到车里避雪等着，不如去离这里更近一点的缆车点避雪。

他背着她前往缆车点。他能够感觉到背上的她温度迅速流失，此刻的她脆弱得好似随时可能消失。

他第一次感到这样无能为力，他救不了她。这种无力是如此撕心裂肺，仿佛最亲密的部分被人生生挖走，疼得牵扯灵魂。不知不觉间，他恍然发觉自己脸上一阵阵发冷，原来是不知何时落下的泪已成冰……

韩雨陌在昏迷前，依稀记得最后看到的是云暮寒，可睁开眼，见到的却是陆韶迟。

陆韶迟一直守在床边，面容憔悴，他握着她的手，看见她苏醒，布满血丝眼中顿时流露出惊喜。

韩雨陌张了张嘴，却觉得口干舌燥。

"你觉得怎么样？"

"我这是在哪里？"

两人同时开口。

"仁心医院在山城的分院，你身体还很虚弱，别多说话。以后不准任性，你不知道我接到电话的时候有多害怕。"

"是啊，陆医生连夜搭私人飞机来的。你知道那种小飞机多不安全，他也顾不得了。韩小姐，您真是命大，多亏了那位先生拼了命地护住你，不然，救援队赶到都晚了。"身边正在倒开水的护士，插嘴道。她是陆韶迟特地从云泽仁心医院带来看护韩雨陌的。

"先生？谁？"

"是云暮寒。救援队在缆车点找到你们的时候，发现他把身上能御寒的衣服都给你穿了。你们两个送来医院的时候，都是重度昏迷。你已经没事了，但他……还没有度过危险期。"陆韶迟犹豫了片刻，没有隐瞒真相。

"不行，我要去看他。"

"你现在不能下床，还需要观察几天。放心，他身体一直很好，一定可以扛过去。"

"我没事，别拦着我！"韩雨陌突然咆哮道。

她激动的表情吓了陆韶迟一跳。陆韶迟不再说话，给护士使了个眼色。护士给她打了镇静剂。

看着韩雨陌睡着，陆韶迟才退出病房。在走出病房的时候，他觉得眼前发黑，一个趔趄，居然有些站不稳。

"陆医生，你要不要去隔壁休息一下？你这几天连着做手术本来就没休息好，昨天你连夜飞过来，到现在就没合过眼，铁打的人也受不住啊。"

"没关系，我没事。雨陌已经脱离危险了，我要赶回云泽，还有几个重要的会要开，这里就拜托你了。"

"陆医生，你这样不行的。"

"我挺得住，你帮我照顾好她。"陆韶迟用冷水泼了泼脸，他必须赶回云泽，部署雨陌手术的事情。

经过几天的调理，韩雨陌的身体逐渐康复，但云暮寒却是时醒时睡，情况不好。

"雨陌，我有些话，想对你说。"

程浩几次来探望她，每一次都是欲言又止。

韩雨陌不知道他到底在挣扎什么，她总是尝试着去开一些玩笑，他却依然愁眉苦脸。

"雨陌，你和暮寒，真的不可能了吗？"憋了很久，程浩总算问出了口。

"耗子，你知道的，从他去韩国那一天起，我们就不可能了。我跟他都多少年前的事情了，现在我们是朋友。没错，我是很担心他，但是，那也是感谢他救命之恩，和爱情无关。"韩雨陌知道那些老朋友都期待她能和云暮寒重修旧好，但只有她自己清楚她的心里已经住了另一个人。

"和爱情无关？他连命都不要去救你！雨陌，他爱你，甚至比以前更爱你。"程浩看着韩雨陌，眼神凄惶。

韩雨陌被他这样的表情吓了一跳，她嘴巴张了张，却不知道说什么。

"韩雨陌，你爱云暮寒吗？"

"我……爱过。"韩雨陌看了一眼躺在床上的云暮寒。那是她青春年华里最惊艳的时光，但终究那些最美的时光不会停留，每一个人都会长大，都会遗忘，都会在爱过痛过之后重新学会去爱。她感谢云

暮寒，教会了她爱，让她的人生不再遗憾。

"雨陌，对不起。"

"耗子，你跟我说什么对不起，我和暮寒分手是我们俩……"

"不是的，你们分手是我一手造成的！六年前，我知道你想向他道歉，让我带信给他。可是我没有，我骗了他，我告诉他你已经和我在一起了……我不知道会让你们错过这么多年！"程浩一把抓住了自己的头发，内疚就好像一把锯子，每天都拉扯一次，成为他心里的毒。见到雨陌的时候，他有些吃惊，他安慰自己，云暮寒和雨陌都找到了幸福，这样也很好。直到云暮寒舍身救雨陌，他才知道，原来，云暮寒一直都深爱着雨陌。这一次，他终于有勇气说出真相。

韩雨陌难以置信看着程浩。

"我信任你，托你把信交给暮寒。当天暮寒打电话找我，他问我耗子说的是不是真的。我以为他问的是那封信，我说是。但是，其实你没有把信给他，你告诉他，我因为觉得你有钱而选择跟你在一起。你让云暮寒亲口从我这里证实。程浩，你知道不知道，我们俩都把你当兄弟，当最好的朋友！你知道不知道，云暮寒有多痛恨那些为了钱放弃爱情的女人，你让我跟他妈妈当年一样伤害他，然后让我一直把他当作负心的那一个……你告诉我，你这么做是为什么！"韩雨陌望着面前这个忏悔着的男人，为什么，她最好的朋友，要这样对待她和暮寒？

"就是因为我敬重云学长，我觉得他应该有更好的前途。以前，我看他喜欢你却不肯追，所以我故意接近你，让他吃醋。后来，我知道他为了你放弃去韩国留学的机会，所以我故意气他，想让他去韩国。我以为，你们之后会联系，会解释清楚，到时候顶多把我教训一顿。我不知道，你们之间有那么多误会，之前发生了那么多事情。我是后来才看到报纸，知道你家出了事。我去过你家找你解释，但是……他们说你为了安葬叔叔阿姨已经把房子卖了。你再也没回过家，我不知道……我不知道……"

"你可以选择一直不告诉我真相。"韩雨陌闭上眼，为什么，这个时候来告诉她，一直以来是她辜负了云暮寒。伤他最重的是她，他恨她恨得理直气壮。

"我后来偷偷看了那封信，我才知道你吃了多少苦，我到底做了些什么。后来，暮寒和金恩彩在一起，我不知道怎么开口。对不起，我派人查了你，我知道你有严重的心脏病，我知道你最难的时候去要过饭，我知道你曾经患过抑郁症。对不起……雨陌，真的对不起。你和云学长,能不能在一起?"

"如果我们复合,你是不是会好过点?你知道不知道,我可能活不过今年?你知道不知道,我浪费了六年的时间,在等一个人?程浩,我和他,回不去了。这辈子,我注定是要辜负他的。我……已经爱上了另一个人,一切都太迟了。你把真相告诉我,只是让我觉得更加亏欠暮寒。我变心了!你知道吗?他舍命救我,我全知道,他还爱我,可我变心了。这一次,我真的背叛他了,你让我怎么面对他,你又让我怎么带着对暮寒的愧疚去爱韶迟?程浩,我真的很恨你!你为什么要告诉我这些,为什么?"

韩雨陌擦干眼泪,不理会呆立在原地的程浩,往云暮寒的病房走去。真相是如此残忍,她宁可永远不知道,一直粉饰太平。

云暮寒躺在病床上,韩雨陌隔着门上的玻璃注视着他。之前,他那么精力旺盛,整日加班也不会觉得困。他把他们曾经的梦想变成现实,他为了她,创造"陌上云"。可最终,她辜负了他。原来世界上最无奈的三个字,就是"对不起"。

"暮寒是你亲生儿子,你就这么不关心他的死活?"

"我好歹是堂堂二建的总经理,公司里我走不开啊。"

听到走廊转角传来的对话声,韩雨陌突然打了个冷战。那个声音,她这辈子都不会忘记。突然而来的恐惧让她胃里一阵阵地翻腾,原来不曾忘却,那天的记忆已经沁入骨髓。

那对话声越来越近,韩雨陌立刻闪到了旁边的楼梯间里,不敢让两人看到自己。

没一会儿,对话的两人来到云暮寒的病房门口。

"都是那个韩雨陌搞出来的事情,暮寒不是为了救她,就不会这样。我当年就该让那些人把她给结果了,如果不是看她对暮寒有那么点真心,我当初也不会心软,以至于酿出今天的祸事。"夏如华咬牙切齿地说道。那冷漠的语气听得韩雨陌背后发凉。

"行了。"

"这事怨不得我们,谁让她爸韩逸那么紧咬着咱们不放,过亿的盘子,难道要被他给搅和了?设个圈套,借他女儿的照片威胁韩逸交钱,再设个圈套给他送钱,我们再让上面查查他,多完美的计划。当时你让记者那么写那丫头,韩逸还能不替女儿背了这黑锅?"

"对了。你说,陆兆坤突然来云泽是干什么?是上面知道了什么苗头?前阵子上面查了不少人,那些人可没少收我的好处,万一那些

人嘴大说漏了什么,把当年的事抖出来……"

"怕什么,他们傻了才把我们抖出来呢,抖出来他们不罪更大吗!暮寒那孩子以前把你当杀父仇人一样,现在知道你才是他亲爹了,才对你脸色好点。韩雨陌这丫头的事情绝对不能让他知道,不然他还会认你吗,到时候没儿子送终你可怨不得我!"

云暮寒……是江贵仁的亲生儿子!这个消息,如晴天霹雳,炸得韩雨陌满脑子空白。她爸爸是被江贵仁和夏如华害死的,偏偏他们是云暮寒的父母。

"还不是你教出来的臭脾气,之前为了那个便宜爹不认我。后来又跟那个死记者的女儿纠缠不清,现在更好,为了个金恩彩跟我翻脸。"江贵仁愤怒地说道。

"那个金恩彩不是你那个娱乐公司旗下的艺人吗?暮寒的眼光真是越来越差了!这种娱乐圈的小明星,怎么配得上咱们家!"

"如果不是我,金恩彩能有钱去美国念书?当初我是看云暮寒天天借酒浇愁,又看她有几分像韩雨陌那丫头,所以才让她去接近他,转移他的注意力。谁知道那女人居然奢望做我的儿媳妇。我上次已经找人教训过她了,谁知道她倒也厉害,怀着不知道谁的种还赖上了暮寒。等陆兆坤的事情过去了,我要好好修理这不听话的死丫头。"江贵仁不屑地说道。

金恩彩……是江贵仁安排在暮寒身边的!韩雨陌倒抽了一口凉气,江贵仁,居然连自己的儿子都算计。

她将拳头捏得紧紧的,心里纠结。暮寒从小被母亲抛弃,一直都没有感受过什么温暖。只要别人对他好一点,他就会全力回报。所以他才会这样维护金恩彩,因为金恩彩在他最难的时候与他相依为命。但……如果他发现,全都是假的,那他会有多痛心!

"你还是想想怎么对付韩雨陌那丫头吧,听说陆兆坤的儿子和她走得很近。上面派这老头子来查你当年的事情,如果他从韩雨陌嘴里套出了什么话就完了。这一次,最好斩草除根!"夏如华没好气地说道。

"你放心好了,这事恩彩会办妥。"

阴郁的语气,让韩雨陌浑身发凉,她朝后退去,一时害怕,不小心踢到了身边的垃圾桶。

"什么人?"

江贵仁大喝一声,就要来查看。

韩雨陌捂住嘴巴蹲了下去,如果让他知道自己听到了什么,她必死无疑。

"暮寒醒了,是暮寒醒了!老头子,你还磨蹭什么,快叫医生来!"

韩雨陌狠狠地松了口气,她瘫软在墙边,连走路的力气都没有。

云暮寒,又救了她一次。

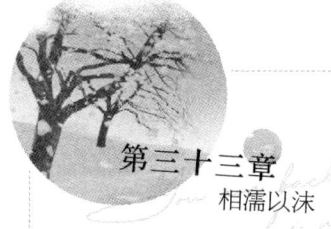

第三十三章
相濡以沫

"我们一定可以天长地久。"
那是他的韩雨陌,是交付,也是承担。

离开云泽去天盟山,不过半个月的时间。可这半个月,韩雨陌却觉得已过了半生。回到云泽的时候,她突然觉得有些畏惧,从前,她以为自己才是被辜负的那个,所以她可以淡忘云暮寒,重新找到属于自己的爱情。可如今,她知道了真相,原来从头到尾,被伤害的那个就是云暮寒,她还有什么资格摆出高姿态,心安理得地面对他?

幸亏,云暮寒的伤已经好得差不多,否则她更加无法安心。在公司上班,抬头不见低头见,好在两人都懂得避讳,每次见面都装作不见,心照不宣,避免了尴尬。游戏策划是韩雨陌很喜欢的工作,短短的时间,她的提议就被广泛采用,嘉奖不断,同事笑着说她离升职不远了。

然而,没有永远的风平浪静。

这天在办公室,韩雨陌和平常一样刷着微博。一条微博被顶上了热门"欺负恩彩姐姐的无耻记者,我已经把她人肉出来了"。

韩雨陌握住鼠标的手,轻轻地颤抖了下。

帖子被点开,她看到了自己的照片、电话、家庭住址、QQ,全部资料都显示在醒目位置。她草草地瞄了下介绍,那些人把她描绘成了不择手段的不要脸的女人。把她和韶迟的爱情,说成是套取内幕的交易。里面还大肆写了她父亲是如何品德败坏,语言极尽讽刺挖苦。

"这么没新意,这些爆料,当时记者都写了。"韩雨陌冷笑一声,关掉了页面。

才一会儿,她的手机就响了,是陌生的号码。韩雨陌迟疑着接起电话,哪知道还没反应过来,对方就开始破口大骂:

"韩雨陌,你不得好死。你要不要脸,你凭什么那么欺负恩彩姐姐?你被报社开除是活该,你还想做游戏策划,我和同学都商量好了,但凡你策划的游戏,我们都不会玩!你快去死吧。"

韩雨陌将听筒拿远了点,听这声音,咒骂她的应该还是个学生。

"我策划的游戏是你恩彩姐姐代言的,你可以选择不玩。"说完,韩雨陌啪地挂断了电话。之前在医院听到江贵仁的话的时候,她就知道金恩彩会对付她。但她没想到,金恩彩居然会公开她的资料,还利用单纯的粉丝来伤害她。

刚挂断电话,手机又一直响个不停,持续的提示声短促急迫,韩雨陌猛地捂住了胸口。不知道为什么,听到这样尖锐的声音,她的心就不受控制地收缩,仿佛被什么东西勒住了一般。她连忙把手机调成静音。她低头看了看,原来是微博和微信提醒,系统信息全部都是好友申请。

韩雨陌皱了下眉,自己什么时候这么受欢迎了?

"韩雨陌,你这样的女人不会有好结果的!"

"姓韩的女人,你真不要脸!"

"韩雨陌你活在世上,简直污染空气!"

一条条的好友申请消息,激烈的言语,句句透露出怨毒和憎恨。不用想,一定又是人肉搜索惹出来的祸。看来这次天盟山之行,金恩彩已经恨她入骨了。

韩雨陌也懒得开微博了,猜想上面一定也惨不忍睹。

受这事情影响,韩雨陌没心情再写策划方案了。她索性关了手机提前下班。

刚走出公司,啪的一声,一个黑色的物体从天而落。韩雨陌觉得额头剧痛,有温热的液体流下。她一摸,是血。

"不要脸,打死她。"

"欺负恩彩,不得好死。"

韩雨陌看了眼刚才拿高跟鞋丢她的女学生,那凶悍的样子,仿佛她是她的杀父仇人。公司门口已经被疯狂的粉丝包围,这个偏僻的高新园区头一次这么热闹。

"嘀嘀嘀!"

不远处突然传来了持续的喇叭声,一辆黑色轿车冲过来。粉丝们立刻尖叫着躲散开。

韩雨陌还没意识到发生什么,车上的陆韶迟已经将她拽进了车里。等粉丝反应过来陆韶迟要干什么的时候,他已经迅速调转方向,将他们狠狠地甩到了车后面。

"你……怎么会来接我?"想起刚才的情景,韩雨陌还心有余悸。

"我不来,你可能真会出事。这些天,你说我那里离公司远,坚持住宿舍,我不拦你。但……你为什么不接我电话?"

"我静音了。"从天盟山回来后,韩雨陌就觉得没办法面对陆韶迟。每一次和陆韶迟在一起,她都会有负罪感,觉得对不起云暮寒。她不知道该如何开口,内心的负疚,让她一直躲避陆韶迟。

"行了,你工作忙我知道,不用跟我道歉。今天是平安夜,也是你生日,我有礼物送你。"

"啊?礼物?"这生日过得可真够特别的,瞧她忙都忙忘了。

"先去医院止血。你不用担心那些捣乱的人,这件事交给我处理。"陆韶迟总能冷静地处理每一件事。他一直让她很安心,好似只要把一切交给他,她就可以后顾无忧。

也不知道陆韶迟用了什么方法,那些疯狂的粉丝,果然没有再骚扰他们。

陆韶迟不说话,不询问,只是轻轻地牵着她,漫步在国权路上。

走过昔日熟悉的道路,韩雨陌突然有些想逃。陆韶迟拉住了她,她只好低头跟他走,她不知道他为什么带她来这里,但每一次走这条路,她总会觉得思念与落寞并存。

"韶迟,我们回去好不好?"

"我说过,我有礼物给你。跟我来。"

他拉着她,走过槐树下。她一时间记忆恍惚,就如同走入了时光里。不再排斥与惶恐,她在街头巷尾疾步行走,手摸过斑驳挂满了草苔的墙壁,如同触摸自己半生的年华。顺着破旧的楼梯,拾级而上。阳光顺着镂空的墙壁洒进来,可以闻到楼梯边脱了漆的扶手,那带着铁锈的香味。她顺着楼梯,左转,右转。这条路,熟悉得如同掌心的纹路,即便是午夜梦回,她也能熟悉地背出这里的一草一木。

"每次数完六十四阶,就可以看到家门口。"雨陌喃喃地数到"64",她望着面前咖啡色的防盗门,颤抖着推开了门。

进门的玄关上还依然贴着小时候她的大头照,客厅的墙上,还有圆珠笔写的"圣斗士韩雨陌"字样。

韩雨陌脸一红，继续往里走。弯过回廊，推开阳台的窗户，成群的鸽子扑扇着翅膀，飞起时，有充满质感的噗噗声。

"喜欢吗？"陆韶迟在她身边开口询问，温柔低沉的话语，将她拉回到现实。

她突然泪流满面，双手覆脸，深深哭泣。

这是她的家，十六岁那年消失掉的家。当初搬离这里的时候，她从未想过，自己有一天能回来。更没有想过，这房间里的摆设，楼下的草木，都不曾变化过。就好像昨天还住在这里，今天只是回家。

"买你房子的那家人移民，我就联系他们买回来了。这里所有的布置格局，都没有改变过。算是我擅自做主一次。雨陌，告诉我，你喜欢吗？"

她不说话，只是看着他，不停地点头。

怎么会不喜欢，那是她的家，梦里一直渴望回来的家。他费尽心思，只为了换来她一句喜欢。有人送她如此特别的生日礼物，她怎能不珍惜？远处，鸽群从天空飞过，落在了屋檐上。她突然觉得自己就像那迟归的倦鸟，兜兜转转，又回到了家。

"雨陌。"陆韶迟突然牵过她，目光深沉热切地望着她，轻轻地单膝跪下，"雨陌，答应我，嫁给我，这里就是我们的新房。"

他摊开手，掌心是一枚可乐瓶戒指。她眼泪像珍珠一样往下坠，她拼命地擦，却怎么也擦不干。突然而来的幸福，让她一时间丧失了言语，她只有望着他，一会儿傻笑，一会儿哭。

"答应他！答应他！答应他！"

楼下突然传来了起哄的声音。

韩雨陌有些惊喜，那是她的老邻居们。他们一声声地喊着"答应他"，她终于忍不住，扑哧一声笑了出来。

"雨陌，我们从小看着你长大的，难得这小伙子不嫌弃咱们这里寒酸，愿意跟你住这里。这可比在豪宅住更安心啊。"楼下有大姊喊道。

陆韶迟朝韩雨陌使眼色，韩雨陌狠狠地捶了他一下。

"你考虑清楚了，稻根藤鹿，这里一住可就是住一辈子的啊。"韩雨陌一边擦眼泪，一边说道。

陆韶迟呆了一下，等意识到她话里的含义的时候，他立刻站了起来，紧紧地将她拥在怀里。

原来真有这么一个人，你抱紧她的时候，连灵魂都会疼。他从未这样感激，感激她的承诺。

平安夜的烟火破空而起，他抱着她抬头观看，那礼花就仿佛为他们量身定做的,绚烂瑰丽。

她踮起脚,主动吻他。

不要再考虑了,就是这个人,韩雨陌,认准了就不要后悔。

她在心里微笑,用全部的力气去拥抱他。他也热烈回应,漫长的吻,淹没在烟火爆裂声中。掺了爱情的情欲,浓烈得那样不可思议,就好像加了伴侣的咖啡,甜香浓郁。她是这样陶醉、热切、疯狂,只渴望将他放入自己的生命里,从此不离不分。他给了她最好的礼物,给了她内心无法盛满的幸福。她只想燃尽自己去回报这份厚重的爱。

新年的钟声响起,三毛在除夕的钟声中许下十二个愿望,句句都是但愿人长久。可荷西最终离开了她。

韩雨陌不知道自己还能活多久,会不会离开陆韶迟,她希望这一刻就这样定格,她可以陪着他,一直走到宇宙尽头。

"我们一定可以天长地久。"他看出了她的顾虑,轻声安慰她。

他的吻再一次落下。

这是他的韩雨陌,是交付,也是承担。

第三十四章
相忘江湖

都结束了，全忘了吧。
山盟海誓，不过是年少无知。
所谓的风花雪月，不过是镜中花，水中月。
相濡以沫，果真不若……相忘于江湖。

金恩彩出事了！

知道这个消息的时候，韩雨陌正在收拾行李。她要随陆韶迟飞去纽约做心脏手术，有三成的机会，她可以活下来。

没想过金恩彩会落得这样的结局，她以前的经历，被人扒了出来。那样不堪的过去，是一个明星无法摆脱的噩梦。这些娱乐记者，就好像变色龙一样，之前还把她描绘成才女玉女，此刻却恨不得将她说成是淫娃荡妇。在董事会的压力下，酷游终止了和她的合约，云暮寒也不得不推迟婚期。

神通广大的娱乐记者，居然查到金恩彩在天盟山差点害死韩雨陌的事情，之前网上的人肉事件也被指出是金恩彩一手策划，甚至以前的怀孕秘闻也被爆出不过是金恩彩为了炒作的自导自演。大家对韩雨陌从最初的诋毁变成深切的同情，甚至有电视台的人给她打电话，希望她现身说法，来指控金恩彩的罪行。

韩雨陌觉得无聊，这些人当初能够怎样抹黑她，就能够怎样抹黑金恩彩。换了几个月前的她，或许还会义愤填膺，但现在，她学乖了，何苦落井下石，为电视台增加谈资。

韩雨陌的私人微博再一次被几十万条留言刷屏，上面全是清一色的"大仇得报"。

韩雨陌皱了皱眉，下载了个清理工具，一次性删除了整个微博。

这些日子，陆韶迟总和各大媒体的主编打交道，她不问，他也不解释。但她知道，这件事情绝对没那么简单。那些娱乐记者怎么可能将金恩彩的事情查得那么详细。陆韶迟做过些什么，她都能猜到。陆韶迟平时虽然温厚，但狠起来却半点不留情。龙游逆鳞，金恩彩不该踩他的底线，而他的底线就是她韩雨陌。若不是金恩彩闹出人肉事件，连累她受伤，恐怕他也不会这样不留余地。

看到金恩彩落得如此境地，她本该解恨，却觉得索然无味。她心疼韶迟，为了她，他不惜变得凶狠。她已经开始懂他，懂他的优雅掩饰，也懂他的含蓄深敛。她爱他的深藏不露，爱他的温柔，更爱他的凶狠。一旦爱上，就无从逃脱。

对于金恩彩，她根本没兴趣知道对方会有多悲惨，更不会同情。但对于云暮寒，那始终是她心里最深的亏欠。若这些伤害是韶迟种下的果，那也是她起的因，他们注定要不分彼此，一起承担。

她微笑着将鲜红色的结婚证放进行李箱。看到韩雨陌和陆韶迟两个名字摆在一起，她就觉得幸福。

"一个人傻笑什么？"陆韶迟在身后环住她的腰，低头吻她的头发。

"我觉得民政局好亏哦，连复印办手续在一起才花了那么十几块钱，就给了我们两本证，做工还这么好。"韩雨陌嘿嘿笑着。

"傻丫头，结婚又不是买菜，哪里有亏和赚？"

她一直那么傻气，偏偏他就喜欢她的孩子气，不可自拔。

"当然有啊，我觉得我就是赚了。"

"嗯，我也赚了。"他附和她，"快点收拾，下午就要飞了。天气寒冷，记得多穿点衣服。"

"你好烦啊，稻根藤鹿！"

"嗯，你叫我什么？"他装作不高兴的样子皱眉头。

"知道了，你好啰唆啊，老公！"韩雨陌吐了吐舌头。

突然，她的手机响了起来。

她低头看，是一条没有署名的短信：

"韩雨陌，我在江滩等你！"

韩雨陌赶到江滩的时候，云暮寒已经等在那里。他靠在广场的栏杆上抽烟，远处江面的汽船，鸣鸣地发出汽笛声。他看起来很不好，英俊的脸上布满胡楂，很是憔悴。

"听耗子说你辞职了。"他冷漠地开口。

"嗯，可能我就这个性吧，干什么事情都干不长。"

"不够长但够狠。我说得对吗？"

云暮寒直接的话语让韩雨陌脸色有些苍白，她知道他在怪罪些什么。是她理亏，无法辩驳。

"暮寒，我们能不能不要提不开心的事情？下午我就和韶迟去美国了，也许……我以后……都不会再回来了。"韩雨陌低头，不敢直视云暮寒，她怕他看出她的脆弱。

怎么能不怕呢，有70%的概率，她会长眠在那个陌生的国度。每一次睡着了，她都担心，自己永远不会再醒来。

"你当然开心！韩雨陌，你以前不是说国外没什么好的，连吃都吃不惯吗？你可以远走高飞，把一切都丢下！你有没有想过恩彩，你把她逼上绝路，为什么？"

"暮寒你误会了……"

"误会？每一次你都是这种无辜的表情。六年前你也是这样，好像做错事情的人是我一样。恩彩的过去，你早就知道，可我没想到你会把这些告诉记者！你敢说，从头到尾，这件事和你一点关系没有吗？"

"我……"她怎么能说和她没关系，如果不是因为她，韶迟也不会这么做。

"暮寒，我们能不能心平气和地说说话。金恩彩那么对我，即便她落到今天的下场，也是她咎由自取。"

"韩、雨、陌！我真是错看了你！就算恩彩她再错，孩子是无辜的！你收手吧！当我求你和陆韶迟，放过她。你何苦要设计那场意外，让金恩彩连最后的亲人都失去！"

"你说什么，什么意外？"韩雨陌猜到金恩彩发生了什么意外，但那绝对不可能是韶迟做的！

"恩彩昨天早上出了车祸，流产了，差一点命都没了。韩雨陌，我希望，自己这辈子，不要再见到你！滚！"云暮寒不再看她，转身决绝地离开。

"也许，让你恨我是最好的结局。"韩雨陌深呼吸。也许云暮寒说得对，他们真没有机会再见了。

韩雨陌，除了陆韶迟，你已经一无所有。

别了，暮寒。

别了，云泽。

再见，或永不见……

回到公司，云暮寒狠狠地踹了一下墙。

"云总怎么跟吃了火药一样？"

"别说了，金恩彩出了那样的事情，他能不伤心吗？"

云暮寒自嘲地笑了一声，背后的议论声音很小，可他还是听到了。所有人都以为他是为金恩彩伤心，只有他自己知道不是。

他恨的是韩雨陌的绝情心狠，更恨自己到现在，还会放不开，为那个女人而伤心难过。

"暮寒，你回来了。你劝回了雨陌没有？'陌上云'的手机版就要上线了，她不该在这个时候辞职。这个游戏是她和大家的心血，我可以为她保留职位，等她从美国回来了可以继续在这里工作的嘛。"看见云暮寒回来，程浩一把拉住他询问。

"回来？我看她是不可能回云泽了。"云暮寒冷冷地说道。

"你说什么？云暮寒，你怎么可以这么说！她一定会回来的，一定！"程浩的情绪突然激动起来，云暮寒凭什么那样说雨陌，雨陌一定能平安回来。

"帮她把辞职手续办了，以后不要在我面前提'韩雨陌'这三个字。"

"云暮寒！你发什么疯，我是让你去劝雨陌不要辞职，你怎么一回来就跟个疯子一样！你今天到底跟雨陌说了些什么，为什么这么生气？"

"我说了些什么，我跟她说，我云暮寒这辈子不要再见到韩雨陌，我让她滚，让她消失得越远越好！"

砰的一声，程浩挥出拳头。

云暮寒突然被袭，他愤怒地看了眼这个好兄弟，不知道对方到底为什么突然动粗。

"云暮寒，我知道六年前是我不对，可对不起你的那个人是我不是她，是我把她写给你的信藏起来的，还骗你说她和我在一起。雨陌会对你撒谎是因为不想让你受伤。"

"耗子，我知道你跟她关系好，但是现在，我希望你闭嘴，不要再提她，更不要提什么从前！"云暮寒一把推开程浩，直接朝办公室走去。

程浩拉住云暮寒，云暮寒的冷漠态度让他替雨陌不值。

"不提当年？云暮寒，如果可以，我一辈子都不想把她经历的事情说出来。她有多苦，她为了你付出了多少，我觉得复述一遍就很残忍。你妈妈让那群人殴打侮辱她的时候，她才十六岁！如果她不是和你在一起，她根本不会落得家破人亡的下场。她被那些报道诋毁的时候，你在哪里？她心脏病发一次次从鬼门关走过的时候，你在哪里？她抑郁症发作的时候,你又在哪里?你有什么资格理直气壮地在这里这样指责她?她这次去美国动手术,只有三成的机会可以活下来!她那么努力地说服自己去做这个手术,你却希望她消失!你有没有想过她会害怕会难过,那个诅咒她死的人是你啊,是她爱过的云暮寒,她直到现在还怕会伤害到你,你却诅咒她死!"

"你给我说清楚点,什么动手术?我和雨陌当年的事情,和夏如华有什么关系?"云暮寒一把扯起程浩的衣领。一个可怕的念头盘旋不去,他不敢去想,更加恐惧知道真相。

"雨陌知道宁可被你继续误会下去,也不肯透露一个字。她连那么多伤害都可以隐忍,你认为她会去纠缠金恩彩吗?她和她妈妈一样,有先天性心脏病,一旦发病,就随时可能再次复发。她第一次发病的那天,是你坐上去韩国的飞机的那天。她妈妈心脏病发去世,而你,去了韩国。你和金恩彩在一起的那段时间,雨陌过什么样的日子,你根本想都想不到。同学们排挤她,学校甚至不批她的助学贷款,她连住的地方都没有。大学毕业以后,她找不到工作,银行催她还钱。"

"你撒谎!"

"我真希望是我在撒谎。这封信是雨陌六年前让我给你的,我为了你可笑的前途留下了它,还对你撒谎。如今你飞黄腾达了,我也算是没白算计雨陌。云暮寒,我们都亏欠她。"程浩放下信。埋藏在心里的秘密,终于可以完全公开,这也是他唯一能为雨陌做的了。

云暮寒迟疑着,打开了信。上面歪歪扭扭的字,让他失神。信纸上有点点泪痕,他的心猛地揪了起来。他不知道她是怀着怎样复杂的心情来写这封信的,时隔六年,他也能从字里行间感受到挣扎、痛楚、惶恐、无助……她孤注一掷地写信给他,用尽了勇气,来告诉他真相。他是她唯一的希望,可他却转身离开,把她留在黑暗里。

信纸滑落,云暮寒发现自己的手居然颤抖得握不住一张纸。

他抬头,前方办公室上的标牌在他眼睛中模糊,字影重叠,他无法看清楚眼前的一切。他知道自己在哭,也知道来往的同事在窃窃私语,但其他人怎么看他云暮寒,他已经不在乎了。雨陌是以什么样的心情与云泽诀别的呢,她被伤得那么深,可他却只会在她伤口上撒盐。

云暮寒揪着头发,慢慢蹲下。是他,原来罪魁祸首是他。是他连累了韩雨陌,是他的母亲害得韩雨陌家破人亡。

他一步步地把雨陌逼远。她是为了他才将真相隐瞒,她做的全部都是为了他,自己却走向万劫不复。他在她最需要的时候将她放弃,他是她唯一的光明,他却亲手将遍体鳞伤的她推向黑暗。

雨陌,告诉我,那时候,你有多痛?有没有我现在这样心痛?

云暮寒,你真的是个不折不扣的笨蛋!你居然会自以为自己才是受伤最深的那个,你居然会以为……雨陌和你母亲一样会为了钱而放弃你。你是个懦夫,你不自信,你害怕被放弃,所以宁可先放弃!你那可笑的自尊,把雨陌逼上了绝路。

云暮寒靠着墙壁,泪流满面。他不介意别人嘲笑他软弱,如果哭泣可以让他忘记悔恨,他宁可泪流成海。谁说男儿有泪不轻弹,只是未到伤心处。他伤心吗?为什么他甚至感觉不到心的跳动?可笑的是,今天的他,还理直气壮地指着她叫她滚,还质问她为什么要伤害恩彩,他说今生不要再见她。

若不是这样彻底伤害过她,他又怎么会这样恐惧,恐惧自己会一语成谶,恐惧今日把她赶走,就会是永别……

程浩说她是去美国动手术,成功概率不足三成。程浩说她每一分钟都活得很辛苦,经常会捂住胸口疼得面色苍白、满头大汗,却偏偏还要强颜欢笑地让身边的人开心。程浩说她会看着日历发呆,计算自己所剩无几的生命。程浩说她会在公园里看着白发苍苍的老人,露出羡慕的眼神。程浩说她把自己剩余的生命都浪费在等待他上面,可偏偏等来的,却是他一次次冷漠的姿态。

为什么全部都要是程浩说?为什么她那么难过,他却视而不见?为什么每一次,他所能想起来的记忆,都是她对他的伤害!

他希望程浩说的是假的,第一次,他期待雨陌是真的背叛了他,期待这一切都是雨陌找的借口,他宁可自己被辜负被抛弃,也不愿意去相信真相。可他知道,程浩说的都是事实。他的雨陌,早已被伤得体无完肤。

"暮寒,你说过,只要在原地等,你就会找回我,可我等不了了……"

她无奈的眼神在脑海中回放,他知道,她转身凄然离开的身影会是他这一生都挥之不散的梦魇。自责深入骨髓,他要用一辈子的时间去悔恨,永无超生之日。

突然,他想到了什么,猛地站了起来。

他要去美国找雨陌,无论她是否原谅他,他都必须找到她。

但他刚走出公司,几个警察就拦住了他。

"云先生,我们是警察,有个案子,希望您能陪我们去协助调查。"

"对不起,我现在没时间。"他有些气急败坏。此刻,他满脑子都是雨陌苦笑的神情,根本没心情和警察纠缠。

"抱歉,这案子是刑事案件,性质恶劣。两个小时前,金恩彩小姐从医院离开。有人目睹她和二建总经理江贵仁激烈争吵，两人争执之下，发生打斗……江贵仁当场死亡。"

"你说什么？"云暮寒难以置信地看着警察，恩彩杀了江贵仁？

"由于犯罪嫌疑人和受害者都和您有密切关系，而且这件事事发后，您的母亲就不知所终。所以，我希望您能配合警方，协助调查。云先生，希望您合作。"

在警察局配合警察完成一些问话后，云暮寒申请与金恩彩见一面。

见到金恩彩的时候，云暮寒差点认不出她来。她眼神涣散，披头散发，根本没有半点明星的样子，眼睛深陷的她憔悴得如同一个瘾君子。

尽管他从不曾爱过这个女人，但她在他最难的时候陪他走过，她就像他的责任，此刻看到她这样，他心痛得很无力。

她状若失常的样子，让人骇然。

"暮寒已经知道以前是我陷害韩雨陌，他生气了，不要我了。他不知道，是江贵仁要我教训韩雨陌的，是江贵仁让我煽动粉丝去骚扰韩雨陌的。江贵仁把我安排在暮寒身边，威胁我如果我不听话，就告诉暮寒真相。我一直被他威胁，我心里很难过，我只是想和暮寒在一起，一辈子，我有什么错！"

"你说江贵仁要你陷害韩雨陌，为什么？他们之间有什么恩怨？"警察看着她疯狂的样子，惋惜地叹了口气。

"江贵仁，哈哈哈，他算什么东西，他死有余辜！他是靠什么发家的？还不是靠那些黑心的钱嘛。六年前的招标案，他和那些人，操纵地价，非法竞标。韩雨陌的爸爸都查到了证据，却被他和他老婆设计给害了。呵呵，你们不相信吗？你们找到他老婆就行了，他老婆当年怕他翻脸不认人，手里可握了些证据保命呢。"

"恩……彩……"云暮寒不敢相信，她会变成这个样子。

金恩彩听到云暮寒的声音，哆嗦了一下。她抬起头看着云暮寒，表情空洞。

"你是谁啊？干什么盯着我看？"

"恩彩，你……"

"恩彩是你叫的吗？我要回韩国，你们这些人凭什么关着我？"她突然疯狂地挣扎起来。

几个警察冲上来将她按倒在桌子上。

她时而哭，时而大笑，有时候又诅咒江贵仁，不停地重复着之前说的那些话。云暮寒看得心惊胆战，胃里翻腾，有种呕吐的冲动。

"云先生,谢谢您和我们警方合作。你也看到了,我们很难给她录口供,我已经请了精神科的专家来了,她可能因为失去孩子,精神受了严重刺激。"

"你说恩彩有精神病?"

"现在还不能肯定,如果证实她神志不清的话,量刑可能会放宽。您可以放心,您继父的事情,我们一定会调查清楚的。她这个样子的口供,我们是不会采用的。"

警察安慰似的拍了拍云暮寒的肩膀,云暮寒却半点都放不下心来。他知道,金恩彩说的……全是真的。

冥冥中,是否有天意安排?命运早已经设计好了规程,他只需要按部就班。这个世界,果然是有报应的。他看着窗外落干净了的树叶,感觉到深深的倦意。他累了,什么都不想去想了。在知道一切的时候,他听到心里有个声音,细微地碎裂了。与此同时,他的世界,也跟着轰然崩塌。

寒风凛冽,他身边的人一个个地离开。寂寞像噬骨销魂的毒,将他勒得窒息。

都结束了,全忘了吧。山盟海誓,不过是年少无知。所谓的风花雪月,不过是镜中花,水中月。相濡以沫,果真不若……相忘于江湖。

第三十五章
至此剧终

那是梦里希冀过的景色：
陌上花开，云暮低垂，倦鸟迟归。

    春天来得如此突然，仿佛一夜之间，窗外的积雪就融化了。天空是悠然的蓝，如同被漂洗过般纯粹。空气中是百花混杂的气味，香得那般浓郁，拨都拨不开。

    韩雨陌在婚纱店试婚纱，手术以后，她调养得很好，之前看中的那套婚纱，有些紧了。她有些泄气，心里暗下决心要减肥。谁让这几个月，陆韶迟总是把她当小猪一样喂，弄得她的下巴都圆了起来。

    紧紧的婚纱把韩雨陌裹得像粽子一样，她终于决定放弃，将婚纱换下来递给服务员去改。

    下周就是她和韶迟的婚礼了。中国人就是这样，扯了证盖了章，尽管在法律上是一对了，可没宴请宾客昭告天下的话，每次亲热都还是感觉和偷情一样别扭。

    韩雨陌窝在沙发椅上，一边翻报纸，一边等裁缝修改婚纱。她手中拿的是几个月前的旧报纸，里面的新闻戏剧性地组合在一起。

    "重大案件引发房产地震，纪检调查组雷霆出击，彻查六年前招标疑案。"头版头条的新闻，很标题党。里面配有金恩彩和江贵仁的图片，新闻内容精彩得好比故事会，只是不知道当事人看到这个故事，会有怎样的心情。

    头条叔叔把六年前的事情查了个清楚明白，也为她爸爸正了名。

    夏如华知道东窗事发，携款潜逃，可没逃多远，就被抓了回来，

于是一五一十地交代那些陈芝麻烂谷子的事情，真相总算大白。当然，真相永远比故事更精彩。

"中美两国医学专家联合破解心脏密码，完美手术震惊世界。"韩雨陌微微一笑，想不到那些记者把陆韶迟抬得这么高。

报纸的照片里，躺在病床上虚弱的女孩自然就是韩雨陌。她皱了皱眉，怎么选了个这么丑的角度？

"大型网络游戏'陌上云'推出手机版，全球数十家通讯机构争相购买版权。"韩雨陌轻轻地叹了口气，她在上面看到了云暮寒。半个版面的专访，他侃侃而谈中国游戏产业的振兴，神采奕奕，半点看不出家庭变故留下的痕迹。记者一直认为云暮寒和母亲、继父关系不好，又以为有钱人和明星不过是露水情缘，只有她知道，他隐藏了多少情绪。云暮寒，你一定很不快乐……

时光守口如瓶，有些秘密终究会等来花开。

"雨陌。"身后的一声呼唤，惊得她手中的报纸飘落。她不用回头，也知道是谁，云暮寒。

"暮寒，你怎么会在这里？"韩雨陌看着云暮寒，他怎么会来婚纱店？

"刚好路过这家店，看里面的人像你，就进来看看。"事实上，他已经跟着韩雨陌好几天，只是没勇气上前打招呼，"婚礼定在什么时候？"

"本来是订了下个月8号，不过韶迟答应了凯瑟琳去协助她一个月，明天就要去K国，所以婚礼推迟了一个月。"

"K国？听说那边还在动乱。"云暮寒皱了皱眉，陆韶迟是疯了不成，要结婚了还跑去那种地方？

"这是凯瑟琳答应协助完成我的手术的条件。"韩雨陌垂下了眼眸，有一个男人为了她将生死置之度外，而她也会选择理解和成全他的诺言，"我听说无国界医生都有安全的驻扎地，他一定会平安回来的。"

"雨陌，对不起。我不知道你病了，我上次还……"

"都过去了，我现在不是很好吗？你看我胖得连婚纱都穿不进去了。韶迟晚点会来一起试衣服，要不大家一起吃个饭？"

"我等会儿还有个产品发布会，马上就要走。"看到她的抗拒，他隐约心痛。

离开的时候，他突然涌起一阵冲动，他拽起韩雨陌的手，"雨陌，跟我走。不要嫁给别人，跟我一起走，我知道你对我不是完全没有感觉的！"

"你放手,暮寒,你别这样。"韩雨陌挣扎了起来。

他突然抱住她,死死的,仿佛要把她勒进血肉里。她轻轻地叹息一声,不再挣扎,她感觉到他的无助,那是她不可救赎的伤。

"就一会儿。当是朋友的祝福,让我最后抱一会儿你,让我记住现在的感觉。我什么都没有了,只剩下这点记忆。只要一小会儿就好……"他恳求着,脆弱得像个孩子,"雨陌,你真的……不爱我了吗?"

"暮寒,我依然爱你。但是,在我最难最难的时候,是韶迟陪我走过。再没有那么一个人,疼我宠我如他。如果没有他,韩雨陌早就死了。我的命是他给的,我只能选择他。"韩雨陌闭上了眼睛,第一次这样真诚地说出自己的心里话,"暮寒,我爱你。可是,现在的我,爱他比爱你更多。"

生命中的两个男人,一个用来忘记,另一个用来相守。她不否认自己的任何一份情感,云暮寒是她青春记忆里最美的一笔,而陆韶迟,则是她毕生的托付。她爱云暮寒,可她更爱陆韶迟。这,就是答案。

"谢谢你。我明白了,雨陌,我祝你幸福。"他更用力地抱了一下她,然后放开,"雨陌,我也会很幸福的。"

韩雨陌眼眶有些湿,心存感激。她知道云暮寒最后一句话是什么意思,他知道她会内疚会牵挂,所以他一定会好好活着,活得幸福,不让她难过。云暮寒,真的谢谢你,这样爱过我……

"你会来参加我的婚礼的哦?"

"一定。"

他转身离开,不让自己有时间去眷恋。原来,爱到深处,真的可以做到坦然祝福。其实早在她动手术的时候,他就向老天许诺,如果她能够活过来,他愿意放弃这段感情。

看着云暮寒离开,韩雨陌会心微笑。其实,她很幸福,爱过,被人爱过,这一生,早就没有遗憾了。

时间行色匆匆,不经意,日历就翻到了终点。云暮寒看着请柬上那红色的日期,心里暗自苦笑。只为了让韩雨陌放心出嫁,他要装作欢喜地对她说那声:恭喜。

今天的雨陌很漂亮,她穿着雪白的婚纱,站在水晶门前与往来的宾客握手,那灿烂的笑容,是他这一生看过的最美风景。曾经,他想过自己有这么一天,亲手为她绾上发髻,牵着她的手,对她说:我愿意。

但这一切,已经轮不到他。早在六年前,他就亲手断送了自己的幸福。眼睁睁地看着另一个人,慢慢靠近,然后带她走远。

今天也不知道是怎么了，陆韶迟迟没有出现，让她一个人站着，独自应付宾客。一想到这些，他在心里就忍不住责怪起陆韶迟来。这小子，这个时候了，难道还要忙公事吗？

正午时分，太阳都晒到头顶了，陆韶迟都没有出现。看雨陌的神情，显然是有些焦急的。她对着来往的宾客，敷衍地笑着。

突然，莫欣颜跑向雨陌，不知道她俩说了些什么，只见雨陌脸上顿时没了血色，若不是莫欣颜及时扶住她，恐怕她会立刻瘫软在地。

他隐约感觉到不对，立刻朝她们小跑了过去。

"雨陌，怎么回事？"

"韶迟他的飞机晚点，可能有些耽误，不过没关系，婚礼继续。"韩雨陌扶着墙，努力地站稳身子，嘴唇因为牙齿的紧咬而泛出惨白色。

"雨陌！"莫欣颜震惊地看着韩雨陌，不知道为什么到了这个时候，她还要说这样的话。

"我是新娘，这里我说了算。韶迟只是暂时来不了，婚礼照常进行。我会跟宾客解释的。"韩雨陌提起婚纱的裙摆，款款地走上红毯。

"你愣着干什么，还不快宣布婚礼开始？"韩雨陌看了眼目瞪口呆的司仪，冷冷地吩咐道。

云暮寒对她这样的神情再熟悉不过，明明就是痛到了极点，却不肯示弱半分。那样强装出来的坚强，像一触即破的烟花，让人疼在心尖。

司仪显然是经验老到，大肆地吹嘘新郎有多么敬业，在大婚当日还在手术室救死扶伤。韩雨陌一直在旁边僵硬地笑着，只有双眼中流露出的哀伤那么明显。

云暮寒不禁唏嘘，他的雨陌……终于长大了。她强韧得如同峭壁上的蔷薇，无论他在不在她身边遮风挡雨，她也能迎着风雨，开得那样恣意，恣意却……疼痛！

"既然新郎不在，那这杯酒自然是要新娘喝了。大喜日子，一定要喝。"

到了敬酒的时候，韩雨陌被人团团围住。那些都是陆韶迟以前的同学，大家没想到一直对女人没什么兴趣的高才生，居然会找一个这样乖巧灵气的女人做老婆。他们一看到韩雨陌就忍不住兴奋，一个个地劝着韩雨陌喝酒。

一旁做伴郎和伴娘的陈楚洋和莫欣颜有些看不下去，连忙说韩雨陌动过大手术，绝对不可以饮酒。谁料韩雨陌自己很爽快，举起桌上一杯满的酒，笑呵呵地说她替韶迟喝。

云暮寒看到她举杯，那杯酒足足有二两。她那样的身体，怎么经得起?

他想上前阻止，岂料刚走到韩雨陌旁边，就听到酒杯落地的声音。

毫无征兆地，韩雨陌仰头朝后倒去，云暮寒一个箭步冲了上去，抱住了晕倒的她。

"叫救护车!"

婚宴现场顿时混乱成一片，谁也不知道为什么新娘会突然晕倒。

云暮寒抱着她，莫欣颜蹲下身为她做急救。

韩雨陌安静地睡着，周围很吵，可是她听不见。一个声音在心底问她，韩雨陌，你的世界毁了吗?

"到底怎么回事?"急救室外，陆兆坤有些气愤，他不停地打儿子的电话，电话那头却是提示：已关机。

"不是说一下飞机立刻赶来婚礼现场吗?结婚又不是儿戏，干什么跟着那个凯瑟琳去K国?"

"韶迟根本没有上飞机，'Medecins Sans Frontieres'告诉我们，在离开前韶迟接到一个紧急任务，他就去了，然后组织就联系不上他了。"莫欣颜担心地皱起眉头。

"都是那个女人，克了我儿子，我……"肖仁心气得破口大骂。

"大家安静点，不要吵到雨陌，她现在很虚弱。"陈楚洋从急诊室出来，摘下口罩。

"她怎么样了?"云暮寒迫不及待地问。

"她怀孕了。不过她刚刚做完心脏手术，怕是不适合生孩子。"

陈楚洋话音未落，云暮寒已经冲进了病房。

韩雨陌安静地躺在那里，枕头已经湿了一半。

听到云暮寒的脚步声，她并没有抬头，只是喃喃自语："你相信命运吗?他一定是一个淘气的孩子，喜欢把人送入云霄，瞬间又抛入谷底。"

"雨陌，别哭了。你不是一个人，你要做妈妈了。哭多了对孩子不好的，你不用担心，K国通讯不畅，韶迟他一定没事。"

"对，我要坚强。我会等他回来。"

韩雨陌的话让云暮寒心里一痛，他轻轻抚过她的发，然后转身走出了病房。他的身形有些僵硬，为什么他们三个，会是这样的结局?

"你要做妈妈了，哭多了对孩子不好的。"云暮寒的这句话，韩雨陌记在了心里。她常常会和朋友们说笑，任谁也看不出，她是个丈

夫失踪了的女人。她的孕前反应很大，只要一吃她就会吐，经常吐得死去活来，但又要继续吃。有时候连肖仁心都看不下去，让她多休息。她却总是笑眯眯地说，多干活，以后好生个勤快的宝宝。

看见她这么看得开，所有人都放心了。

"雨陌，'陌上云'第三部的人物设置你想好了没有，明天开会要讨论呢！"

"行了，你真的很烦！你这叫虐待员工，你不知道我下个月就是预产期吗？"韩雨陌挺着个大肚子，示威一样站在云暮寒的办公室里。

"是你自己不肯放假的，你说要是孩子生下来像你一样泼辣，怎么办？"云暮寒调笑道。

"像我一样才好呢，不过像韶迟也不错。韶迟回来，刚好赶上给他取名字。"

"雨陌……韶迟他暂时回不来。"听见韩雨陌这么说，云暮寒有些担心地看着她。

"放心，他一定会回来的。"韩雨陌并不介意云暮寒刚才说的话。

几个月前，云暮寒从特意去了一趟K国，带来了一个消息。他告诉她，韶迟并不是失踪，而是和凯瑟琳在一起了，以后他们会常驻K国，不再回云泽了。

谁知道韩雨陌听了非但不伤心，反而哈哈大笑，说云暮寒说的是世界上最好笑的笑话。她说她知道陆韶迟绝对不可能爱上别人，因为她也不可能爱上别人。他们除了彼此，再没有更多的精力去爱另一个人。

韩雨陌的坚定，让云暮寒欲言又止。

"糟糕，我宝宝又在踢我，一定是又饿了！"

"行，我给你去拿面包！"

云暮寒立刻起身去买面包。他真搞不明白，明明吃不下什么东西，她还是坚持一天吃七顿。女人怀孕了以后，真的愿意牺牲这么多？不惜把自己当猪喂，也不愿让孩子饿着。

看着云暮寒冲出办公室，韩雨陌吐了吐舌头。这些人，不准她看电视，不准她上网。理由是，这些辐射对胎儿不好。她都快闷死了，她灵机一动，立刻坐到了云暮寒的位置上，打开百度，输入了"陆韶迟"的名字。

突然，她的手指僵硬在鼠标上。

一条新闻毫无防备地冲入眼帘，穿透视网膜，直击内心。胸口隐隐作痛，如同被刀刺破。夕阳的余晖落在了电脑屏幕上，她眯起眼睛，才看清楚那些狰狞的字。她疯狂地搜索着相关消息，希望这不过是一场恶作剧，但越搜索下去，她就越无力。

心中的猜测终于变成了现实，她以为自己做好了准备，但那颗支离破碎的心脏却依然不可抑止地疼痛，她也终于明白，幸福不过是这世界上最大的幻觉。

在陆韶迟去K国的那个月，当地发生动乱。反政府武装分子逮捕了当地的平民，而一些驻守在那里的无国界医生也不能幸免。

办公室的门动了动，在云暮寒提着刚买来的面包进来的时候，韩雨陌立刻关掉了网页。

"雨陌，你在看什么？"看到她上网，云暮寒有些紧张。

"填申请表啊，我申请了去K国支教。既然韶迟那个大坏蛋不肯回云泽，那只好我去找他。大不了，一辈子在那个荒凉的地方待着！"韩雨陌打了个哈欠，不动声色地关掉了最后一个页面。

"雨陌，我跟你说过……"

"他会回来的！我会等他。"

"如果他真的不回来呢？"

"那我等他一辈子。"

云暮寒看着韩雨陌，仿佛并不认识这样的她。

韩雨陌在说一辈子的时候，目光是他从未见过的孤绝。那是一种明知山有虎，偏向虎山行的愚勇。

韩雨陌不理会他的目瞪口呆，抢了他手中的面包，独自走到办公室的观景台边看日落。

点点余晖落在她的长发上，勾勒出一个寂寞的侧影。云暮寒不知不觉就看呆了。她趴在阳台慢慢地吃面包，每咽下去一口，她眉头就会纠结在一起，然后捂住嘴，不让自己吐出来。这样辛苦的模样，让云暮寒的心也跟着纠结起来。可他什么也不能做，只能看着她。他突然觉得凄凉，即便陆韶迟不在了，他也无法再走进她的世界。

韩雨陌大口大口地咬着面包。怀孕期间，她把自己变成了饕餮，强迫自己多吃一些，这样孩子也能长得壮实一些。

傍晚时分，从云暮寒的办公室朝外看，可以看到放学的孩子，有背着书包、扎着马尾的女孩，跟在一群男孩子后面跑着。落日将他们的影子拉得很长，一道道笑声传来，韩雨陌的眼睛渐渐地湿润。看着他们，她就好像在看着从前的自己，恍若隔世。

原来，她曾经那么的接近过幸福……

"你们看楼上，好多鸽子，好漂亮啊！"

楼下的孩子们突然抬头，朝韩雨陌站的方向看来。

原来，韩雨陌手中的面包屑落在了阳台的栏杆上，吸引了成群的鸽子落下啄食。她突然笑起来，咯咯地学着鸽子叫，把手里的面包分给它们。她身后的云暮寒也放下手头的工作来看她，那一瞬间，他们都好像回到了很久以前，她看鸽子，而他在看着她。

放课的学生们看着韩雨陌指指点点，她一身白衣，抚着肚子。鸽子在她身边盘旋，煞是好看。

她身后，是玫瑰色的天空，仿佛被土耳其蓝的画笔抹过，带着点胭脂紫。

那是梦里希冀过的景色：陌上花开，云暮低垂，倦鸟迟归。

只是孩子们不会明白，为什么那个刚才还在笑的姐姐，会突然哭泣起来。而她身后的男子，也泪流满面。

【全剧终】

番外一
陌上花开

只要寻找,只要相信。
我一直相信,
兜兜转转,相爱的人一定还会在一起。

    这是我在K国支教的第二个月,我已经搬到了这个叫Mathare的地方。这里有传说中的非洲大草原,也有贫民窟,到处可见低矮的房子。孩子们很喜欢我带去的糖果,看到我的时候,会很兴奋地跟我打招呼:Wow Chinese!

    我很喜欢我住的地方,因为这里的黄昏特别美。推开门就可以看到积雪的山顶,当地人喜欢到这里来看日出。从前很喜欢一部香港电视剧,叫《天涯侠医》。我没想过,真的有一天,我会为爱走天涯。

    明蓝色的天空,葱翠的草原,还有……关于他的记忆。我想,我可能会在这里住一辈子。

    周二的时候,我会和其他中国留学生一起去附近的小学给孩子们上课。这里有个叫Tom的小孩,非常可爱,他居然知道成龙,会表演中国武术。

    这里的治安不是很好,我不敢在街头拍照,因为怕被抢掉照相机。但我总会习惯性地拍下自己走过的路,因为每一次看到这里,我就会不由自主地想,他是不是也来过这里?

    拍照,写日记,看他曾经看过的风景,这就是我的生活。

    我突然觉得一切都是命中注定,我爱过的那个男人,冥冥之中牵着我的手来到这个地方。而我要做的,就是去到该去的地方,遇到该遇到的人。我曾经抱怨过生活,它总是在我最幸福的时候,夺走我的

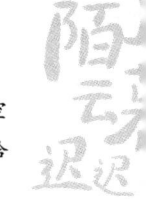

一切。此刻,我明白,幸福是抢不走的。我可以在一个城市,通过空气与爱的人拥抱。他没有走开,一直住在我的记忆里。而我,一路拾捡着他的回忆,一遍遍地拿出来温习。

韶迟,有没有人告诉过你,我很想你。

最近网络上,一个名叫"陌上云暮迟迟归"的博客大受欢迎。点击率已经超过千万,博主用图片与文字,来追忆她的丈夫。留言的很多,有感动的,有祝福的,当然也有质疑的。大家猜测着,世界上怎么会有这样曲折的爱情,明明很接近,却又隔了几个世纪。博客的背景音乐,是那首《恋之风景》。博主仿佛并不在意那些留言,她只是依然行走,拍摄,然后记录。

韩雨陌更新完一篇新的日记,然后伸了伸懒腰。她低头看了看在摇篮中啃自己的脚丫子啃得欢畅的陆忆小朋友,微笑。

在这个陌生的国度,可以让她暂时忘却烦恼。这里战乱频频,艾滋病感染率很高,但她并不害怕,因为她爱的人长眠在这里。在这里,连呼吸,她都觉得可以彼此依偎。

韶迟,我和孩子一直在这里,在这个离你最近的地方,你看得到我们吗?

说服肖仁心让自己带着她的宝贝孙子来这个遥远的国度并不容易,还好,对方也是母亲,也不希望自己的儿子太孤单。陆兆坤帮母子俩办好了手续,安排了支教的工作给韩雨陌。

如今的韩雨陌,过得简单宁静,当地人会在她上课时帮她照顾孩子。她每天都会把生活记录下来,用日记的形式发到网络上。她只是写故事,写她和陆韶迟的故事。很多人都留言,问她笔下的文字是真是假。她含笑过后,却并不回答。

他们没有被人这样珍爱过,自然不知道,原来世界上真有这样的感情,只求付出,不奢望回报。岁月荏苒,你都不会忘记那个人。记忆,只会被时光打磨得更加深刻。

音箱里,还飘荡着林嘉欣略带沙哑的声音。韩雨陌总是很固执,面对网友的抱怨,她也不肯更换掉背景歌曲。习惯了听一首歌,想一个人。她很少和网友直接聊天,很多人都在猜测,那个网名叫"陌上花开"的女子,是怎样的冷漠疏离,又是怎样的深情不二。

博客上有个叫"L"的网友,总会让她发一些当地的照片。他是唯一一个她会回复的朋友。不知道为什么,他总给她一种熟悉的感觉。

或许是因为他名字里的"L",或许是因为他说话的语气,很像另一个人。

人总会因为一些莫名其妙的理由,去接受某一个朋友。隔着虚拟的网络,她看着"L"在留言里喊她"陌陌",一刹那,她会有片刻的出神,以为是另一个人在喊她。她不喜欢别人喊她"陌陌",但"L"却始终不肯更改。

她问对方,你为什么要叫"L"。对方开玩笑地说,因为他觉得她会喜欢《死亡笔记》里的 L。她突然心动,想起自己拉着陆韶迟陪她黑灯瞎火地看《死亡笔记》的动画片。她说她喜欢 L,陆韶迟问为什么,她说,没有理由,她就是喜欢名字里有 L 这个字母的人。

那样直白的爱情,这辈子再没有力气来一次。

这一天,她查看博客留言。看到"L"说,他即将离开自己待的地方,以后可能不会上网了。她突然觉得失落,有淡淡的惆怅,那是一种难以言喻的孤独。就好像,再一次被人放弃一般。这样的孤独让她恐惧,她鼠标轻点,在好友里将他删除。

生活如此寂寞,就如同苦行僧一样。她的生活,有一半的时间用来记录,另一半的时间,用来思念。前几天她收到一封电邮,邮件的内容是陈楚洋和莫欣颜已经订婚,问她什么时候回云泽庆祝。她说看情况,不是不想回,而是害怕回。所有人都成双成对,唯独她,宁可在一个陌生的国度做孤家寡人。

她关掉邮箱。

突然,门口响起了急切的敲门声。韩雨陌皱了下眉,打开了电脑摄像头,拿起了身边的花瓶。在 K 国的日子,她比以前更懂得自我保护。以前陆韶迟总是说她不懂得照顾自己,而她现在唯一能做的,也就是照顾好自己。她在 Mathare 并不认识什么当地人,除了房东不会有人在这个时间来找她。但房东太太这个月去看自己在城里务工的儿子,是谁,这么晚来这儿?

她小心翼翼地移到门前,透过猫眼朝外看。

"砰!"看到门外的人的时候,她手中的花瓶自由落体。

她使了最大的力气拉开了门,冲出去,死死地抱住面前的人,就好像稍微慢一点,他就会消失一般。他也紧紧地将她搂在怀里,她那么瘦弱,生育过后身材也没半点改变。

"告诉我,是你。"她在他怀里哽咽得说不出话来。

"是我。"

"我是不是在做梦,我可以不可以不醒过来?韶迟,我好怕,为什么我梦不到你,我怕自己会忘记你。"她抱紧他,泣不成声。那是她用生命去思念的一个人,此刻他就在她身边,抱紧她,亲吻她。

"傻丫头。"他吻她的发,声音也在颤抖。

"韶迟,我爱你。我是不是忘记告诉你,我爱你。我爱你,我爱你……"她一遍又一遍地说着,生怕他听不清楚。

"我知道,所以我回来了。你知道吗,被反政府武装分子抓去的时候,我就在想,我不能死。我死了,你怎么办?雨陌,以后再不会了,我不会离开你。"

"我也不会让你离开!陆韶迟,你听清楚了,不准离开!"她有些霸道地说。他替她擦眼泪,都是做了妈妈的人了,还哭得像一只小花猫一样。

"韶迟,你是人,还是鬼?"

"你怕我吗?告诉我,你害怕吗?"

"我更害怕会失去你。"她望着他,含泪说道。

"营救人员前来,反政府武装分子一直开火,他们的首领受了重伤。我按照无国界医生守则,救了他。无论当地人的政治立场是什么,我都要救他。最后,他释放了我。我是唯一获救的人质,他们并没有在给半岛台的资料片里提到我还存活的消息。所以,大家都以为我也遇难了。"

"你为什么一直不来找我们?"韩雨陌泪眼朦胧地看着陆韶迟。

"最开始,我受了一些伤,所以在养伤。再后来我就想,如果我不回去,你是不是会更开心一些。那天在婚纱店,我看到你和云暮寒抱在一起,我听见你对他说爱他。我以为,你真的是为了报恩才和我在一起的。直到我看到了你的博客,我才知道自己多愚蠢。"

"你是L?"韩雨陌一惊,原来她和陆韶迟曾经离得那么近,"陆韶迟,你这个笨蛋,你这个懦夫!你明明还活着,却忍心不来看我!"

韩雨陌的拳头捶在陆韶迟的胸口上,他却将她的手抓住,拉进怀里,"乖,我错了。"

"你知道不知道我生孩子的时候差点就要死去,我甚至打算真的就那么随你而去。如果不是听到陆忆的哭声,我根本……"韩雨陌哭到哽咽,陆韶迟心里一阵感动。他看着雨陌,自己何德何能,值得这个女人为他生死相随?

"别哭了。原来我们的孩子叫陆忆,你给取的吗?你看,我们一家三口终于重逢了。"

"你怎么知道我住哪儿?"韩雨陌擦干眼泪,看着陆韶迟。

"你不是在博客里发了照片吗?我把这些照片都打印出来了,你看……"陆韶迟将背包放下，里面全部是雨陌发布在博客里的照片，一张张清晰地标注着汉字。

"这条路，是你每天给孩子们上课会路过的。"

"你说过，从你住的地方推开窗，可以看到山顶。你喜欢在这里看日出。"

"每次去集市，你会路过一片低矮的民房，每天都有一个黑人音乐爱好者站在自家的屋顶唱歌。我刚刚也遇到那个男孩了。"

"你说礼拜二会去托儿所做义工，从这里过去，不过十分钟的路程。"

"你看，这里是你家门前的小路，这里是你路过的风景，还有这里，是你门前的植物。"

"…………"

"韶迟，告诉我，你准备了多久。这些照片，这张地图，你准备了多长时间？"太多的惊喜，让她感动哭泣。

"不久，比起爱你的时光，一点也不久。"陆韶迟低头，轻轻地吻住了韩雨陌的唇。

"陌上花开"后来在她的博客"陌上云暮迟迟归"中写道：

"如果有一个人，跋涉千里，只为与你重逢。如果有一个人，相隔万里，也愿意等待。那他，就是你的真命天子。相爱的人，不会丢失彼此。就算他们暂时分离，总有一天，会找到对方。地球是圆的，不是吗？"

L 在那篇文章后回复：

"她曾问过我，这个世界上到底有没有奇迹。我说，只要寻找，只要相信。我一直相信，兜兜转转，相爱的人一定还会在一起。"

很久以后，韩雨陌问陆韶迟，如果她那时候已经离开 Mathare，他会怎么办。

陆韶迟回答，他会找寻，并一直找寻下去……

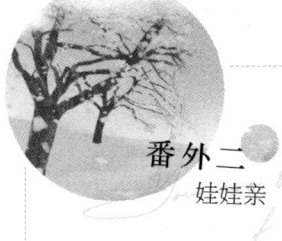

番外二
娃娃亲

在爱情面前,百炼钢也化绕指柔。
命运早已经为你量身定做一个劫数,
你永远逃不出它的手掌心。

陆忆小朋友两岁半的时候,韩雨陌的支教合同到期,一家三口终于要欢天喜地地返回祖国了。

得知马上要见到自己的干儿子了,陈楚洋激动得整宿不能寐。平日里陆韶迟总压着他,现在送个儿子给自己虐回来,能不开心吗?

兴奋之下,他大半夜起来翻箱倒柜,把自己准备好的各种玩具翻了出来,浩浩荡荡地搬到了办公室。

仁心医院的心外科主任办公室里,陆韶迟看着陆忆小朋友胖乎乎的小身体在一堆芭比娃娃、毛绒熊、流氓兔里滚来滚去,不由自主地抽搐着嘴角。陈楚洋得意扬扬地看着陆韶迟,这个下马威如何?

"陈楚洋,我终于知道为什么你总说自己有女人缘了。"陆韶迟眯了眯眼,目光危险。

"为什么?"陈楚洋看着陆韶迟。这个学弟每次皮笑肉不笑的时候,他就觉得危险。

"因为物以类聚。"陆韶迟上前一步,把陆忆从一堆娃娃里扯了出来,然后从桌上拿了一个听诊器给他玩。

"陆韶迟你说话这么刻薄,我们为什么能成为好朋友?"陈楚洋恨得牙痒痒,陆韶迟竟敢嘲笑他不像男人。话说这个面瘫学弟在K国的时候,他是日思夜想,可人回来了,他又恨不得一脚把对方踹回K国去。

"我们能成为好朋友是因为……异性相吸。"陆韶迟看了一眼打扮得极其骚包的陈楚洋，淡淡地总结。

人身攻击！陈楚洋泪奔。

"叔叔，它病了。"就在陈楚洋郁闷不已的时候，一旁的陆忆一手抱着泰迪熊，一手拿着听诊器，眼巴巴地看着陈楚洋。

陈楚洋被陆忆瞧得心都化了，然后挑衅地看着陆韶迟：看吧，在你儿子心里，我才是祖国的栋梁医生。

而陆韶迟却是不忍心地别过了脸……

果不其然，没过多久就听到了陈楚洋"啊"的一声哀号，以及陆忆咯咯的笑声。

"陆、韶、迟！你家熊孩子都这么欺负人的吗？"陈楚洋捂着耳朵号叫。刚才在他戴着听诊器的时候，陆忆居然拿着听诊器往桌上重重一敲，差点把他震成脑震荡。

门外，韩雨陌笑眯眯地走进来，把笑得前俯后仰的陆忆抱到怀里。陆忆手里还握着那个听诊器，边笑边往韩雨陌怀里钻。

"忘记告诉你了，陆忆喜欢用听诊器敲核桃。"陆韶迟看到妻子，目光瞬间软了下来，但看到那个霸占着他老婆不放的胖小子，他不动声色地皱了皱眉。

陆韶迟，活该你一辈子买不起核桃夹！陈楚洋郁闷地想着，不带这么全家出动欺负人的。

韩雨陌看着陆忆，低头亲了儿子一口以资奖励。不枉她每天在儿子面前耳提面授——防火防盗防怪叔叔。

果然是个记仇的，还没忘记以前陈楚洋是怎么损她的。

一旁的陈楚洋看着这一家三口，心里一声叹息。果然是一物降一物，当初看自己这个无所不能的学弟，又怎么会想到他会被这么一个丫头收服呢？在爱情面前，百炼钢也化绕指柔。命运早已经为你量身定做一个劫数，你永远逃不出它的手掌心。就好像，他永远也逃不出莫欣颜的手掌心一样。

中午，两家人在一起用餐。

对待漂亮阿姨，陆忆小朋友便和对待陈楚洋两个态度了。一看到莫欣颜，他立刻伸出小胖胳膊要"抱抱"，然后把脑袋瓜埋到对方胸前拱啊拱，口水蹭得莫欣颜满衣服都是，把一旁的陈楚洋看得眼红不已。想到这小子的可恶之处，他不由得咬牙切齿，以表情挑衅。

莫欣颜瞪了下自己的丈夫，责怪他怎么吓唬孩子。

·306·

陈楚洋内心是委屈得不行。

见自己儿子"吃豆腐"吃得无比开心，陆韶迟不动声色地把他从莫欣颜怀里"拔"了出来。

胖小子嘴巴一瘪，泪眼汪汪就想要哭，陆韶迟只淡淡地扫了他一眼。

陆忆打了个嗝，生生地把眼泪咽了回去。

一旁的韩雨陌扶额哀叹，这孩子这么猥琐像了谁？她打量了一下自己的老公，见对方一脸淡定。她咬了咬唇，自然是不像他的，这家伙人前向来一本正经，只有她知道他不正经起来多要人命。

陆韶迟不知道韩雨陌又开始腹诽自己了，他正努力阻止怀里的小家伙往莫欣颜那边凑。

"陆忆，这么喜欢欣颜阿姨，以后做阿姨家女婿好不好？"莫欣颜笑着逗陆忆。

一旁的陈楚洋听着黑了脸，有没有搞错，陆韶迟生出的小祸害日后要来祸害他女儿？

不过，想到以后陆韶迟的儿子要对自己言听计从，还得喊自己"爸"，他顿时又觉得老婆大人无比英明。这陆韶迟再腹黑，陆忆再淘气，日后还不是听他家闺女的吗？就好像现在他对莫欣颜也言听计从一样。

"陆忆啊，你知道好男人是什么样的吗？"陈楚洋开始谆谆教导。

"爸比那样的。"陆忆还不太会说话，讲起话来含含糊糊，奶声奶气。

"乖，那你想不想长大了娶莫阿姨肚子里的宝宝呢？"

陈楚洋期待地看着陆忆。

陆忆咬着胖乎乎的指头一脸纠结，然后看看爸爸，又看看妈妈。

"妹妹像莫阿姨一样漂亮吗？"陆忆奶声奶气地问。

"嗯。"

陆忆小眼一亮，正要点头，却听到陈楚洋说："也像你陈伯伯一样好看。"

陆忆瞬间蔫了，他看了一眼陈楚洋，歪着脑袋，脑补了一下陈楚洋穿女装的模样，顿时一个哆嗦，嫌弃地往回缩了缩，一副抗拒的模样！

"别吓唬小孩子，他夜晚做噩梦你负责。"陆韶迟看了一眼陈楚洋，道。

"陆韶迟！"

房间里响起了陈楚洋的怒吼，处处是人身攻击，以后还能愉快地做好兄弟吗？

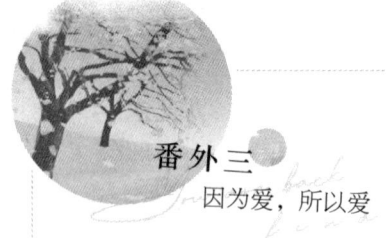

番外三
因为爱，所以爱

陆韶迟，因为爱你，所以我会爱你所爱。我会爱你的家人，因为那也是我的家人。

得知媳妇要带孙子回家看自己，肖仁心早早就去美容院做了个脸，又把头发烫个波浪。她可不是要打扮得漂亮迎接媳妇进门，而是要给那个抢走她儿子的女人一个下马威。哼！她要让这个媳妇在她面前自惭形秽。

肖仁心打定了主意，今天就是不开口说话，无论那个讨厌的韩雨陌如何讨好自己，也绝对不给她好脸色看。

陆忆小朋友一进门，就看到了窝在沙发里的肖仁心。

"妈，我回来了。"韩雨陌一看到肖仁心臭臭的脸色，就知道这个婆婆又开始犯倔脾气了。她拍了拍陆忆的脑袋，"小忆，快喊奶奶。"

"奶奶！"陆忆圆滚滚的身子滚到了肖仁心面前，拿脑袋往她胸口蹭啊蹭。

一看到孙子，肖仁心的心就化了，但一想到自己要给儿媳妇下马威，立刻又摆端正了脸色，只轻轻"嗯"了一声。

"妈，吃橙子。"韩雨陌从厨房出来，便看到了在肖仁心怀里打滚的陆忆。她上前把陆忆扯了过来，用湿纸巾替他擦了擦小手，然后递了一片橙子给他，冲他使了个眼色。

"不吃，甜得慌。"肖仁心翻了个白眼。

"妈，吃橙子。"陆忆小朋友学着韩雨陌的语气，将手里的橙子递给了韩雨陌。

一旁的肖仁心看着，心里顿时酸得不行。她眼巴巴地看着陆忆，期待着孙子也给自己来一片。

陆忆果然拿起了一片橙子，肖仁心笑眯眯地想接过，却看到他探头左看右看找了半天，然后脆生生地喊在书房里的陆兆坤和陆韶迟——

"爷爷，爸爸，吃橙子。"

算了，孙子舍近求远也没啥，肖仁心期待地看着他的小胖手又拿起了一片橙子，她又要去接，却看到孙子把橙子塞到了自己口里。

"陆忆，怎么不给奶奶？"韩雨陌瞪他。

"奶奶不吃，说太甜。"陆忆理所当然地回答。

肖仁心语结，心里更憋得慌。

"妈，您刚退休会不会不习惯？最近威尼斯办了一个艺术展，您不是一向对这个感兴趣的吗？"韩雨陌看肖仁心脸色不好，决定找点事哄她开心。

"谁说我退休了不习惯？我巴不得在家休息呢。你别给我推荐那些什么老年旅行团，我不感兴趣。威尼斯我都去腻了，什么上不了档次的艺术展，就你这种没见过世面的稀罕。"

"奶奶不去吗？那奶奶帮我在家里照顾小黄黄吧，妈妈说小黄黄不可以坐飞机，不能带它去。""小黄黄"是陆忆养的一只雏鸡。肖仁心一直不喜欢孙子养这种上不了台面的宠物，可偏偏这胖小子喜欢得很。

"陆忆你也去吗？"肖仁心心里有些动摇。

"陆忆会去，我也会去，韶迟和雨陌都会去。既然你不想去，那就在家多休息几天。"陆兆坤说道。

什么？儿子、媳妇、老公、孙子都去，剩她一个在家养鸡？肖仁心听了脸都绿了，无奈不去是她自己说的，自然不好反悔。

"妈，您就去吧。您也知道我什么都不懂，什么双年展啊的看也看不明白，我还等您给我上上课，培养点艺术情操呢。"韩雨陌晃着肖仁心的胳膊，撒娇道。

"也是，我得盯着你，别在外面给我们丢脸。"肖仁心看了一眼媳妇，见对方主动给自己台阶下，脸色缓和了许多。

陆韶迟看了韩雨陌一眼，他知道曾经肖仁心给过她多少难堪和委屈，可她却从未有过一丝一毫的不耐烦。而肖仁心嘴上不说，心里也是渐渐认可了这个儿媳妇。加上陆忆从中调和，一家人关系也是渐渐融洽。

他上前一步，手搭上了韩雨陌的肩，得妻如此，夫复何求。

韩雨陌也抬头看自己的丈夫，恰好对上他深情的目光，她脸一红低下头去。她知道他在想什么，可是她不觉得委屈。肖仁心再如何不待见她都没有关系，她依然感激对方，因为正是眼前的女人将最好的男人带到了这个世界，成全了她的一世安稳。

　　陆韶迟，因为爱你，所以我会爱你所爱。我会爱你的家人，因为那也是我的家人。

　　韩雨陌看着吃得满手都是橙汁的陆忆，眼中是淡淡的温暖。从今往后，她也有家了。

番外四

值 得

既然在你身边的男人已不是我,
便让我用自己的一生拼搏换你恣意一场,
哪怕只留孤独自己品尝,我也想说这一切值得。

随着"陌上云"在 App 下载量破 3 亿,酷游顺利地占领了手游市场。所有一线财经杂志封面上无一不是酷游总裁云暮寒如模特一般的身影,岁月半点也没有在这位年过三十的男人身上留下痕迹,似乎变化的只有他身后的四季,而他依旧月白风清。

这位才被《时装 Cool'Man》评为女星最想嫁的钻石王老五榜首的青年才俊,近日更是在全球互联网峰会上高调宣布自己的投资代理计划五年内将在全球范围内全面启动。昔日在陋巷网吧里绘制梦想的少年,如今以绝对胜利者的姿态戴上王冠。

"干杯!"

酷游买下了云泽市一处酒店作为写字楼,庆功宴便设在酒店顶楼的泳池花园中。此夜不眠,处处是衣香鬓影,觥筹交错。唯独那个主角,只是端着酒杯,默默地站在摩天大楼之巅俯瞰云泽。他的身后,巨大的烟火绽放若花海,一身墨色西装的他挺拔的身影便隐在这片盛世烟花之中,孑然,寂世,且孤独。

…………

"咱们跑快点,晚会马上就要开始了,看完了我还要回去赶作业呢!"烟火的那一端是少年时的韩雨陌,她牢牢地抓着云暮寒的手,往人群中挤去。她穿着亮黄色的 T 恤衫,背后红色的双肩包一晃一晃的,那是多年后云暮寒梦中依旧不散的色彩。

云泽市难得办一场烟火晚会,来围观的市民人山人海。个子矮小的韩雨陌怎么也挤不进去,她在一旁蹦蹦跳跳,看得云暮寒都替她急。

"人太多了,要不咱们回去吧?"云暮寒拼命地拉住身旁的女孩,护住她不被人群挤散。

"我才不要呢,从小到大我也没看过几次烟火晚会。"韩雨陌嘟着嘴,满脸失望。

云暮寒揉了揉她的头发,打量起了周围最新盖起的摩天大楼,然后说:"我有办法,你跟我来。"

他的目光落在了最高的那处建筑上,那是云泽最新落成的五星级酒店,一共五十八层,屋顶还有一个空中泳池花园,可以容纳千人,它是云泽目前的地标性建筑。

"顶楼平时不让进的。"韩雨陌虽然顽皮,但毕竟胆子小,拉着云暮寒不敢进去。在日常不办Party的情况下,该酒店顶楼从不对外开放。

"怕什么,有我在呢。"云暮寒带着韩雨陌偷偷地钻进了酒店电梯,平时一本正经的他只会为一个人如此疯狂。

"叮——"

电梯门仿佛打开了另一个世界,韩雨陌看着眼前的火树银花,眼中全是惊喜。一朵朵巨大的烟火盛开在眼前,将她原本就因为兴奋而红扑扑的脸蛋照得更加明艳动人。她一眨不眨地看着眼前的美景,而他则痴迷地望着她。

不知道什么时候,她成为他眼中唯一的风景,他只知道此刻的她比烟花更美。

"喂,什么人在那儿?"身后传来了保安的呵斥声。

云暮寒拉着韩雨陌闪到了假山之后,他看着怀里瑟缩的雨陌,因为紧张,她的眼珠骨碌碌地转,他觉得可爱,便轻轻地吻了上去。

"别怕,这个位置看烟火刚刚好。你在这里待着,我去引开他。"云暮寒看着她因为那一吻而羞红的脸,不由得捏了捏她的鼻子。

他刚想离开,韩雨陌拉住了他的手。

"我看够了,一起走吧。"韩雨陌努力掩去眼中的失望,向他绽出一个灿烂的笑来。

她的身后是璀璨烟花,但落在云暮寒眼里却不及她的笑容炫目。很多年以后,他才懂得,有些人便是你人生中的烟火,点亮你青春中最光彩的一瞬,令你思念成灰,却永不超生。

"我终于知道为什么那些大老板的办公室一定要放在顶楼了,只

有那里才可以看到别人看不到的风景。"韩雨陌和云暮寒手牵手,漫步在云泽的夜色之中。

"既然这么遗憾,刚刚为什么我说要引开那个保安的时候,你却要和我一起走?"

"那是因为再美的风景如果不能和心爱的人一起欣赏,便是遗憾。"

"那以后,我专门为你办一场烟花宴会,只陪你看。"云暮寒看着身边的女孩,眼中一片温暖。

…………

如今,他终于能够站在这个城市的最高峰,无须仰望,尽享满城繁华。他一掷千金,只为赠一夜烟花,可终究再不会有人与他一起欣赏。

那个女孩说得没错,一个人的烟火,再美也是寂寞。

命运是多奇妙的东西,云暮寒想起了他们在网吧的初见。原本他对网络游戏并没有多大的兴趣,平时去程浩的网吧也多是借电脑编程。如果没有在那样一个下午遇到她,或许此刻的他会做一个程序员,编写杀毒程序。

那个女孩在茫茫人海中与他对视一眼,而他则为这一眼甘心将一生双手奉上。

"云暮寒,怎么办?我发现我唯一的特长就是玩游戏,其他一无是处。你说以后要是有一项工作就是做游戏该多好,那我一定不会这么失败。"

那时候,她总是因为考不好而伤心。想到她在网吧操纵着鼠标键盘将他们这支竞技游戏最牛战队杀了个片甲不留,他就忍不住微笑。或许,她真的最适合做和游戏相关的工作。那么没关系,终有一天他要为她缔造一个游戏王国,来成就她的荣耀与梦想。

谁会想到,那么相爱的两个人,也抵不住流年的碰撞,终于在人潮涌动的光阴中,失散了彼此。

"云总,快过来点歌吧。咱们的金牌策划师韩雨陌小姐等得快不耐烦了,怎么说你们这对最佳拍档也要合唱一首的。"人群中,有人冲云暮寒招手。

他抬头便看到了那个让他魂牵梦萦的姑娘,她一身高端定制小礼服,没有了往日的青涩。这个姑娘却从未让他失望。如今成为金牌游戏策划师的她,已是猎头公司争夺的对象。

从未奢望过她有一天会回到他身边,她远走K国之后,他把自己变成了一个彻头彻尾的工作狂,累到胃出血进医院。公司发展陷入瓶颈期,他几乎夜夜失眠,一闭上眼便是她。若是不能为她守住这梦想江山,那他便真的一点东西也留不下了。

就在他绝望的时候,这个女孩推开了门,郑重地告诉他,她回来了,她要和他一起做最好玩的游戏。

一起加班,一起熬夜。为项目争执不休,为完善剧情彻夜不眠。他爱着的姑娘终于找到了她的人生价值所在,而即便她不再眷恋他的怀抱,但他们一起创造了一个只属于他们的虚拟国度,而他则要带着这个国度去征服世界。他会让每个人的手机里都有"陌上云",他要向所有人证明,他云暮寒,可以拱手天下讨她欢。

"云总,今晚您可是主角,不能躲起来。今天,酷游有这样的成绩,有没有什么想对大家说?"公司的秘书小姐是个人来疯,拿着话筒就往云暮寒跟前递。

云暮寒接过话筒,大方一笑,"这只是一个起点而已,相信公司未来会走得更远,我们不但要做中国第一,更要做世界第一。"

周围响起一片掌声,云暮寒继续说:"谢谢大家一路陪着我,一路上我们有过辛苦,流过汗,流过泪,所以才收获了今天的成就。对于所有的付出,我只想说两个字——值得。"

悠扬的旋律响起,伴随着云暮寒低沉的嗓音,唱响的是那一首《值得》。

关于你好的坏的
都已经听说
愿意深陷的是我
没有确定的以后 没有谁祝福我
反而想要勇敢接受
…………

韩雨陌微笑着看着这个男人,她见证着他从昔日锋利的落魄少年,成长为如今成熟的成功男人。这个男人陪她走过了人生中最美好的时光,尽管也让她尝到了最肝肠寸断的痛苦,但是她不悔。

暮寒,谢谢你教会了我如何去爱,让我可以用更好的姿态去珍惜现在拥有的一切。谢谢你,爱过你,值得。

我们的故事爱就爱到值得
错也错的值得
爱到翻天覆地也会有结果
不等你说更美的承诺
我可以对自己承诺
…………

云暮寒轻声唱着,他的目光扫过公司的员工,大家尖叫着起哄。他的眼神并没有在韩雨陌身上停留,为那个姑娘做了这么多,却没有勇气正大光明地眷恋她的身影。

面对竞争对手的步步相逼,他从不曾退却。创业再难,他也不曾畏惧。因为他想拼下这万里河山,来成全她当年的小小心愿。

雨陌,你不是喜欢游戏吗?那我便用游戏王国来成就你。爱上你,我再也没有退路可守。既然在你身边的男人已不是我,那便让我再做些别的吧。便让我用自己的一生拼搏换你恣意一场,用自己的浴血厮杀将你送上梦想的王座。哪怕只留孤独自己品尝,我也想说这一切值得。

是执着是洒脱,留给别人去说吧……

用尽所有力气不是为我,那是为你才这么做。

番外五

云归

你要知道,有些人会老的,
只能陪她一段路,
而你才是可以陪她走完全程的人。

最近陆家的男人都不太高兴。

家里的小孩子都迷上了《爸爸去哪儿了》,可是自家的小公主张口却是"云叔叔去哪儿了"。看着自家女儿没事就往别的男人怀里钻,陆韶迟心里那个纠结,真的是女大不中留。可是论帅,云暮寒那个小白脸能帅过他吗?不过没办法,谁让那个阴险的男人不知道从哪儿抱了个容貌出众的云归回家养着呢?

这一点,陆忆小朋友非常认同。在他心里,自己的妹妹韩晓涵就是一个笨蛋,根本就不懂得审美,就和那个可恶的陈小露一样。他如此英明神武,可那个陈小露偏偏不看他一眼,整天围着那个云归转。

云归是云暮寒领养的孩子。对于这件事,韩雨陌表示很忧心。她一直担心云暮寒不会正正经经地找个女人结婚,如今看到他连儿子都领了一个回家,更是肯定了这种可能。可云暮寒只是笑笑,说看到云归就想到了当年的自己,或许这就是缘分。

陆忆非常不喜欢云归,可偏偏那个傻乎乎的陈小露和自己的妹妹成天围着云归转。他就纳闷了,这个平时连话都懒得多说一句的死家伙究竟哪儿好了?

"云哥哥,快来看,有蝴蝶。"那边,陈小露拉着云归的手去看蝴蝶,他们身后跟着因为太小连步子都走不太稳的韩晓涵。就在韩晓涵快要摔个嘴啃泥的时候,一旁的云归一把捞起了她,她顺势便搂上了他的

脖子。而云归笑了笑,长长的睫毛掩住了眼中深意。

陈小露正看着蝴蝶,却看到一只胖乎乎的小手将它抓在了掌心。

"陆坏蛋,你干什么抓我的蝴蝶?"

陆忆本来想抓只蝴蝶送给陈小露,见她这么凶,小脸就垮了:"就抓了,你能怎么样?"

"你坏蛋,你欺负人!"

陈小露"哇"的一声就哭了。

陆忆见她哭了,便慌了神,"不准哭,你不哭我就还给你,不然不给你了。"

陈小露打了个嗝,把眼泪憋回去了。

陆忆将手中的蝴蝶给她,却发现蝴蝶不小心被他给拍死了。他一愣,心里顿觉不妙。

果然,下一刻陈小露便号啕大哭起来。

"陆忆,你坏蛋!大坏蛋!"

一旁的韩晓涵看着追打在一起的小哥哥和小姐姐,她懵懂地睁着大眼睛,手指含在手里一脸的不解。而云归站在她旁边,用身子护着她,不让两个追打的孩子伤到她半分。

"看来你女儿以后要叫我爸爸了。"望着打成一团的孩子,云暮寒对陆韶迟说道。

陆韶迟心里那个不服气啊,总算知道了这家伙收养个孩子打什么鬼主意了。原来抢不到他的老婆就想来抢他的宝贝女儿。

他上前几步,一把将女儿捞进怀里。

怀里这个吃里爬外的小丫头,却只是含混不清地挣扎着喊着要"云哥哥"。

"云归,过来。"云暮寒喊过儿子,见儿子依旧不肯挪开步子,他也不以为意。

"傻小子,是你的始终是你的,急什么?你要知道,有些人会老的,只能陪她一段路,而你才是可以陪她走完全程的人。"

陆韶迟浑身一僵,回头看着云暮寒。果然是风水轮流转,现在这男人要将他说过的话全数奉还吗?

他再看看自己怀里还在挥舞着小手和云家父子说再见的韩晓涵,心里感叹,果真是女大不中留。

就在这两个男人互相用眼神厮杀的时候,那边打闹成一团的两个孩子又坐在一起玩了起来。

陆忆就快把口袋里的零食都掏光了,他面前的陈小露才扑哧笑了出来。

　　见她笑了，他便摸着圆滚滚的脑袋，也跟着傻笑。

　　也好，女儿被拐跑了，好歹儿子还能拐一个回来。陆韶迟在心里说道。

　　而医院的办公室里，陈楚洋惆怅地泪流满面。他一定要回家让老婆赶紧给自己生个儿子，赶紧！

番外六

爱你不迟

以前，我被你保护得太好，所以一直不肯长大。
但从现在开始，换我来爱你吧，
我要把你缺失的童年都补给你。

  也不知道是谁在微博上发明了"你可能认识的人"的推送，只要你的熟人中有互相关注的好友，便能够通过手机号添加对方。沈强注册个微博只为了把妹，习惯性地看也没看就点了一键关注，于是他发现自己的手机中多了一个联系人：陆韶迟。

  看到这个名字的时候，沈强抖了一抖，觉得肚皮隐隐作痛。如果说人或多或少会有那么点童年阴影，那么沈强的童年阴影便是"陆韶迟"这三个字。他一边腹诽世界上怎么会有人用自己的真名做微博名，一边鬼使神差地就拿出手机，掀起衣服，拍了一张腹部自拍图发过去。在他的肚脐眼下方，有一道浅浅的疤痕，看起来就好像剖宫产后留下来的。

  收到私信的时候，陆韶迟正在厨房做饭，担心错过医院的重要信息，便让韩雨陌帮忙查看了一下消息。

  岂料屏幕一打开，微博弹出提醒，是一句"还记得我吗"，附图是一张白花花的肚皮。

  韩雨陌差点将手机给扔了。这是哪路的妖艳贱货，勾引起人来清奇不做作，发身材臃肿的图片都不修图。

  其实也不怪韩雨陌想歪，陆韶迟虽然已经快四十岁了，但依然是英俊挺拔，加上事业有成，总有一些年轻的实习生借着指导工作为由往他身边凑。这些花花草草全都被韩雨陌给挡了回去，陆韶迟也乐得小醋精自己折腾，反正他素来不喜欢花费太多的时间应对这些无聊的事情。

可无论陆韶迟如何招蜂引蝶，都没有这只蝴蝶这么嚣张直白。韩雨陌忍不住点开了对方的头像，居然是一张比基尼辣妹图，昵称更是过分：瘦成一道闪电。

韩雨陌在心里骂了一句骗子，瞧着这肚皮上的脂肪厚度，也好意思说自己瘦成闪电，这头像必定是修过的！

不巧得很，韩雨陌前几日刚读完一本关于七年之痒的小说，想到陆韶迟身边这么多人虎视眈眈，她便警铃大作。

韩雨陌气势汹汹地冲进厨房，本想质问陆韶迟"瘦成一道闪电"是谁，却看到对方正在煎牛排。她稀里糊涂地被陆韶迟一边喂牛排，一边普及物理知识：闪电到底有多宽。

等到她端着盘子出去的时候，满脑子就只剩下"闪电熔岩"和"球状闪电"之类的名词，早已经忘记了冲进厨房到底是要做什么。

等再看到陆韶迟手机中那个号称闪电的人时，韩雨陌冷静了下来，她家陆韶迟又不瞎，她也不用草木皆兵。

韩雨陌发了个消息去问对方是谁，岂料回过来的却是一群小屁孩的班级合影以及一句话"你亲爱的同桌"。

韩雨陌瞪大了眼睛，在一群小屁孩中找来找去，发现了端坐在角落里的陆韶迟。

小陆同学不苟言笑地坐在一群笑得露出八颗牙的孩子中，显得格格不入。小小的他，身上的校服衬衫扣子扣到了嗓子眼，那一本正经的模样看得人忍俊不禁。

韩雨陌悄悄地将这照片保存到了自己的手机之中，然后打开相册，在屏幕上小陆同学的苹果肌上戳了戳。

如果说韩雨陌有什么遗憾的事情，便是与陆韶迟的年龄差距，她不曾在最好的年华遇见这个男人，也不曾参与他的年少时光。所以当看到对方发来了陆韶迟的童年照的时候，她忍不住心生妒忌，但也按捺不住内心的冲动，想去更了解一些自己的枕边人。

韩雨陌试探性地回复了一句："你看起来一点都没变。"

手机嗡嗡地振动了几声，对方的回复也很快发了过来："你是在说我和小时候一样胖吗？其实我年轻时候倒是瘦过的，到现在三十八九了，体重就降不下来了。没变的是你啊，如今这年代，能保持初心不容易。我看你的微博，是主治医师对吧？你终于实现了小时候的理想，做了一名医生。"

"你还记得我小时候的理想？"韩雨陌的回复带着一丝酸味，看来陆韶迟这个同桌对他可真够了解的，连孩童时的戏言都记得清清楚楚。

"当然记得啊，你当时拿满分的那篇作文《我的理想》，可是把咱们班主任给看哭了。我还记得你当时站台上面无表情地念作文，老班就在角落里擦眼泪。不过你小子可真会博同情啊，我小时候听了也眼泪汪汪。对了，你现在身体如何了？"

韩雨陌敏锐地从对方的字里行间捕捉到一些信息，陆韶迟是标准的理科生，他并不擅长写煽情的文章，就连医院的先进评选，事迹材料都是她帮他给润色的。陆韶迟有着专业人士的通病，落笔总是干巴巴地摆事实，让他们渲染情绪那是不可能的。小时候的陆韶迟，是写了些什么才会让老师落泪？

韩雨陌心中想着，手中的信息就不自觉地发了过去。

对方的回复很快，韩雨陌握着手机的手，情不自禁地颤了一下。

陆韶迟想当医生，并不是因为他的母亲是医生，而是因为他小时候曾经突发急性阑尾炎。父母工作繁忙，他在家里疼了整整一个小时，都没等到父母回家，直到钟点工上门，才将痛昏过去的他送到医院。医生说，如果再晚上一些，怕是有生命危险。

小时候的陆韶迟在作文里写："我想成为一名医生，专门给没有爸爸妈妈照顾的孩子们看病，这样他们疼的时候就能得到回应。"

依旧是干巴巴的话语，看不到半点文采。但韩雨陌还是被这句话给刺痛了，其实一直以来，都是陆韶迟在照顾她。她在年轻懵懂的时候遇到了这个沉稳的男子，却忘记了，从来没有人天生就强大。陆韶迟也一样，想到当年小小的他，在放学的时候看到其他同学被家长接走，而他却只能自己背着书包默默回家。他是怎样的心情？难怪他从来不会迷路，因为他知道不会有人在迷路的时候领他回家。

"说实话啊，我真的很佩服你。你还记得咱们中学春游那会儿，我去摘桃子从坡上滚下去了，肚子被划了一道口子。当时咱们在村里，救护车赶不过来，我的血也止不住，老师都急疯了，你居然冷静地找到纱布和酒精直接给我处理伤口。我问你怎么懂这些，你回答不想下次受伤了没人管，所以自学的。至今想起来，我都浑身发麻。你看到我发你的照片了吗，我肚子上的疤还在呢！"

韩雨陌愣了愣，这才反应过来，这张照片不是什么勾引，而是曾经的回忆。她忍不住笑自己真是草木皆兵，还真的是应了那句话，爱与惊恐，如影随形。

看着手机里的闪电同学，她忍不住就想跟对方继续聊下去。她渴望去了解更多的陆韶迟，那个她曾经错过了的少年陆先生。

　　两个人一来一往地侃大山，韩雨陌也从对方零星的回首中，看见了那个小小的陆韶迟。

　　因为父母经常不回家，小韶迟会跟着钟点工学做菜，自己负责自己的伙食。之后一个人去留学，也不曾亏待自己的胃。正是因为这些自力更生的年月，才让他有了一手好厨艺。一个人独处的他，会自己修水管，换灯泡，也逐渐在孑然独处之中习惯了寂寞。

　　韩雨陌想起了那句话，如果一个人什么都不会，那一定是因为他被照顾得很好。一个从小被宠到大的人，才有资格做甩手掌柜。

　　那一瞬间她忽然很心疼，心疼无所不能的陆先生，心疼他独自长大的过往。

　　陆韶迟很快便感知到韩雨陌古怪的情绪，她总是会情不自禁地看着他，并欲言又止。有时候，她还会躲着他，一个人拿着手机聊天，但是当他询问她是在跟谁聊天的时候，她又不肯说。

　　这让陆韶迟有了危机感。说到底，他也是一个人近中年的大叔。

　　尽管对妻子的人品放心，但他依然会忍不住想，如果有另一个人在雨陌最需要的时候出现在她身边，是不是如今睡在她枕边的就不是自己？

　　想来想去的后果，便是第二天陆先生顶着个熊猫眼起床。想起还没有为雨陌准备早餐，他急匆匆地洗漱好赶去了厨房。

　　厨房里乌烟瘴气好似案发现场，一个iPad被摆放在灶台前方，上面正播放着美食教程。垃圾桶里是一堆烤焦的肉排，锅里还有一个变了形的煎鸡蛋，然而韩雨陌已经不见踪影。

　　就在陆韶迟着急上火的时候，抬眼便看到了站在门外，提着早点的韩雨陌。

　　"我保证这是最后一次，多看几遍视频我就会做了，以后的早点都交给我吧！"韩雨陌咬着一个包子，可怜巴巴地看着陆韶迟。

　　陆韶迟额头青筋直跳，不知道韩雨陌最近怎么了，忽然会生出下厨的打算。

　　待他终于按捺不住去询问陈楚洋，对方却一惊一乍地告诉他，一般配偶中有一个忽然对另一个人特别好，那必然是理亏加心虚。

　　陈楚洋一拍桌子下了结论：韩雨陌出轨了！

　　不等陆韶迟用文件夹拍过来，陈楚洋就识趣地溜了。

　　但陆韶迟回想起雨陌这些时日以来种种诡异的举动，心中却不免

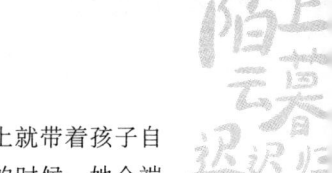

更加忐忑不安。

为了让陆韶迟夜班归来能好好休息，韩雨陌到晚上就带着孩子自己睡。就连日常切水果，都被她主动包揽。夜深人静的时候，她会端上做好的糕点和泡好的牛奶，悄悄地放在他的书桌边不去打扰。

妻子乖巧懂事，却让陆韶迟一日比一日恐慌。

终于，陆韶迟忍无可忍。

周末，韩雨陌和往常一样，和手机上的神秘人聊天完便一个人出门，陆韶迟试探性地问她要不要接送，却被拒绝了。

在要给对方信任和一定要去看看之间犹豫了许久，最终陆韶迟还是按捺不住跟在雨陌后面出了门。

接韩雨陌离开的是一个男人，和自己差不多的年纪，不过有着一个大大的啤酒肚。看着对方所剩无几的头发，陆韶迟情不自禁地拿自己和对方比了起来。比来比去，他依然觉得自己无论是哪一点都比这个她私下见的胖男人要强。不过看这个男人的眉眼，倒有几分熟悉，只是想不起来在哪里见过。不过下次见到一定要揍一顿，他在心里酸溜溜地想。

委屈巴巴地跟着对方的车，却开到了云泽市的校园区。

因为是周末，这一片很安静。陆韶迟怕被雨陌发现，车开得很慢。只是一路行来，熟悉的风景映入眼帘，他的思绪被忽突如其来的回忆拉扯了一下。

陆韶迟记得这条路，从小学到中学，他一个人走过很多很多年。哪怕时隔多年，他也可以背出每一个巷子口的位置。这里留着他的童年，但他并不喜欢那时候。那时候他的生命里没有韩雨陌，他被迫懂事，被迫成长，被迫成了此刻的陆韶迟。但他又感恩当年的自己，若非那些年的锤炼，他也没有信心去照顾好自己心爱的女人。

没多久，韩雨陌便一个人下了车。见状，陆韶迟也赶紧停好车。

陆韶迟跟着韩雨陌，这个女人也不知道在做什么，拿着笔走着，一路写写画画。突然，她露出惊喜之色，跑去和学校门口的唐老鸭雕像合影。陆韶迟记得这只唐老鸭，因为他小时候也喜欢站在这只鸭子旁边，那时候的他觉得，这只小鸭子和他一样孤单，或许他们站在一起可以互相陪伴。但此时看着那只鸭子，只觉得它丑兮兮的，见雨陌对它又搂又抱，他还是忍不住吃醋。

陆韶迟跟了韩雨陌一天，也跟随对方重温了一遍自己的年少时光。他经常光顾的小卖部，他以前总去的书店，还有他偶尔会去的咖啡馆。记忆一点点复苏，但他已不是少年时无助的孤独小孩，他已经长大，可以替心爱的姑娘遮挡风雨。

　　陆韶迟推开学校旁边餐馆包间门的时候,韩雨陌正拿着笔记本记录着陆韶迟的喜好。和沈强聊过以后,她终于知道一切都是误会,沈强并不是女生,只不过用了女神的照片做头像。他和陆韶迟是同桌,从小学到中学,只是后来韶迟出国,两人便不常联系。韩雨陌拜托沈强把陆韶迟以前的同学都约出来,她迫不及待地想知晓陆韶迟的过去,她想对这个男人好,去弥补他曾经的遗憾。

　　见到陆韶迟来,所有人都吃了一惊。沈强并不知道对方是跟踪韩雨陌前来的,还以为是韩雨陌约了陆韶迟。

　　同学们都很激动,夸赞陆韶迟娶了一个好妻子,居然会想着替老公张罗同学会。一桌人热热闹闹地用餐,陆韶迟也从沈强的口中知晓了他和韩雨陌之间的乌龙。他稍微动动脑子,前因后果便猜了个七七八八。再联想到韩雨陌最近种种古怪的举动,他自然知晓她在想什么,一时间,心中有个角落满满涨涨,又酸涩又甜蜜,得妻如此,夫复何求。

　　餐后,众人散伙。

　　陆韶迟和韩雨陌却没有立刻回家,而是一起去了学校。

　　校园里的路灯昏昏暗暗,透过梧桐树洒下碎碎的光芒,两个人并肩坐在学校篮球架下面,韩雨陌听着陆韶迟讲述他曾经的岁月。

　　"前面是图书馆,二楼靠窗的位置刚好可以看到操场。我喜欢等天黑的时候再离开,因为艺术系的学生会在前面的音乐楼练琴,我刚好可以听完一整首曲子。"

　　"二食堂的菜分量足但是不好吃,一食堂的菜种类永远都是那几样。我有时候会自己做饭带来学校,那些小朋友都很嫉妒,但我才不打算分给他们吃。我以后做饭,只给我最爱的人吃。"

　　陆韶迟叙述着,声音起起伏伏。韩雨陌从他身后环住了他,脸贴在他的背上。

　　"如果我可以老一点就好了。"

　　韩雨陌的声音闷闷的,带着一丝沮丧的情绪。

　　陆韶迟拉过韩雨陌,眸色温柔:"傻不傻,大家都想变年轻,怎么你还想更老?"

　　"对不起,韶迟,我出现得太晚了。我错过了你的年少时光,但我不想错过你的未来。我想与你一起慢慢变老。

　　"以前,我被你保护得太好,所以一直不肯长大。但从现在开始,

·324·

换我来爱你吧，我要把你缺失的童年都补给你。"

听着韩雨陌的话，陆韶迟心中曾经的那一点点遗憾，也被慢慢地擦去了。他低下头，看着抬头看自己的姑娘，她的眼中倒映着点点星辉，仿佛藏着整个宇宙。他俯身，吻住了这个姑娘。

只要我们彼此相爱，那便永远不会太迟。

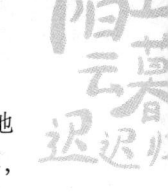

番外七

晓看天色暮看云

晓看天色暮看云的下一句是：
行也思君，坐也思君。
君晓晓，我很想你。

云暮寒觉得自己所有的好运气都用在了事业上，以至于只要他的游戏公司开发新项目，工作上春风得意，生活中便会遇到奇葩事。

这天是他所在的酷游公司推出的竞技类游戏《云上巅峰》总决赛。按照比赛流程，他会先接受访谈，然后比赛，最后为冠军队伍颁奖。一切本该按部就班，但没想到这次承办方邀请来的女主持人上台之后却不按照台本提问，与游戏相关的话题半句没聊，倒是关心起了他的私生活，最后更是不客气地询问云暮寒他为何三十六岁还单身，究竟喜欢什么样的女性。

云暮寒不胜其烦，当即黑脸，找了去洗手间的借口离开，留下了一脸尴尬的女主持人在台上假笑。

负责策划这次活动的承办方经理肖明擦着额角的汗，一边向云暮寒道歉，一边想着待会儿怎么安慰那位女主持人。其实女主持人并非专业主播，而是最近一个选秀节目中出来的新晋红人。当初女主持人的经纪人给他打电话，他想着对方粉丝多，也可以给这次的电竞比赛带一些热度，却没想到对方会存了钓金龟婿的心思，假公济私地骚扰云暮寒。

肖明看着云暮寒的脸色，心中懊悔不已。果然，云暮寒很不客气地甩下了一句"十分钟之后我要看到主持人换人"，便径直走向洗手间。

云暮寒习惯在心情烦躁的时候洗把脸让自己冷静。一直单身这件事最大的苦恼恐怕便是周围的人会比你自己更介意你单身这件事。经过金恩彩那件事后,他便没有谈过恋爱,之后收养了云归,做好了孑然余生的准备。哪怕很多人对他的选择好奇,他也不愿意费口舌去解释。一个人孤单到老有什么不好的?感情只有经历过的人才懂,曾经沧海难为水,他早已经失去了爱一个人的能力。

云暮寒在出神,便未曾留意脚下。等他发现瓷砖上有水渍的时候已经迟了,他脚下一滑,跟跄着摔倒。幸亏他一直坚持健身,也学过一些格斗的技巧,他巧妙地借力,才没有让自己摔伤。

只是这么跌倒在地的画面实在有些丢脸,他刚刚庆幸洗手间中没有别人,便看到洗手间的厕所隔间门开了一条缝,透过门缝还能看到一个微微闪着红光的摄像头。

云暮寒脑子"嗡"一声,立刻起身推开了那扇想合拢的隔间门。

猝不及防,一双惊慌失措的湿漉眸子撞入他的眼帘,那一瞬间,他感觉自己好像见到了一朵雨后的花。

君晓晓被云暮寒堵在洗手间的厕所隔间的时候,手中还握着自拍杆。她微微瑟缩了一下,不止云暮寒觉得糟心,她也觉得自己的运气很差。

君晓晓是云泽电视台的主持人,因为一些特殊的原因辞职,休养了一年。一年后,她感觉自己跟社会有些脱节,既听不懂大家说的冷笑话,也不知道该如何融入一个个社交话题中去。她感觉自己或许不适合办公室工作,又因为出众的外表,她选择做网络直播养活自己。但是她一本正经解说新闻的风格,根本无法吸引直播间的观众。观众要求她在直播间唱歌跳舞,她看着满屏幕的弹幕心烦,便从不回应,久而久之,人气也一落千丈。网站建议她转行做游戏直播,蹭一蹭《云上巅峰》这一关注度最高的电竞赛的热度。君晓晓并不是调解气氛的高手,但她有一项优点,便是踏实认真,于是认认真真地看其他解说,一次次地做笔记练习,倒也比一些连专业术语都弄错的游戏主播强上许多。

只是君晓晓做了一切功课,却没想到会遇到始料未及的事情——买不到《云上巅峰》总决赛的入场券。黄牛票价格太高,她也买不起。只是,笨人有笨法。她看到了比赛场地在招保洁员,便应聘了保洁员的工作。

以前上专业课的时候,老师就经常说,机会是留给有准备的人,为了得到采访机会,你要不放弃一切可能。君晓晓便是要抓住这所有的可能。

云暮寒在台上侃侃而谈的时候，君晓晓正在观众席的角落处蹲着直播。拿到入场券的主播并不算多，所以君晓晓的直播间热度还算稳定。但是没想到才播到一半，比赛场地的主管便让君晓晓去打扫洗手间。君晓晓想着尽快打扫完回去直播，便没有关镜头。

只是没想到，打扫到一半，她便听到洗手间外传来了脚步声。她得到保洁员的工作还不久，因此脑子里还没有自己只是一个"扫厕所的"的认知，一想到自己在男洗手间就忍不住心虚，也不知道怎的，她就躲进了厕所隔间中。直到洗手间里传来了摔倒的声音，她才打开隔间门一看究竟。对上云暮寒清冷的双眸的时候，她本能地就要关门，但对方已经推开了隔间的门板，将她堵在了隔间里。

隔间并不大，一下站了两个人，便连挪动的空间都没有了。一刹那，君晓晓满脑子空白，浑身的汗毛都竖了起来，她不习惯这样的距离。

云暮寒撑着隔间的门板，看着被自己锁在手臂里的女孩脸色发白，一瞬间有些心软，于是后退了一步。

君晓晓松了一口气，尽管周围还散发着异性的气息，但她没有之前那么紧张了。

"你是保洁员？"云暮寒打量着君晓晓身上的保洁员制服。

这个女孩很漂亮，不是清汤寡水的漂亮，而是有攻击性的漂亮。她的五官非常精致，是天生就适合出现在镜头里的长相，让人见而不忘。只是，那心虚瑟缩的表情，让这样张扬的美貌也打了折扣。

云暮寒皱眉，重复了口中的提问："你是保洁员，为什么躲在隔间？你没做岗前培训吗？"

"我在打扫，没想到你会进来。"

"哦？清理洗手间需要打开摄像头？"云暮寒冷笑，现在的女孩，连撒谎都这么拙劣了吗？

"这里光线不足，开摄像头放大看污渍看得清楚一些。对不起云先生……"

"云先生？原来我的名声已经大到连保洁员都听说过了？"云暮寒上前一步，语气咄咄逼人。

君晓晓看到云暮寒上前，立刻后退，身体狠狠地撞在了隔间的墙壁上，她疼得"咝"了一声，但是她很快控制住了面部表情。这是习惯了表情管理的人的惯性反应。

云暮寒皱眉，从她手中抽出了她的手机。

看到直播间中还在滚动的弹幕，云暮寒晃了晃手机："柠檬直播的签约主播？假扮保洁员混入比赛场地偷拍？"

"我没有假扮,我是真的保洁员,业余才做主播,我刚刚太着急了,所以忘记擦干瓷砖了,对不起,我会赔偿的。"君晓晓抬头,语气有些急切。这是她今天以来说得最多的话。

看着眼前女孩几乎要哭出来的模样,云暮寒想到了韩雨陌。曾经做娱乐记者的她,是不是也是这样,卑微地乔装,蹩脚地圆谎,为了生存不得不做出一些妥协?

君晓晓辩解的声音小了下来,她怔怔地看着云暮寒,这个男人看着自己的目光专注且深情,但那眼神却又并非完全落在自己身上,仿佛透过自己看着另一段时光。

"云总,谭晶晶发脾气说如果你不接受她的采访,后面的解说她也不参加了。这么短的时间,我们找不到其他主持人……"肖明追到洗手间,声音戛然而止。

他呆呆地看着在隔间中几乎靠在一起的两个人,孤男寡女,这么逼仄的隔间,他是不是不小心打断了什么?

肖明转身就要离开,身后响起了云暮寒的声音。

"站住。"

肖明抖了一下。

"不是说找不到主持人吗?就她吧。"云暮寒将君晓晓推出隔间。

君晓晓和肖明同时愣住了。

"她?"

"我?"

两人一齐看向云暮寒。

"有什么问题吗?"云暮寒问。

"她是个扫厕所的啊!"肖明看到君晓晓身上的保洁员制服,现在的保洁员长得都这么好吗?

"我是保洁员。"

"你不是在做直播吗?女主播、女主持,有什么区别?"云暮寒指了指君晓晓手中握着的手机。

这能一样吗?君晓晓的表情管理很好,面上看不出什么来,肖明已经控制不住地翻了个白眼,直到云暮寒看向他,他才忙不迭地拉过君晓晓:"行吧,就你了。"

肖明已经开始打腹稿,该怎么在微博上解释今天比赛解说的漏洞百出了。然而让肖明诧异的是,这个保洁员并没有出错。她在要来了主持台本后,就非常顺畅地按着台本的内容走完了访谈。待到游戏解说环节，对方也好似早有准备，所有的专业术语都没有错，反应也很迅速，和搭档的男主播珠联璧合。

肖明在心中暗暗地猜测，保洁员也许只是君晓晓和云暮寒之间的情趣，哪来那么漂亮的保洁员啊。这分明就是云暮寒有心要捧对方上位吧。

不只是肖明心中这般猜测，忽然被临阵换将的谭晶晶也是憋了一肚子的不爽，在微博发了一篇长文，不点名道姓地暗示君晓晓是潜规则抢活。

知道这个消息的时候，君晓晓刚刚做完直播。经历了上一次的游戏主持事件，她比以往更放得开了一些，面对手机摄像头至少比面对台下的观众更有安全感。或许是因为解说游戏的原因，她的直播间粉丝都增加了十多万，柠檬直播平台更是不惜血本地给了她两次首推。

只是，但凡红得太快总是容易反噬。

没过几天，平台就打电话告诉君晓晓，谭晶晶在微博撕她。不仅如此，她曾经在云泽地方台主持一档节目的视频也被发到了网上。

君晓晓手一抖，差点没拿稳手机。

她打开笔记本电脑，因为手抖得太厉害，鼠标好几次都没有握住。微博的热搜上，赫然是"君晓晓 云暮寒"的标签，伴随着热搜的还有她以往主持节目的视频。

那是一个地方台并不火的小型脱口秀节目，节目里的女孩妙语连珠和身边的男主持人你来我往，搭配得天衣无缝。

不过时隔一年多，君晓晓便已经开始认不出自己。这个在直播间中连笑容都挤不出来的人怎么会是视频里的活泼小姑娘？或许只是披了个皮囊，换了个魂。

君晓晓看着那些过往的视频，顿时觉得反胃。她喝了一杯水，才将心中恶心的感觉给压了下来。

缓了好一会儿，君晓晓才想到要给云暮寒道歉。云暮寒不过只给了自己一次机会，便被形容成与自己有一腿，还真是无妄之灾。

君晓晓拿出手机，那天云暮寒有留给她手机号，但她没有加过对方的微信。两个人其实下了节目便没有再联络过，她编辑了一条短信发了过去。

"给您添麻烦了，我会解释清楚的。"

君晓晓没指望云暮寒会回复自己，她打开了微博，登录了那个很长时间未曾登录的账号。她没有去看@提醒，也没有去看私信评论，而是直接点开了发新微博，开始编辑辟谣的声明。但是还没有等她点发送，便看到了云暮寒的短信回复。

"如果对外保持你我的绯闻，你想要什么条件？"

君晓晓复读了几遍，都怀疑自己可能太久没有跟人交流，有些不懂得中国话了。保持绯闻？是她理解的意思吗。

君晓晓打开手机，反复和自己随身带的速记本上记录的号码对照，怀疑自己是不是不小心记错了云暮寒的手机号。

与其他人不同，她习惯了随身带速记本，相对于手机，她更依赖于传统的记录方式。当她翻着本子记电话，周围人诧异地看着她，仿佛她是从上个世纪跑来的古董一般的眼神她还记得。有些人，似乎天生就和这个世界格格不入。

云暮寒将短信发出去，等了许久不曾等到回复。

他感觉自己脑子可能有些不清醒，其实看到微博热搜的时候，公关部就问过他是否要压下话题。只是当时韩雨陌的电话打了过来，旁敲侧击地询问微博的绯闻是真是假。这些年，不只是他始终无法走出来，韩雨陌也因为他而陷在过去。哪怕他们的相处装得再自然，再如何如同久别的朋友，那种尴尬也始终隔在其中。韩雨陌一直自责内疚，仿佛没有破镜重圆是背叛了与他的感情，因此也格外关心他过得开心不开心、幸福不幸福。他不介意孤单一生，可有人会介意，他舍不得那个人揪心，舍不得自己的画地为牢会成为对方的心结。既然如此，那为何不找个机会让韩雨陌真正地安心？

云暮寒看着手中君晓晓的资料，看着上面那句"排斥与异性亲密接触"，他微微放心。他并不介意君晓晓有一些怪癖，害怕同异性亲密接触的人让他更放心。知道君晓晓这些特征，他便肯定自己不可能假戏真做。所以，这恐怕是一个最好的人选。

云暮寒很有耐心地等待对方回复，但这一次，君晓晓没有回复任何消息。

"加微信说。"

手机再度振动了一下，君晓晓也情不自禁地哆嗦了一下。她拿起手机，看着上面的话。对方是酷游的负责人，而她只是一个粉丝并不多的女主播，她在心里盘算着硬碰硬的代价。

最终，她还是加上了云暮寒的微信。

"云先生，您是公众人物，希望您能爱惜羽毛。"

微信的第一句话不是寒暄和打招呼，而是这么不卑不亢的宣言。只是，看起来并不是很有底气。很像那种奶凶奶凶的小动物，张牙舞爪只是因为畏惧和弱小。

"我想你误会了。"云暮寒打下一行字,"我是独身主义,外界对我有一些不好的猜测。酷游在准备海外上市,稳定的恋爱关系可以让投资方对我更放心。我不是要真的和你谈恋爱,只需要你配合我,以女朋友的身份出现在公开场合。我会和你签订合约,约定每个人的职责,也会支付你报酬。你不是不喜欢面对人群吗?你可以不用工作,你只需要面对我一个人。"

云暮寒看着微信上不停显示的"对方正在输入",能够猜测到她的挣扎与忐忑。他脑海中浮现出那一双湿漉漉的眼睛,这个女孩沉默内向,将一切封闭在外。

"为什么是我?"

"因为你不会爱上我。"

君晓晓反复看着微信中的回复。

他知道她有社恐,他知道她害怕与人交际。这样的病态在他的眼中,居然成了优点吗?

这个男人恐怕也不像他表面那般光鲜亮丽,他可能也有未愈合的伤口,他们这算是两个病友吗?

君晓晓想笑,但笑不出来。沉默了许久,她才在微信上回复了一个"好"字。

故事就好像烂俗的言情小说开场,君晓晓成了云暮寒名义上的女朋友。她的工作很简单,只需要在各式各样的场合,恰巧被一些路人给"偷拍到"。但这份工作又很难,对于一个社交恐惧症患者来说,频繁地走出家门就是一件让人觉得紧张的事情。

第一次"约会"的地方在西餐厅,这里布置得很温馨,有五星大厨准备的红酒和牛排。但奈何君晓晓是典型的中国胃,她出生在南方的省会城市,父母是退休老师。她也是传统意义上的乖乖女,按部就班地读书考大学,人生平淡得几句话就能总结完。和云暮寒假扮情侣是她这辈子做得最出格的事情,幸亏父母并不会上微博,将来不会看到网络上铺天盖地的新闻。

君晓晓和眼前的牛排奋战,有些食不下咽。忽然,她眼前一空,盘子就被云暮寒给端走,取而代之的是他已经切好的牛排。

"吃不惯西餐?"云暮寒看着君晓晓。对方因为太过吃惊嘴巴微微地张着,那错愕呆滞的表情有些可爱,就好像他曾经养过的一只小

仓鼠,哪怕是周围有些许响动,也会吓得缩成一团。漂亮又乖巧的人总会激起大家的保护欲,君晓晓也一样。

"我不太会用刀叉。"君晓晓回答。接受了这份工作,她潜意识里就将云暮寒当作了老板。面对领导的时候,她总会有一种学生面对老师时候的感觉,回答起云暮寒的问题也便带着一丝应对考卷一般的一本正经。

"没关系,没谁规定吃西餐必须用刀叉。"云暮寒喊来服务员,将刀叉换作筷子。

君晓晓拿着筷子,心中思绪万千。她确实不习惯用刀叉,但开口求助对于她这样的社恐来说是一件十分辛苦的事情。她宁可忍受麻烦,也不愿意去求助任何人。久而久之,和其他人交流就变得极其困难,她更加不乐意走出家门,就连以前的朋友也变得疏远起来。只是,她没想到云暮寒会留意到这一切。

"如果你不习惯的话,我们下次去吃中餐吧。"云暮寒朝餐厅里几个绿色盆栽处看了看,按照常理,那些接到爆料准备偷拍的记者应该就藏在那个位置。恐怕是他们俩太过相敬如宾,让他们拍不到可以发挥的素材,那么这次约会的意义就不在了。面前的人太内向,云暮寒想了想,主动挑起了话题。

"好啊!"君晓晓的眼睛亮了几分。一个不爱说话的人学了播音主持,她所有的热情都给了舞台,生活里不是一个话多的人。但云暮寒却能够从她的眼神里猜到她的情绪,这是一个相当容易满足的女孩。她恐惧社交,但并不排斥生活。

"你不是云泽市的吧?"云暮寒有意识地引导对方交流。

"我是重庆人。后来应聘到云泽市工作。"君晓晓回答,简短且拘谨。

"云泽有很多好吃的,你工作之余有去附近走走吗?"

君晓晓握着筷子的手僵了一瞬,随即摇了摇头,"没有,还没来得及出去看看,我就离职了。因为房租没到期,我才继续留在云泽。"

对面女孩眼睛里的光又暗了下去,看来她并不想提到自己上一段经历。云暮寒轻易地捕捉到了这种情绪,便不动声色地转换了话题。

"以后我带你逛。南京路上有一家灌汤包,味道很好。还有江滩附近几家店都不错。我记得你们重庆口味挺重,我知道几家火锅店。"

君晓晓紧绷的肩膀松弛了下来,云暮寒没有和她认识的朋友一样出于关心就追问不停,即便是她的父母都做不到这样体贴。和这个男人相处,她很有安全感。

她听着他介绍生煎包,听着他说城隍庙卖的各式果脯。她只是对与人接触有些恐惧心理，但不代表她自闭。

食物或许是让人打开心扉，放下心防最好的媒介，君晓晓时不时地露出了期待的神色，笑容也变得多了起来。

耳边传来了轻微的快门声，娱乐记者应该已经拍到了素材。

虽然只是做戏，但是看到面前姑娘闪闪发亮的双眸，云暮寒便没有结束话题。他已经三十六岁了，面前的女孩却还是花儿一般的年岁。他可以选择封闭自己，可以孑然余生，但君晓晓还年轻，她不应该被恐惧困在方寸之地，她应该去看看这个世界是什么样子。

这一次的用餐照片很快就被放在了微博上，一开始君晓晓还很恐慌，害怕自己出门就会被记者给盯上。但渐渐地，她便习以为常了，因为云暮寒一定会在她身边，他那云淡风轻的态度让她觉得心安，其实这些人也做不了什么，她根本不用害怕。

云暮寒并不像传统的直男，尽管看起来有些冷酷的精英气质，但实际上他细心且体贴。他带着君晓晓去的全都是时下年轻人最爱的网红约会地，君晓晓感觉经历过这么一次后，她日后和同龄人交流怕是不会再有什么困难了，毕竟自己也是在网红店打过卡的人了。

"想什么呢？喝点东西，别冻着了。"君晓晓从旋转木马上下来，云暮寒递过来一杯热拿铁。

因为比君晓晓年岁大的缘故，云暮寒照顾君晓晓的时候便多了一些长辈式的心疼。

君晓晓小心翼翼地接过纸杯，先是用手捂了捂，随即小小地抿了一口。大概是温暖绵甜的液体滋润了身体，云暮寒看到她展开了眉眼，双眸也变得亮晶晶的。她一口一口地喝着，动作安静又虔诚，仿佛自己捧着的不是普通的咖啡，而是什么了不得的珍宝。

真是一个奇怪的姑娘，她有别于云暮寒认识的任何女孩。

如果说韩雨陌是灿烂的阳光，那君晓晓则更像是皎皎月色，并不明亮，也没有侵略性，却会让你觉得安心。她是一个沉默的人，如果你不主动开口说话，她也可以安静一整天。

为了让娱乐记者偷拍到他们"恋爱"的照片，这个女孩兢兢业业地陪着他逛街游玩，她不曾抱怨过一句。签订了合约，她便会将这一切都当作工作来完成，对于工作，她有着一本正经的执拗。哪怕不喜欢说话，哪怕性格内向，只要站上舞台，她都会尽可能地点亮镜头前的喧嚣。

大概所有老师都喜欢乖巧的学生，云暮寒发现自己和君晓晓在一

·334·

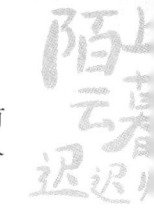

起出奇地放松。不管他说什么,君晓晓都是一副认真倾听的模样。有时候,对于一个孤独的人,聊天并不需要什么回应,要的仅仅是一个听众而已。

君晓晓摩挲着纸杯上的标志,这是最近特别火的一个网红咖啡。她见到过很多次,但是第一次喝。

君晓晓不知道自己假扮女朋友是否称职,她已经很久没有去过电影院,更没有去过游乐场,不知道网红蛋糕是什么滋味的。她和这个世界保持着距离,正因为这种陌生,才让她的直播始终带着一点胆怯。但随着每天与云暮寒在一起,她从紧张忐忑到习以为常,哪怕知道这些都不过是做戏,哪怕知道到了十二点,马车就会变回南瓜,她也不再是公主,但她依然觉得自己很幸福。

"你一直都这么乖的吗?"看着女孩双手捧着咖啡乖巧地喝着,表情带着满足,云暮寒终于按捺不住,问出了心底的疑问。

"啊?"猝不及防地被夸奖了,君晓晓脸一红,随即甜甜一笑。

一刹那,云暮寒看得有些怔愣。

"天色不早了,我送你去地铁站。"云暮寒咳嗽了一声,掩藏了心底忽然涌起的异样情绪。

君晓晓点了点头,每次"约会"完,云暮寒都会将她送到地铁站。倒不是云暮寒不想送君晓晓回家,而是因为君晓晓不习惯和人坐在狭小的车里,过于逼仄的空间会让她觉得没有安全感。

深夜的地铁上人并不算多,君晓晓放着音乐,塞上耳机,回想起和云暮寒相处的点点滴滴,翻开了速记本,记录着一天的生活。他喜欢喝热美式,不喜欢奶味过重的拿铁。他喜欢吃辛辣的食物,火锅不会吃清汤锅。一笔笔记下,全都是云暮寒的喜怒哀乐。

一路上,君晓晓的嘴角都噙着笑意。

她摸了摸自己的脸颊,不知道是不是地铁中的暖气有些足,皮肤微微发烫。

到站广播响起,君晓晓恋恋不舍地合上了速记本。这里面藏着她所有的快乐,还有那些不可言说的少女心事。

说起来真是有些羞耻,她都已经二十五岁了,却如中学生一样将青涩的情事藏在了速记本中。她知道这或许是此生离爱情最近的一次,只是不能说出来,因为说出来,马车就会重新变成南瓜,她始终穿不上那双水晶鞋。

君晓晓一路雀跃着回家,她租住的小区很老旧。这一带都是棚户区,因为年久失修,路灯有些昏暗。就在她快走到楼道的时候,一只手从身后捂住了她的嘴,将她按到了路边的泥砖墙上。

昏暗的路灯照耀出一张熟悉的脸,君晓晓的尖叫被对方掐在了喉咙里。

"好久不见啊君晓晓,你害得我竞聘失败,居然还敢没事人一样再出现。你不是装纯洁吗?你不是不让碰吗?为什么跟那云暮寒在一起了?就是这种眼神,你勾引了我,又想勾引其他人吗?装什么装?"

裂帛声响起,君晓晓感觉到了身上一片冰凉。

紧接着,接触到空气的皮肤又是一阵湿漉漉的暖,那个男人的吻落下。

君晓晓的胃抽痛起来,痛得她满身大汗。她想要推开这个人,手上却使不出力气。

她剧烈地喘息、挣扎,渐渐地,又停下了动作。她感觉自己的灵魂好似被抽离,像一个旁观者一样,看着这荒谬的一幕。

为什么明明逃开了,却还是会被追上呢?她明明都已经和正常人一样,可以出门,可以有工作,可以去电影院游乐场,她明明开始不再惧怕异性,不再惧怕人群,但怎么就是逃不过呢?有些事情如同跗骨之疽,如影随形。自己终究是太天真了。

就在君晓晓感觉到绝望的时候,面前的男人被一把拉扯开。她终于能够呼吸到新鲜的空气,紧接着意识回笼,看到的便是扭打在一起的两个人。君晓晓一眼就看到了云暮寒,他怎么在这里?

云暮寒的拳头落在面前的人身上,拳拳到肉,那一声声的闷响听起来就让人疼。

"滚。"云暮寒吐出一个字。

那人跟跄着爬了起来,狼狈地离开。

"你没事吧?要不要报警?"云暮寒回头。

君晓晓在路灯下看到对方的脸,隐形眼镜在哭泣时掉了,她看得并不清晰,但是她能够在脑海中勾勒出对方的样子,就像小时候看过的《大话西游》,她的意中人是个盖世英雄,他一定会踏着七彩祥云出现在自己的面前。

因为君晓晓一直在发抖,云暮寒只好先将她带回了自己家中。

在对方断断续续的陈述中,云暮寒才知晓了来龙去脉。事情并不复杂,君晓晓大学毕业在云泽一家地方台做主持人,那时候的她阳光开朗,是台里的明日之星。刚刚那个男人是他们节目组的总监,也是

带君晓晓这批实习生的老师。对方对君晓晓很照顾,给她最好的采访线,给她最多热度的选题。渐渐地,台里就传出了一些流言。有人开始传他和君晓晓关系不一般,才会给君晓晓一些照顾。君晓晓没有将这些传闻放在心上,她相信身正不怕影子斜,还是一如既往地努力工作。但是没想到这个总监却露出了狐狸尾巴,趁着两人一起出差的时候骚扰君晓晓。

"你装什么装,台里每个人都知道你跟我是一对,你情我愿的事情,你说是我强迫你,有证据吗?"

"晓晓啊,你前途无量,陈主任最近也在竞聘副台长,这种事情传出去对你也不好,不如各退一步?"

身边的领导和同事,都劝君晓晓放弃追究。她至今还能想起那些来劝她的人的语气,明明错的不是她,却个个一副"你怎么如此不懂事"的嘴脸。最终刚刚走出校园,孤立无援的她选择了隐忍。台里给她安排了其他部门的工作,但是没想到那位总监的妻子居然会打上门来。原来对方发现了丈夫出轨,却并不知道出轨对象是谁。当时君晓晓与那总监的绯闻在台里闹得太大,对方便认定君晓晓是那个狐狸精。

一句句的辱骂,颠倒黑白。那件事之后,君晓晓便辞职,并且患上了严重的社交恐惧症,害怕与任何异性的接触,也不喜欢人群注视的目光。她几乎失去了一个主持人应该具备的能力,若不是云暮寒给了她机会尝试,她怕是再也不会回到舞台。

君晓晓垂着头,等待着宣判。云暮寒知道了这一切会如何看她?觉得她不检点,觉得她小题大做,还是觉得她太过软弱?

但最终,云暮寒什么都没有说。

他只是递给她一杯热牛奶,告诉她不用害怕,她没有做错任何事情,他会为她找最好的律师,这个世界上会有公道。

眼泪一滴滴地落在牛奶之中,已经一年多了,她没有哭过。很久很久,没有一个人对她说过,你没有错,错的是他们。她只是长得漂亮,她只是热爱工作。难道只因为她是一个漂亮女孩,她就错了吗?错的是那些不怀好意的人,还有企图将一盆盆的脏水泼在她身上的人。

"该活在阴沟里的人是他们,你为什么要将自己困起来?不要用别人的错误惩罚自己。"

云暮寒的话在君晓晓的心中亮了起来,四周冰川融化。

有人天生就是太阳,可以驱散你心中的阴霾。

对,她为什么要害怕?她明明是受害者,为什么要画地为牢,将自己困在方寸之中?不敢出门,不敢见人,不敢走在阳光下的明明该是他们!

陈墨不愧是做传媒出身,在君晓晓起诉他之后,他立刻组织了一群公众号自媒体,发表了许多似真似假的文章,一盆盆地往云暮寒和君晓晓身上泼脏水。

隔着一根网线,总有那么一些人,自以为理智公正,拿着放大镜来检视受害者,力图证明你受到伤害是因为你本身就不完美。君晓晓不是完美受害人,拿起法律武器维权后,她承受了比过去更多的非议和攻击,只要打开微博,就会看到一条条不堪入目的辱骂私信,还有一些修过的侮辱性图片。

被水军裹挟的互联网似乎不需要真相,仿佛谁声高谁便是正义。

他们是假情侣,他们欺骗了所有人。

紧接着,一个技术分析帖被发了出来,网友化身侦探,用各种细节来证明云暮寒和君晓晓不过是在做戏。连同云暮寒的公司形象也受到了影响,但是云暮寒没有在乎这些,他只是担心君晓晓能不能从这铺天盖地的恶意之中挺过来。他知道这个女孩曾有过难以磨灭的心理创伤,这些人也知晓,所以才会选择最痛的方式来攻击她。他们要让她畏惧,让她退却,让她撤诉。

但这一次,君晓晓没有撤诉。

她翻看自己的速记本,里面有这些时日假扮情侣度过的点点滴滴。

身份是假的,但快乐是真的。她不能让一个带自己走向阳光的人,被一群待在阴沟里的肮脏的人影响。

让陈墨吃惊的是,君晓晓居然出现在了法庭上,明知道这里守着无数记者,明知道要面对滔天的恶意。

君晓晓平静地叙述着陈墨做过的事情。陈墨这才发现君晓晓保留了所有他威胁她、逼迫她的微信聊天记录。

"曾经,所有人都告诉我,错的是我。是我不小心,是我太倔强,是我没有维持着这个世界的体面,是我非要将一切揭穿。或许我错只错在我是一个女孩,刚好还很漂亮。我的职业需要我打扮得光鲜亮丽,而被你们喜欢便是我最大的错。但现在我知道,我没有错,容颜是上天对我的馈赠,但不是你们伤害我的理由。我要谢谢一个人,是他一直在带着我走出阴霾,让我发现其实阳光下很好。谢谢你,云暮寒,虽然你我的感情是假的,但那些一起走过的时光是真的,是你治愈了我。"

法院宣判的那一日,君晓晓已经收拾好了行囊离开云泽市。

无论网络上如何颠倒黑白，在证据面前，法律永远都公平。

云暮寒给君晓晓践行，送了君晓晓一本画册，画册的封面是黎明破晓的图案。

"祝你日后的生活永远得见阳光。"

君晓晓接过画册，看书名，《晓看天色暮看云》。

"这名字真有意思，像你和我的名字的组合。说起来，我们还真挺有缘分。谢谢你。"君晓晓看着云暮寒。

"往后有什么打算？"

"做旅行直播吧，去阳光明媚的地方看看。我觉得你这本画册的名字挺好的，适合我的直播间。"

君晓晓灿烂一笑，这是云暮寒第一次在她脸上看到这么轻松的笑容。他知道她已经放下，也走出了阴霾。或许那个胆怯的、小心翼翼的君晓晓，都只会埋藏在过去。现在的君晓晓就好像冲破阴霾的光，夺目耀眼。她会走得很远，只是他们这段有些荒唐的虚假感情，也到了尾声。

"云总，后会有期。"君晓晓张开双臂，给了云暮寒一个大大的拥抱。

她终于不畏惧与异性接触，她以后也会找到属于自己的温暖怀抱。可惜，不是他。

君晓晓将脸贴在云暮寒的胸膛，听着对方的心跳。只是短暂几秒，又松开。有些秘密，藏在心里就好。

君晓晓去了很多地方，看过无数的风景。

她的直播间人气也从几万到了几十万，再到突破了百万。

有一句古话，路遥知马力，日久见人心。自从法院宣判后，陈墨的团队也不再在网上搅乱视听，没有了那些扑面而来的恶意评论，大家也终于可以静下心来看这是怎样一个女孩。她其实很普通，就像我们身边的邻家姑娘，但她又不普通，可以跋山涉水，带你去看最美的风景。

一个心中有阳光的人，才可以发现绚烂的美。

这一天是农历的除夕，君晓晓回了自己老家，正在直播这个南方城市的新年。这个城市还没有禁燃烟花，一簇簇烟花在天空绽放，直播间里的网友陪着她一起看夜晚被点亮。

"这个时候你有没有陪伴在你的亲人和爱人身边，你的生命里是不是也遇到过如同烟火的人，哪怕身处黑夜，他们也会让你的夜晚绚烂如白昼。"

君晓晓举着手机,脑海中情不自禁地浮现出当年的画面,她也是这般举着手机,在男洗手间里邂逅了云暮寒。自此,她的人生就被点亮。

"我送你的画册,你看了没有?"

一行没头没尾的弹幕自直播间里滑过,因为对方送了一个烟火,所以这行弹幕停留的时间有些长。这是柠檬直播为了鼓励大家参与设下的规则。

君晓晓看着那行霸道的、不容拒绝的文字,心忽然颤了一下。

不需要任何落款或者语气词助攻,她便知道对方是谁,问的是什么。他总会在直播间留下这句话。只是她总是不敢去翻那本画册,因为太过珍藏,所以不敢触碰。她害怕一碰,就会点燃心底的奢望。

但此时此刻,看着窗外的烟火,她忽然很想看看那本画册,想看看那段记忆中的破晓与晚霞。

画册在掌中摊开,君晓晓一页页地翻过,记忆也在脑海中翻过。

咖啡馆,西餐厅,旋转木马,摩天轮,君晓晓愣住了,每一页都是她珍藏在心底的回忆。她加快了手中的速度,翻到最后一页,却是空白的。就好像她空落落的心,无处安放。

忽然,手机响了起来。

君晓晓看着手机屏幕上熟悉的名字,云暮寒。

她微微迟疑一下,接起了电话。

"知道晓看天色暮看云的后一句话吗?打开窗户。"

君晓晓一惊,放下画册,冲到窗台前。

云暮寒站在窗户下,看着君晓晓,而他身后是漫天的烟花。

"晓看天色暮看云的下一句是:行也思君,坐也思君。君晓晓,我很想你。"

最后一个音传入耳朵的时候,君晓晓已经冲下了楼。因为太过着急,她甚至穿着家里毛茸茸的拖鞋就出去了,直到站在雪地里,才感觉到了真切的寒意。

"那些画都是我画的,你留下了速记本,我留下了那些画。君晓晓,你愿意陪我走过余生吗,我们一起看黎明破晓,看日暮西垂。"

"好。"

那本画册空白的一页,最终也被画满。

那是在渲染烟花之下拥抱着的两人,在画册的末尾是那首《一剪梅》。

雨打梨花深闭门，忘了青春，误了青春。
赏心乐事共谁论？花下销魂，月下销魂。
愁聚眉峰尽日颦，千点啼痕，万点啼痕。
晓看天色暮看云，行也思君，坐也思君。

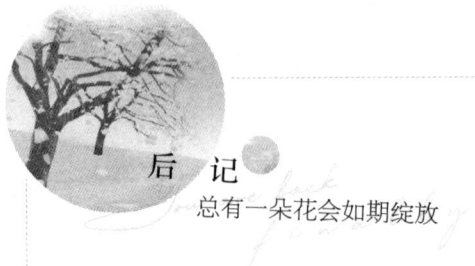

后记
总有一朵花会如期绽放

一朵花谢,也会有一朵花开。
河山万里,岁月悠悠,人生的路上,
每个人迟早会遇到属于自己的那一朵花。

    时隔多年,这本书再一次出版。其间我做了很多次心理建设,最终下定决心给书里的女主角换了个名字。

    提起换名,其间还发生了一次有趣的事情。之前有人辗转加了我的微信,询问我的微信名来源,问我是不是曾经读过一本叫《陌上云暮迟迟归》的小说,说我的微信名与他读过的小说中主角名字一模一样。我说,因为我是这本书的作者。对方很诧异,询问我为何要把自己的名字写进书中。我一时无言,我并非自恋到要将自己写进书中成为女主角,还安排了充满戏剧波折的人生。只是,当年懒得再取笔名,便借用了书中角色的名字。这大抵算得上我创作生涯中十分后悔的一件事,当时总觉得大家记住了故事里的人物,便能记住我这位作者了。但随着年岁增长,这样的行为便显得幼稚。以至于周围朋友询问我曾经创作过哪些作品的时候,我都十分忐忑,担心读者看过书之后会认为作者是一个热爱意淫自己的人。

    所以,要感谢出版方给予这本书再版的机会,让我有机会给主角换个姓名。换过之后,再读这个故事,自己便觉得少了几分尴尬。

    修订再版书稿是一件很有意思的事情。

    时过境迁,故事之中的很多场景和剧情都显得过时。但是我总能从字里行间,窥见曾经的自己。曾经的自己原来追过《来自星星的你》,曾经的自己原来迷恋过都教授,曾经的自己看着《流星花园》长大,曾经的自己喜欢玩《三国杀》。当我修订再版的稿件，需要将这些"不合时宜"的剧情进行调整，但读到这些文字，回忆便如同泉水一般涌入脑海。那个挑灯赶稿的自己，跃然眼前，一切仿佛就在昨天。

从创作《陌上云暮迟迟归》到如今，我改变了许多，不像从前那般锋芒毕露，也不再迷恋大喜大悲的故事，反而更欣赏细水长流的爱情。就连追剧的习惯，也从过去喜欢轰轰烈烈的偶像剧，变成了喜欢现实主义的生活剧。当初落笔时的我是名新闻记者，敢一个人暗访夜总会。如今的我离职已久，爱好也变成了美食博主，减压方式不是烘焙就是爆炒。不知何时起，时光就好像一柄刻刀，打磨干净了曾经的棱角，将一个人变得面目全非。改变悄然无声，却又如影随形，你以为度日如年，但蓦然回首，沧海桑田也不过眨眼瞬间。

我一度以为成长是无痕的，岁月一往无前，日子平静无波，就好似水路中航行的船只，行走在茫茫大海，眼前的景象从未改变过，但在抵达港口的那一天，才恍然惊觉自己出发已久。浪花淘尽成长的烦恼，最终不过似水无痕。

当我翻开自己写过的故事的时候，我却发现自己错了，成长是有痕迹的。它将每一个时期的你，都留在了文字的记忆里。你提笔写下一个个故事，就如同镌刻下了年华。即便是你早已经将这些过往淡忘，但只要翻开熟悉的文字，便依然可以与回忆不期而遇。我想，这便是创作者的幸福。对于读者来说，这不过是一个故事，但作者却可以透过这些故事，领悟出光阴的魔法，穿过漫长的岁月，与曾经的自己狭路相逢。

刚刚走出校园时的我，一直认为爱一个人就必须一生不变。将一个名字留在星辰中，让这份坚守比宇宙还长久，这才是真正的爱。但年岁渐长之后，才发现每个人都不过是光阴河流之中的一颗沙粒，相忘江湖也是另一种圆满。曾经很多读者对云暮寒的结局愤愤不平，无法接受他就此孤独终老，就连这本书的影视方也曾找过我，说希望云暮寒可以拥抱属于他的幸福。但当初的我总有几分固执，觉得云暮寒走出了伤痛就等于背叛了爱情，也背叛了他自己。可如今的我，终于可以用平常心，给云暮寒一段新的开始了。

若年轻时候的爱恋融入骨血，那么无论是甜是伤，那些过往都能够打磨出一个更好的自己。而当这个更好的自己去遇到一个更适合的人时。重新爱一个人的能力，便是年少错过的那个人留给你最好的礼物。

一朵花谢，也会有一朵花开。河山万里，岁月悠悠，人生的路上，每个人迟早会遇到属于自己的那一朵花。

其实在修订稿件的时候,心情一直压抑。对于很多人来说,这段时间都是难熬的一段时日。真实的人生比故事更加惊心动魄,这几个月,我们看了许多的生离死别,感受着不少悲欢离合。几周前,一位以前常采访合作的同事撒手人寰,年龄不到三十三岁。昨天听歌时,莫名便泪流满面。我们自以为坚强,不过是年少不识曲中意,回头却见,我们成了曲中人。

都说创作者是织梦者,既然是裁剪一段梦境,那为何不留下最好的那一段?你我已是在生活中负重而行,又何必再在故事里继续虐恋情深?心中带着期许,对笔下角色便难免多些慈悲,便再不忍心让云暮寒一世孤寂。生活中给予不了的圆满,至少故事中可以。诗中是"曲终人不见,江上数峰青",但书里可以"人走茶未凉,山水有相逢"。

修订完这本书的时候,恰好看到新闻里说援鄂医疗队凯旋,路边的汽车鸣笛致敬。微博热搜的头条是"春暖花开樱为有你",武汉大学也推出了在线赏花的视频。一时间,百感交集。行过凛冽的寒冬,大家终于等来了陌上花开。故事中的人也是如此,雨陌经历了那么多,终于遇到了她的陆先生。云暮寒错过了那六年,终究不用再错过一生。

前几日读山木诗词,看到那句"所爱隔山海,山海不可平",心中唏嘘。这句诗词后来被无数作者引用,却化作了"所爱隔山海,山海皆可平"。你要相信,作者笔下总有奇迹发生,这便是故事的魅力。

寒冬过后,总有一朵花会如期绽放。那个陌上踏歌行的少年,一定会和属于他的风景不期而遇。祝福每一个读到这个故事的人,都能找到属于你的那一朵花,遇见属于你的那片风景。

安以陌

本书由安以陌委托长沙大鱼文化传媒有限公司正式授权春风文艺出版社,在中国大陆地区独家出版中文简体版本。未经书面同意,本书的任何部分不得以图表、电子、影印、缩拍、录音和其他手段进行复制和转载,违者必究。